中国古典诗词校注评丛书

韦庄诗词全集 【汇校汇注汇评】

谢永芳　校注

中国古典诗词校注评丛书
编撰委员会

顾　问　冯其庸　霍松林　袁世硕　冯天瑜

编　委（以姓氏笔画为序）

左东岭　叶君远　朱万曙　阮　忠
孙之梅　杨合鸣　李　浩　汪春泓
张庆善　张新科　张　毅　陈大康
陈文新*　陈　洪　赵伯陶　胡晓明
郭英德　唐翼明　韩经太　廖可斌
戴建业

（注：标*为常务编委）

前　言

　　韦庄(836—910),字端己,长安杜陵(今陕西西安东南)人。韦应物四世孙。少年时居长安、下邽两地,生活无忧无虑(据韦庄《下邽感旧》)。此后的人生道路基本上是颠沛流离、坎坷困顿的。成年之后、广明元年(880)之前的情况多不可考。大约二三十岁时,曾在虢州村居约十年。唐懿宗咸通二年(861),入京应举再次下第,失意而归。后辞家泛潇湘,游江南。僖宗广明元年十二月,应举长安,值黄巢军入破京师,被困。中和二、三年(882－883)逃至洛阳,写下《秦妇吟》,时人因号为"秦妇吟秀才";旋赴润州入镇海军节度使周宝幕府,开始为期十年的江南避乱生涯。光启初,僖宗为李克用所逼出奔兴元(今陕西汉中)。庄自江南经汴宋往陈仓迎驾,未入关辅而为兵乱所阻,折道山西还金陵。光启三年(887),镇海军乱,周宝被逐。庄南下客居越州、婺州。昭宗大顺二年(891),辞越游江西、湖南。次年,入京应举未中。乾宁元年(894),再试及第。及第后,历任拾遗、补阙等职。乾宁四年,西川王建攻打东川,庄随谏议大夫李洵奉诏入川和解未成。光化三年(900)十二月,奏请追赐李贺、皇甫松、陆龟蒙等进士及第。天复元年(901),应聘入蜀任王建掌书记。及朱全忠篡唐自立,乃劝王建称帝,官至门下侍郎兼吏部尚书同平章事。前蜀高祖武成三年(910)八月,病逝于成都,谥文靖。著有《浣花集》,编有《又玄集》。

　　韦庄是唐末诗坛上成就非常突出的诗人,他的诗既反映唐末社会现实,包括真实描绘唐末战乱以及藩镇割据情形,深刻暴露社会黑暗等；也表现末世士人心态，诸如失意不平、羁旅愁情和隐逸情怀等。概而言之，可以说是以清丽之风表达感伤之情。韦庄光化三年七月二日所作《又玄集序》有云：

> 谢玄晖文集盈编，止诵"澄江"之句；曹子建诗名冠古，惟吟"清夜"之篇。是知美稼千箱，两歧摹少；繁弦九变，大濩殊稀。入华林而珠树非多，阅众籁而紫箫惟一。所以撷芳林下，拾翠岩边。沙之汰之，始辨辟寒之宝；载雕载琢，方成瑚琏之珍。故知颔下采珠，难求十斛；管中窥豹，但取一斑。自国朝大手名人以至今之作者，或百篇之内，时记一章；或全集之中，微征数首。但掇其清词丽句，录在西斋；莫穷其巨派洪澜，任归东海。总其记得者，才子一百五十人；诵得者，名诗三百首。

序中"清词丽句"，一般认为即指"清丽"的诗风。这是韦庄的审美理想和选诗标准，他的部分诗作也确实体现出了这种风格。当然，也有学者持不同看法。如张学松《〈又玄集序〉"清词丽句"义辨——兼论韦庄的文学思想》一文即认为，序中"清词丽句"是指诗歌的审美特质，反映出韦庄轻功利、重审美的文学思想倾向。

《秦妇吟》是韦庄的代表作，但因为种种原因，不载于《浣花集》，直至唐写本《秦妇吟》于光绪二十六年（1900）在甘肃敦煌石窟内被发现，才在失传千年之后得以重见天日。

这是一首时空跨度大、内容丰富、思想深刻的现实主义诗篇。作者采用"代言体"的手法，通过一位身陷战乱复又逃离的长安妇女"秦妇"之口，向途中邂逅的路人诉说黄巢起义军攻入长安、促使唐王朝日趋瓦解，以及起义军在各路藩镇围攻下逐渐陷入窘境的社会现实，再现了秦中经历兵燹之后，城乡凋敝破败、民不聊生的惨状。韦庄虽然只是以此向周宝献谀，但其中所写惨状确系耳闻目睹，颇能道破藩镇贪得无厌的野心正是造成唐末大乱的祸根所在。全篇既形象地展现出唐末时代画卷，又总结了国运衰颓的本质原因,在继承杜甫"三吏""三别"以及白居易《长恨歌》等作品优秀传统的基础上,为唐代叙事诗树立起又一座丰碑。俞平伯先生因而盛赞此篇"不仅超出韦庄《浣花集》中所有的诗,在三唐歌行中亦为不二之作"(《读陈寅恪〈秦妇吟校笺〉》)。

韦庄的近体诗颇为后人称道,七绝造诣尤高。如《章台夜思》:

清瑟怨遥夜,绕弦风雨哀。孤灯闻楚角,残月下章台。芳草已云暮,故人殊未来。乡书不可寄,秋雁又南回。

诗写思乡怀人。以"夜思"为题,却先不直接写思,而是写秋夜闻见,通过长夜中的清瑟、楚角之声,以及孤灯、残月、故国离宫等典型意象,层层蓄势,营造出凄楚怨慕的情感氛围,以景寓情。颔联中的"孤灯""残月",兴象超妙,凄清深婉。尤其是无生命之物的灯,与诗人笔下的"人"融为一体,不仅可以听闻楚角,而且能够感受孤独。跟白居易的"笙歌归院落,灯火下楼台"(《宴散》)相比,写境虽有哀乐之异,而情韵之美实有过之。后半直接抒写章台夜思,寄情于景。由草木变衰,秋雁南回,触动所思不见,抑且天远书沉的无奈之慨,一片空灵。全篇致思运笔,如骤风剧雨,自是韦庄本色,但不为雕镌而传神自妙,可与义山媲美。

又如《宫怨》:

一辞同辇闭昭阳,耿耿寒宵禁漏长。钗上翠禽应不返,镜中红艳岂重芳。萤低夜色栖瑶草,水咽秋声傍粉墙。展转令人思蜀赋,解将惆怅感君王。

此诗比较直接、明显地抒发君臣不遇之恨,而借写失宠的落寞幽怨出之,与其《小重山》(一闭昭阳春又春)同一机杼。这表明,韦庄的诗词之间确实存在着一定程度的互通。类似的例子还有:《春陌二首》其一与《浣溪沙》(惆怅梦余山月斜)均有"一枝春雪冻梅花"句。《江上别李秀才》中"与君俱是异乡人",跟《荷叶杯》(记得那年花下)中"如今俱是异乡人";《对梨花赠皇甫秀才》中"还是去年今日时",与《女冠子》(四月十七)中"正是去年今日",均仅两字相异。《对梨花赠皇甫秀才》中"且恋残阳留绮席,莫推红袖诉金卮。腾腾战鼓正多事,须信明朝难重持",与《菩萨蛮》(劝君今夜须沉醉)中"劝君今夜须沉醉,尊前莫话明朝事""须愁春漏短,莫诉金杯满"相近,且有助于了解词之借酒浇愁的时代生活背景和作者内心深处的痛苦。

又如《古离别》:

晴烟漠漠柳毵毵,不那离情酒半酣。更把马鞭云外指,断肠春色在江南。

首句以"晴烟漠漠柳毵毵"实写饯别之地的"春色",如在目前,景中已寓"离情"。结句以"断肠"虚写行人要去的江南春色。中间用"马鞭"绾合前后。马鞭一指,行人与饯行者即从此分手,以情观景,则两地春色在眼前与想象中连成一片。饯别之地的春色已自令人"不那",江南更形浓艳的春色能不令人"断肠"?可谓春色无边,离情无尽。全篇以丽景衬离情,虚实相生,情景交融,辞采秾艳,笔致空灵,不失为韦庄短章中的名篇。

又如《台城》:

江雨霏霏江草齐,六朝如梦鸟空啼。无情最是台城柳,依旧烟笼十里堤。

这是韦庄的咏史名作。台城是六朝的皇宫所在地,到唐代已成废墟,变为历史陈迹。诗人来到这里,但见江雨霏霏,江草如茵,鸟啼声声,堤柳如烟,原是一片江南特有的春色。但当把眼前的烟雨春色与台城的今昔两相对照、发生联想时,这烟雨春色就引发了他心中对六朝兴亡及世事如梦似幻的感觉。"无情""依旧"表明了诗人的无奈与不祥预感,似乎六朝的悲剧又将在现实社会中重演。全篇采用景物烘托的手法,着意制造一种梦幻式的气氛,寄托自己吊古伤今的感慨。尤其是首句"江雨霏霏江草齐",其中"霏霏"二字在气氛的渲染上至关重要,不仅暗逗下句"六朝如梦鸟空啼",而且和尾句"依旧烟笼十里堤"的气氛相一致。

又如《金陵图》:

> 谁谓伤心画不成,画人心逐世人情。君看六幅南朝事,老木寒云满故城。

起句反诘,突兀而富有气势,实为后面的赞美埋下伏笔。接下来解释说,世俗的画家只想着争逐现世的名利,迎合世人庸俗的心理,所以画不出触动人灵魂的伤心之作。再以《金陵图》作为例证,揭示其中所展露出的黍离麦秀之景、怀古伤今之意。全篇借画咏史,藉景抒情,通过渲染画面的衰残景致,流露出弥漫晚唐的"伤心"意绪。比韦庄略早一些的诗人高蟾,也写过一首《金陵晚望》:

> 曾伴浮云归晚翠,犹陪落日泛秋声。世间无限丹青手,一片伤心画不成。

强调这一片"伤心"难以心摹手绘,则是为了凸显其悲愁的刻骨铭心、无可诉告。

韦庄词与温庭筠齐名,所作也有"花间词"共同的婉媚柔丽特征。但跟温庭筠相比,也还有一些独特之处。他的词,语言自然,情调疏朗,抒情显豁,参以两家诗风,正相符合。如《菩萨蛮》:

> 人人尽说江南好。游人只合江南老。春水碧于天。画船听雨眠。　垆边人似月。皓腕凝双雪。未老莫还乡。还乡须断肠。

这首词是韦庄《菩萨蛮》组词五首中的第二首,以白描手法写出游子所见所思。不过,其中可能也寓有沦落失意的苦闷,所以,陈廷焯评为"似直而纡,似达而郁"(《白雨斋词话》卷一)。吴世昌先生对此词创作时地的判断,可备一说:"此词正作于八八三年至江南周宝幕府后,此时关中及中原均有战事,江南平静,故云'人人尽说江南好,游人只合江南老'云云。其时长安尚为黄巢所占,故曰'还

乡须断肠'也。"(《词林新话》卷二)

后来,乔吉作有一首《双调·折桂令·七夕赠歌者》(二首其二),颇类韦庄此词中"垆边人似月"二句意境:

> 黄四娘沽酒当垆,一片青旗,一曲骊珠。滴露和云,添花补柳,梳洗工夫。无半点闲愁去处,问三生醉梦何如。笑倩谁扶,又被春纤,搅住吟须。

所不同的是,除了写垆边人美之外,更突出了黄四娘婉转的歌喉及其乐观情绪。结末处诗人觅句拈须,竟是垆边人春纤玉手为之,着一丝谐谑,全曲俱活。于此,又见垆边人的泼辣与豪爽。如是,则较韦词更进一层,亦更丰富有趣。江南风物,亦更加诱人。端的是江南好,"未老莫还乡,还乡须断肠"了。

又如《女冠子》二首:

> 四月十七。正是去年今日。别君时。忍泪佯低面,含羞半敛眉。　　不知魂已断,空有梦相随。除却天边月,没人知。
>
> 昨夜夜半。枕上分明梦见。语多时。依旧桃花面,频低柳叶眉。　　半羞还半喜,欲去又依依。觉来知是梦,不胜悲。

这两首词可以合并起来解读。前一首由追忆而入梦,由梦中而醒来,顺序叙写,而以"空有梦相随"句两相扭结。结二句措语婉妙,如王闿运所评:"不知得妙,梦随乃知耳。若先知,那得有梦?惟有月知,则常语矣。"(《湘绮楼词选》)后一首承前一首"梦相随"而来,因相思而不得相见,故托梦境以咏怀人之情。通篇记叙梦境,对梦中相见情景记述尤为真切,足见内心之兴奋和相思得以慰藉的喜悦,亦可从中窥见去年此日两情缱绻的情形。结末二句重笔翻腾,将梦境点明,遂使实处皆空,由大喜而堕入大悲。

陈廷焯所论"似直而纡",真正点出了韦庄词的语言结构的特色。如前一首开头三句,固然"起得洒落",明白如话,毫无修饰,但韦庄在直抒胸臆之余,其实叙述是迂回曲折的,并非全然平铺直叙。"四月十七"和"正是去年今日"二句,"七"与"日"叶,是押仄声韵,这两句是一组。它们和"别君时"连在一起时,由于文字的浅白、声韵的协畅,很容易被一般读者忽略为平直,认为一气贯注而别无余蕴。其实开头三句的读法,按照事情发生的顺序,应该是:"别君时","正是去年今日","四月十七"。"忍泪"二句,是写"别君时"佳人的情态。下片四句,承应"别君时"一句,既写与君话别之时,亦写今日别后之思。"别君时"的"时",和下文的"眉""随""知"是换平声叶韵的,句意也相承,足见它是全篇的关键。后一首的"语多时",其作用亦如此。"依旧桃花面"二句,写风月烟花,当时所见;"半羞还半喜"二句,写惆怅别离,依依不舍。而这些情景,皆为首句"昨夜夜半"梦见之事。可见,韦庄词在浅易朴素的语言背后,确有如此严谨的组织结构以及耐人寻味的写作技巧。(参吴宏一《从"似直而纡,似达而郁"的观点论韦庄词》)

又如《思帝乡》:

> 春日游。杏花吹满头。陌上谁家年少,足风流。妾拟将身嫁与,一生休。纵被无情弃,不能羞。

此词"作决绝语而妙"(贺裳《皱水轩词筌》),而上录《女冠子》二首也喜用直截了当的语气,不妨将其视为韦庄词作的风格特点之一。词中"妾拟将身嫁与"数句对女子心理个性生动形象的描写,也似乎能让读者真实地感受到,温庭筠类似作品中仕女图般的形象,跟"她"相比确实是有距离的。

在花间词人中,牛峤被认为"失之流荡忘返"(陈廷焯《白雨斋词话》卷六)的一首《菩萨蛮》(玉楼冰簟鸳鸯锦),末二句仍能获得好评:

> 词家多以景寓情,其专作情语而绝妙者,如牛峤之"甘作

一生拚,尽君今日欢"、顾敻之"换我心为你心,始知相忆深"、欧阳修之"衣带渐宽终不悔,为伊消得人憔悴"、美成之"许多烦恼,只为当时,一晌留情",此等词古今曾不多见。(王国维《人间词话删稿》)

也是因为其直率。当然,韦庄此词最后的转笔,更能显出坚定意志,乃至一定的思想深度,尤其是相比于白居易的《井底引银瓶》而言。韦词的意境,与白诗中"妾弄青梅倚短墙,君骑白马傍垂柳。墙头马上遥相顾,一见知君即断肠"近似,但白诗写被抛弃后的心情是"今日悲羞归不得",在同情的基础上,还模拟当事人"现身说法"的口吻,作了这样的劝诫性说教:"寄言痴小人家女,慎勿将身轻许人!"

韦庄《浣花集》原本二十卷,至南宋时已散佚不全,陈起重刻的十卷本成为以后各种刻本的底本。此本存诗二百四十九首,至明末尚存。入清后,前三卷散佚。二十世纪初,此残宋本为日本静嘉堂所有。韦诗的补遗,自明正德年间的朱承爵始,朱补二首,其后经胡震亨、毛晋、季振宜、王重民、陈尚君等人历事增补,今实存三百二十二首,残句三联。在辑佚补阙的过程中,自然难免存在差误:其一,《酬张明府》:"爱君诗思动禅心,使我休吟待鹤鸣。更说郡中黄霸在,朝朝无事许招寻。"孙望《全唐诗补逸》卷一四辑自《永乐大典》卷一一○○○,题韦庄作。实则据《全唐诗》卷八一九、《万首唐人绝句》卷六三,此诗为皎然作。其二,《游牛首山》:"牛首见鹤林,梯径绕幽岑。春光浮山外,天河宿殿阴。传灯无白日,布地有黄金。休作狂歌老,回看不住心。"童养年《全唐诗续补遗》卷一七辑自《金陵梵刹志》卷三三,题韦庄作。陈尚君《全唐诗补编·全唐诗外编修订说明》:曹汛谓此诗即《全唐诗》卷二二七所收杜甫《望牛头寺》,非韦诗。其三,"印将金锁锁,帘用玉钩钩",《太平广记》卷二○○引《北梦琐言》、《唐诗纪事》卷六五"杜荀鹤"条、《诗话总龟》前集卷六引《古今诗话》、《全唐诗》卷七〇〇及向迪琮校订本均作韦庄诗,误,当作韦说诗句。

韦庄词,今传有《花间集》所收四十八首(《金奁集》同)、《尊前集》录存五首、《类编草堂诗余》录存一首,共五十四首。明清词选中所收录者,存在作者误题的情况:其一,《历代诗余》卷三一误题《玉楼春》为韦庄词:"日照玉楼花似锦。楼上醉和春色寝。绿杨风送小莺声,残梦不成离玉枕。　堪爱晚来韶景甚。宝柱秦筝方再品。青娥红脸笑来迎,又向海棠花下饮。"实据《尊前集》,此词为欧阳炯作。其二、其三,《花草粹编》卷六误题《小重山》二首为韦庄词:"春到长门春草青。玉阶花露滴,月胧明。东风吹断紫箫声。宫漏促,帘外晓啼莺。　愁极梦难成。红妆流宿泪,不胜情。手挼裙带绕阶行。思君切,罗幌暗尘生。""秋到长门秋草黄。画梁双燕去,出宫墙。玉箫无复理霓裳。金蝉坠,鸾镜掩休妆。　忆昔在昭阳。舞衣红绶带,绣鸳鸯。至今犹惹御炉香。魂梦断,愁听漏更长。"实据《花间集》,此二词均为薛昭蕴作。

本书为展示韦庄诗词全貌,以聂安福《韦庄集笺注》为底本,参以李谊《韦庄集校注》、齐涛《韦庄诗词笺注》以及《全唐诗》,曾昭岷、曹济平、王兆鹏、刘尊明编《全唐五代词》等。注释主要参考《韦庄集笺注》等,择善而从,以尽量排除阅读障碍。题解与辑评则注重兼采众长,以读解文本为基础,力求还原韦庄的诗史、词史贡献和地位。

限于水平,书中恐难免存在不足,期望读者批评指正。必须说明的是,这本小书在编写过程中,对前修时彦的相关研究成果多有参考,除上文已经指出的以外,主要还有曹丽芳、陈寅恪、陈增杰、邓乔彬、邓新跃、高峰、黄永年、霍松林、金性尧、李冰若、林庚、刘乃昌、罗振玉、莫砺锋、彭玉平、钱南扬、钱志熙、钱锺书、任海天、唐圭璋、王国维、夏承焘、羊春秋、余恕诚、俞陛云、俞平伯、郁贤皓、詹安泰、张美丽、钟振振、周祖譔、朱德才和日本学者吉川幸次郎、美国学者高德耀等诸位先生。所有这些，都尽可能在正文中以随文作注的方式加以说明，以期为读者提供方便。谨此一并致谢。

谢永芳

于广西科技师范学院

目 录

前　言

韦庄诗集

章台夜思	3
延兴门外作	5
刘得仁墓	7
下第题青龙寺僧房	9
虢州涧东村居作	11
送日本国僧敬龙归	12
对　酒	13
尹喜宅	14
途中望雨怀归	15
古离别	16
柳谷道中作却寄	18
灞陵道中作	19
秋日早行	22
叹落花	23
宫　怨	25
关河道中	27
题盘豆驿水馆后轩	29

梁氏水斋	30
曲江作	31
嘉会里闲居	32
夏夜	33
早发	34
寓言	35
对雪献薛常侍	35
题裴端公郊居	36
登咸阳县楼望雨	38
贵公子	39
听赵秀才弹琴	40
观猎	42
三堂东湖作	42
放榜日作	43
寄薛先辈	45
访含弘山僧不遇留题精舍	46
寄从兄遵	47
渔溏十六韵	49
冬日长安感志寄献虢州崔郎中二十韵	51
和薛先辈见寄初秋寓怀即事之作二十韵	55
同旧韵	57
三用韵	60
惊秋	62
登汉高庙闲眺	63
耒阳县浮山神庙	63
愁	64
村居书事	65

三堂早春	65
雨霁晚眺	66
立春日作	67
赠云阳县裴明府	68
贼中与萧韦二秀才同卧重疾二君寻愈余独加焉恍惚之中因有题	70
重围中逢萧校书	71
咸通	71
白樱桃	73
夜景	74
宿山家	75
长年	76
辛丑年	78
思归	79
忆昔	81
合欢莲花	85
览萧必先卷	86
和人岁晏旅舍见寄	86
宿泊孟津寄三堂友人	87
对酒赋友人	88
天井关	89
赠边将	91
春日	92
早秋夜作	93
寄江南逐客	94
冬夜	95
又闻湖南荆渚相次陷没	96

家叔南游却归因献贺	97
楚行吟	98
洛阳吟	99
过旧宅	99
喻东军	100
清河县楼作	102
北原闲眺	103
赠戍兵	104
睹军回戈	105
中渡晚眺	106
河内别村业闲题	107
闻官军继至未睹凯旋歌	108
和集贤侯学士分司丁侍御秋日雨霁之作	109
题安定张使君	110
颍阳县	111
寄园林主人	112
洛北村居	113
对梨花赠皇甫秀才	114
立　春	114
村　笛	115
题李斯传	116
赠薛秀才	116
和元秀才别业书事	117
纪村事	118
题许仙师院	118
离筵诉酒	119
不　寐	119

赠武处士	120
题吉涧卢拾遗庄	121
题颍源庙	121
东游远归	122
新正日商南道中作寄李明府	124
春暮	125
哭麻处士	126
春早	127
和友人	127
春愁	128
晚春	129
题许浑诗卷	129
赠礼佛名者	130
残花	131
上元县	132
江上逢史馆李学士	133
金陵图	134
谒蒋帝庙	135
闻再幸梁洋	136
王道者	138
陪金陵府相中堂夜宴	139
和侯秀才同友生泛舟溪中相招之作	141
赠野童	142
代书寄马	143
题淮阴侯庙	144
送崔郎中往使西川行在	145
润州显济阁晓望	146

观浙西府相畋游	147
官　庄	148
解　维	149
雨霁池上作呈侯学士	149
寓　言	150
哭同舍崔员外	151
题姑苏凌处士庄	152
过当涂县	153
江亭酒醒却寄维扬饯客	153
台　城	154
赠渔翁	156
过扬州	157
寄右省李起居	158
镊　白	159
漳亭驿小樱桃	160
酬吴秀才雪川相送	161
对雨独酌	162
夏初与侯补阙江南有约同泛淮汴西赴行朝庄自九驿路先至甬桥补阙由淮楚续至泗上寝病旬日遽闻捐馆回首悲恸因成长句四韵吊之	163
汴堤行	164
旅次甬西见儿童以竹枪纸旗戏为阵列主人叟曰斯子也三世没于阵思所袭祖父雠余因感之	166
自孟津舟西上雨中作	166
含山店梦觉作	167
题貂黄岭官军	168
过内黄县	168

杂　感	169
垣县山中寻李书记山居不遇留题河次店	170
送人游并汾	171
李氏小池亭十二韵	172
遣　兴	173
婺州和陆谏议将赴阙怀阳羡山居	174
江上题所居	175
婺州屏居蒙右省王拾遗车枉降访病中延候不得因成寄谢	176
将卜兰芷村居留别郡中在仕	177
和陆谏议避地寄东阳进退未决见寄	178
山墅闲题	179
江上逢故人	180
旅中感遇寄呈李秘书昆仲	181
送范评事入关	182
东阳酒家赠别二绝句	183
江上村居	184
江外思乡	185
和郑拾遗秋日感事一百韵	185
梦入关	199
送人归上国	199
闻春鸟	200
樱桃树	201
独　鹤	201
新栽竹	202
稻　田	202
庭前菊	203
燕　来	203

倚柴关	204
题七步廊	204
语松竹	205
不出院楚公	206
江边吟	206
江南送李明府入关	208
送福州王先辈南归	209
雪夜泛舟游南溪	210
江行西望	212
铜　仪	213
含　香	214
春　云	215
云　散	216
袁州作	216
题袁州谢秀才所居	218
谒巫山庙	218
鹧　鸪	220
宿蓬船	222
送李秀才归荆溪	223
洪州送西明寺省上人游福建	224
建昌渡暝吟	225
岁除对王秀才作	226
酒渴爱江清	227
和李秀才郊墅早春吟兴十韵	227
泛鄱阳湖	229
黄藤山下闻猿	229
章江作	230

南游富阳江中作 · 231
饶州余干县琵琶洲有故韩宾客宣城裴尚书修行李侍郎旧居遗
　址犹存客有过之感旧因以和吟 · 232
九江逢卢员外 · 233
南昌晚眺 · 234
衢州江上别李秀才 · 235
湘中作 · 236
桐庐县作 · 237
东阳赠别 · 238
寄湖州舍弟 · 239
信州西三十里山名仙人城下有月岩山其状秀拔中有山门如满
　月之状余因行役过其下聊赋是诗 · 240
婺州水馆重阳日作 · 241
避地越中作 · 242
抚州江口雨中作 · 243
信州溪岸夜吟作 · 244
访浔阳友人不遇 · 244
东林寺再遇僧益大德 · 245
西塞山下作 · 246
齐安郡 · 247
夏口行寄婺州诸弟 · 248
南省伴直 · 248
鄂杜旧居二首 · 249
寄江南诸弟 · 251
投寄旧知 · 252
癸丑年下第献新先辈 · 252
题汧阳县马跑泉李学士别业 · 254

绛州过夏留献郑尚书	254
绥州作	255
与东吴生相遇	257
庭前桃	259
丙辰年鄜州遇寒食城外醉吟五首	260
宜君县北卜居不遂留题王秀才别墅二首	263
鄜州留别张员外	264
病中闻相府夜宴戏赠集贤卢学士	266
出　关	267
过樊川旧居	268
长安旧里	268
过渼陂怀旧	269
汧阳间	270
焦崖阁	272
鸡公帻	272
秦妇吟	273
少年行	288
闰　月	289
闺　怨	289
平陵老将	290
乞彩笺歌	291
上春词	292
捣练篇	293
长安春	294
赠峨嵋山弹琴李处士	295
南阳小将张彦碛口镇税人场射虎歌	297
杂体联锦	298

抚盈歌	299
岁晏同左生作	300
秋霁晚景	301
灵　席	302
旧　居	302
边上逢薛秀才话旧	303
和人春暮书事寄崔秀才	304
使院黄葵花	305
咸阳怀古	306
和同年韦学士华下途中见寄	309
江皋赠别	310
奉和左司郎中春物暗度感而成章	311
奉和观察郎中春暮忆花言怀见寄四韵之什	312
伤灼灼	312
汉　州	314
长安清明	315
悼亡姬三首	316
下邽感旧	318
途次逢李氏兄弟感旧	319
龙　潭	319
饮散呈主人	320
即　事	321
勉儿子	321
赠姬人	322
春　愁	322
摇　落	322
令狐亭	323

江上别李秀才 …………………………………… 324
姬人养蚕 ……………………………………… 325
长干塘别徐茂才 ……………………………… 325
白牡丹 ………………………………………… 326
多　情 ………………………………………… 326
悯耕者 ………………………………………… 327
壶关道中作 …………………………………… 327
题酒家 ………………………………………… 328
残　花 ………………………………………… 328
寄舍弟 ………………………………………… 329
仆者杨金 ……………………………………… 329
春陌二首 ……………………………………… 330
中　酒 ………………………………………… 331
暴　雨 ………………………………………… 331
晏　起 ………………………………………… 332
幽居春思 ……………………………………… 333
思归引 ………………………………………… 333
与小女 ………………………………………… 334
虎　迹 ………………………………………… 335
买酒不得 ……………………………………… 335
得故人书 ……………………………………… 336
洪州送僧游福建 ……………………………… 336
闻回戈军 ……………………………………… 337
南邻公子 ……………………………………… 338
忆小女银娘 …………………………………… 338
女仆阿枉 ……………………………………… 339
河清县河亭 …………………………………… 339

钟陵夜阑作	340
悼杨氏妓琴弦	341
寄禅月大师	341
韦曲	342
句	343

韦庄词集

浣溪沙（清晓妆成寒食天）	347
浣溪沙（欲上秋千四体慵）	348
浣溪沙（惆怅梦余山月斜）	348
浣溪沙（绿树藏莺莺正啼）	350
浣溪沙（夜夜相思更漏残）	351
菩萨蛮（红楼别夜堪惆怅）	353
菩萨蛮（人人尽说江南好）	355
菩萨蛮（如今却忆江南乐）	358
菩萨蛮（劝君今夜须沉醉）	360
菩萨蛮（洛阳城里春光好）	362
归国遥（春欲暮）	364
归国遥（金翡翠）	365
归国遥（春欲晚）	366
应天长（绿槐阴里黄莺语）	367
应天长（别来半岁音书绝）	369
荷叶杯（绝代佳人难得）	370
荷叶杯（记得那年花下）	372
清平乐（春愁南陌）	373
清平乐（野花芳草）	375
清平乐（何处游女）	376

清平乐(莺啼残月) …………………………………… 377
望远行(欲别无言倚画屏) …………………………… 378
谒金门(春漏促) ……………………………………… 379
谒金门(空相忆) ……………………………………… 380
江城子(恩重娇多情易伤) …………………………… 381
江城子(髻鬟狼藉黛眉长) …………………………… 382
河　传(何处) ………………………………………… 383
河　传(春晚) ………………………………………… 385
河　传(锦浦) ………………………………………… 386
天仙子(怅望前回梦里期) …………………………… 386
天仙子(深夜归来长酩酊) …………………………… 387
天仙子(蟾彩霜华夜不分) …………………………… 388
天仙子(梦觉云屏依旧空) …………………………… 389
天仙子(金似衣裳玉似身) …………………………… 390
喜迁莺(人汹汹) ……………………………………… 391
喜迁莺(街鼓动) ……………………………………… 392
思帝乡(云髻坠) ……………………………………… 393
思帝乡(春日游) ……………………………………… 394
诉衷情(烛烬香残帘未卷) …………………………… 395
诉衷情(碧沼红芳烟雨静) …………………………… 396
上行杯(芳草灞陵春岸) ……………………………… 397
上行杯(白马玉鞭金辔) ……………………………… 398
女冠子(四月十七) …………………………………… 399
女冠子(昨夜夜半) …………………………………… 400
更漏子(钟鼓寒) ……………………………………… 400
酒泉子(月落星沉) …………………………………… 401
木兰花(独上小楼春欲暮) …………………………… 402

小重山(一闭昭阳春又春)……………………… 403
怨王孙(锦里)……………………………………… 405
定西番(挑尽金灯红烬)…………………………… 406
定西番(芳草丛生缕结)…………………………… 407
清平乐(琐窗春暮)………………………………… 408
清平乐(绿杨春雨)………………………………… 409
谒金门(春雨足)…………………………………… 409

韦庄诗集

章台夜思①

清瑟怨遥夜,绕弦风雨哀。②孤灯闻楚角,残月下章台。③芳草已云暮,故人殊未来。④乡书不可寄,秋雁又南回。⑤

【题解】

此诗当作于客游荆湘时。诗写思乡怀人。以"夜思"为题,却先不直接写思,而是写秋夜闻见,通过长夜中的清瑟、楚角之声,以及孤灯、残月、故国离宫等典型意象,以景寓情,层层蓄势,营造出凄楚怨慕的情感氛围。颔联中的"孤灯""残月",兴象超妙,凄清深婉。尤其是无生命之物的灯,与诗人笔下的"人"融为一体,不仅可以听闻楚角,而且能够感受孤独。跟白居易《宴散》中的"笙歌归院落,灯火下楼台"相比,写境虽不无哀乐之异,而情韵之美实有过之。后半直接抒写章台夜思,寄情于景。由草木变衰,秋雁南回,触动所思不见,抑且天远书沉的无奈之慨,一片空灵。全篇致思运笔如骤风剧雨,自是韦庄本色,但不为雕镂而传神自妙,堪与义山媲美。

【注释】

①诗题中"章台",指章华台,春秋时楚灵王所建,故址在今湖北监利西北。《左传·昭公七年》:"及即位,为章台之宫,纳亡人以实之。"杜预注:"章台,南郡华容县。"又,"楚子成章华之台,愿与诸侯落之。"杜预注:"宫室始成,祭之为落。台今在华容城内。"沈括《梦溪笔谈》卷四:"华容即今之监利县,非岳州之华容也。至今有章华故台,在县郭中,与杜预之说相符。"

②"清瑟"二句:《楚辞·远游》:"使湘灵鼓瑟兮,令海若舞冯夷。"应劭《风俗通义》卷六:"《世本》:宓羲作。八尺一寸,四十五弦。《黄帝书》:泰帝使素女鼓瑟而悲,帝禁不止,故破其瑟为二十五弦。"

③"孤灯"二句:郑巢《送魏校书赴夏口从事》:"夜灯分楚塞,秋角满湘船。"李昉等《太平御览》卷五八四引《宋书·乐志》:"角长五尺,形如竹筒,本细末稍大,未详所起。今卤簿及军中用之,或以竹木,或以皮为之,无

定制。"

④"芳草"二句:曹丕《秋胡行》:"朝与佳人期,日夕殊不来。"谢灵运《南楼中望所迟客》:"园景早已满,佳人犹未适。"

⑤"乡书"二句:王湾《次北固山下》:"乡书何处达,归雁洛阳边。"

【辑评】

明钟惺、谭元春《唐诗归》卷三六:钟评:悲艳动人。谭评:苦调柔情。

明陆时雍《唐诗镜》卷五四:二句佳。三、四盛唐气格。

明邢昉《唐风定》卷一五:音韵忽超,但"芳草"一联太沿"日暮碧云"耳。

清王士禛《带经堂诗话》卷三:律诗贵工于发端,承接二句尤贵得势,如懒残履衡岳之石,旋转而下,此非有伯昏无人之气者不能也。如"万壑树参天,千山响杜鹃",下即云:"山中一夜雨,树杪百重泉。""昔闻洞庭水,今上岳阳楼",下云:"吴楚东南坼,乾坤日夜浮。""古戍落黄叶,浩然离故关",下云:"高风汉阳渡,初日郢门山。""锦色怨遥夜,绕弦风雨哀",下云:"孤灯闻楚角,残月下章台。"此皆转石万仞手也。

清黄生《唐诗摘钞》卷一:句调坚老,晚唐所罕。

清管世铭《读雪山房唐诗钞》卷一四:温庭筠"古戍落黄叶",刘绮庄"桂楫木兰舟",韦庄"清瑟怨遥夜",便觉开、宝去人不远。可见文章虽限于时代,豪杰之士终不为风气所囿也。

清纪昀《删正二冯评阅才调集》卷三:高调,晚唐所少。

清周咏棠《唐贤小三昧集续集》:起得有情,接得有力,所谓万钧石在掌上转也。此诗与飞卿"古戍落黄叶"之作,皆晚唐之绝品也。

清章燮《唐诗三百首注疏》卷四:闻弦声之悲,易起遥夜之怨。而更绕以风雨之声,其情愈哀矣。孤灯独坐,又闻楚角,其悲恻之情,更为何如。风雨稍定,秋夜已深,楚角声中见残月西堕,沉下章台,其孤苦寂静更不可言矣。此四句,一层深一层。

清朱庭珍《筱园诗话》卷四:凡五、七律诗,最争起句。凡起处最宜经营,贵用陡峭之笔,洒然而来,突然涌出,若天处奇峰,壁立千仞,则入手势便紧健,气自雄壮,格自高,意自奇,不但起调之响也。起笔得势,入手即不同人,以下迎刃而解矣。如陈思王之"惊风飘白日,忽然归西山",谢康乐之

"昏旦变气候,山水含清晖",谢宣城之"大江流日夜,客心悲未央"……温飞卿之"古戍落黄叶,浩然离故关",韦端己之"清瑟泛遥夜,绕弦风雨哀"……以上诸联,或雄厚,或紧遒,或生峭,或恣逸,或高老,或沉著,或飘脱,或秀拔,佳处不一,皆高格响调,起句之极有力、最得势者,可为后学法式。作诗宜效此种起笔,自不患平矣。

俞陛云《诗境浅说》甲编:五律中有高唱入云、风华掩映而见意不多者,韦诗其上选也。前半首借清瑟以写怀。泠泠二十五弦,每一发声,若凄风苦雨绕弦杂遝而来。况残月孤灯,益以角声悲奏,楚江行客,其何以堪胜!诵此四句,如闻雍门之琴、桓伊之笛也。下半首言草木变衰,所思不见,雁行空过,天远书沉,与李白之"鸿雁几时到,江湖秋水多"相似,皆一片空灵,含情无际。初学宜知此诗之佳处,前半在神韵悠长,后半在笔势老健。如笔力尚弱而强学之,则宽廓无当矣。

延兴门外作①

芳草五陵道,美人金犊车。②绿奔穿内水,红落过墙花。③马足倦游客,鸟声欢酒家。王孙归去晚,宫树欲栖鸦。④

【题解】

此诗为早年京城之作,讽咏五陵年少夜以继日、纸醉金迷的春日冶游狂欢情景。起以"美人",合以"王孙",一体两肩,深有感慨。在林庚先生看来,这样的作品,正是以"彩绘的字句"表现"精美的情操"的代表性作品,所谓"以单纯的心地,体验美的人生,以自由的技巧,写出明白的字句"。在当时的诗歌创作中,以韦氏为首的这一派的这种表现,成为"最普遍而比较新鲜的风致"。

【注释】

①诗题中"延兴门",唐代长安十二座城门之一,系东出南头之第一门,故址在今西安东南隅。宋敏求《长安志》卷七:"唐京城……东面三门,北曰

通化门,中曰春明门,南曰延兴门。"郑准《江南清明》:"延兴门外攀花别,采石江头带雨逢。"

②"芳草"二句:五陵,乃汉高帝、惠帝、景帝、武帝、昭帝陵寝,在渭水北岸,今陕西咸阳附近。《汉书·原涉传》:"郡国诸豪及长安五陵诸为气节者,皆归慕之。"颜师古注:"五陵,谓长陵、安陵、阳陵、茂陵、平陵也。"班固《西都赋》:"若乃睹其四郊,浮游近县,则南望杜霸,北眺五陵。名都对郭,邑居相承。英俊之域,绂冕所兴。冠盖如云,七相五公。"李白《少年行》:"五陵年少金市东,银鞍白马度春风。"犊车,牛车。汉诸侯贫者乘之,后转为贵者乘用。《汉书·蔡义传》:"(义)家贫,常步行,资礼不逮众门下,好事者相合为义买犊车,令乘之。"《宋书·礼志五》:"犊车,耕车之流也。汉诸侯贫者乃乘之,其后转见贵。孙权云'车中八牛',即犊车也。江左御出,又载储偫之物。"李廓《长安少年行十首》其三:"倒插银鱼袋,行随金犊车。"温庭筠《春晓曲》:"油壁车轻金犊肥,流苏帐晓春鸡报。"案:此二句,亦见温庭筠《玉楼春》(家临长信往来道),《全唐诗·附词》调作《木兰花》。

③"绿奔"二句:内,指宫城。《旧唐书·地理志》:"皇城在西北隅,谓之西内,……东内曰大明宫,在西内之东北,……南内曰兴庆宫,在东内之南隆庆坊。"

④"王孙"二句:《楚辞·招隐士》:"王孙游兮不归,春草生兮萋萋。"《文选》五臣注:"原与楚同姓,故云王孙。"王夫之《楚辞通释》:"王孙,隐士也。秦汉以上,士皆王侯之裔,故称王孙。"元稹《生春》:"宫树栖鸦乱,城楼带雪融。"

【辑评】

明周珽《唐诗选脉会通评林》:此见五陵豪侠之家当春游之日,极其奢华妖艳,往来驰逐,因自叹倦游之客,惟有乘兴一过酒家而已。……言外有无限感慨。

明邢昉《唐风定》卷一五:从纤细中出,自是佳语,第单寻此一路不得。

清黄生《唐诗摘钞》卷一:全首直叙。全首写景,润而不枯,艳而不俗,声格在中唐之间。

清屈复《唐诗成法》卷五:五陵道,即延兴门外,美人金车多贵游也。

三、四,其景如此,此贵游之赏也;五、六自伤。王孙,即金车之人。贵游归尽,宫树栖鸦,己尚徘徊门外也,意在言外。五,自伤流落,全篇因此而作。

清焦袁熹《此木轩五言七言律诗选读本》:句句字字工,以工为事。

清胡本渊《唐诗近体》卷一:"奔"字、"过"字、"倦"字、"欢"字,于此得炼字法,言因倦而憩酒家也。

清王尧衢《古唐诗合解》卷八:前解是春色,后解是春游。起以美人,合以王孙,则游人中之最出色者也。

刘得仁墓①

至公遗至艺,终抱至冤沉。②名有诗家业,身无戚里心。③
桂和秋露滴,松带夜风吟。冥寞知春否④,坟蒿日已深。

【题解】

此诗当系咸通初应举下第时有感而作。刘得仁久苦文场,怀才不遇,诗人对此深感不平,篇中也充满同病相怜之慨。作者晚年入仕后,所上《乞追赠李贺皇甫松等进士及第奏》之意与此相通:"词人才子,时有遗贤。不沾一命于圣明,没作千年之恨骨,据臣所知,则有李贺、皇甫松、李群玉、陆龟蒙、赵光远、温庭筠、刘得仁、陆逵、傅锡、平曾、贾岛、刘稚珪、罗邺、方干,俱无显遇,皆有奇才。丽句清辞,遍在词人之口;衔冤抱恨,竟为冥路之尘。伏望追赐进士及第,各赠补阙、拾遗。见存唯罗隐一人,亦乞特赐科名,录升三级。便以特敕,显示优恩。俾使已升冤人,皆沾圣泽;后来学者,更励文风。"

【注释】

①诗题中"刘得仁",亦作刘德仁,唐长庆至大中年间诗人,居长安城东南通济坊,有诗《夏日通济里居酬诸先辈见访》。王定保《唐摭言》卷一〇:"刘得仁,贵主之子。自开成至大中三朝,昆弟皆历贵仕,而得仁苦于诗,出入举场三十年,竟无所成。"晁公武《郡斋读书志》卷一八称刘得仁"长庆中

以诗名,五言清莹,独步文场"。(案:《唐才子传校笺·刘得仁》陈尚君笺谓:此"贵主"并非指公主。疑仅指县主而言,刘氏诗所云"外族帝王是"可证。又,陶敏笺谓"长庆中以诗名"可能乃据其诗。而集中《上张水部》《哭鲍溶有感》,均不足以证成此说。)李怀民《重订中晚唐诗人主客图》:"得仁诗,亦水部派也。前辈见其愁苦吟呻,拟之贾氏,其实唐末凄厉之音,大半相似,要自各有宗承,不相混。独惜得仁三十年苦功,赍志以殁,后世并亦无能知者。引为张司业门人,或有传焉。"

②"至公"二句:黄滔《颍川陈先生集序》:"唐设进士科垂三百年,有司之取士也,喻之明镜,喻之平衡,未尝不以至公为之主。"刘虚白《献主文》:"不知岁月能多少,犹著麻衣等至公。"钱易《南部新书》卷三:"每岁十一月,天下贡举人于含元殿前,引见四方馆舍人,当直者宣曰:'卿等学富雄词,远随乡荐,跋涉山川,当甚劳苦。有司至公,必无遗逸。'"刘得仁《省试日上崔侍郎四首》其一:"衣上年年泪血痕,只将怀抱诉乾坤。如今主圣臣贤日,岂致人间一物冤。"其二:"如病如痴二十秋,求名难得又难休。回看骨肉须堪耻,一著麻衣便白头。"《唐摭言》卷一〇:"(刘得仁)既终,诗人争为诗以吊之,唯供奉僧栖白擅名,诗曰:'忍苦为诗身到此,冰魂雪魄已难招。直教桂子落坟上,生得一枝冤始销。'"案:韦庄《又玄集》卷下所录此诗,题作《哭刘德仁》,前两句作:"为爱诗名吟到此,风魂雪魄去难招。"又,程千帆〈王摩诘〈送綦毋潜落第还乡〉诗跋〉尝谓:"栖白此作,就诗论诗,了无佳处,而独能擅名者,正以其最得尔时士流及得仁之意耳。此可为'老死于文场者,亦无所恨'之证。"

③"名有"二句:杜甫《宗武生日》:"诗是吾家事,人传世上情。"刘得仁《和郑先辈谢秩闲居寓书所怀》:"把笔还诗债,将琴当酒资。"《史记·万石君列传》:"万石君名奋,其父赵人也,姓石氏……于是高祖召其姊为美人,以奋为中涓,受书谒,徙其家长安中戚里,以姊为美人故也。"司马贞《索隐》:"于上有姻戚者皆居之,故名其里为戚里。"刘得仁《上翰林丁学士》二首其二:"外族帝王是,中朝亲旧稀。翻令浮议者,不许九霄飞。"又《陈情上李景让大夫》:"辛苦文场久,因缘戚里深。"

④"冥寞"句:冥寞,阴间。谢惠连《祭古冢文》:"铭志不存,世代不可得

而知也。公命城者改埋于东冈，祭之以豚酒。既不知其名字远近，故假为之号曰'冥漠君'云尔。"杜甫《追酬故高蜀州人日见寄》："锦里春光空烂熳，瑶墀侍臣已冥寞。"

下第题青龙寺僧房①

千蹄万毂一枝芳，要路无媒果自伤。②题柱未期归蜀国，曳裾何处谒吴王。③马嘶春陌金羁闹，鸟睡华林绣羽香。④酒薄恨浓消不得，却将惆怅问支郎⑤。

【题解】

此诗盖作于咸通三年（862）春。诗写科场失意者的失望和无助。这种情形，在当时具有一定的普遍性和代表性。如雍陶《人问应举》："莫惊西上独迟回，只为衡门未有媒。惆怅赋成身不去，一名闲事逐秋回。"刘得仁《送车涛罢举归山》："朝是暮还非，人情冷暖移。浮生只如此，强进欲何为。要路知无援，深山必遇师。怜君明此理，休去不迟疑。"

【注释】

①诗题中"青龙寺"，在长安城东南新昌坊（今陕西西安东南），近延兴门。王溥《唐会要》卷四八："本隋废灵感寺。龙朔二年，新城公主奏立为观音寺。景云二年改名。"

②"千蹄"二句：毂（gǔ），车轮中心的圆木，即车轴。此代指车。《老子》："三十辐共一毂。"《晋书·郤诜传》：诜以对策上第，累迁雍州刺史，"武帝于东堂会送，问诜曰：'卿自以为何如？'诜对曰：'臣举贤良对策，为天下第一，犹桂林之一枝，昆山之片玉。'帝笑。"司空曙《送乔广下第归淮南》："东堂一枝在，为子惜年华。"罗隐《送秦州从事》："一枝何足解人愁，抛却还随定远侯。"《古诗十九首·今日良宴会》："何不策高足，先据要路津。"杜甫《暮秋枉裴道州手札率尔遣兴寄递呈苏涣侍御》："致君尧舜付公等，早据要路思捐躯。"媒，指荐举的人。杜牧《送隐者一绝》："无媒径路草萧萧，自古

云林远市朝。"

③"题柱"二句：常璩《华阳国志》卷三《蜀记》：蜀郡治少城，"城北有升仙桥，桥有送客观。司马相如初入长安，题门市曰：'不乘赤马驷车，不过当下也。'"杜甫《投赠哥舒开府二十韵》："壮节初题柱，生涯独转蓬。"《汉书·邹阳传》载邹阳谏吴王刘濞书有云："饰固陋之心，则何王之门不可曳长裾乎？"杜甫《追酬故高蜀州人日见寄》："鼓瑟至今悲帝子，曳裾何处觅王门。"

④"马嘶"二句：金羁，金饰的马络头。曹植《白马篇》："白马饰金羁，连翩西北驰。"鸠摩罗什《弥勒下生成佛经》："尔时弥勒佛于华林园，其园纵广一百由旬。"（案：据记载，洛阳、建康、邺城、长安、平城、中山等地均曾置有华林园（芳林园），邺城华林园似应早于洛阳华林园。司马光《资治通鉴》卷一〇五晋孝武帝太元九年：慕容垂接受封衡建议，准备引漳水灌邺城，"因饮于华林园"。胡三省注云："洛都、邺都皆有华林园。邺之华林，则魏武所筑也。"卷一二〇宋文帝元嘉元年五月甲申："时帝于华林园为列肆，亲自沽卖。"胡注云："魏氏作华林园于洛中。晋氏南渡，放其制，作之于建康。华林园，在宫城北隅。"卷一四四齐和帝中兴元年：北魏宣武帝"自华林园还宫"。胡注云："华林园，魏明帝所筑芳林园也，后避齐王芳讳，改曰华林园。"）杜甫《清明二首》其一："绣羽衔花他自得，红颜骑竹我无缘。"

⑤支郎：慧皎《高僧传》卷一："（支谦）博览经籍，莫不精究。世间伎艺，多所综习。遍学异书，通六国语。其为人细长黑瘦，眼多白而睛黄，时人为之语曰：'支郎眼中黄，形躯虽细是智囊。'"后用作僧人雅称，此喻指青龙寺僧。郑谷《重访黄神谷策禅者》："初尘芸阁辞禅阁，却访支郎是老郎。"

【辑评】

清胡以梅《唐诗贯珠》卷二〇：千蹄万毂止争一枝丹桂之芳，予因无要路之媒，果然不中而自伤也。题柱之愿未遂，蜀国难归，欲作客而曳裾，又无王可谒，但见得意者马嘶金勒而喧闹，如鸟睡华林园中，绣羽皆香，羡之至也。酒薄恨浓，不能消愁，惟惆怅而问上人耳。

虢州涧东村居作①

东南骑马出郊坰②,回首寒烟隔郡城。清涧涨时翘鹭喜③,绿桑疏处哺牛鸣。儿童见少生于客,奴仆骄多倨似兄。④试望家田还自适,满畦秋水稻苗平⑤。

【题解】

据《冬日长安感志寄献虢州崔郎中二十韵》中"雾雨十年同隐遁",知诗人迁居虢州约在大中四、五年(850—851)。此诗云"儿童见少生于客",盖作于初居虢州时。诗中展现的,是一派宁静平和优美的乡村图景。在这里,白鹭与清涧相戏,黄犊与绿桑相亲,一片水田,稻苗平铺,预示着丰收年景。难怪诗人放眼其中,会感到舒心适意了。

【注释】

①诗题中"虢州",李吉甫《元和郡县图志》卷六:"《禹贡》:雍及豫二州之境,周初为虢国。虢有三:北虢,今陕州平陆县;东虢,今荥阳市;西虢,在今凤翔扶风县也。鲁僖公二年,晋荀息假道于虞以伐虢,虢亡,乃为晋地。其后三卿分晋,属韩。秦兼天下,属三川郡。至汉武帝元鼎四年置弘农郡,后魏以献文帝讳'弘',改为恒农郡。孝武帝永熙三年,分为西恒农,属陕州。周明帝复为弘农。隋开皇三年废郡,以县属陕州,大业二年又改属豫州。三年,又于弘农县置弘农郡,义宁元年改为凤林郡。其年,于卢氏县置虢郡,武德元年改为虢州。其年,改凤林郡为鼎州,因鼎湖以为名。贞观八年废,遂移虢于今理所(指今河南灵宝南)。"

②郊坰(jiōng):远郊。《尔雅·释地》:"邑外谓之郊,郊外谓之牧,牧外谓之野,野外谓之林,林外谓之坰。"《诗·鲁颂·駉》:"駉駉牡马,在坰之野。"杜甫《严中丞枉驾见过》:"元戎小队出郊坰,问柳寻花到野亭。"

③翘鹭:白鹭。《尔雅·释鸟》:"鹭,春锄。"郭璞注:"白鹭也。头、翅、背上皆有长翰毛。"李时珍《本草纲目》卷四七:"鹭,水鸟也。林栖水食,群

11

飞成序。洁白如雪,颈细而长,脚青善翘,高尺余,解趾短尾,喙长三寸。"毛文锡《应天长》:"芦洲一夜风和雨,飞起浅沙翘雪鹭。"

④"儿童"二句:杜甫《南邻》:"惯看宾客儿童喜,得食阶除鸟雀驯。"《说文》:"倨,不逊也。"

⑤"满畦"句:满畦,犹满田。《说文》:"田五十亩曰畦。"杜荀鹤《题汪明府山居》:"牛笛漫吹烟雨里,稻苗平入水云间。"

送日本国僧敬龙归①

扶桑已在渺茫中②,家在扶桑东更东。此去与师谁共到③,一船明月一帆风。

【题解】

据《渔塘十六韵》中"名留域外僧",知韦庄虢州村居时与域外僧有过交往,则此诗盖作于虢州村居期间。唐时,日本国曾派遣多批遣唐使,学习中华文化,其中包括很多请益僧和学问僧,如此诗所赠的"敬龙",就是即将学成归国者。诗作先通过渲染渺远而神秘的氛围,交代敬龙归国的方向。再采取翻进一层的写法,凸显其归途的遥不可及。字里行间,包含着对友人深浓真挚的关切之情,以及从此以后天各一方的惆怅。后两句运用清朗形象的画面,表达对敬龙顺利归途的由衷祝愿,也表露出二人同样澄澈空明的心灵世界。

【注释】

①诗题中"日本国",唐东夷国名。《旧唐书·东夷列传》:"日本国者,倭国之别种也。以其国在日边,故以日本为名。或曰倭国自恶其名不雅,改为日本。"敬龙,未详。

②扶桑:古时传说为东方神木和国名。《山海经·海外东经》:"汤谷上有扶桑,十日所浴,在黑齿北。居水中,有大木,九日居下枝,一日居上枝。"《淮南子·天文训》:"日出于旸谷,浴于咸池,拂于扶桑,是谓晨明。"《海内

十洲记》:"扶桑在东海之东岸,……地方万里,上有太帝宫,太真东王父所治处,地多林木,叶皆如桑。又有椹树,长者数千丈,大二千余围。树两两同根偶生,更相依倚,是以名为扶桑。"《南史·东夷传》:"扶桑国者,齐永元元年,其国有沙门慧深来至荆州,说云扶桑在大汉国东二万余里,地在中国之东。其上多扶桑木,故以为名。"

③师:对敬龙的尊称。《善住意天子所问经》:"天子问文殊曰:何等比丘得名禅师?文殊曰:于一切法一行思量,所谓不生,若如是知,得名禅师。乃至无有少法可取。不取何法?所谓不取此世后世、不取三界,至一切法悉不取,谓一切法悉无,众生如是不取,得名禅师。无少取,非取不取,于一切法悉无所得,故无忆念,若不忆念,彼则不修,若不修者,彼则不证,故名禅师。"

对 酒

何用岩栖隐姓名,一壶春酎可忘形。①伯伦若有长生术,直到如今醉未醒。②

【题解】

此诗盖亦作于虢州村居期间。韦庄也曾试图躲入醉乡,以酒消愁,摆脱重荷。如此诗,即说酒能代隐,并突发奇想,认为刘伶若活到现在,肯定还要天天沉醉不醒。言外之意,是说自己正该像刘伶那样长醉不醒。

【注释】

①"何用"二句:春酎(zhòu),胡介祉谷园刻本作"春酌",洪迈《万首唐人绝句》作"春酹"。嵇康《与山巨源绝交书》:"以此观之,故尧、舜之君世,许由之岩栖,子房之佐汉,接舆之行歌,其揆一也。"李善注:"《吕氏春秋》曰:昔尧朝许由于沛泽之中,曰:'请属天下于夫子。'许由遂之箕山之下。张升《反论》曰:'黄绮引身,岩栖南岳。'"谢灵运《山居赋序》:"古巢居穴处曰岩栖,栋宇居山曰山居。"宋之问《入泷州江》:"余本岩栖客,悠哉慕玉

13

京。"《礼记·月令》:"孟夏之月,……天子饮酎,用礼乐。"郑玄注:"酎之言醇也,谓重酿之酒也。"

②"伯伦"句:直到,《全唐诗》注:"一作'应到'。"刘伶,字伯伦。沛(今安徽沛县)人。"竹林七贤"之一,嗜酒放旷。刘义庆《世说新语·文学》:"刘伶著《酒德颂》,意气所寄。"刘孝标注引《名士传》:"肆意放荡,以宇宙为狭。常乘鹿车,携一壶酒,使人荷锸随之,云:'死便掘地以埋。'土木形骸,遨游一世。"《老子》:"天长地久,天地所以能长且久者,以其不自生。"是谓天地生物而不自生,立于万物之外,故能长生。

尹喜宅①

荒原秋殿柏萧萧②,何代风烟占寂寥。紫气已随仙仗去,白云空向帝乡消。③濛濛暮雨春鸡唱,漠漠寒芜雪兔跳④。欲问灵踪无处所,十洲空阔阆山遥。⑤

【题解】

此诗盖作于虢州村居时,以"尹喜宅"在故函谷关,地近虢州之故。诗写对已化为历史陈迹的传说中的仙道灵踪,表达出的伤悼之情。

【注释】

①诗题"尹喜宅",传说为春秋时函谷关令尹喜故宅,又名尹喜台、望气台,故址在今河南灵宝南。尹喜,又称关尹,字公度,秦国人。李吉甫《元和郡县图志》卷六:陕州灵宝县,本汉弘农县,隋开皇十六年置桃林县。"天宝元年,于县南古函谷关尹真人宅掘得天宝灵符,遂改县为灵宝。"此中所谓"尹真人",即尹喜。

②萧萧:草木摇落声。屈原《九歌·山鬼》:"风飒飒兮木萧萧,思公子兮徒离忧。"刘禹锡《泰娘歌》:"洛阳旧宅生草莱,杜陵萧萧松柏哀。"

③"紫气"二句:欧阳询等《艺文类聚》卷七八引《关令内传》:"关令尹喜……少好学坟索,善于天文秘纬,仰看俯察,莫不洞彻,虽鬼神无以匿其真

状。老子感焉,未至九十日,关令登楼四望,见东极有紫气西迈。喜曰:'夫阳气尽九,星宿值合,岁月并王。复九十日之外,法应有圣人经过京邑。'至期,乃斋戒,其日果见老子。"杜甫《秋兴八首》:"西望瑶池降王母,东来紫气满函关。"岑参《奉和中书贾至舍人早朝大明宫》:"金阙晓钟开万户,玉阶仙仗拥千官。"《庄子·天地》:"千岁厌世,去而上仙,乘彼白云,至于帝乡。"成玄英疏:"夫圣人,达生死之不二,通变化之为一,故能尽天年之修短,厌嚣俗以消升,何必鼎湖之举,独为上仙安期之寿,方称千岁?精灵上升,与太一而冥合,乘云御气,届于天地之乡。"

④跳:原注:"音条。"

⑤"欲问"二句:秦韬玉《仙掌》:"万仞连峰积翠新,灵踪依旧印轮巡。"《海内十洲记》:"汉武帝既闻西王母说八方巨海之中有祖洲、瀛州、玄洲、炎洲、长洲、元洲、流洲、生洲、凤麟洲、聚窟洲。有此十洲,乃人迹稀绝处。"阆山,即阆风山,相传为仙人所居,在昆仑之巅。屈原《离骚》:"朝吾将济于白水兮,登阆风而绁马。"《海内十洲记》:"(昆仑山)三角,其一角正北,干辰星之辉,名曰阆风巅。"

途中望雨怀归

满空寒雨慢霏霏,去路云深锁翠微。①牧竖远当烟草立,饥禽闲傍渚田飞。②谁家树压红榴折,几处篱悬白菌肥。③对此不堪乡外思,荷蓑遥羡钓人归④。

【题解】

此诗未详创作时地。诗写羁旅乡愁。寒雨霏霏,去路迢迢,前途未卜,看到牧童、渔夫等的平静生活,不禁勾起乡思。写来情真意切,凄楚动人。

【注释】

①"满空"二句:霏霏,雨(雪)纷飞貌。《诗·小雅·采薇》:"今我来思,雨雪霏霏。"《尔雅·释山》:"山脊,冈。未及上,翠微。山顶,冢。"郭璞注:

"近上旁陂。"邢昺疏:"谓未及顶上,在旁陂陀之处名翠微。一说山气青缥色,故曰翠微也。"梁武帝(萧衍)《登名山行》:"翠微横鸟路,珠树拂星桥。"

②"牧竖"二句:牧竖,牧童。竖,童仆。崔道融《牧竖》:"牧竖持蓑笠,逢人气傲然。卧牛吹短笛,耕却傍溪田。"岑参《晚发五渡》:"芋叶藏山径,芦花杂渚田。"

③"谁家"二句:王维《田家》:"夕雨红榴折,新秋绿芋肥。"

④荷蓑:《诗·小雅·无羊》:"何蓑何笠,或负其糇。"

古离别①

晴烟漠漠柳毵毵,不那离情酒半酣。②更把马鞭云外指③,断肠春色在江南。

【题解】

此诗或作于早年下第游江南时。首句以"晴烟漠漠柳毵毵"实写饯别之地的"春色",如在目前,景中已寓"离情"。结句以"断肠"虚写行人要去的江南春色。中间用"马鞭"绾合前后。马鞭一指,行人与饯行者即从此分手,以情观景,则两地春色在眼前与想象中连成一片。饯别之地的春色已自令人"不那",江南更形浓艳的春色能不令人"断肠"? 可谓春色无边,离情无尽。全篇以丽景衬离情,虚实相生,情景交融,辞采秾艳,笔致空灵,不失为韦庄短章中的名篇。

【注释】

①诗题,《全唐诗》本作《多情》。古离别,乐府曲辞,即古别离,亦名生别离、长别离、远别离。郭茂倩《乐府诗集》卷七二录此诗入杂曲歌辞,卷七一题解:"《楚辞》曰:'悲莫悲兮生别离。'《古诗》曰:'行行重行行,与君生别离。相去万余里,各在天一涯。'后苏武使匈奴,李陵与之诗曰:'良时不可再,离别在须臾。'故后人拟之为《古别离》。梁简文帝又为《生别离》,宋吴迈远有《长别离》,唐李白有《远别离》,亦皆类此。"

②"晴烟"二句：毵(sān)毵，枝条垂拂貌。孟浩然《高阳池送朱二》："澄波淡淡芙蓉发，绿岸毵毵杨柳垂。"温庭筠《和周繇》："神交花冉冉，眉语柳毵毵。"不那，无奈。孙蜀《中秋夜戏酬顾道流》："不那此身偏爱月，等闲看月即更深。"

③"更把"句：马鞭，席鉴刻本、胡本、《全唐诗》本、绿君亭本作"玉鞭"。《汉魏六朝百三家集》卷一四张衡《周天大象赋》："动则飞跃于云外，止则盘萦于汉沂。"张祜《题惠山寺》："殷勤望城市，云外暮钟和。"

【辑评】

明李攀龙选、蒋一葵笺《唐诗选》卷七：结有余恨。又引高廷礼语："晚唐绝句之盛不下数千篇，虽兴象不同，而声律亦未远。如韦庄后出，其赠别诸篇尚有盛唐时余韵。"

明邢昉《唐风定》卷二二：绝不似晚唐。

明唐汝询《唐诗解》卷三〇：对烟柳而生离情，则以酒消之。第江南春色更是断肠，谁复相慰耶？

明黄周星《唐诗快》卷一六：(末句)若身在江南，又不知何如。

明周珽《唐诗选脉会通评林》：杨慎曰：妙品。周珽曰：古色古貌，杂诸王、李何辨。后二句正是第二句意，与陆鲁望《有别》后联语意相同；陆以留别者言，居人登楼所望，有不堪增愁处；韦庄以送别者言，行人玉鞭所指，有不胜断肠处。

清吴昌祺《删订唐诗解》卷一五：诗意盖云若在江南烟柳间，离情当更甚矣，即今江北犹如此。两句而炼得隽永。

清黄生《唐诗摘抄》卷四：读此益知王昌龄"更吹羌笛关山月，无那金闺万里愁"倒叙之妙。首句指目前春色而言，春色本佳，但离人对之，自是无那，况别后睹江南春色，其肠断更何如！常建云"即今江北还如此，愁杀江南离别情"，与此同意，此作较饶风韵。

清黄叔灿《唐诗笺注》卷一〇：昔人云：诗情如画。此其是矣，却欲下一转语云：断肠春色无人会，一片离情画不成。诗之妙如此。然否？

柳谷道中作却寄①

马前红叶正纷纷,马上离情断杀魂②。晓发独辞残月店,暮程遥宿隔云村。心如岳色留秦地,梦逐河声出禹门。③莫怪苦吟鞭拂地,有谁倾盖待王孙。④

【题解】

此诗盖咸通三年(862)下第后,秋日离京游潇湘过柳谷时所作。诗人一边信马悠悠,垂鞭拂地;一边苦吟觅句,倾诉离情。全篇糅合深秋落叶、下弦晓月、暮色远村与山河萧索、旅途孤寂,突出渲染了"有谁倾盖待王孙"的失意之情。

【注释】

①诗题中"柳谷",在山西省夏县北。顾祖禹《读史方舆纪要》卷四一:"柳谷,(夏)县北五里中条山中。唐贞观十一年幸柳谷、观盐池也。"(案:《旧唐书·太宗本纪》《资治通鉴》卷一九五均载唐太宗贞观十二年二月幸柳谷、观盐池,顾说恐误。)却寄,以诗还寄。

②杀,胡本作"煞"。《正字通》:"杀,今谓之太甚曰煞。"

③"心如"二句:杜甫《通泉驿南去通泉县十五里山水作》:"山色远寂寞,江光夕滋漫。伤时愧孔父,去国同王粲。"禹门,即龙门关,今山西河津市西北与陕西韩城东北黄河夹岸。相传为夏禹治水时所凿,因称禹门。《禹贡》:"导河积石,至于龙门。"李吉甫《元和郡县图志》卷一二:"龙门关在(龙门)县西北二十二里。大禹祠在县西二十五里龙门山上。"

④"莫怪"二句:苦吟,作诗苦费心思。冯贽《云仙杂记·苦吟》:"孟浩然眉毫尽落,裴佑袖手,衣袖至穿,王维至走入醋瓮,皆苦吟者也。"《史记·邹阳列传》:邹阳《狱中上梁王书》引谚曰:"有白头如新,倾盖如故。"司马贞《索隐》:"《家语》:'孔子遇程子于途,倾盖而语。'又《志林》云:'倾盖者,道行相遇,耕车对语,两盖相倾,小敧之,故曰倾也。'"《楚辞·淮南小山〈招隐

士〉》:"王孙游兮不归,春草生兮萋萋。"王夫之《通释》:"王孙,隐士也。秦汉以上,士皆王侯之裔,故称王孙。"聂安福《韦庄集笺注》谓:张唐英《蜀梼杌》卷上、《资治通鉴》卷二六六、计有功《唐诗纪事》卷六八等谓韦庄为玄宗天宝末宰相韦见素之后,故自称王孙。

【辑评】

清赵臣瑗《山满楼笺注唐诗七言律》卷六:一、二不重在马前马上,红叶青袍,巧相掩映,盖特以叶之正纷纷兴起客之欲断魂也;三、四承写早行则如此其急,暮宿则如此其遥,仓皇亍行,即已亦不自解其何故,可悲也!下半乃直抒胸臆。五身虽去而心终未去;六心虽留而身已难留;七、八乃问其去将谁依?则究竟茫无所主。噫!人生若此,岂非《诗》所云"我瞻四方,蹙蹙靡所骋"乎?可哀也!

清胡以梅《唐诗贯珠》卷三〇:三、四佳,四更仙灵。二之"离情",题是却寄,寄与所知,而五之心留秦地,亦恋所知耳。

清杨逢春《唐诗绎》卷二三:首提道中之景,次提道中之情。三、四顶一说,由晓至暮,道中之景凄凉;五、六顶二说,心留梦逐,道中之情惝恍。七情景双收,八结出向后愁心。

清胡本渊《唐近体诗》卷三:(五、六句)悲壮。

灞陵道中作①

春桥南望水溶溶,一桁晴山倒碧峰。②秦苑落花零露湿,灞陵新酒拨醅浓。③青龙夭矫盘双阙,丹凤褵褷隔九重。④万古行人离别地,不堪吟罢夕阳钟。⑤

【题解】

此诗或作于早年困顿长安期间。篇首数句,描绘灞陵春光极具风情,篇末"万古行人离别地"二句,因而颇为令人感怀,或者也是因为注入了屡试不第的悲痛(参任海天《韦庄研究》)。

【注释】

①诗题中"灞陵",亦作"霸陵",汉文帝陵墓及其所在县名。故址在今陕西西安东北。王粲《七哀诗三首》其一:"南登霸陵岸,回首望长安。"

②"春桥"二句:春桥,指霸桥。刘向《九叹·逢纷》:"扬流波之潢潢兮,体溶溶而东回。"王逸注:"溶溶,波貌也。"杜牧《阿房宫赋》:"二川溶溶,流入宫墙。"一桁(háng),犹一列。刘得仁《和郑先辈谢秩闲居寓书所怀》:"蓝衫悬竹桁,乌帽挂松枝。"

③"秦苑"二句:秦苑,指上林苑,本秦旧苑,汉武帝扩建为游猎名苑。李吉甫《元和郡县图志》卷一:"上林苑,在(长安)县西北一十四里,周匝二百四十里,相如所赋也。"拨醅(pēi),亦作"醱醅",重酿未滤之酒。李白《襄阳歌》:"遥看汉水鸭头绿,恰似葡萄初醱醅。"王琦注:"《广韵》:醱醅,殷酒也。醅,酒未漉也。《韵会》:殷谓之醱。又云:殷,重酿酒也。然则醱醅者,其重酿之酒而未漉者欤。"

④"青龙"二句:青龙、丹凤,为宫阙图饰。崔豹《古今注》卷上:"阙,观也。古每门树两观于其前,所以标表宫门也。其上可居,登之则可远观,故谓之观。人臣将朝,至此则思其所阙多少,故谓之阙。其上皆丹垩,其下皆画云气仙灵奇禽怪兽以昭示四方焉。苍龙阙画苍龙,白虎阙画白虎,玄武阙画玄武,朱雀阙上有朱雀二枚。"青龙即苍龙,丹凤即朱雀。褵褷(lí shī),亦作"离褷"。木华《海赋》:"凫雏离褷,鹤子淋渗。"李善注:"离褷、淋渗,毛羽始生之貌。"《楚辞·天问》:"圜则九重,孰营度之。"《礼记·月令》:"毋出九门。"郑玄注:"天子九门者,路门也、应门也、雉门也、库门也、皋门也、城门也、近郊门也、远郊门也、关门也。"钱起《和李员外扈驾幸温泉宫》:"未央月晓度疏钟,凤辇时巡出九重。"

⑤"万古"二句:万古,犹万代,万世。《北齐书·文宣帝纪》:"(高洋)诏曰:'朕以虚寡,嗣弘王业,思所以赞扬盛绩,播之万古。'"《三辅黄图》卷六:"霸桥,在长安东,跨水作桥。汉人送客至此桥,折柳赠别。"王仁裕《开元天宝遗事》卷三:"长安东灞陵有桥,来迎去送皆至此桥,为离别之地,故人呼之为销魂桥。"李白《忆秦娥》:"年年柳色,灞陵伤别。"

【辑评】

元郝天挺注、明廖文炳解《唐诗鼓吹注解》卷一〇：(廖文炳解)首言灞水溶溶，青山倒映，而秦苑落花因零露而湿，灞陵新酒以拨醅而浓，皆道中所见之景也。若回首长安，夭矫青龙盘旋于双阙之内，褵褷丹凤遥隔于九重之中。是灞陵乃万古送行之处，当晚钟初动，斜日将倾，犹复对此长吟也。悠悠道路，其将何以堪此哉！

清朱三锡《东岩草堂评订唐诗鼓吹》卷一〇：春桥灞水，青山倒映，灞陵之胜景也；春花烂发，客舍新醅，灞陵之胜事也。此地奔走贤愚，颠倒豪杰，生出无数离别、无数烦恼，只为双阙盘龙、九重隔凤，尊荣安富尽出于斯，我今不免亦为是人也。

清金圣叹《选批唐才子诗》卷八下：前解，写霸桥上人，望霸桥下水，窥见晴山倒映，其影如衣一桁。时又正值春花烂发，地又饶有客舍新醅。斯诚上国之壮观，豪人之快瞩也。后解，然此地所以自来招致普天下人俱来集会，因而无端生出无数离别者，只为双阙盘龙，九重隔凤，尊荣豪富，尽出于斯。于是奔走贤愚，颠倒老少，如我今日即为不免之人，固不可以一一致诘也。

清谭宗《近体秋阳》卷八：(五、六句)痴肥不贯筋络。(七、八句)虚浩高洁。

清赵臣瑗《山满楼笺注唐诗七言律》卷六：晴水溶溶，不兴波也，故碧峰倒映如一桁衣然。其景已自妙绝，况名园错绣，花落犹红，客舍逢春，酒香初熟，游子于此似亦可以无恨矣。此四句是泛写霸陵道中之况。五、六换笔，极写帝都之佳丽、宫阙之高华，以逼起下文。万古行人来来往往，无不毕萃于兹，但见以为名利之场，不知乃是离别之地也，而吾何为亦不免于役役乎？玩"夕阳钟"三字，有"人寿几何，河清难俟"意见于言外，其所谓"不堪吟罢"者正以此。此四句是自表霸陵道中之人之情。

秋日早行

　　上马萧萧襟袖凉①,路穿禾黍绕宫墙。半山残月露华冷②,一岸野风莲萼香。烟外驿楼红隐隐③,渚边云树暗苍苍。行人自是心如火,兔走乌飞不觉长。④

【题解】

　　此诗作于咸通三年(862)秋别鄂杜游潇湘前后。全篇刻画工细,善于创作意境。前六句写马上早景,末二句揭出行人心事——或者也包含着诗人追求功名的迫切心情,即如清人赵臣瑗所谓"写尽当时一番碌碌忙忙,而流光如箭,不肯少留,真为千古劳人志士同叹"。

【注释】

　　①"上马"句:上马,《全唐诗》注:"一作'马上'。"萧萧,马鸣声。李白《送友人》:"挥手自兹去,萧萧班马鸣。"
　　②"半山"句:王褒《始发宿亭》:"落星侵晓没,残月半山低。"
　　③驿楼:驿馆。韩偓《驿楼》:"三更犹凭阑干月,泪满关山孤驿楼。"
　　④"行人"二句:兔走乌飞,喻时光飞逝。屈原《天问》:"夜光何德,死则又育?厥利维何,而顾菟在腹?"王逸注:"言月中有菟,何所贪利,居月之腹,而顾望乎?菟,一作'兔'。"李昉等《太平御览》卷四引傅玄《拟天问》:"月中何有?白兔捣药。"《史记·龟策传》:"孔子闻之曰:神龟知吉凶,而骨直空枯。日为德而君于天下,辱于三足之乌。"庄南杰《伤哉行》:"兔走乌飞不相见,人事依稀速如电。"杜荀鹤《与友人话别》:"月兔走入海,日乌飞出山。"

【辑评】

　　元郝天挺注、明廖文炳解《唐诗鼓吹注解》卷一〇:(廖文炳解)此言秋时马上襟袖生凉,路穿禾黍之中,远于宫墙而去。其时尚早,故见半山残月而露华清冷,一岸野风而莲萼飘香也。若夫驿楼隐隐倚于云烟之外,官树苍苍暗于洲渚之间,此皆早行所见者。要之,景色虽佳而我归心甚迫,是以光阴易迈自不觉其悠长耳,此形汲汲遐征意。

清朱三锡《东岩草堂评订唐诗鼓吹》卷一〇:通首只写一早字耳。半山残月,一岸野风,是早行而天未明之色;驿楼隐隐,宫树苍苍,是早行而天将明之景。如此晓发夜行,只为归心甚急故耳。

清赵臣瑷《山满楼笺注唐诗七言律》卷六:此诗前六俱写马上早景;七、八结出行人心事。一是初上马,二是已登程。要知宫墙外便是禾黍乱离景象,触目不堪,行人之所以心如火者端为此也。三、四写近,五、六写远,字字轻倩,他人正莫能及。七"自是"、八"不觉"写尽当时一番碌碌忙忙,而流光如箭,不肯少留,真为千古劳人志士同叹!

清纪昀《墨评唐诗鼓吹》卷一〇:三、四实佳,惜二句太鄙。又,饴山老人(赵执信)评曰:第四句便欲绘风。

清殷元勋注、清宋邦绥补《才调集补注》卷三引程湘蘅云:一气写六句,字字切秋日早行,绝佳。结始见早行之苦,便见野风莲萼,残月露华都非佳境。制格遣词,弥加工妙。

叹落花

一夜霏微露湿烟,晓来和泪丧婵娟。①不随残雪埋芳草,尽逐香风上舞筵。②西子去时遗笑靥,谢娥行处落金钿。③飘红堕白堪惆怅,少别秾华又隔年④。

【题解】

此诗创作时地不详。诗咏落花,借以表达对世间美好事物消逝的深深惋惜之情。首联写对花落的悼惜。暗以美女喻花,满含惆怅之情。颔、颈两联,描写落花的轻盈与凄丽,叹赏那殒落、消逝的美。落花而今却随"香风"飘上了歌舞的筵席,是以乐景衬哀情,愈发显出其可悲。颈联最为精彩。以"笑靥""金钿"比落花,既贴切又富于想象;拈出"西施""谢娥"两个富于历史积淀的语词,深化了诗境,耐人寻味。尾联以长叹作结。眼看千花万朵飘零殒落,小别经年,怎不令人叹惋!而花落犹有花开日,"少别"尚且如此,那人间的长别又当如何?全篇至此戛然而止,蕴含几多言外之意,味外之味。

《诗渊》于此诗外,另载《残花》一首,字句微异(详见以下注释),或系重出。

【注释】

①"一夜"二句:霏微,飘洒。何逊《七召·神仙》:"雨散漫以沾服,云霏微而袭宇。"白居易《草堂记》:"累累如贯珠,霏微如雨露。"婵娟,谓花木秀美貌。成公绥《啸赋》:"藉皋兰之猗靡,荫修竹之婵娟。"李周翰注:"婵娟,竹美貌。"孟郊《婵娟篇》:"花婵娟,泛春泉。竹婵娟,笼晓烟。妓婵娟,不长妍。月婵娟,真可怜。"

②"不随"二句:芳草,《诗渊》作"行径"。尽逐,《诗渊》《全唐诗》注:"一作'又逐'。"舞筵,舞蹈时铺地用的席子或地毯。《旧唐书·西戎传》:"(波斯国)自开元十年至天宝六载,凡十遣使来朝,并献方物。 四月,遣使献玛瑙床。九年四月,献火毛绣舞筵、长毛绣舞筵、无孔真珠。"杜甫《城西陂泛舟》:"鱼吹细浪摇歌扇,燕蹴飞花落舞筵。"李商隐《柳》:"曾逐东风拂舞筵,乐游春苑断肠天。"

③"西子"二句:西子,西施。《孟子·离娄下》:"西子蒙不洁,则人皆掩鼻而过之。"笑靥,女子面饰,《诗渊》作"翠靥"。段成式《酉阳杂俎》卷八:"近代妆尚靥,如月月,曰黄星靥。靥钿之名,盖自吴孙和邓夫人也。和宠夫人,尝醉舞如意,误伤邓颊,血流,娇婉弥苦。命太医合药,医言得白獭髓,杂玉与虎珀屑,当灭痕。和以百金购得白獭,乃合膏。虎珀太多,及差,痕不灭。左颊有赤点如痣,视之更益其妍也。诸嬖欲宠者,皆以丹点颊而后进幸焉。"谢娥,本指谢安家妓。后亦泛指歌妓。韩琮《题商山店》:"商山驿路几经过,未到仙娥见谢娥。"张泌《浣溪沙》:"翡翠屏开绣幄红,谢娥无力晓妆慵。"

④"少别"句:秾华,指花之华美茂盛。《诗·召南·何彼秾矣》:"何彼秾矣,唐棣之华。"郑玄笺:"何乎彼戎戎者,乃枒之华。兴者,喻王姬颜色之

美盛。"隔年,《诗渊》作"一年"。

【辑评】

元郝天挺注、明廖文炳解《唐诗鼓吹注解》卷一〇:(廖文炳解)此言烟露霏微,皆所以速花之凋谢,故晓见露滴烟濡,若和泪而丧此婵娟之美也,乃若花亦有情,不随残雪埋没乎荒草之内,又逐春风飘荡于舞筵之间,于以拟其形容如西施去时而遗其笑靥,谢氏行处而落其金钿。吾见摧残无已,飘红堕白,往往令人惆怅者。秾华满眼,少焉相别又复一岁,人生有尽,能逢几度看花耶?

清朱三锡《东岩草堂评订唐诗鼓吹》卷一〇:咏落花,不过写其随残雪,埋芳草,飘红堕白等辞耳。不随残雪,又逐春风,反将落花写得异样有情;又以拟之西子遗笑靥,谢女落金钿,更将落花写得异样可爱。然写得愈有情愈觉伤心,写得愈可爱愈觉可怜。此皆唐人妙法,不可不学也。

清胡以梅《唐诗贯珠》卷五七:霏微,言花落纷飞而轻也。向来露湿于花,昨夜花落,露惟湿于烟,故晓起为之凄怆耳。幸而不同残雪埋芳草,随香风而上舞筵,庶几不致十分败兴。从来美人一笑足以倾城,诗人特举巧倩,则笑靥实有媚人处,今落花好似西子遗之笑靥,结想奇幻,比物精工,无情遽成有情。"落金钿"诚与落花相似,然反不若"遗笑靥"之出神入化矣。结则犹望其来年相会。按此诗败兴事而有覆局,亦出名人灵府中本有,所以韦复入蜀为相,则其诗谶不特"重筑太平基"一首矣。

清黄叔灿《唐诗笺注》卷六:通首有叹字意,不是止赋落花。次联言不随残雪则尽逐香风。

清纪昀《墨评唐诗鼓吹》卷一〇:俗格凡艳,宜悬之戒律者。

清吴汝纶《桐城先生评点唐诗鼓吹》卷一五:三、四殆自喻唐亡仕蜀也。

宫 怨

一辞同辇闭昭阳,耿耿寒宵禁漏长。①钗上翠禽应不返,镜中红艳岂重芳。②萤低夜色栖瑶草③,水咽秋声傍粉墙。展转令人思蜀赋,解将惆怅感君王。④

【题解】

此诗创作时地不详。诗作抒发君臣不遇之恨,而借写失宠的落寞幽怨以出之,与其《小重山》(一闭昭阳春又春)同一机杼。这表明,韦庄的诗词之间确实存在着一定程度的互通。

【注释】

①"一辞"二句:同辇,指妃嫔受宠。《汉书·外戚传》:"成帝游于后庭,尝欲与婕妤同辇载,婕妤辞曰:'观古图画,贤圣之君皆有名臣在侧,三代之末主乃有嬖女。今欲同辇,得无近似之乎?'上善其言而止。"梁元帝(萧绎)《班婕妤》:"何言飞燕宠,青苔生玉墀。谁知同辇爱,遂作裂纨诗。"贾至《侍宴曲》:"欢余剑履散,同辇入昭阳。"《汉书·外戚传》:"皇后既立,后宠少衰,而弟绝幸,为昭仪,居昭阳宫。"杜甫《哀江头》:"昭阳宫里第一人,同辇随君侍君侧。"耿耿,心中不宁。《诗·邶风·柏舟》:"耿耿不寐,如有隐忧。"曹摅《答赵景猷诗九章》其八:"薄暮愁予,思亦终晨。耿耿不寐,媚兹良人。"禁漏,宫漏。《三辅黄图》卷六:"汉宫中谓之禁中,谓宫中门阁有禁,非侍御通籍之臣不得妄入。"

②"钗上"二句:翠禽,凤钗。马缟《中华古今注》卷中:"钗子,盖古笄之遗象也。至秦穆公以象牙为之,敬王以玳瑁为之,始皇又金银作凤头,以玳瑁为脚,号曰凤钗。"李商隐《蝶》:"为问翠钗钗上凤,不知香颈为谁回。"

③瑶草:本为神仙传说之仙草,后亦用作芳草之美称。江淹《别赋》:"君结绶兮千里,惜瑶草之徒芳。"李善注引宋玉《高唐赋》:"我帝之季女,名曰瑶姬,未行而亡,封于巫山之台,精魂为草,实曰灵芝。"

④"展转"二句:《长门赋序》:"孝武皇帝陈皇后时得幸,颇妒,别在长门宫,愁闷悲思。闻蜀郡成都司马相如,天下工为文,奉黄金百斤为相如、文君取酒,因于解悲愁之辞。而相如为文以悟主上,陈皇后复得亲幸。"(案:此序文显系后人伪托。司马相如卒于汉武帝刘彻之前,不可能知道武帝的谥号"孝武";序末复幸事,与《汉书》所载不合。)《汉书·外戚传》:"孝武陈皇后,长公主嫖女也。……初,武帝得立为太子,长主有力,取主女为妃。

及帝即位,立为皇后,擅宠骄贵,十余年而无子,闻卫子夫得幸,几死者数焉。上愈怒。后又挟妇人媚道,颇觉。元光五年,上遂穷治之。女子楚服等坐为皇后巫蛊祠祭祝诅,大逆无道,相连及诛者三百余人,楚服枭首于市。使有司赐皇后策曰:'皇后失序,惑于巫祝,不可以承天命。其上玺绶,罢退居长门宫。'"张相《诗词曲语辞汇释》:"解,犹会也,得也,能也。"

关河道中①

槐陌蝉声柳市风②,驿楼高倚夕阳东。往来千里路长在,聚散十年人不同。③但见时光流似箭,岂知天道曲如弓④。平生志业匡尧舜,又拟沧浪学钓翁。⑤

【题解】

此诗盖作于咸通二年(861)秋自虢州入京应举途中。首二句写长安街景及途中驿站,尤其是以夕阳作为驿楼的衬景,颇具苍凉之色与凄婉韵味。"往来千里路长在,聚散十年人不同"二句,淋漓尽致地表达出举路漫漫的痛切感受。后半,则为志业未酬的慨叹与哀伤。

【注释】

①诗题,韦縠《才调集》作"关河道中作"。关河道,自陕虢经潼关入京之道。《史记·苏秦列传》:"说惠王曰:秦四塞之国,被山带渭,东有关河,西有汉中,南有巴蜀,北有代马,此天府也。"张守节《正义》:"东有黄河,有函谷、蒲津、龙门、合河等关。"

②"槐陌"句:尉迟偓《中朝故事》:"天街两畔槐树,俗号为槐衙。曲江池畔多柳,亦号为柳衙,谓其成行列如排衙也。"王溥《唐会要》卷八六:"(贞元)十二年,官街树缺,所司植榆以补之。京兆尹吴凑曰:'榆非九衢之玩。'亟命易之以槐。"柳市,此处泛指槐树成荫的街市。刘兼《蜀都春晚感怀》:"谁家玉笛吹残照,柳市金丝拂旧堤。""柳市"本为汉代长安九市之一,与东市、西市并列。皇甫冉《酬杨侍御寺中见招》:"贫居依柳市,闲步在莲宫。"

李端《闻吉道士还俗因而有赠》:"柳市名犹在,桃源梦已稀。"

③"往来"二句:白居易《南山路有感》:"万里路长在,六年今始归。"

④"岂知"句:《老子》:"天之道,其犹张弓欤!高者抑之,下者举之;有余者损之,不足者补之。天之道损有余而补不足。人之道则不然,损不足以奉有余。"王弼注:"与天地合德,乃能包之如天之道。如人之量,则各有其身,不得相均,如惟无身无私乎?自然,然后乃能与天地合德。"

⑤"平生"二句:杜甫《奉赠韦左丞丈二十二韵》:"致君尧舜上,再使风俗淳。"(案:历代学者欲致君尧舜上的法宝,无非是通经致用。参郭康松《清代考据学研究》。)《楚辞·渔父》:"渔父莞尔而笑,鼓枻而去。歌曰:'沧浪之水清兮,可以濯吾缨;沧浪之水浊兮,可以濯吾足。'"洪兴祖《补注》:"《地说》曰:水出荆山,东南流为沧浪之水。是近楚都,故《渔父歌》云云。余案:《尚书·禹贡》言:'导漾水东流为汉,又东为沧浪之水。不言过而言为者,明非它水。盖汉、沔水自下有沧浪通称耳。"学钓翁,原注:"学,一作'许'。"

【辑评】

元郝天挺注、明廖文炳解《唐诗鼓吹注解》卷一〇:(廖文炳解)此因志业不遂,怅然思归而作也。首言关河道中,蝉噪槐阴,风来柳畔,而驿楼则倚于夕阳之外焉。是地也,往来有千里之遥而路长在,聚散经十年之久而人不同,但见时光日去如箭之忙,而天道多私如弓之曲,有不胜其慨叹者已!以我循念生平尝欲致君于尧舜而乃负其初愿,拟向沧浪长作渔翁以没世也,外此将复何求哉!

清朱三锡《东岩草堂评订唐诗鼓吹》卷一〇:槐阴柳畔,驿楼高倚,忽衬出"夕阳东"三字,言此关河道中,每日瞥眼有一夕阳,人生不过有数夕阳。往来聚散,草草过去,遂将平生匡尧佐舜志业淹没无闻,大可慨也!时光似箭,天道如弓,是反言以写其不平之气,所以欲作归计耳。

清胡以梅《唐诗贯珠》卷三〇:一、二道中之景;三、四言往来不改,而人之聚散迁化不同;五、六叹年华易过,世道不可问;结明其初志,今则已矣。

题盘豆驿水馆后轩①

极目晴川展画屏,地从桃塞接蒲城。②滩头鹭占清波立,原上人侵落照耕③。去雁数行天际没,孤云一点净中生。④凭轩尽日不回首,楚水吴山无限情⑤。

【题解】
此诗盖作于虢州村居期间。诗作描绘虢州盘豆驿水馆后轩所见晴川景物。川原的静景与天空的动景相互映衬,组成一幅立体的画屏,胜似"楚水吴山",令人流连忘返,心生无限感慨。全篇构图简练精美,堪为传神写照。

【注释】
①诗题中"盘豆驿",在虢州阌乡,今河南灵宝西北黄河南岸。顾祖禹《读史方舆纪要》卷四八:"盘豆城,在县西南二十里。"又所谓"水馆",不过是驿中临水的一个阁,并非整个驿站都是水馆。

②"极目"二句:晴川,晴空下的平原。桃塞,即桃林塞,今河南灵宝至陕西潼关。李吉甫《元和郡县图志》卷六:"桃林塞,自县以西至潼关皆是也。"蒲城,刘学锴《唐诗选注评鉴》认为:即蒲坂城,唐河东道蒲州城所在(今属山西永济)。隔河与盘豆馆相对,非指唐京兆府之蒲城(在华州北面二十里)。庾信《就蒲州使君乞酒诗》:"蒲城桑落酒,灞岸菊花秋。"案:聂安福《韦庄集笺注》的看法有所不同:蒲城,唐县名,治所在今陕西蒲城。

③"原上"句:侵落照耕,趁着落日抢时耕种。《说文》:"侵,渐进也。"方干《采莲》:"采莲女儿避残热,隔夜相期侵早发。"

④"去雁"二句:萧统《锦带书十二月启》:"今因去雁,聊寄乌蒬。"钱起《题吴通微主人诗》:"回云随去雁,寒露滴鸣蛩。"净中,明净的天宇中。

⑤楚水吴山:泛指长江中下游一带山水。楚、吴为周代诸侯国,楚都郢(今湖北江陵西北纪南城),吴都吴(今苏州)。贾至《送李侍郎赴常州》:"雪

晴云散北风寒,楚水吴山道路难。"

【辑评】

清金圣叹《选批唐才子诗》卷八下:前解写景,后解叙怀。(评前四句)"极目",言在驿馆后轩极目也。"展画屏",言其日天晴,川光如练,自此至彼,一望迤逦,如曲屏初展也。滩头鹭立,原上人耕,虽写极目所见,然言外实见鹭亦有占,人亦有耕,而已独漂遥道途,不得休息,遂生出后一解诗来也。(评后四句)五、六,要知其直从雁未没、云未生前,早已凭轩不回首;直至雁已没、云亦没后,只是凭轩不回首,谓之尽日"凭轩不回首"也。不知其不回首,凡经多少时,始有去雁? 又不回首,凡经多少时,去雁始没? 又不回首,凡经多少时,始又云生? 总之,只要想此雁没、云生之处,则为何处,而为其"尽日不回首"处,便叹此五、六,又另是全唐人所未道也。

清胡以梅《唐诗贯珠》卷三八:此驿后轩面临大川,旷望如开画屏之幽致,而地则直连关内,所以极目开爽。下四句皆承如画屏之景,由近至远,琢句清腻。四、六更佳,静观中觉景物如吴楚之山水为可恋。韦本杜陵人,非思乡也,大抵北地难得山水清幽,偶见可起人旅思,故李义山出关宿此驿对芦丛有感诗曰:"昔年曾是江南客,此日初为闽外心。"亦起江南之忆,与今结处一辙。第二句桃与蒲,以草木相串有脉,不寂寞,妙!

梁氏水斋①

独醉任腾腾②,琴棋亦自能。卷帘山对客,开户犬迎僧。看蚁移苔穴,闻蛙落石层③。夜窗风雨急,松外一庵灯。

【题解】

此诗盖作于虢州村居期间。尤其是末二句"夜窗风雨急,松外一庵灯",以夜间肆虐的暴风急雨与松林中庵窗里透出的灯光构成对比而作结,动乱中有宁静,黑暗中有光明。灯下的诗人夜深未眠,个中意味,含蕴不尽。

【注释】

①诗题中"梁氏",未详。水斋,临水的书斋。白居易《宴后题府中水堂赠卢尹中丞》:"水斋岁久渐荒芜,自愧甘棠无一株。"

②腾腾:昏沉迷糊貌。白居易《不如来饮酒七首》其六:"不如来饮酒,任性醉腾腾。"罗隐《途中寄怀》:"不知何处是前程,合眼腾腾信马行。"

③石层:重叠的石头。皮日休《钓侣二章》其二:"严陵滩势似云崩,钓具归来放石层。"

曲江作①

细雨曲池滨,青袍草色新②。咏诗行信马③,载酒喜逢人。性为无机率,家因守道贫。④若无诗自遣,谁奈寂寥春。

【题解】

此诗创作时地未详。诗写寻春觅诗的兴致。对于全身心融入天地万物中的唐人,所具有的浓郁审美趣味及其情感世界的精神特质,日本学者吉川幸次郎曾有过这样诗意的把握:"唐人喜爱的是瞬间感情的燃烧。所以作为风景来说,能使感情瞬间燃烧起来的落日、斜阳、夕阳,便往往被吟唱;在其相反方向上,没有人烟的山丘、树林、池畔的空气,因为瞬间便能摄住人们的感情,从而也被歌唱。"(《燃烧与持续——六朝与唐诗》)又,诗中"性为无机率,家因守道贫"二句,论者以为,如果结合其他例证来看,似乎意味着唐末五代士人务实的趋时心态,渐渐代替了无用的"守道"传统。

【注释】

①诗题中"曲江",绿君亭本、席本、《全唐诗》作"曲池"。即曲江池,故址在今陕西西安东南隅。秦为宜春苑,汉为乐游原,有河水水流曲折,故称。隋文帝以曲名不正,更名芙蓉园。唐复名曲江。康骈《剧谈录》卷下:"曲江池,本秦世隑洲。开元中疏凿,遂为胜境。其南有紫云楼、芙蓉苑。其西有杏苑、慈恩寺。花卉环周,烟水明媚。都人游玩,盛于中和、上

巳节。"

②"青袍"句:《古诗·穆穆清风至》:"青袍似春草,长条随风舒。"庾信《哀江南赋》:"青袍如草,白马如练。"唐制,官八九品服青。

③行信马:任马前行,不加约束。白居易《城东闲游》:"独寻秋景城东去,白鹿原头信马行。"韩愈《嘲少年》:"只知闲信马,不觉误随车。"

④"性为"二句:机,机心,机巧之心,智巧变诈的心计。率,真率。《列子·黄帝》:"海上之人有好沤鸟者,每旦之海上,从沤鸟游,沤鸟之至者,百住而不止。其父曰:'吾闻沤鸟皆从汝游,汝取来,吾玩之。'明日之海上,沤鸟舞而不下也。"《三国志·魏书·高柔传》裴松之注引孙盛曰:"机心内萌,则鸥鸟不下。"《论语·卫灵公》:"子曰:君子谋道不谋食。耕也,馁在其中矣;学也,禄在其中矣。君子忧道不忧贫。"

嘉会里闲居①

岂知城阙内,有地出红尘。②草占一坊绿③,树藏千古春。马嘶游寺客,犬吠探花人④。寂寂无钟鼓,槐行接紫宸⑤。

【题解】

此诗创作时地未详。诗作以欲抑先扬的手法,抒写婉曲情思。先着重铺排里坊的环境与景物,以证其"出红尘"的胜概——独处一隅,傍临古寺,林木清幽,花草繁盛,时有到寺香客和赏花的游人,倒也不失为繁华喧嚣的大都会中难得的清静所在。结尾意脉一转,透出无缘"紫宸"的寂寞与感伤,自然也是因为其中还交织着几分希冀。

【注释】

①诗题中"嘉会里",即嘉会坊,唐京城坊名,在朱雀街西第四街。故址在今陕西西安西南。

②"岂知"二句:阙,宫殿门观。城阙,京城,此指长安。王勃《杜少府之任蜀州》:"城阙辅三秦,风烟望五津。"(案:城阙,本非专指京城。《诗·郑

风·子衿》:"佻兮达兮,在城阙兮。"孔颖达疏:"此谓城之上别有高阙,非宫阙也。)红尘,闹市飞尘,代指繁华热闹之所。班固《西都赋》:"阗城溢郭,旁流百廛。红尘四合,烟云相连。"

③"草占"句:一坊,绿君亭本、席本、《全唐诗》作"一方"。白居易《渭村退居寄礼部崔侍郎翰林钱舍人诗一百韵》:"薙草通三径,开田占一坊。"

④探花人:探春赏花之人。王仁裕《开元天宝遗事》卷下:"都人士女每至正月半后,各乘车跨马,供帐于园圃或郊野中,为探春之宴。"皮日休《春雨》:"野客正闲移竹远,幽人多病探花稀。"(案:唐进士及第有"探花宴",与此所谓"探春之宴"不同。李淖《秦中岁时记》:"进士杏园初宴谓之探花宴,差少俊二人为探花使,遍游名园。若它人先折花,二使皆被罚。")

⑤紫宸:即紫宸殿,在东内大明宫中,为内朝正殿。王溥《唐会要》卷三〇:"(龙朔三年四月)二十五日,始御紫宸殿听政,百僚奉贺,新宫成也。"

夏　夜

傍水迁书榻,开襟纳夜凉。星繁愁昼热,露重觉荷香。蛙吹鸣还息①,蛛罗灭又光。正吟秋兴赋②,桐影下西墙。

【题解】

此诗盖作于虢州村居期间。诗写夏夜纳凉,妙在情景交融。首联承题叙事。颔联写"星繁""露重"之景,景中有情,情又生变。"星繁"乃夏夜晴朗之象,故"愁"其热而需纳凉,复因纳凉而见荷之"露重",转觉其香,心中便爽,先前之愁烦顿消。颈联写蛙吹之时鸣时息与蛛网之时灭时光,将夏夜静谧清幽的特色描摹得惟妙惟肖,则此中纳凉人的那份惬意舒适,足以想见。最后,以写纳凉的兴致与夜色的转深而收束全篇。人云一切景语皆情语,诗中透露出的平静心态,与后来的乱离之状形成了鲜明的对照。

【注释】

①蛙吹:《南史·孔珪传》:"王晏尝鸣鼓吹候之,闻群蛙鸣,曰:'此殊聒

人耳。'珪曰:'我听鼓吹,殆不及此。'晏甚有惭色。"案:孔珪即孔稚珪,稚与治音同,《南史》为唐讳嫌名,故删稚字。

②秋兴赋:西晋潘岳作,序中有云:"仆野人也,偃息不过茅屋茂林之下,谈话不过农夫田父之客。摄官承乏,猥厕朝列,夙兴晏寝,匪遑底宁。譬犹池鱼笼鸟,有江湖山薮之思。于是染翰操纸,慨然而赋。于时秋也,故以秋兴命篇。"赋末曰:"逍遥乎山川之阿,放旷乎人间之世。优哉游哉,聊以卒岁。"

早 发

早雾浓于雨,田深黍稻低。出门鸡未唱,过客马频嘶[①]。树色遥藏店,泉声暗傍畦。独吟三十里,城月尚如珪[②]。

【题解】

此诗创作时地未详。诗作纯以白描手法写起早应试的情景。如"早雾浓于雨"二句,是如实写照地貌特征。"出门鸡未唱"二句,先以口语点题,再则真实形象地再现这样一种情景:正因出行甚早,天色尚暗,路上行人看不清彼此行貌,只听得不断有马嘶声从身边过去。早起赴前程,是唐人普遍的心理。对于奔走江湖、苦求功名者而言,虽则多年无成,依然披星戴月,早出晚归。

【注释】

①"过客"句:过客,过路的人。《韩非子·五蠹》:"故饥岁之春,幼弟不饷;穰岁之秋,疏客必食。非疏骨肉爱过客也,多少之实异也。"何逊《拟轻薄篇》:"乌飞过客尽,雀聚行龙匿。"温庭筠《钱塘曲》:"江南游客马频嘶,碧草迷人归不得。"

②珪:瑞玉。江淹《别赋》:"至乃秋露如珠,秋月如珪。"李善注引《遁甲开山图》:"禹游于东海,得玉珪,碧色,圆如日月,以自照,目达幽冥。"

寓　言①

黄金日日销还铸，仙桂年年折又生。②兔走乌飞如未息，路尘终见泰山平③。

【题解】

此诗创作时地未详。诗作虽然题为《寓言》，但显然不是所谓"谬悠之说，荒唐之言"（《庄子·天下》）。诗人分明是在说，正如日月运行不息，就是泰山也早晚会有化为尘埃的那一天；一个国家，如何经得起如此日复一日、年复一年、"销"金"折"桂般的挥霍？言下之意，如果当政者长此极欲穷奢，王朝终有崩毁的一天。

【注释】

①寓言，《庄子·寓言》："寓言十九，藉外论之。亲父不为其子媒。亲父誉之，不若非其父者也。非吾罪也，人之罪也。与己同则应，不与己同则反。同于己为是之，异于己为非之。"郭象注："寄之他人，则十言而九见信。"成玄英疏："寓，寄也。世人愚迷，妄为猜忌，闻道己说，则起嫌疑，寄之他人，则十言而信九矣。故鸿蒙、云将、肩吾、连叔之类，皆寓言耳。"

②"黄金"二句：寓意即李白《将进酒》中"天生我材必有用，千金散尽还复来"。

③泰山平：聂安福《韦庄集笺注》疑为"泰阶平"之讹，所引内证为韦庄《与东吴生相遇》中"且对一樽开口笑，未衰应见泰阶平"。

对雪献薛常侍

琼林瑶树忽珊珊①，急带西风下晚天。皓鹤褵襹飞不辨②,玉山重叠冻相连。松装粉穗临窗亚,水结冰锥簇溜悬③。门外寒光利如剑,莫推红袖诉金船④。

【题解】

此诗盖作于咸通十年(869)。诗题中"薛常侍",据吴汝煜《唐五代人交往诗索引》,当指薛能。又据谭优学《唐诗人行年考续编·薛能》,薛氏于咸通十年迁给事中。诗作写雪,可谓形容尽致。曹丽芳《韦庄研究》以"薛常侍"为薛廷珪,而非薛能。可备一说。

【注释】

①"琼林"句:谢惠连《雪赋》:"庭列瑶阶,林挺琼树。"宋玉《神女赋》:"动雾縠以徐步兮,拂墀声之珊珊。"李善注:"珊珊,声也。"杜甫《郑驸马宅宴洞中》:"自是秦楼压郑谷,时闻杂佩声珊珊。"

②皓鹤:谢惠连《雪赋》:"皓鹤夺鲜,白鹇失素。"杜甫《昔游》:"王乔下天坛,微月映皓鹤。"

③溜:通"霤",屋檐滴水之处。谢惠连《雪赋》:"尔其流滴垂冰,缘霤承隅。"谢朓《阻雪联句遥赠和诗》:"珠霙条间响,玉溜檐下垂。"

④金船:酒器。庾信《北园新斋成应赵王教》:"玉节调笙管,金船代酒卮。"倪璠注:"《八王故事》曰:'陈思有神思,为鸭头杓,浮于九曲酒池。王意有所劝,鸭头则回向之。又为鹊尾杓,柄长而直。王意有所到处,于樽上镞之,鹊则指之。'……按:金船即鸭头杓之遗,陈思王所制也。后李白诗云:'却放酒船回。'李商隐诗云:'雨送酒船香。'皆云酒卮,盖本此也。"张祜《少年乐》:"醉把金船掷,闲敲玉镫游。"

题裴端公郊居①

暂随红旆佐藩方,高迹终期卧故乡。②已近水声开涧户③,更侵山色架书堂。蒲生岸脚青刀利,柳拂波心绿带长。莫夺野人樵牧兴,白云不识绣衣郎。④

【题解】

此诗创作时地未详。得"江山之助"的作家们,往往通过作品来表达对大自然的亲和、感激之情,因为,生存之资的索取、审美的需求、精神的抚慰、心灵的净化、生命的激扬、创造的激发,胸怀无限宽广的大自然都会无私给予。如此诗中"已近水声开涧户,更侵山色架书堂"二句,便是如此。于是,山水文学便成为"天人合一"在中国文学史上结出的硕果之一。

【注释】

①诗题中"裴端公",不详。端公,即侍御史。杜佑《通典》卷二四:"侍御史之职有四,谓推、弹、公廨、杂事,定殿中、监察以下职事,及进名、改转,台内之职悉主之,号为台端,他人称之曰端公。其知杂事者谓之杂端,最为雄剧。"李肇《国史补》卷下:"上可兼下,下不可兼上,唯侍御史相呼为端公。"

②"暂随"二句:藩方,即方镇、藩镇。《新唐书·兵志》:"夫所为方镇者,节度使之兵也。原其始,起于边将之屯防者。"王建《上魏博田侍中八首》其四:"功成谁不拥藩方,富贵还须是本乡。"高迹,高尚的行踪,指隐逸。李频《过四皓庙》:"东西南北人,高迹自相亲。"

③涧户:山涧屋舍。孔稚珪《北山移文》:"涧户摧绝无与归,石径荒凉徒延伫。"

④"莫夺"二句:《论语·先进》:"先进于礼乐,野人也。"刘宝楠《正义》:"野人者,凡民未有爵禄之称也。"绣衣郎,即绣衣直指、绣衣御史,本为汉代官名,此借指侍御史。岑参《赵少尹南亭送郑侍御归东台》:"红亭酒瓮香,白面绣衣郎。"

【辑评】

清胡以梅《唐诗贯珠》卷三七:裴必先曾佐幕,今归郊居。中二联平叙,结佳。夺樵牧已似实事,妙在白云不识,化为雅韵。

登咸阳县楼望雨①

乱云如兽出山前,细雨和风满渭川。②尽日空濛无所见,雁行斜去字联联③。

【题解】
此诗创作时地未详。诗写登楼望雨。首句渲染雨前气氛。后三句是下雨时的情景:但见细雨和风,满布渭川;尽日里别无它物,只见"雁行斜去"。作者在极短的篇幅内,将所写到的一系列自然景物搭配得自然和谐,构成一幅寂寞细雨的深秋图景,也隐隐流露出几许悲秋情绪。

【注释】
①诗题中"咸阳县",治所在今陕西咸阳东。李吉甫《元和郡县图志》卷一:"山南曰阳,水北曰阳。县在北山之南,渭水之北,故曰咸阳。"

②"乱云"二句:欧阳询等《艺文类聚》卷一:"兵书曰:韩云如布,赵云如牛,楚云如日,宋云如车,鲁云如马,卫云如犬,周云如轮,秦云如行人,魏云如鼠,齐云如绛衣,越云如龙,蜀云如囷。"徐坚等《初学记》卷一引魏武《兵书摭要》:"孙子称司云气,非云非烟,非尘非雾,形似禽兽。"渭川,即渭水。源自甘肃渭源西北鸟鼠山,东南流经陕西至潼关入黄河。潘岳《关中记》:"泾与渭、洛为关中三川。"

③"雁行"句:梁简文帝(萧纲)《杂句从军行》:"逦迤观鹅翼,参差睹雁行。"卢纶《奉和太常王卿酬中书李舍人中书寓直春夜对月见寄》:"露如轻雨月如霜,不见星河见雁行。"联联,接连不断貌。韩愈《庭楸》:"濯濯晨露香,明珠何联联。"

贵公子

大道青楼御苑东①,玉栏仙杏压枝红。金铃犬吠梧桐月②,朱鬣马嘶杨柳风。流水带花穿巷陌,夕阳和树入帘栊③。瑶池宴罢归来醉,笑说君王在月宫。④

【题解】

此诗疑作于咸通末年。诗作倾力描写豪宅夜宴,犬马声色,不一而足。结末二句则暗示,贵族公子的醉生梦死,正是"上行下效"的结果。

陆钞本高明《琵琶记》第六出末扮院子的上场诗云:"大道青楼御苑东,玉阑朱户闭帘栊。金铃犬吠梧桐月,朱鬣马嘶杨柳风。"用的就是韦庄此诗的前四句。本来已经够文雅了,出于院子之口,似乎显得有些不称。但明人"还不能过他们的雅瘾,雅更求雅"(钱南扬《戏文概论》),把它改作:"珠幌斜连云母帐,玉钩半卷水晶帘。轻烟裹裹归香阁,月影腾腾转画檐。"

【注释】

①青楼:豪门宅第。曹植《美女篇》:"青楼临大路,高门结重关。"
②"金铃"句:《诗·齐风·卢令》:"卢令令,其人美且仁。"传:"卢,田犬。令令,缨环声。"
③入帘栊:温庭筠《汉皇迎春词》:"宝马摇环万骑归,恩光暗入帘栊里。"
④"瑶池"二句:谓君王公子宴乐。《穆天子传》卷三:"吉日甲子,天子宾于西王母。……乙丑,天子觞西王母于瑶池之上。"李昉等《太平广记》卷七七引《广德神异录》:"(叶)法善又尝引上游于月宫,因聆其天乐。上自晓音律,默记其曲,而归传之,遂为《霓裳羽衣曲》。"

【辑评】

元郝天挺注、明廖文炳解《唐诗鼓吹注解》卷一〇:(廖文炳解)首言青楼临于大道,乃在御苑之东,其阑则以玉为饰;杏如仙杏,花正压枝而红也。尔其犬带金铃,时吠于梧桐之院;马依朱帝,常嘶于杨柳之风。所居之宅,流水既带落花而穿巷陌,斜阳又移树影以入帘栊,景色已极其清华已。至于身临贵显,常得侍宴宫中,如在瑶池之上,既醉而归,笑说君王在深宫之内,不异广寒清虚之府,盖由其出入禁中,得亲君侧,故能仿佛道之耳。

明黄周星《唐诗快》卷一二:"流水""夕阳"一联,乃绝妙诗料也,贵公子恐未必知。

明陆时雍《唐诗镜》卷五四:三、四物色意象自觉娇宠。

清朱三锡《东岩草堂评订唐诗鼓吹》卷一〇:曰青楼而当大道,又近接御苑,何等冠冕!玉阑仙杏,红白相间,何等艳丽!金铃犬吠,朱帝马嘶,何等豪侈!花穿巷陌,树影帘栊,何等贵显!然贵公子自此之外,别无他事。句句是扬贵公子,却句句是讽贵公子,隐而不露,有体之作。

清纪昀《墨评唐诗鼓吹》卷一〇:五、六佳句,所谓不着一富贵字而写得富贵气象出。"梨花院落"一联、"楼台侧畔"一联,世所传诵,而不及此,何也?又,饴山老人评曰:陋谬。

听赵秀才弹琴①

满匣冰泉咽又鸣,玉音闲淡入神清。②巫山夜雨弦中起,湘水青波指下生。③蜂簇野花吟细韵,蝉移高柳送残声④。不须更奏幽兰曲,卓氏门前月正明。⑤

【题解】

此诗创作时地未详。诗写赵秀才的琴艺。先用"冰泉"咽鸣、"玉音闲淡"形容琴声的变化之美,再用巫山神女、湘水女神二典以及"蜂簇野花吟细韵"二句中多个自然界的物象来描摹琴声。最后点明弹的是名曲《幽兰》,并因而联想到司马相如琴挑卓文君的典事,借以表现赵秀才琴声感人的艺术魅力。

潘飞声《在山泉诗话》卷四云："余得陈云淙先生霜钟琴,拓本上有印曰'晋王之宝''霜钟'二字篆书。先生题云:'行六素,抚七弦,静对山川思悠然,于此得天然。'又题云:'满匣冰泉咽又鸣。玉音闲淡入神清。巫山夜雨弦中起,湘水晴波指下生。'款署'云淙主人'。"其中"满匣冰泉"云云,并非陈子壮自作,而是取自韦庄此诗,可见其影响之一斑。

【注释】

①诗题中"赵秀才",当为应举者,余未详。秀才,本指优异之才。《管子·小匡》:"是故农之子常为农,朴野而不慝,其秀才之能为士者则足赖也。"汉魏六朝时为察举科目,又避东汉光武帝刘秀讳而改称茂才。隋唐时为科举之目。唐设六科,即秀才、明经、进士、明法、书、算。地位在进士之上。杜佑《通典·选举三·历代制下》:"初,秀才科第最高,试方略策五条,分上上、上中、上下、中上凡四等。"《唐六典》卷三〇:"凡贡举人有博识高才,强学待问,无失俊选者,为秀才;通二经已上者,为明经;明闲时务,精熟一经者,为进士;通达律令者,为明法。"高宗时曾停废。《新唐书·选举上》:"高宗永徽二年始停秀才科。"

②"满匣"二句:白居易《琵琶行》:"幽咽泉流冰下难""冰泉冷涩弦凝绝"。元稹《五弦弹》:"呜呜暗溜咽冰泉,杀杀霜刀涩寒鞘。"

③"巫山"二句:琴曲有《三峡流泉》,传为阮咸所作。

④迸:胡本作"送"。

⑤"不须"二句:《幽兰曲》,古琴曲。谢惠连《雪赋》:"楚谣以幽兰俪曲。"李善注引宋玉《讽赋》曰:"臣尝行至,主人独有一女,置臣兰房之中。臣授琴而鼓之,为《幽兰》《白雪》之曲。"白居易《听幽兰》:"琴中古曲是幽兰,为我殷勤更弄看。"《史记·司马相如传》:临邛卓王孙之女文君新寡,好音,"相如之临邛,从车骑,雍容闲雅甚都。及饮卓氏,弄琴,文君窃从户窥之,心悦而好之,恐不得当也。既罢,相如乃使人重赐文君侍者通殷勤。文君夜亡奔相如,相如乃与驰归成都。"

【辑评】

清胡以梅《唐诗贯珠》卷五八:琴有匣,言开琴匣而幽涧泉鸣,巫山夜雨如起弦中,湘水清波生于指下。此虽拟其音之幽,然正用琴曲中听有,恍疑见之耳。五比声之低促;六比其扬曳声长,凡惊蝉移树,则遽高其声,远曳而去,"迸"字妙,此句拟琴声余韵可为入神。结言闻此声已如相如之鼓琴,不必更学宋玉奏《幽兰曲》,恐卓氏门前月正明而感动文君也。此必当时有所指。

观 猎

苑墙东畔欲斜晖,傍苑穿花兔正肥。公子喜逢朝罢日,将军夸换战时衣。鹘翻锦翅云中落①,犬带金铃草上飞。直到四郊高鸟尽,掉鞍齐向国门归。②

【题解】

此诗疑亦作于咸通末年。诗谓公子喜欢的是"朝罢日",将军夸耀的是换掉了"战时衣",这样,就可以纵情游猎。假如这些人都不以朝政为念,皇帝也只知道挥霍民脂民膏,那么,这个王朝还能持久么?这类暴露统治集团奢侈生活、揭示朝政腐败的作品,在韦庄诗歌中虽然并不多见,也应当给予足够的重视。

【注释】

①"鹘(hú)翻"句:杜甫《哀江头》:"翻身向天仰射云,一箭正坠双飞翼。"

②"直到"二句:直到,绿君亭本、《全唐诗》作"直待"。《史记·淮阴侯列传》:"高鸟尽,良弓藏。"掉,转过。国门,国都城门。

三堂东湖作①

满塘秋水碧泓澄②,十亩菱花晚镜清。影动新桥横蝃蝀,岸铺芳草睡鸂鶒。③蟾投夜魄当湖落,岳倒秋莲入浪生。④何处最添诗客兴,黄昏烟雨乱蛙声。

【题解】

此诗作于虢州村居期间。全篇以清新爽朗的笔触,描绘东湖美景,寄寓悠然自得的闲适情怀。首句扣题,表现满塘秋水的碧绿色泽和澄澈景致。然后以湖面为中心,将湖上菱花与新桥、岸边芳草与池鹭、天上明月、周围群山等景致汇集一处,展现出夜色笼罩下东湖宁静幽美的画面。最后另开新境,转而赞美黄昏烟雨中乱蛙齐鸣的景象。的确,正是这种景象,与前六句的宁静幽美构成了静闹之别,颇可彰显东湖的淳朴野趣,为全诗增添苍茫深广的意蕴,自然更能激发起返归自然的浓郁诗情。

【注释】

①诗题中"三堂",在虢州。吕温《虢州三堂记》:"虢州三堂者,君子宴息之境也。开元初,天子思二南之风,并选宗英,共持理柄。虢大而近,匪亲不居。时惟五王,出入相授,承平易理,逸政多暇,考卜佳胜,作为三堂。三者,明臣子在三之节;堂者,励宗室克构之义。"

②"满塘"句:白居易《春池闲泛》:"浅怜清演漾,深爱绿澄泓。"

③"影动"二句:蝃蝀(dì dōng),虹。《诗·鄘风·蝃蝀》:"蝃蝀在东,莫之敢指。"毛传:"蝃蝀,虹也。"鵁鶄(jiāo jīng),即池鹭,水鸟。杜甫《曲江陪郑八丈南史饮》:"雀啄江头黄柳花,鵁鶄鸂鶒满晴沙。"

④"蟾投"二句:《淮南子·精神训》:"日中有踆乌,而月中有蟾蜍。"元稹《纪怀赠李六户曹崔二十功曹五十韵》:"华表当蟾魄,高楼挂玉绳。"杜甫《题郑县亭子》:"云断岳莲临大路,天晴宫柳暗长春。"

放榜日作

一声天鼓辟金扉,三十仙材上翠微。①葛水雾中龙乍变,缑山烟外鹤初飞。②邹阳暖艳催花发,太皞春光簇马归。③回首便辞尘土世,彩云新换六铢衣④。

【题解】

此诗作于咸通三年(862)春。诗写放榜之日及第者的快乐心境,与作者在其《喜迁莺》(街鼓动)一词中的描写十分相似。

【注释】

①"一声"二句:李白《梁甫吟》:"我欲攀龙见明主,雷公砰訇震天鼓。"《旧唐书·高锴传》:锴开成元年迁礼部侍郎,"凡掌贡部三年,每岁登第者四十人。三年榜出后,敕曰:'进士每岁四十人,其数过多,则乖精选。官途填委,要窒其源,宜改每年限放三十人。如不登其数,亦听。'"

②"葛水"二句:葛水,即葛陂,故址在今河南新蔡北。《后汉书·方术列传》:费长房从一卖药仙翁学道,辞归,"翁与一竹杖,曰:'骑此任所之,则自至矣。既至,可以杖投葛陂中也。'又为作一符,曰:'以此主地上鬼神。'长房乘杖,须臾来归。自谓去家适经旬日,而已十余年矣。即以杖投陂,顾视则龙也。"李吉甫《元和郡县图志》卷五:"缑(gōu)氏山在县东南二十九里。王子晋得仙处。"缑氏县,治所在今河南偃师缑氏镇。

③"邹阳"二句:邹阳、太皞(hào),指春季。《列子·汤问》:"师襄乃抚心高蹈曰:'微矣,子之弹也!虽师旷之清角,邹衍之吹律,亡以加之。彼将挟琴执管而从子之后耳。'"张湛注:"北方有地,美而寒,不生五谷。邹子吹律暖之,而禾黍滋也。"《礼记·月令》:"孟春之月,……其帝太皞,其神句芒。"

④六铢衣:佛家语,谓极轻薄之衣。《长阿含经》:"忉利天衣重六铢,炎摩天衣重三铢,兜率天衣重三铢半,化乐天衣重一铢,他化自在天衣重半铢。"《淮南子·天文训》:"十二粟而当一分,十二分而当一铢,十二铢而当半两。"萧纲《望同泰寺浮图》:"帝马咸千辔,天衣尽六铢。"仙衣亦称为六铢衣,唐称及第为登仙,故云"新换六铢衣"。

【辑评】

明黄周星《唐诗快》卷一二:此乐何异登仙!观唐人下第诗其苦如彼,放榜诗其乐如此,可见一第之难,难于登天,彼高才沦落者安得无孤魂及第之感？

清胡以梅《唐诗贯珠》卷二〇：金扉，指禁门。终南山遥俯阙前，榜悬高处，映于山色，故云"上翠微"，即挂榜耳。用得幻而旁衬色丽。唐时进士取额三十三名，亦有三十一、三十名，今诗是或举其成数也。三、四比于化龙登仙，用得精妙。五、六尽佳，本来士子皆寒微，一登第，如邹衍暖律之回春，其余艳犹足催花发，而太暲之春光，似乎来簇马以归者。人情意气，想当然耳。回首已辞落第之苦如尘土中而已，如登云换仙人六铢之衣。盖已脱去青袍皆换品服矣。全篇丰润圆腻，神妙之品。（"邹阳"句）按暖律，诸书皆载邹衍，今称邹阳，岂因汉有邹阳，而暖律乃阳气，故两借用之欤？

寄薛先辈①

悬知回日彩衣荣②，仙籍高标第一名。瑶树带风侵物冷，玉山和雨射人清。③龙翻瀚海波涛壮，鹤出金笼燕雀惊。④不说文章与门地，自然毛骨是公卿。⑤

【题解】

此诗作于咸通三年（862）春。韦庄参加了本年春试，但名落孙山。尽管自己落第，还是对薛迈寄诗表示祝贺。

【注释】

①诗题中"薛先辈"，盖指薛迈，咸通三年状元及第（诗中所谓"仙籍高标第一名"），历官司勋员外郎、兵部侍郎。先辈，唐世举人对先及第者的敬称。李肇《唐国史补》卷下："进士为时所尚久矣。……得第谓之前进士，互相推敬谓之先辈，俱捷谓之同年，有司谓之座主。"

②"悬知"句：《梁书·柳庆远传》：柳仕宦显达，为雍州刺史，"高祖饯于新亭，谓曰：'卿衣锦还乡，朕无西顾之忧矣。'"

③"瑶树"二句：《淮南子·墬形训》："掘昆仑虚以下地，中有增城九重，其高万一千里百一十四步二尺六寸，上有木禾，其修五寻。珠树、玉树、璇

树、不死树在其西,沙棠、琅玕在其东,绛树在其南,碧树、瑶树在其北。"《山海经·西山经》:"西水行四百里曰流沙,二百里至于嬴母之山,……又西三百五十里曰玉山,是西王母所居也。"郭璞注:"此山多玉石,因以名云。《穆天子传》谓之群玉之山。"李白《清平调》三首其一:"若非群玉山头现,会向瑶台月下逢。"

④"龙翻"二句:李昉等《太平广记》卷四六六引辛氏《三秦记》:"龙门之下,每岁季春有黄鲤鱼自海及渚川争来赴之。一岁中登龙门者不过七十二。初登龙门,即有云雨随之,天火自后烧其尾,乃化为龙矣。"《搜神后记》卷一:"丁令威,本辽东人,学道于灵虚山。后化鹤归辽,集城门华表柱。时有少年,举弓欲射之。鹤乃飞,徘徊空中而言曰:'有鸟有鸟丁令威,去家千年今始归。城郭如故人民非,何不学仙冢垒垒。'遂高上冲天。"

⑤"不说"二句:门地,犹门第。《晋书·王述传》:"(述)年三十尚未知名,人或谓之痴。司徒王导以门地辟为中兵属。"毛骨,相貌。刘义庆《世说新语·赏誉》:"(王右军道)祖士少风领毛骨,恐没世不复见如此人。"

【辑评】

明黄周星《唐诗快》卷一二:骨是公卿矣,毛亦公卿,于端己想别有风鉴。

清胡以梅《唐诗贯珠》卷一三:详此诗起处虽平,中二联是在廷有一种说论直言气概,或与当路不合,有所为而归里,故第二即以"第一名"承之。"侵物冷""射人清",皆有作用之语。"龙翻翰海",尤有轰雷举动;"鹤出金笼",谓其去任而归。不必论文章与门地,即其气品毛骨自然是公卿,将必大用也。中二联精绽沉雄。

访含弘山僧不遇留题精舍①

满院桐花鸟雀喧,寂寥芳草茂芊芊。②吾师正遇归山日③,闲客空题到寺年。池竹闭门教鹤守,琴书开箧任僧传。人间不自寻行迹,一片孤云在碧天④。

【题解】

此诗疑作于虢州村居期间。相比于仅将一己之感题于僧人房中壁上,文人访僧不遇题诗而别,目的是想再续前缘,因而更见情深。

【注释】

①诗题中"含弘山僧",不详。精舍,本为学舍,此指佛舍。《慧苑音义》卷上:"《艺文类聚》曰:'精舍者,非以舍之精妙名为精舍,由其精练行者之所居,故谓之精舍也。'"
②"满院"二句:《礼记·月令》:季春三月,"桐始花"。芊(qiān)芊,草木茂盛貌。《列子·力命》:"美哉,国乎!郁郁芊芊。"
③"吾师"句:归山,归隐。白居易《早送举人入试》:"春深官又满,日有归山情。"
④"一片"句:李益《赠毛仙翁》:"长愁忽作鹤飞去,一片孤云何处寻。"

寄从兄遵①

江上秋风正钓鲈,九重天子梦翘车。②不将高卧邀刘主,自吐清谈护汉储。③沧海十年龙影断,碧云千里雁行疏。④相逢莫话归山计,明日东封待直庐⑤。

【题解】

此诗疑作于咸通二年(861)秋。诗谓天子正在招贤,士人亦应辅佐朝廷,建功立业。自己十载沉埋,族中兄弟也一向疏隔了。但是,如果有相逢的一天,彼此都不要提退隐的话了,须知我们加官晋爵的机会正指日可待呢。半生坎坷的韦庄,始终不曾让胸中那团理想的烈火熄灭,可谓"穷且益坚,不堕青云之志";也以自己的追求和自信来激励亲友,相互勉励。

【注释】

①诗题中"从兄遵",即韦庄堂兄韦遵,生平无考。

②"江上"二句：《晋书·张翰传》："张翰，字季鹰，吴郡吴人也。有清才，善属文，而纵任不拘。齐王冏辟为大司马东曹掾。冏时执权，翰谓同郡顾荣曰：'天下纷纷，祸难未已。夫有四海之名者，求退良难。吾本山林间人，无望于时。子善以明防前，以智虑后。'荣执其手，怆然曰：'吾亦与子采南山蕨，饮三江水耳。'翰因见秋风起，乃思吴中菰菜、莼羹、鲈鱼脍，曰：'人生贵得适志，何能羁官数千里，以要名爵乎！'遂命驾而归。"翘车，朝廷礼聘才士之车。《左传·庄公二十二年》："《诗》云：翘翘车乘，招我以弓。岂不欲往，畏我友朋。"（案：《左传》所引，乃逸《诗》。《左传》以外，《荀子》《国语》《论语》等先秦典籍中也常常引用《诗》句，其中有一些是今本《诗经》305篇以外的，前人称它们为"逸《诗》"，总数并不很多。清代郝懿行的《诗经拾遗》一卷，辑录较为完备。当然，这些诗是否都是原属《诗经》所收而后散佚的诗，尚难断定。）陆机《演连珠五十首》其四："是以俊乂之薮，希蒙翘车之招。"

③"不将"二句：《三国志·蜀书·诸葛亮传》："时先主屯新野，徐庶见先主，先主器之，谓先主曰：'诸葛孔明者，卧龙也，将军岂愿见之乎？'先主曰：'君与俱来。'庶曰：'此人可就见，不可屈致也。将军宜枉驾顾之。'由是先主遂诣亮，凡三往，乃见。"护汉储，化用"商山四皓"事，似谓韦遵乐于辅佐皇子。

④"沧海"二句：龙影断，盖喻应举未中。秦韬玉《送友人罢举授南陵令》："献赋未为龙化去，除书犹喜凤衔来。"《礼记·王制》："父之齿随行，兄之齿雁行，朋友不相逾。"罗隐《寄京阙陆郎中昆仲》："柏台兰署四周旋，宾榻何妨雁影连。"

⑤"明日"句：东封，封禅于东岳泰山。《史记·封禅书》张守节《正义》曰："此泰山上筑土为坛以祭天，报天之功，故曰封。此泰山下小山上除地，报地之功，故曰禅。"庾信《陪驾幸终南山》："且欣陪北上，方欲待东封。"陆机《赠尚书郎顾彦先二首》其二："朝游游层城，夕息旋直庐。"李善注引张晏《汉书》注："直宿曰庐也。"

【辑评】

清胡以梅《唐诗贯珠》卷八：此叙其原已退隐，被征召而出，如四皓之能护储君。必其职在太子官属。上半首是出处；五、六言蟠龙已起，以致弟兄疏违；结言不必再作归山之计，将见天子东行封禅，须君直承明庐，草封禅文，以相如拟之也。

渔溏十六韵

在朱阳县石岩下，古老云：洛水一派流出此山。①

洛水分余脉②，穿岩出石棱。碧经岚气重，清带露华澄。莹澈通三岛，岩梧积万层。③巢由应共到，刘阮想同登。④壁峻苔如画，山昏雾似蒸。撼松衣有雪，题石砚生冰。路熟云中客，名留域外僧。饥猿寻落橡⑤，斗鼠堕高藤。嶮树临溪亚⑥，残莎带岸崩。持竿聊藉草，待月好垂罾。⑦对景思任父，开图想不兴。⑧晚风轻浪叠，暮雨湿烟凝。似泛灵查出，如迎羽客升。⑨仙源终不测，胜概自相仍。⑩欲别诚堪恋，长归又未能。他时操史笔，为尔著良称。

【题解】

此诗疑作于咸通二年(861)临别虢州时。居虢期间，诗人曾到州内的朱阳县石岩下渔塘，亲历过"学钓翁"的况味。诗中所云"渔溏"，乃洛水之余脉，自朱阳石岩穿流而出，澄碧清澈，因蓄为渔池。周岸岩壁峭峻，林荫覆水，环境清幽。"持竿聊藉草"句以下，描写渔钓情景，美如图画。

【注释】

①诗题中"渔溏(táng)"，渔池。《玉篇·水部》："溏，池也。"《全唐诗》、绿君亭本作"渔塘"。题注中"朱阳县"，治所在今河南灵宝西南。

②脉：《全唐诗》注："一作'派'。"

③"莹澈"二句：三岛，传说为海中三神山。《史记·秦始皇本纪》："海中有三神山，名曰蓬莱、方丈、瀛洲，仙人居之。"岩梧，《全唐诗》注："一作

'岩峿'。"

④"巢由"二句：巢由，巢父、许由，传说为尧时隐士。箕山，在阳城（治所在今河南登封东南）。刘阮，东汉刘晨、阮肇，剡县（治所在今浙江嵊州西南）人。李昉等《太平御览》卷四一引《幽明录》：汉明帝永平五年，刘晨、阮肇共入天台山取谷皮，迷不得返。经十三日，采山上桃食之。下山以杯取水，见芜菁叶流下甚鲜，复有胡麻饭一杯流下。二人相谓曰："去人不远矣。"乃渡水，又过一山，见二女，容颜妙绝，呼晨、肇姓名，问郎来何晚也。因邀至家，殷勤款待，举酒作乐，众女俱来相贺；遂留半年。后求归，至家，子孙已七世矣。晋太元八年，忽复去，不知所终。

⑤橡：栎树果实。皮日休《橡媪叹》："秋深橡实熟，散落榛芜冈。"

⑥"崄(xiǎn)树"句：崄，同"险"。白居易《晚桃花》："一树红桃亚拂池，竹遮松荫晚开时。"

⑦"持竿"二句：孙绰《游天台山赋》："藉萋萋之纤草，荫落落之长松。"李善注："以草荐地而曰藉。"罾(zēng)，渔网。《汉书·陈胜传》："乃丹书帛曰'陈胜王'，置人所罾鱼腹中。"颜师古注："罾，鱼网也。形如仰伞盖，四维而举之。"

⑧"对景"二句：《庄子·外物》："任公子为大钩巨缁，五十犗以为饵，蹲于会稽，投竿东海，旦旦而钓，期年不得鱼。已而大鱼食之，牵巨钩，錎没而下，骛扬而奋鬐，白波若山，海水震荡，声侔鬼神，惮赫千里。任公子得若鱼，离而腊之，自制河以东，苍梧以北，莫不厌若鱼者。"左思《吴都赋》："术兼詹公，巧倾任父。"刘渊林注："任父，任公子也。"不，《全唐诗》注："一作'弗'。"《三国志·吴书·赵达传》裴松之注引《吴录》："曹不兴善画，(孙)权使画屏风，误落笔点素，因就以作蝇。既进御，权以为生蝇，举手弹之。"谢赫《古画品录》列为第一品，谓："不兴之迹，殆莫复传，唯秘阁之内一龙而已。观其风骨，名岂虚成？"

⑨"似泛"二句：查，绿君亭本作"槎"。灵查，仙槎。张华《博物志》卷一〇："旧说天河与海通。近世有人居海渚者，年年八月有浮槎去来不失期。人有奇志，立飞阁于槎上，多赍粮，乘槎而去。十余日中犹观星月日辰，自后茫茫忽忽，亦不觉昼夜。去十余日，奄至一处，有城郭状，屋舍甚严。遥

望宫中多织女,见一丈夫牵牛渚次饮之。牵牛人乃惊问曰:'何由至此?'此人具说来意,并问此是何处。答曰:'君还至蜀郡访严君平则知之。'竟不上岸,因还如期。后至蜀,问君平,曰:'某年月日有客星犯牵牛宿。'计年月,正是此人到天河时也。"《楚辞·远游》:"仍羽人于丹丘兮,留不死之旧乡。"王逸注:"因就众仙于明光也。……或曰人得道,身生毛羽也。"李白《过彭蠡湖》:"余将振衣去,羽化出嚣烦。"

⑩"仙源"二句:《云笈七签》卷二七:(七十二福地中)"第四曰东仙源,第五曰西仙源。"王维《桃源行》:"春来遍是桃花水,不辨仙源何处寻。"相仍,相连。

冬日长安感志寄献虢州崔郎中二十韵①

帝里无成久滞淹,别家三度见新蟾。郄诜丹桂无人指,阮籍青襟有泪沾②。溪上却思云满屋,镜中唯怕雪生髯。病如原宪谁能疗,謇似刘祯岂用占。③雾雨十年同隐遁,风雷何日振沉潜。④吁嗟每被更声引,歌咏还因酒思添。客舍正甘愁寂寂,郡楼遥想醉厌厌⑤。已闻铃阁悬新诏,即向纶闱副具瞻。⑥济物便同川上楫,慰心还似邑中黔。⑦观星始觉中郎贵⑧,问俗方知太守廉。宅后绿波栖画鹢,马前红袖簇丹襜。⑨闲招好客斟香蚁,闷对琼花咏散盐。⑩积冻慢封寒雷细,暮云高拔远峰尖。讼堂无事冰生印⑪,水榭高吟月透帘。松下围棋期褚胤,笔头飞箭荐陶谦。⑫未知匣剑何时跃,但恐铅刀不再铦。⑬虽有远心长拥篲,耻将新剑学编苫。⑭才惊素节移铜律,又见玄冥变玉签。⑮百口似萍依广岸⑯,一身如燕恋高檐。如今正困风波力,更向人中问宋纤。⑰

【题解】

夏承焘《韦端己年谱》以此诗作于乾符六年(879)。聂安福《韦庄集笺注》则认为,诗中"崔郎中"疑指崔彦昭,此诗当作于咸通二年(861)冬。诗写失志苦闷。所用诗体形式,乃是将七言歌行律化到极点的七言排律。该体自杜甫"始作俑"以来,至晚唐大有普及之势,著名诗人几乎都有所作。

【注释】

①诗题中"郎中",官名。唐代尚书省各部皆置郎中,为尚书之属官。

②"阮籍"句:阮籍,字嗣宗,陈留尉氏(今属河南)人。《三国志·魏书·阮籍传》裴松之注引《魏氏春秋》:"尝登广武,观楚、汉战处,乃叹曰:'时无英才,使竖子成名乎!'时率意独驾,不由径路,车迹所穷,辄恸哭而反。"青襟,即青衿。《诗·郑风·子衿》:"青青子衿,悠悠我心。"毛传:"青衿,青领也,学子之所服。"刘长卿《寄万州崔使君令钦》:"丘门多白首,蜀郡满青襟。"

③"病如"二句:原宪,字子思,鲁国(一说宋国)人。孔子弟子。《史记·仲尼弟子列传》:"孔子卒,原宪遂亡在草泽中。子贡相卫,而结驷连骑,排藜藿入穷阎,过谢原宪。宪摄敝衣冠见于贡。子贡耻之,曰:'夫子岂病乎?'原宪曰:'吾闻之,无财者谓之贫,学道而不能行者谓之病。若宪,贫也,非病也。'子贡惭,不怿而去,终身耻其言之过也。"刘祯,明钞本作刘桢,字公幹,东平(今属山东)人。"建安七子"之一。《三国志·魏书·刘桢传》:"桢以不敬被刑,刑竟署吏。"裴松之注引《典略》:刘桢言辞巧妙,为诸公子所亲爱,"其后太子尝请诸文学,酒酣坐欢,命夫人甄氏出拜。坐中众人咸伏,而桢独平视。太祖闻之,乃收桢,减死输作。"《三国志·魏书·周宣传》:宣善占梦,"后东平刘祯梦蛇生四足,穴居门中,使宣占之,宣曰:'此为国梦,非君家事也。当杀女子而作贼者。'顷之,女贼郑、姜遂俱夷讨,以蛇女子之祥,足非蛇之宜故也。"

④"雾雨"二句:《易·遁》:"遁,亨,小利贞。"孔颖达《正义》:"遁者,隐退逃避之名。阴长之卦,小人方用,君子日消。君子当此之时若不隐遁避世,即受其害,须遁而后得通。"《易·说卦》:"动万物者莫疾乎雷,桡万物者莫疾乎风。"《易·乾》:"初九,潜龙勿用。"《正义》:"潜者,隐伏之名;龙者,

变化之物。……潜龙之时,小人道盛,圣人虽有龙德,于此时唯宜潜藏勿可施用,故言勿用。"

⑤"郡楼"句:《诗·小雅·湛露》:"厌厌夜饮,不醉无归。"传:"厌厌,安也。"

⑥"已闻"二句:《晋书·羊祜传》:"在军常轻裘缓带,身不被甲。铃阁之下,侍卫者不过十数人。而颇以畋渔废政。"徐坚等《初学记》卷一一注:"又中书职掌纶诰,前代词人因谓纶阁。"《三国志·魏书·贾诩传》裴松之注引荀勖《别传》:"晋司徒阙,武帝问其人于勖。答曰:'三公,具瞻所归,不可用非其人。昔魏文帝用贾诩为三公,孙权笑之。'"

⑦"济物"二句:《书·说命》:殷高宗立傅说为相,命之曰:"朝夕纳诲,以辅台德。若金,用汝作砺;若济巨川,用汝作舟楫。"《左传·襄公十七年》:"宋皇国父为大宰,为平公筑台,妨于农收。子罕请俟农功之毕。公弗许。筑者讴曰:'泽门之晳,实兴我役。邑中之黔,实慰我心。'"杜预注:"泽门,宋东城南门也。皇国父白晳而居近泽门。"

⑧"观星"句:《后汉书·天文志》:"三阶九列,二十七大夫,八十一元士,斗、衡、太微、摄提之属百二十官,二十八宿各布列,下应十二子。天地设位,星辰之象备矣。"

⑨"宅后"二句:《淮南子·本经训》:"龙舟鹢首,浮吹以娱。"高诱注:"龙舟,大舟也,刻为龙文。鹢,大鸟也,画其像著船头,故曰鹢首。"沈佺期《三日梨园侍宴》:"画鹢中流动,青龙上苑来。"《后汉书·刘盆子传》:"乘轩车大马,赤屏泥,绛襜(chān)络。"李贤注:"襜,帷也,车上施帷以屏蔽者。"

⑩"闲招"二句:香蚁,喻酒。白居易《花酒》:"香醅浅酌浮如蚁,雪鬓新梳薄似蝉。"《世说新语·言语》:"谢太傅寒雪日内集,与儿女讲论文义。俄而雪骤,公欣然曰:'白雪纷纷何所似?'兄子胡儿曰:'撒盐空中差可拟。'兄女曰:'未若柳絮因风起。'公大笑乐。"

⑪冰生印:胡本作"冰封印"。

⑫"松下"二句:褚胤,吴郡(治所在今苏州)人,棋艺冠绝当时。陶谦,丹阳(今湖北秭归东)人。《后汉书·陶谦传》李贤注引《吴书》:"谦少孤,始以不羁闻于县中。……故仓梧太守同县甘公出遇之,见其容貌,异而呼之,

与语甚悦,许妻以女。甘夫人怒曰:'陶家儿邀戏无度,于何以女许之?'甘公曰:'彼有奇表,长必大成。'逐与之。"韦庄擅棋艺,性情亦有似陶谦,故以自喻自拟。

⑬"未知"二句:王嘉《拾遗记》卷一:帝颛顼高阳氏"有曳影之剑,腾空而舒。若四方有兵,此剑则飞起指其方,则克伐;未用之时,常于匣里如龙虎之吟。"《史记·屈原贾生列传》载贾谊《吊屈原赋》:"莫邪为顿兮,铅刀为铦(xiān)。"司马贞《索隐》:"《吴越春秋》曰:'吴王使干将造剑二枚,一曰干将,一曰莫邪。'莫邪、干将,剑名也。""铅者,锡也;铦,利也。"

⑭"虽有"二句:《史记·孟子荀卿列传》:"(邹衍)如燕,昭王拥彗先驱。"《左传·襄公十四年》:范宣子数戎子驹支曰:"乃祖吾离被苫(shàn)盖,蒙荆棘,以来归我先君。"刘峻《广绝交书》:"斯则断金由于湫隘,刎颈起于苫盖。"刘良注:"湫隘、苫盖,谓贫贱。"

⑮"才惊"二句:徐坚等《初学记》卷三引梁元帝《纂要》:"秋日白藏,亦曰收成,亦曰三秋、九秋、素秋、素商、高商……节曰素节、商节。"《礼记·月令》:"孟春之月,……律中大簇。"郑玄注:"律,候气之管,以铜为之。中,犹应也。"《礼记·月令》:"孟冬之月,……其神玄冥。"《后汉书·律历志》:"候气之法,为室三重,户闭,涂衅必周,密布缇缦。室中以木为案,每律各一,内庳外高,从其方位,加律其上,以葭莩灰抑其内端,案历而候之。气至者灰动。其为气所动者其灰散,人及风所动者其灰聚。殿中候,用玉律十二。惟二至乃候灵台,用竹律六十。"

⑯百口:《列子·说符》:"人有滨河而居者,习于水,勇于泅,操舟鬻渡,利供百口。"韩愈《此日足可惜赠张籍》:"谁云经艰难,百口无夭殇。"

⑰宋纤:字令艾,敦煌效谷(今甘肃敦煌西)人,谥曰玄虚先生。《晋书·宋纤传》:"少有远操,沈靖不与世交,隐居于酒泉南山。……酒泉太守马岌,高尚之士也,具威仪,鸣铙鼓造焉。纤高楼重阁,距而不见。岌叹曰:'名可闻而身不可见,德可仰而形不可睹,吾而今而后知先生人中之龙也。'"

和薛先辈见寄初秋寓怀即事之作二十韵

玉律初移候,清风乍远襟。一声蝉到耳,千炬火燃心。岳静云堆翠,楼高日半沉。引愁憎暮角,惊梦怯残砧。露白凝湘簟,风篁韵蜀琴①。鸟喧从果烂,阶净任苔侵。柿叶添红影,槐柯减绿阴。②采珠逢宝窟,阅石见瑶林。鲁殿铿寒玉,苔山激碎金。③郄堂流桂影,陈巷集车音④。名自张华显,词因葛亮吟。⑤水深龙易失,天远鹤难寻。鉴貌宁惭乐,论才岂谢任。⑥义心孤剑直,学海怒涛深⑦。既睹文兼质⑧,翻疑古在今。惭闻纤绿绶,即候挂朝簪。⑨晚树连秋坞,斜阳映暮岑。夜虫方唧唧,疲马正駸駸⑩。托迹同吴燕,依仁似越禽⑪。会随仙羽化,香蚁且同斟。

【题解】

此诗盖作于咸通三年(862)秋将辞家游湘时。薛先辈,当指薛迈。据诗题知,大约薛迈先以《初秋寓怀即事之作二十韵》寄韦庄,韦庄乃即题步其韵奉和,旋又连和二首,即以下《同旧韵》《三用韵》。惜薛诗恐已散佚。三首和作主要都是抒发奔波流转的遭际,仕宦不遇的感慨。此诗中的"托迹同吴燕"二句,即以吴地之燕、越地之禽为喻。类似的拟物之法,韦庄诗中不止此一处。如《柳谷道中作却寄》中"心如岳色留秦地"句,则是把怀恋故乡之心喻为终南山色,永远存在于长安附近。

【注释】

①"风篁"句:谢庄《月赋》:"若乃凉夜自凄,风篁成韵。"李善注:"篁,竹丛生也。风篁,风吹篁也。"刘敬叔《异苑》卷二:"晋武帝时,吴郡临平岸崩,出一石鼓,打之无声。以问张华,华云:'可取蜀中桐材,刻作鱼形,打之,则鸣矣。'于是如言,音闻数十里。"李贺《李凭箜篌引》:"吴丝蜀桐张高秋,空

山凝云颓不流。"

②"柿叶"二句：李绅《忆登栖霞寺峰》："林叶脱红影，竹烟含绮疏。"《周书·韦孝宽传》："先是，路侧一里置一土堠，经雨颓毁，每须修之。自孝宽临州，乃勒部内当堠处植槐树代之。既免修复，行旅又得庇荫。周文后见，怪问知之，曰：'岂得一州独尔，当令天下同之。'于是令诸州夹道一里种一树，十里种三树，百里种五树焉。"

③"鲁殿"二句：王延寿《鲁灵光殿赋》序："鲁灵光殿者，盖景帝程姬之子恭王余之所立也。初恭王始都下国，好治宫室，遂因鲁僖基兆而营焉。"赋曰："骈密石与琅玕，齐玉踏与璧英。"郭璞《赠温峤》："人亦有言，松竹南林，及尔臭味，异苔同岑。"苔山，即苔岑，喻挚友。《晋书·谢安传》："温尝以安所作简文帝谥议以示坐宾，曰：'此谢安石碎金也。'"

④"陈巷"句：《汉书·陈丞相世家》："陈丞相平者，阳武户牖乡人也。少时家贫，好读书，有田三十亩，独与兄伯居。……家乃负郭穷巷，以弊席为门，然门外多有长者车辙。"

⑤"名自"二句：张华，字茂先，范阳方城（今河北固安南）人。《晋书·张华传》："华名重一世，众所推服，晋史及仪礼宪章并属于华，多所损益，当时诏诰皆所草定，声誉益盛，有台辅之望焉。……华性好人物，诱进不倦，至于穷贱候门之士有一介之善者，便咨嗟称咏，为之延誉。"《三国志·蜀书·诸葛亮传》："诸葛亮字孔明，琅邪阳都人也……躬耕陇亩，好为《梁父吟》。身长八尺，每自比于管仲、乐毅。"

⑥"鉴貌"二句：乐，指乐广，字彦辅，南阳淯阳（今属河南）人。刘义庆《世说新语·赏誉》："此人，人之水镜也，见之若披云雾睹青天。"任，指任昉，字彦升，博昌（今山东寿光）人。与沈约并称"任笔沈诗"。《南史·任昉传》："时琅邪王融有才俊，自谓无对当时，见昉之文，恍然自失。……昉尤长为笔，颇慕傅亮才思无穷，当时王公表奏无不请焉。昉起草即成，不加点窜。沈约一代辞宗，深所推挹。"

⑦"学海"句：学海，喻学识渊博。王嘉《拾遗记》卷六：何休、郑玄皆博学而相互攻难，时人谓郑玄为"经神"，称何休为"学海"。

⑧"既睹"句：《论语·雍也》："子曰：质胜文则野，文胜质则史。文质彬

彬,然后君子。"

⑨"惭闻"二句:绿绶,绿色印绶,亦称鳌绶、艾绶。《汉书·百官公卿表》:"诸侯王,高祖初置,金玺鳌绶。"颜师古注引晋灼曰:"鳌,草名也,出琅邪平昌县,似艾,可染绿,因以为绶名也。"即候,胡本作"既候"。《后汉书·逸民列传》:"逢萌,字子康,北海都昌人也。家贫,给事县为亭长。时尉行过亭,萌候迎拜谒,既而掷楯叹曰:'大丈夫安能为人役哉!'遂去之长安学,通《春秋经》。时王莽杀其子宇,萌谓友人曰:'三纲绝矣!不去,祸将及人。'即解冠挂东都城门。归,将家属浮海,客于辽东。"

⑩"疲马"句:骎骎,马疾行貌。《诗·小雅·四牡》:"驾彼四骆,载骤骎(qīn)骎。"

⑪"依仁"句:《论语·述而》:"子曰:志于道,据于德,依于仁,游于艺。"《古诗十九首》:"胡马依北风,越鸟巢南枝。"李善注引《韩诗外传》:"诗曰:'代马依北风,飞鸟栖故巢。'皆不忘本之谓也。"

同旧韵

大火收残暑①,清光渐惹襟。谢庄千里思,张翰五湖心。②暮角迎风急,孤钟向暝沉。露滋三径草③,日动四邻砧。篚委班姬扇,蝉悲蔡琰琴。④方愁丹桂远,已怯二毛侵⑤。鳖石回泉脉⑥,移棋就竹阴。触丝蛛堕网,避隼鸟投林。貌愧潘郎璧,文惭吕相金。⑦但埋酆狱气,未发爨桐音。⑧静笑刘琨舞,闲思阮籍吟。⑨野花和雨剧⑩,怪石入云寻。迹竟终非切,幽闲且自任。⑪趋时惭艺薄,托质仰恩深⑫。美价方稀古,清名已绝今。既闻留缟带,讵肯掷蓍簪。⑬迟客虚高阁⑭,迎僧出乱岑。壮心徒戚戚,逸足自骎骎。⑮安羡仓中鼠,危同幕上禽。⑯期君调鼎鼐,他日俟羊斟。⑰

【题解】

此诗盖作于咸通三年(862)秋将辞家游湘时。

【注释】

①大火:即心宿。杜甫《立秋日雨院中有作》:"山云行绝塞,大火复西流。"

②"谢庄"二句:谢庄,字希逸,陈郡阳夏(今河南太康)人。南朝宋辞赋家,名作《月赋》有云:"情纡轸其何托,愬皓月而长歌。歌曰:美人迈兮音尘阙,隔千里兮共明月。临风叹兮将焉歇,川路长兮不可越。"《国语·越语》:范蠡佐越王勾践灭吴后,功成身退,"遂乘轻舟以浮于五湖,莫知其所终极。"李白《留别王司马嵩》:"陶朱虽相越,本有五湖心。"五湖,即太湖。一说指太湖等五大湖泊。赵晔《吴越春秋》卷五:"入五湖之中。"徐天佑注引韦昭曰:"胥湖、蠡湖、洮湖、滆湖、就太湖而为五。"又引虞翻曰:"太湖之水通五道,谓之五湖。"

③"露滋"句:陶潜《归去来兮辞》:"三径就荒,松菊犹存。"李善注引《三辅决录》:"蒋诩,字元卿。舍中三径,唯羊仲、求仲从之游,皆挫廉逃名不出。"刘长卿《郧上送韦司士归上都耆业》:"苍苔白露生三径,古木寒蝉满四邻。"

④"簟委"二句:班姬,汉成帝婕妤,班固祖姑,名不详。班婕妤《怨歌行》:"新裂齐纨素,皎洁如霜雪。裁成合欢扇,团团似明月。出入君怀袖,动摇微风发。常恐秋节至,凉飙夺炎热。弃捐箧笥中,恩情中道绝。"蔡琰,字文姬,陈留圉(今河南杞县西南)人,蔡邕之女。《后汉书·董祀妻传》:"博学有才辩,又妙于音律。"

⑤"已怯"句:《左传·僖公二十二年》:"公曰:'君子不重伤,不禽二毛。'"杜预注:"二毛,头白有二色。"

⑥"甃(zhòu)石"句:《易·井》:"六四,井甃无咎。象曰:井甃无咎,修井也。"李鼎祚《集解》引虞翻曰:"修,治也。以瓦甃垒井称甃。"

⑦"貌愧"二句:潘郎,指潘岳,字安仁,荥阳中牟(今属河南)人。刘义庆《世说新语·容止》:"潘安仁、夏侯湛并有美容,喜同行。时人谓之'连璧'。"吕相,指吕不韦,卫国濮阳(今河南濮阳西南)人。秦庄襄王、秦王政

时任丞相。《史记·吕不韦列传》:"乃使其客人人著所闻,集论以为八览、六论、十二纪,二十余万言。以为备天地万物古今之事,号曰《吕氏春秋》。布咸阳市门,悬千金其上,延诸侯游士宾客有能增损一字者,予千金。"

⑧"但埋"二句:《晋书·张华传》:豫章人雷焕妙于纬象,时斗牛之间常有紫气,焕谓乃丰城宝剑之精上彻于天。张华遂补焕为丰城令,密令寻之。"焕到县,掘狱屋基,入地四丈余,得一石函,光气非常,中有双剑,并刻题,一曰龙泉,一曰太阿。其夕,斗牛间气不复见焉。"丰城,今属江西。《后汉书·蔡邕列传》:"吴人有烧桐以爨(cuàn)者,邕闻火烈之声,知其良木,因请而裁为琴,果有美音,而其尾犹焦,故时人名曰'焦尾琴'焉。"

⑨"静笑"二句:刘琨,字越石,中山魏昌(今河北无极)人。《晋书·祖逖传》:"与司空刘琨俱为司州主簿,情好绸缪,共被同寝。中夜闻荒鸡鸣,蹴琨觉曰:'此非恶声也。'因起舞。逖、琨并有英气,每语世事,或中宵起坐,相谓曰:'若四海鼎沸,豪杰并起,吾与足下当相避于中原耳。'"《三国志·魏书·阮籍传》裴松之注引《魏氏春秋》:尝借苏门山隐者之论以寄所怀,其歌曰:"日没不周西,月出丹渊中。阳精蔽不见,阴光代为雄。亭亭在须臾,厌厌将复隆。富贵俛仰间,贫贱何必终。"又叹曰:"天地解兮六合开,星辰陨兮日月颓,我腾而上将何怀。"

⑩劚(zhú):掘取。李贺《牡丹种曲》:"莲枝未长秦蘅老,走马驮金劚春草。"

⑪"迹竟"二句:迹竟,《全唐诗》注:"一作'迹竟'。"切,《全唐诗》注:"一作'幻'。"

⑫仰恩:《全唐诗》注、胡本作"负恩"。

⑬"既闻"二句:《左传·襄公二十九年》:吴公子季札"聘于郑,见子产,如旧相识,与之缟带,子产献纻衣焉"。《韩诗外传》卷九:"孔子出游少源之野,有妇人中泽而哭,其音甚哀。孔子使弟子问焉,曰:'夫人何哭之哀?'妇人曰:'乡者刈蓍薪亡吾蓍簪,吾是以哀也。'弟子曰:'刈蓍薪而亡蓍簪,有何悲焉?'妇人曰:'非伤亡簪也,吾所以悲者,不忘故也。'"

⑭迟:原注:"音滞。"胡刻本注:"作去声。"

⑮"壮心"二句:《论语·述而》:"君子坦荡荡,小人长戚戚。"何晏《集

解》引郑玄曰:"长戚戚,多忧惧。"杜甫《风疾舟中伏枕书怀三十六韵奉呈湖南亲友》:"披颜争倩倩,逸足竞駸駸。"

⑯"安羡"二句:《史记·李斯列传》:"李斯者,楚上蔡人也。年少时,为郡小吏,见吏舍厕中鼠食不洁,近人犬,数惊恐之。斯入仓,观仓中鼠,食积粟,居大庑之下,不见人犬之忧。于是李斯乃叹曰:'人之贤不肖譬如鼠矣,在所自处耳!'"《左传·襄公二十九年》:季札"自卫如晋,将宿于戚,闻钟声焉,曰:'异哉,吾闻之也,辩而不德,必加于戮。夫子获罪于君以在此。惧犹不足,而又何乐?夫子之在此也,犹燕之巢于幕上。君又在殡,而可以乐乎?'遂去之。"杜预注:"言至危。"

⑰"期君"二句:《尚书·说命》:殷高宗任傅说为相,命之曰:"尔惟训于朕志。……若作和羹,尔惟盐梅。"孔安国传:"盐咸梅醋,羹须咸醋以和之。"杜甫《上韦左相二十韵》:"沙汰江河浊,调和鼎鼐新。"《左传·宣公二年》:"郑公子归生受命于楚伐宋,宋华元、乐吕御之。……将战,华元杀羊食士,其御羊斟不与。及战,曰:'畴昔之羊,子为政;今日之事,我为政。'与入郑师,故败。君子谓羊斟非人也,以其私憾败国殄民。"

三 用韵

素律初回驭,商飙暗触襟。①乍伤诗客思,还动旅人心。蝉噪因风断,鳞游见鹭沉。笛声随晚吹,松韵激遥砧②。地覆青袍草,窗横绿绮琴③。烟霄难自致,岁月易相侵。涧柳横孤彴④,岩藤架密阴。潇湘期钓侣,鄠杜别家林⑤。遗愧虞卿璧,言依季布金。⑥铮鏦闻郢唱,次第发巴音。⑦萤影冲帘落,虫声拥砌吟。楼高思共钓,寺远想同寻。入夜愁难遣,逢秋恨莫任。蜗游苔径滑,鹤步翠塘深。莫问荣兼辱,宁论古与今。固穷怜瓮牖⑧,感旧惜蒿簪。晚日舒霞绮,遥天倚黛岑。鸳鸯方翙翙,骅骝整駸駸。⑨未化投陂竹,空思出谷禽⑩。感多聊自遗,桑落且闲斟⑪。

【题解】
此诗盖作于咸通三年(862)秋将辞家游湘时。

【注释】
①"素律"二句:素律,指秋季。律,指月律,古以十二律配十二月为十二月律。驭,指日御。李世民《小池赋》:"素秋开律,碧沼凝光。"宋之问《送田道士使蜀投龙》:"赠言回驭日,图画彼山川。"商飙,秋风。《礼记·月令》:"孟秋之月,……其音商,律中夷则。"

②"松韵"句:《南史·陶弘景传》:"特爱松风,庭院皆植松,每闻其响,欣然为乐。"刘得仁《宿韦津山居》:"窗飒松筼韵,庭兼雪月光。"

③绿绮琴:张载《拟四愁诗》:"佳人遗我绿绮琴,何以报之双南金。"李善注引傅玄《琴赋序》:"齐桓公有鸣琴曰号钟,楚庄王有鸣琴曰绕梁,中世司马相如有绿绮,蔡邕有焦尾,皆名琴也。"

④孤彴(zhuó):独木桥。徐坚等《初学记》卷七引《广志》:"独木之桥曰榷,亦曰彴。"

⑤鄠(hù)杜:指鄠县、杜陵,汉置县名,在今陕西西安。《三辅黄图》卷六:"宣帝杜陵,在长安城南五十里。帝在民间时,好游鄠、杜间,故葬此。"案:"五十里"三字原脱,此据《汉书》臣瓒注补。

⑥"遗愧"二句:《史记·平原君虞卿列传》:"虞卿者,游说之士也。蹑蹻檐簦说赵孝成王。一见,赐黄金百镒,白璧一双;再见,为赵上卿,故号为虞卿。"又《季布栾布列传》:"楚人谚曰:'得黄金百斤,不如得季布一诺。'"

⑦"铮鏦(cōng)"二句:铮鏦,此以金属撞击声状管弦乐声。白居易《江楼宴别》:"缥缈楚风罗绮薄,铮鏦越调管弦高。"宋玉《对楚王问》:"客有歌于郢中者,其始曰《下里》《巴人》,国中属而和者数千人;其为《阳阿》《薤露》,国中属而和者数百人;其为《阳春》《白雪》,国中属而和者不过数十人;引商刻羽,杂以流徵,国中属而和者不过数人而已。"郢唱,喻薛诗;巴音,自喻。

⑧"固穷"句:《论语·卫灵公》:"子曰:君子固穷,小人穷斯滥矣。"刘宝楠《正义》:"固穷者,言穷当固守也。"《淮南子·原道训》:"蓬户瓮牖。"高诱

61

注:"编蓬为户,以破瓮蔽牖。"

⑨"鸳鸯"二句:《诗·大雅·卷阿》:"凤凰于飞,翙(huì)翙其羽。"郑玄笺:"翙翙,羽声也。"骅骥,骅骝、骐骥,骏马名。《庄子·秋水》:"骐骥骅骝,一日而驰千里。"

⑩"空思"句:《诗·小雅·伐木》:"伐木丁丁,鸟鸣嘤嘤。出自幽谷,迁于乔木。"

⑪"桑落"句:桑落,酒名。《水经注·河水》:河东郡(治所在今山西永济西南)多徙民,"民有姓刘名堕者,宿擅工酿,采挹河流,酝成芳酎。悬食同枯枝之年,排于桑落之辰,故酒得其名矣。"杜甫《九日杨奉先会白水崔明府》:"坐开桑落酒,来把菊花枝。"

惊 秋

不向烟波狎钓舟,强亲文墨事儒丘①。长安十二槐花陌②,曾负秋风多少愁。

【题解】

此诗似作于咸通三年(862)秋,以应举未成,感秋而赋。诗谓自己本是多情善赏的风流才子,最喜爱的事就是在大自然的良辰美景中纵情游乐。但是,为了博取当时人人都很看重的功名利禄,得以荣父母,养妻子,不得不压抑自然情性,辜负大好时光,而成天"强亲文墨事儒丘"。这是从灵魂深处对自己生活道路的一种审视。

【注释】

①"强亲"句:强亲,勉强表示亲切。《庄子·渔父》:"不精不诚,不能动人。故强哭者,虽悲不哀;强怒者,虽严不威;强亲者,虽笑不和。"儒丘,指孔儒之学。

②"长安"句:宋敏求《长安志》卷七:皇城"南北七街,东西五街,其间并列台省寺卫。"白居易《登乐游园望》:"下视十二街,绿树间红尘。"

登汉高庙闲眺①

独寻仙径上高原,云雨深藏古帝坛②。天畔晚峰青簇簇,槛前春树碧团团。③参差郭外楼台小,断续风中鼓角残。一带远光何处水④,钓舟闲系夕阳滩。

【题解】
此诗创作时地未详。可以看出,作者将眼光从家国之思的宏大,转向了内心深处的情感变化。在这里,之前的盛唐诗人内心始终难以消解的伦理负担,自然转化成了一种诗意的审美姿态。如"独寻仙径上高原"二句,便是对古帝祭坛之神秘的孤芳自赏的诗意写照。

【注释】
①诗题中"汉高庙",即汉高祖刘邦神庙,故址在今西安西北。《三辅黄图》卷五:"高祖庙,在长安西北故城中。"
②古帝坛:汉高祖祭坛,即汉高庙。《说文》:"坛,祭场也。"段玉裁注:"场有不坛者,坛则无不场也。"
③"天畔"二句:簇簇,耸立排列貌。团团,簇聚貌。韩愈《祖席前字送王涯徙袁州刺史作》:"野晴山簇簇,霜晓菊鲜鲜。"又《柳州罗池庙碑》:"鹅之山兮柳之水,桂树团团兮白石齿齿。"
④"一带"句:《南史·陈后主纪》:"隋文帝谓仆射高颎曰:'我为百姓父母,岂可限一衣带水不拯之乎?'"

耒阳县浮山神庙①

一郡皆传此庙灵,庙前松桂古今青。山曾尧代浮洪水,地有唐臣奠绿醽。②绕坐香风吹宝盖,傍檐烟雨湿岩扃。③为霖自可成农岁,何用兴师远伐邢④。

【题解】

此诗盖作于咸通四年(863)前后游潇湘时。末二句"为霖自可成农岁,何用兴师远伐邢",借不必"伐邢"求雨,来称颂浮山神灵有降雨利农的神绩。

【注释】

①诗题中"耒阳县",唐属衡州,治所在今湖南耒阳。李吉甫《元和郡县图志》卷二九:"本秦县,因耒水在县东为名。"浮山神庙,不详。

②"山曾"二句:《孟子·滕文公上》:"当尧之时,天下犹未平,洪水横流,泛滥于天下。"绿醽(líng),亦作"绿酃",酒名。《水经注》卷三九:"县有酃湖,湖中有洲,洲上居民。彼人资以给酿,酒甚醇美,谓之酃酒,岁常贡之。"

③"绕坐"二句:宝盖,华盖。杨衒之《洛阳伽蓝记》卷二:"有金像辇,去地三丈,上施宝盖,四面垂金铃,七宝珠,飞天伎乐,望之云表。"卢照邻《长安古意》:"龙衔宝盖承朝日,凤吐流苏带晚霞。"岩扃,山门。杜甫《桥陵诗三十韵因呈县内诸官》:"瑞芝产庙柱,好鸟鸣岩扃。"

④"何用"句:《左传·僖公元年》:"秋,卫人伐邢,以报菟圃之役。于是卫大旱,卜有事于山川,不吉。宁庄子曰:'昔周饥,克殷而年丰。今邢方无道,诸侯无伯,天其或者欲使卫伐邢乎?'从之,师兴而雨。"

愁

避愁愁又至①,愁至事难忘。夜作心中火②,朝为鬓上霜。不经公子梦,偏入旅人肠。借问高轩客,何乡是醉乡。③

【题解】

此诗盖作于咸通三年(862)。诗写个人仕宦不遇的焦灼与悲慨。眼看藩镇割据,战火遍地,社稷将倾,生灵涂炭,而自己却迟迟未能叩开帝阍,实现"匡尧舜"的志业,因此,心中充满烦愁郁懑,写来哀婉凝重。

【注释】

①"避愁"句:庾信《愁赋》:"深愁欲避愁,愁已知人处。"
②夜作:《全唐诗》作"夜坐"。
③"借问"二句:高轩,贵显者所乘之车。白居易《醉后》:"犹嫌小户长先醒,不得多时住醉乡。"

村居书事

年年耕与钓,鸥鸟已相依①。砌长苍苔厚,藤抽紫蔓肥。风莺移树啭,雨燕入楼飞。不觉春光暮,绕篱红杏稀。

【题解】

此诗盖作于虢州村居期间。诗写幽美、静谧的田园风光,表现对恬静、悠闲的乡居生活的喜爱。语言清丽,情趣怡然。

【注释】

①"鸥鸟"句:江淹《杂体诗·效张绰杂述》:"物我俱忘怀,可以狎鸥鸟。"

三堂早春

独倚危楼四望遥,杏花春陌马声骄。池边冰刃暖初落,山上雪棱寒未销。①溪送绿波穿郡宅,日移红影度村桥。主人年少多情味,笑换金龟解珥貂②。

【题解】
此诗盖作于虢州村居期间。三堂,即虢州刺史宅。诗作毕现其早春池林之美,宾主娱游之乐。可与作者另外的一首《三堂东湖作》参看。

【注释】
①"池边"二句:冰刃,冰柱。刘叉《冰柱》:"旋落旋逐朝暾化,檐间冰柱若削出交加。"雪棱,积雪覆盖的山脊。章碣《长安春日》:"暖著柳丝金蕊重,冷开山翠雪棱稀。"

②"笑换"句:金龟,汉代高官所佩龟纽金印,唐自武则天以后为三品以上官员佩饰。此盖指一般佩饰。李白《对酒忆贺监二首》序曰:"太子宾客贺公,于长安紫极殿一见余,呼余为'谪仙人',因解金龟换酒为乐。"王琦注:"金龟盖是所佩杂玩之类,非武后朝内外官所佩之金龟也。"潘岳《秋兴赋》:"登春台之熙熙兮,珥金貂之炯炯。"金貂,汉代侍中、中常侍之冠饰,佩黄金珰,附蝉为文,貂尾为饰。《晋书·阮孚传》:"迁黄门侍郎,散骑常侍。尝以金貂换酒,复为有司弹劾,帝宥之。"

雨霁晚眺①

庚子年冬大驾幸蜀后作。

入谷路萦纡,岩巅日欲晡。②岭云寒扫盖,溪雪冻黏须。
卧草跧如兔,听冰怯似狐。③仍闻关外火,昨夜彻皇都。

【题解】
此诗作于广明元年(880)十二月黄巢军入长安后避难山中时。诗作极力描绘秦岭山谷中的苦寒,想象僖宗入蜀途中车驾行走的艰辛,关切之情溢于言表。

黄永年《〈秦妇吟〉通释》曾据此诗考实韦庄当日行迹,略云:这里的"关外火",即潼关外之兵火,"昨夜彻皇都",指潼关外之兵火即黄巢军已进入皇都长安。说"昨夜"进入长安,可见此诗为广明元年十二月五日黄巢进入长安的第二天所作。长安南边不远就是南山即终南山,此诗起句说"入谷",以下又有"岩巅""岭云"诸词,可见黄巢入城后韦庄即逃入南山。但自长安入南山不过一天路程,韦庄此诗点明进入南山山谷的时间是"日欲晡",则韦庄出长安城当在这一天亦即黄巢进入长安后的第二天清晨,黄巢进入长安时韦庄正在城里。

【注释】

①诗作题注中"大驾幸蜀",《资治通鉴》卷二五四:广明元年十二月二日,黄巢军破潼关。五日,田令孜闻黄巢军已入潼关,"帅神策兵五百奉帝自金光门出,惟福、穆、泽、寿四王及妃嫔数人从行,百官皆莫之。上奔驰昼夜不息,从官多不能及。"晡时,"黄巢前锋将柴存入长安,金吾大将军张直方帅文武数十人迎巢于霸上。巢乘金装肩舆,其徒皆被发,约以红缯,衣锦绣,执兵以从,甲骑如流,辎重塞途,千里络绎不绝。"

②"入谷"二句:萦纡,道路盘旋曲折。班固《西都赋》:"步甬道以萦纡,又杳窱而不见阳。"白居易《长恨歌》:"黄埃散漫风萧索,云栈萦纡登剑阁。"晡(bū),申时,即午后三时至五时。杜甫《徐步》:"整履步青芜,荒庭日欲晡。"

③"卧草"二句:跧(quán),蜷伏。郦道元《水经注·河水》引郭缘生《述征记》:"冰始合,车马不敢过,要须狐行,云此物善听,冰下无水乃过。人见狐行方渡。"

立春日作

九重天子去蒙尘,御柳无情依旧春。①今日不关妃妾事,始知辜负马嵬人②。

【题解】

此诗作于中和元年(881)立春日。诗作对比黄巢起义和"安史之乱",以及玄宗的避蜀与僖宗的避难,委婉而又毫不含糊地把这两朝国难战祸的罪责加到最高统治者头上,同时也暗暗替杨贵妃翻了案。

【注释】

①"九重"二句:蒙尘,多指帝王失位出奔,蒙受风尘。《左传·僖公二十四年》:"臧文仲对曰:'天子蒙尘于外,敢不奔问官守。'"《三辅黄图》卷六:"长安御沟,谓之杨沟,谓植高杨于其上也。"

②马嵬人:即杨贵妃,小字玉环,号太真,蒲州永乐(今陕西芮城西南永乐镇)人。《旧唐书·杨贵妃传》:"从幸至马嵬,禁军大将陈玄礼密启太子,诛国忠父子。既而四军不散,玄宗遣力士宣问,对曰'贼本尚在',盖指贵妃也。力士复奏,帝不获已,与妃诀。遂缢死于佛室。时年三十八,瘗于驿西道侧。"

赠云阳县裴明府①

南北三年一解携②,海为深谷岸为蹊。已闻陈胜心降汉,谁为田横国号齐。③暴客至今犹战鹤,故人何处尚驱鸡。④归来能作烟波伴,我有鱼舟在五溪⑤。

【题解】

此诗当作于中和二年(882)九、十月间。人在现实生活中壮志难酬、忧愁难遣时,有时会自然流露出欲作渔父的思想,如此诗末二句"归来能作烟波伴,我有鱼舟在五溪"所云。这种仕与隐的矛盾思想状态,在这里借赠友出之,可以在一定程度上见出其普遍性。

【注释】

①诗题中"云阳县",在长安东北一百二十里,治所在今陕西泾阳北。

裴明府,不详。明府,本指官府,后亦指郡牧、县令。洪迈《容斋随笔》卷一:"唐人呼县令为明府,丞为赞府,尉为少府。"

②"南北"句:裴明府盖于广明元年与韦庄长安别后赴任云阳县令。解携,分离。陆机《赴洛二首》其一:"抚膺解携手,永叹结遗音。"

③"已闻"二句:《史记·陈涉世家》:"陈胜虽已死,其所置遣侯王将相竟亡秦,由涉首事也。高祖时为陈涉置守冢三十家砀,至今血食。"此盖借指王仙芝欲降唐事。《旧唐书·僖宗纪》:"(乾符五年)二月,王仙芝余党攻江西,招讨使宋威出军屡败之,仍宣诏书谕仙芝。仙芝致书于威,求节钺,威伪许之。仙芝令其大将尚君长、蔡温玉奉表入朝,威乃斩君长、温玉以徇。仙芝怒,急攻洪州,陷其郭。宋威赴援,与贼战,大败之,杀仙芝,传首京师。尚君长弟尚让为黄巢党,以兄遇害,乃大驱河南、山南之民,其众十万,大掠淮南,其锋甚锐。"《史记·田儋列传》:田横,秦末狄县(治所在今山东高青东南)人。本齐国贵族,随从兄田儋、兄田荣起兵重建齐国。儋、荣既死,横领兵收复齐地,立田荣之子广为齐王,自为相,专国政。居三年,广为韩信所杀。横乃自立为齐王,归彭越。汉王立,横与其徒五百余人亡入海岛。后奉诏归汉,途中自杀。此借指黄巢所立大齐政权。《旧唐书·黄巢列传》:广明元年十二月十三日,"贼巢僭位,国号大齐,年称金统。"

④"暴客"二句:战鹤,陈兵交战,谓黄巢军尚据京城抵抗官军。《庄子·徐无鬼》:"君亦必无盛鹤列于丽谯之间。"王先谦《集解》:"李云:鹤列,谓兵如鹤之列。"驱鸡,喻治民。荀悦《申鉴·政体》:"睹孺子之驱鸡也,而见御民之方。孺子驱鸡者,急则惊,缓则滞。方其北也,遽要之则折而过南;方其南也,遽要之则折而过北。迫则飞,疏则放。志闲则比之,流缓而不安则食。不驱之驱,驱之至者也。志安则循路而入门。"许浑《送上元王明府赴任》:"莫言名重懒驱鸡,六代江山碧海西。"

⑤"我有"句:鱼舟,《全唐诗》、胡本均注:"一作'渔舟'。"《水经注·沅水》:"武陵有五溪,谓雄溪、樠溪、无溪、酉溪、辰溪。"武陵,汉置郡名,治所在今湖南溆浦南。唐曾置五溪经略使。

贼中与萧韦二秀才同卧重疾二君寻愈余独加焉恍惚之中因有题①

与君同卧疾,独我渐弥留②。弟妹不知处,兵戈殊未休。③胸中疑晋竖,耳下斗殷牛。④纵有秦医在,怀乡亦泪流。

【题解】

此诗盖作于中和元年(881)初。诗写围城中的惊心动魄与其自身的悲惨遭遇:兵火中生病,同病的两个举子很快就好了,唯独他的病情日重,几入膏肓。弟妹也都失散了,不知生死存亡何处。病中之人感情也格外脆弱,常常因惦念家人、思念故乡而泪流满面。

【注释】

①诗题中"贼中",黄巢于广明元年十二月五日攻占长安,庄陷兵中。孙光宪《北梦琐言》卷六:"蜀相韦庄应举时,遇黄寇犯阙。"肖、韦二秀才,不详。

②渐弥留:《尚书·顾命》:"呜呼!疾大渐,惟几。病日臻,既弥留,恐不获誓言嗣。"孔安国传:"自叹其疾大进焉,惟危殆。"

③"弟妹"两句:杜甫《遣兴》:"干戈犹未定,弟妹各何之。"

④"胸中"二句:《左传·成公十年》:"公(指晋景公)疾病,求医于秦。秦伯使医缓为之。未至,公梦疾为二竖子,曰:'彼良医也,惧伤我,焉逃之?'其一曰:'居肓之上,膏之下,若我何?'医至,曰:'疾不可为也,在肓之上,膏之下,攻之不可,达之不及,药不至焉。不可为也。'公曰:'良医也。'厚为之礼而归之。"其中"医缓"当即诗末所谓"秦医"。刘义庆《世说新语·纰漏》:"殷仲堪父病虚悸,闻床下蚁动,谓是牛斗。"

重围中逢萧校书①

相逢俱此地,此地是何乡。侧目不成语②,抚心空自伤。剑高无鸟度③,树暗有兵藏。底事征西将,年年戍洛阳。④

【题解】
此诗作于中和二年(882),时尚身陷长安兵中。诗作前四句叙写与萧校书于兵中相逢、彼此感伤情景。"剑高无鸟度"二句描绘城中的凶险。接后二句,即为责问藩镇的屯兵自肥,不赴国难。

【注释】
①诗题中"萧校书",不详。校书,即校书郎,官名。《唐六典》卷一〇:"校书郎、正字掌雠校典籍,刊正文字。"
②侧目:畏惧而不敢直视。《战国策·秦策一》:"将说楚王,路过洛阳,父母闻之,清宫除道,张乐设饮,郊迎三十里。妻侧目而视,倾耳而听;嫂蛇行匍伏,四拜自跪而谢。"
③剑高:谓黄巢军戒备森严。欧阳询等《艺文类聚》卷六〇引《列子》:"宋王有兰子者,以技干宋元君,弄七剑,迭跃之,五剑常在空中。元君大惊,立赐金帛。"
④"底事"二句:讥刺征西官军在东都附近久留不前。底事,何事。

咸　通

咸通时代物情奢,欢杀金张许史家。①破产竞留天上乐,铸山争买洞中花。②诸郎宴罢银灯合,仙子游回璧月斜。人意似知今日事,急催弦管送年华。

【题解】

此诗盖作于中和三年(883)初避难洛阳时。诗作毫不留情地揭露与鞭挞懿宗时从天子到宠臣勋贵醉生梦死的生活方式,鞭辟入里地揭示出晚唐帝国迅速走向衰败的原因。起首道出时弊的症结正在一个"奢"字,可谓一针见血。接下来描述权贵们奢靡的程度,简直令人难以置信:为了一曲,竟可以挥霍万金,不惜"破产";为了一花,居然铸山。最后,以极度反讽的语调说,这个朝代的君臣们之所以如此夜夜豪宴,纵情声色,无休无止,原来是似乎果然知道国家要有日后的战乱和灾难,他们的覆没将不会太久,所以才趁着还能享乐的时候,匆忙而疯狂地寻欢作乐而不计后果。

【注释】

①"咸通"二句:咸通,唐懿宗年号(860—874)。《旧唐书·懿宗本纪》:"史臣曰:臣常接咸通耆老,言恭惠皇帝故事。……恭惠始承丕构,颇亦励精,廷纳谠言,尊崇耆德,数稔之内,洋洋颂声。然器本中庸,流于近习,所亲者巷伯,所昵者桑门,以蛊惑之侈言,乱骄淫之方寸。欲无怠忽,其可得乎?"金张许史家,本指西汉金日磾、张安世、许广汉、史高之家。此借指豪门贵戚。金日磾,本匈奴休屠王太子,武帝时归汉。张安世,张汤之子。许广汉,汉宣帝许皇后之父。史高,汉宣帝祖母之侄。

②"破产"二句:破产,挥霍钱财。《山海经·大荒西经》:夏后启"上三嫔于天,得《九辩》与《九歌》以下。"郭璞注:"皆天帝乐名,启登天而窃以下用之也。"《史记·吴王濞列传》:"吴有豫章郡铜山,濞则招致天下亡命者盗铸钱,煮海水为盐,以故无赋,国用富饶。"晁错弹劾吴王濞"即山铸钱,煮海水为盐,诱天下亡人,谋作乱"。铸山,指铸钱。洞中花,与后文"仙子"均借指歌女姬妾。

【辑评】

清杜诏、杜庭珠《中晚唐诗叩弹集》卷一二:庭珠按:懿宗在位十四年,荒纵失德,臣下晏安宠禄,自是内盗迭兴,南诏再乱,民逐其上而唐室大坏矣。

白樱桃

王母阶前种几株,水精帘外看如无。①只应汉武金盘上,泻得珊珊白露珠。②

【题解】

此诗创作时地未详。诗作通过神话传说的运用、精巧比喻的刻画,将白樱桃的珍贵非凡、晶莹剔透表现得真切而生动。其中,所谓"看如无",将白色的樱桃比作一颗颗洁白如玉的水晶;又再进一步,将其比作汉武帝承露盘中晶莹透亮的露珠。使用一暗、一明两个比喻,便极其形象逼真地将樱桃珊珊可爱的形态、晶莹洁白的色泽展现了出来。

此诗,《全唐诗》有注曰:"一作于邺诗。"实应为韦庄诗。《诗渊》即作韦庄,之后接录于武陵(邺)《白樱树》:"记得花开雪满枝,和蜂和蝶带花移。如今花落游蜂去,空作主人惆怅诗。"此首《白樱树》诗,《全唐诗》卷八八四亦作于邺诗,而同书卷六九七又录作韦庄诗,题作《樱桃树》。

【注释】

①"王母"二句:《穆天子传》卷三:"吉日甲子,天子宾于西王母。"郭璞注:"西王母,如人,虎齿、蓬发、戴胜、善啸。"李白《玉阶怨》:"却下水精帘,玲珑望秋月。"欧阳询等《艺文类聚》卷八六引《吴氏本草》:"后汉明帝于月夜宴群臣于照园,太官进樱桃,以赤瑛为盘,赐群臣。门下视之,盘与桃同色。群臣皆笑,云是空盘。"

②"只应"二句:《三辅黄图》卷五引《汉武故事》:"武帝时祭泰一,上通天台以俟神灵。上有承露盘,仙人掌擎玉杯以承云表之露。"珊珊,晶莹貌。

夜　景

满庭松桂雨余天,宋玉秋声韵蜀弦①。乌兔不知多事世②,星辰长似太平年。谁家一笛吹残暑,何处双砧捣暮烟。欲把伤心问明月,素娥无语泪娟娟③。

【题解】

此诗盖作于中和年间,时当黄巢破长安后。诗写凄清秋夜,格调清丽。一场新雨过后,庭中松桂青翠欲滴,而雨珠滴响和风吹木叶的萧瑟秋声四处传来,宛如清冽的琴韵。雨霁云开,星月依然闪现,全不管人世沧桑。这时,又不知从什么地方传来笛声和捣衣声,驱散残暑,划破夜晚的烟霭和宁静。如此秋色秋声,勾起诗人重重愁绪,以至于再看明月时,产生了幻觉:月宫的嫦娥也默默无语地流下了伤心的清泪。全篇意象无一不清丽如画,淡泊似烟,意境凄清淡远,而又和现实生活是那样贴近。诗人感时伤事的凄惋情绪,构成了这幅夜景的情感底蕴。

【注释】

①"宋玉"句:宋玉《九辩》:"悲哉秋之为气也,萧瑟兮草木摇落而变衰。"郭茂倩《乐府诗集》卷三〇引《古今乐录》:"张永《元嘉技录》有《四弦》一曲,《蜀国四弦》是也,居相和之末,三调之首。"

②乌兔:指日、月。王充《论衡·说日》:"儒者曰:日中有三足乌,月中有兔。"

③"素娥"句:《淮南子·览冥训》:"譬若羿请不死之药于西王母,姮娥窃以奔月。"高诱注:"姮娥,羿妻。羿请不死之药于西王母,未及服之。姮娥盗食之,得仙,奔入月中,为月精也。"谢庄《月赋》:"引玄兔于帝台,集素娥于后庭。"李善注:"《翰》曰:娥,后羿妻常娥也,窃药奔月,因以为明月,色白,故曰素娥。"李商隐《嫦娥》:"嫦娥应悔偷灵药,碧海青天夜夜心。"

【辑评】

明黄周星《唐诗快》卷一二:乌兔不知世事矣,素娥何又含泪乎?

清胡以梅《唐诗贯珠》卷二九:松桂满庭,所以秋声从树发,如韵蜀弦之雅;加"宋玉"二字则悲哉秋之为气,此诗人心事触发矣。以下皆咏悲之意。日月依然运行,星辰亦复如旧,谁家吹笛,何处暮砧,欲想无事之日,太平之年,竟不可得矣。欲把伤心问明月,而素娥无语亦为之堕泪,谓月无言,惟零露耳。若作真韵蜀弦,则起句孤绝,非法也。

清黄叔灿《唐诗笺注》卷六:此伤乱之作。首言正值悲秋之候,人间多事,不复太平,而日月星辰依然如故,盖伤之至矣。三联谓伤乱如此,而不识不知者犹然弄笛捣衣,然则此心亦何可申诉乎?惟有对明月而垂泪耳。

宿山家

山行侵夜到,云窦一星灯。[①]草动蛇寻穴,枝摇鼠上藤。背风开药灶[②],向月展渔罾。明日前溪路,烟萝更几层。

【题解】

此诗创作时地未详。韦庄擅长通过提炼自然景物中的奇观,创造出高邈清奇的境界。如此诗中首二句"山行侵夜到,云窦一星灯",就把在高山中赶路,直到入夜后,蓦然发现山顶现出人家灯火的刹那间视觉形象提炼勾勒出来。"云窦",既见出云雾之多,又见出地势之高。"一星灯",从云窦中透出,既指示着山顶有人家居住,又显示出这灯火幻如天上的孤星。此等景观,清新奇丽,既符合夜间山家的特征,也和诗人于饥渴疲劳之际突然发现宿处的惊喜,乃至决心攀登上去的心理相吻合。

【注释】

①"山行"二句:侵夜,入夜。侵,临近。虞世南《春夜》:"春苑月裴回,竹堂侵夜开。"云窦,云隙。鲍照《登庐山》:"松磴上迷密,云窦下纵横。"

②药灶:炼取丹药的灶具。杜甫《寄彭州高三十五使君适虢州岑二十

七长史参三十韵》:"竹斋烧药灶,花屿读书床。"

长　年①

长年方悟少年非,人道新诗胜旧诗。十亩野塘留客钓,一轩春雨对僧棋。花间醉任黄莺说,亭上吟从白鹭窥。②大盗不将炉冶去,有心重筑太平基。③

【题解】

此诗当作于中和三年(883)初春。首联议论横生,感慨一己悟性之增,诗才之长,也是人生阅历的经验之谈。所谓"少年非",是针对早年奔走科场而言。中间两联铺叙闲居生活:塘前垂钓,轩中对弈,花间饮酒,亭上吟诗。叙事中穿插景物,景物中饱含闲适愉悦之情。此四句在意脉上与首二句相承,是由长年顿悟后所必然采取的生活方式。最后,又全然推翻上面的生活方式,抒发志在宰辅,以整顿国事为己任的政治理想和人生抱负,使全诗的思想境界在尾联的这一转中得到升华。整篇欲扬先抑,大开大阖,以议论起、结,中间熔叙事、写景、抒情于一炉,描写闲居场景、情趣,美不胜收,确实是不拘成法、自然流畅而又浑然一气的佳作。

【注释】

①诗题,《全唐诗》注:"一作'感怀'。"何光远《鉴诫录》卷九作《长安感怀》。

②"花间"二句:黄莺说,《唐诗纪事》《全唐诗》作"黄莺语"。楼颖《东郊纳凉忆左威卫李录事收昆季太原崔参军三首》其一:"饥鹭窥鱼静,鸣鸦带子喧。"

③"大盗"二句:《庄子·大宗师》:"今一以天地为大炉,以造化为大冶,恶乎往而不可哉?"《诗·小雅·南山有台》《毛诗序》:"南山有台,乐得贤也。得贤则能为邦家立太平之基矣。"

【辑评】

宋何汶《竹庄诗话》卷一四引《鉴诫录》云：诗之作也，穷通之分可观。王建诗寒碎，故仕终不显；李洞诗穷悴，竟不仕；韦庄诗壮，故仕至台辅；何瓒诗愁，未几而卒。又引《蜀梼杌》云：韦庄，字端己，乾宁中举进士，有诗云云，末两句，时人以其有宰相器。案：所引诗，"黄莺说"作"黄鹂语""亭上"作"池上""大盗"作"大道"。

元范梈《诗学禁脔》：初联首言是非之悟，以诗为言，则他事可知。此唐人一种元解。次联言气象闹杂，行乐无人相似，不与上联相接，似若散缓，然诗之进退，正在里许。颈联言闹中自得，与物忘机，宰相之量也。结尾言进退在君，自任者不可不重。八句之意皆出言外。

清赵臣瑗《山满楼笺注唐诗七言律》卷六：此诗乍读之全似达天任运语，与题不称，再四回环读之，乃知其忧天悯人，一腔孤愤，抱负正复不小也。一、二不可连读，"方悟"云者，悟炉冶之将之不去，太平之基之可重筑也，但须待时耳。回顾少年躁急心热，几欲倒行而逆施，殊觉无识。"人道"云者，人只见我之"留客钓""对僧棋"如此，"花间醉""池上吟"如此，若将终身焉者，故特称许新诗，津津不置，此真皮相之士也已。然中二联却不平，三、四明是承二，五、六明是振起下文，应合首句。"任说""从窥"，妙有意致，彼但能说吾之醉，窥吾之吟而已，吾有心，彼固不得而知之也。黄莺、白鹭，谓是实指禽鸟也可，谓是暗指"道新诗胜旧诗"之一辈人也亦可。

清胡以梅《唐诗贯珠》卷二九：少年有躁进忧烦，长年看破世情，所以新诗胜于旧诗。下文皆新诗之意。觑破安命，有万物自得之趣。若天命可回，重筑太平基；不可回，亦无可如何矣。故昔人赞此结有从容气象，终复为蜀相也。

清贺裳《载酒园诗话·又编》：端己有《长年》诗曰……或谓此诗包括生成，果为台辅。余谓此诗末两句虽谶佳，诗实不佳。……按《唐诗纪事》"长年"作"长安"，于理大背。"大盗"作"大道"，亦非，正指巢贼之犯阙耳。惟"黄莺语"乃胜本集"说"字。

辛丑年

九衢漂杵已成川,塞上黄云战马闲。[①]但有羸兵填渭水,更无奇士出商山。[②]田园已没红尘里,弟妹相逢白刃间。西望翠华殊未返[③],泪痕空湿剑文斑。

【题解】

此诗当作于中和元年(881)黄巢军复入长安之后。诗作采用寄情于事的间接抒情方式,以某一引起诗人关注的政治事件或社会问题为抒情缘起或载体,通过描绘具体现象和形象来抒情。即如此首战祸诗,全面反映僖宗中和元年的社会现实,但它并不是叙事诗,而只是选取足以概括当时社会现实的几种现象——如残酷的流血场面、残破萧条的城郭田园景象和民生动荡流离的情景——进行艺术的夸张和描绘,以抒发伤时忧国的沉痛情感,包括面对如此危难的局势,朝廷却无人能够出来挽救,以至于空让那些"羸兵"尸填渭水,避难的天子也不知何时重返帝都。

此诗又见罗隐《甲乙集》卷六,题作《即事中元甲子》,唯"九衢""更无""弟妹""殊未返""空湿"分别作"三秦""终无""弟侄""犹未返""空滴"异。恐系误入。

【注释】

①"九衢"二句:九衢,指都城长安。《三辅黄图》卷一引《三辅决录》:"长安城面三门,四面十二门,皆通达九衢,以相经纬。衢路平正,可并列车轨。"《尚书·武成》:"前徒倒戈,攻于后以北,血流漂杵。"孔安国传:"前徒倒戈自攻于后以北走。血流漂舂杵,甚之言。"杨巨源《赠李傅》:"曾罢双旌瞻白日,犹将一剑许黄云。"

②"但有"二句:羸兵,老弱残兵。商山,今陕西商县东,又称商坂、商岭。《史记·留侯世家》:汉初,东园公、绮里季、夏黄公、甪里先生隐商山,年皆八十余,须发皓白。高祖晚年欲易太子,吕后用留侯计,迎商山四老辅

太子。高祖遂罢易太子之念。

③翠华:犹翠葆,指皇帝御驾。司马相如《上林赋》:"建翠华之旗,树灵鼍之鼓。"崔致远《让官请致仕表》:"且自黄寇凭陵,翠华巡狩。"又《答浙西周司空》:"况今黄巾尚炽,翠葆未归。"

【辑评】

清胡以梅《唐诗贯珠》卷二三:诗皆谓贼入城而血流漂杵,乃诸藩镇塞者如朔方、陇右皆握重兵不出援师,战马放闲,但有京师羸兵已填渭水,而无奇士如四皓之辈出于商山,为国家经画。田园芜没于战尘,骨肉相逢于兵刃,天子西幸不返,泪洒剑纹,不能负剑从军以纾国难也。

思 归

暖丝无力自悠扬,牵引东风断客肠。外地见花终寂寞,异乡闻乐更凄凉①。红垂野岸樱还熟,绿染回汀草又芳②。旧里若为归去好,子期凋谢吕安亡③。

【题解】

此诗盖作于大顺元年(890)前后婺州客居时。诗作抒写春日乡愁。前半的见花闻乐,本是令人高兴的事,只因客居外地,身处异乡,才更觉得寂寞与凄凉。所谓以乐景写哀,一倍增其哀。后半谓故里旧交多已丧逝,即便归去,也会让人惆怅伤怀;何况现在淹滞他乡,迢递不返,断肠心事更其惨淡。

【注释】

①更凄:《全唐诗》注:"一作'剩悲'。"

②回汀:曲折的洲渚。李商隐《细雨》:"潇洒傍回汀,依微过短亭。"

③"子期"句:子期,即向秀,河内怀(今河南武陟西南)人。吕安,字仲悌,东平(治所在今山东东平东)人。向秀《思旧赋序》:"余与嵇康、吕安居

止接近。其人并有不羁之才,然嵇志远而疏,吕心旷而放,共后各以事见法。……余逝将西迈,经其旧庐。于时日薄虞渊,寒冰凄然,邻人有吹笛者,发声寥亮。追思曩昔游宴之好,感音而叹,故作赋云。"

【辑评】

元郝天挺注、明廖文炳解《唐诗鼓吹注解》卷一〇:(廖文炳解)首言游丝飘荡牵引春风,对此而客肠欲断焉。夫其所以肠断者,好花在眼而外地终成寂寞,繁音在耳而他乡亦甚凄凉,触处皆断肠之端也。若樱桃熟而红垂于野岸,芳草生而绿染于回汀,是则春光易去而知己知音之友又复凋零,故不如归去之为愈也,其能无思旧里哉。

清朱三锡《东岩草堂评订唐诗鼓吹》卷一〇:一、二,是当春思归也;三、四,皆断客肠情事;五、六,人只道写是时景致,不知"樱还热""草又芳",是言其春光之易老、日月之迁流,以起下故人零落之意,愈动思归之感耳。

清赵臣瑗《山满楼笺注唐诗七言律》卷六:客肠之断亦客自欲断耳,乃无端而归咎于春风,且无端而归咎于牵引春风之暖丝,曰彼断之也,此其无聊之况为何如者乎! 三、四紧承,言犹是肠也,区区春风足以断之,及既断矣,虽有娱目之色、悦耳之声,亦终不得而续之也。五、六方写其所以然,最苦是一"还"字、一"又"字,不知于外地异乡度得几春风也。"若为归去好",非婉商语,玩末交零落意,殆不胜狐死首丘之感焉。

清钱谦益、何焯《唐诗鼓吹评注》卷一〇:"樱还热",则又是荐含桃时矣。

清毛张健《唐体肤诠》卷四:(一、二句)好起手,宛然崔涂《春夕》诗。(按崔涂《春夕》:"水流花谢两无情,送尽东风过楚城。胡蝶梦中家万里,子规枝上月三更。故园书动经年绝,华发春唯满镜生。自是不归归便得,五湖烟景有谁争。")

清胡以梅《唐诗贯珠笺》卷二九:淡荡而起,承接有情,两句结为一意,"暖"字有筋干,便不觉薄。"牵引"与"断"字皆紧跟"丝"来,"肠"字亦还"丝"比,圆活松灵。四胜于三。乐乃畅情之物,欢娱中剩有凄凉,是未尽欢也。"染"字炼,有一色之意,句亦华润。结惨淡。总之末造乱离,少陵所谓"故乡犹恐未同归"也。此诗大约依蜀中王建时作。

清黄叔灿《唐诗笺注》卷六:起联唱叹出思归意;次联承上"断肠"句,言看花闻乐总不若故乡之好;三联想像故乡樱熟草芳,殊堪忆恋;结又转出一层,言归去虽好,惟故旧凋零为可怜耳,故用"若为"二字。

忆 昔

昔年曾向五陵游,子夜歌清月满楼①。银烛树前长似昼,露桃花里不知秋。②西园公子名无忌,南国佳人号莫愁。③今日乱离俱是梦,夕阳唯见水东流。

【题解】

此诗疑作于中和三年(883)初寓居洛阳时。诗作描述昔日都城繁丽与冶游乐事。笔调轻婉流利,被誉为"善写豪华之景"(贺裳《载酒园诗话·又编》)。

【注释】

①子夜:相传为晋代女子名,作有《子夜歌》。此借指歌女。《宋书·乐志》:"《子夜哥》者,有女子名子夜造此声。晋孝武太元中,琅邪王轲之家有鬼哥《子夜》。殷允为豫章时,豫章侨人庾僧虔家亦有鬼哥《子夜》。殷允为豫章,亦是太元中,则子夜是此时以前人也。"

②"银烛"二句:银烛,明烛。露桃,喻艳若桃花的美女。杜牧《题桃花夫人庙》:"细腰宫里露桃新,脉脉无言度几春。"花里,《全唐诗》注:"一作'花下'。"

③"西园"二句:西园公子,指曹丕。曹植《公宴》:"公子敬爱客,终宴不知疲。清夜游西园,飞盖相追随。"李善注:"公子,谓文帝。"无忌,战国时魏公子无忌,封信陵君。(案:此处乃合用战国时魏公子及三国时魏公子宴游典事,借指昔年五陵宴欢,并非谓西园公子即魏无忌。)莫愁,古乐府曲中所传女子名。一为石城(今湖北钟祥)人。《旧唐书·音乐志》:"《莫愁乐》,出于《石城乐》。石城有女子名莫愁,善歌谣。"一为洛阳人。梁武帝《河中之

水歌》:"河中之水向东流,洛阳女儿名莫愁。"案:还有第三个说法,即金陵莫愁女。洪迈《容斋三笔》卷一一早就有所驳正:"莫愁者,郢州石城人,今郢有莫愁村。……近世周美成乐府《西河》一阕专咏金陵,所云'莫愁艇子曾系'之语,岂非误指石头城为石城乎?"

【辑评】

明杨慎《升庵诗话》卷一一:他如韦庄"昔年曾向五陵游"一首,罗隐《梅花》"吴王醉处十余里"一首,李郢《上裴晋公》"四朝忧国鬓成丝"一首,皆晚唐之绝唱,可与盛唐峥嵘,惟具眼者知之。

元郝天挺注、明廖文炳解《唐诗鼓吹注解》卷一○:(廖文炳解)此追述昔游之事也。首言昔曾游于五陵而子夜歌清,月且满于楼台焉。是时烛树通宵似乎当昼,露桃成锦不分临秋,同游者皆如无忌之豪华,歌舞者尽若莫愁之妙丽。此皆胜游之事,今已不可复得,追思若梦,所见夕阳之下惟水东流而已。首句一篇之主,下五句皆游事,末见忆昔意。

明黄周星《唐诗快》卷一二:凡读此等诗,未有不眉舞色飞者。姚秘书云"一日看除目,终年损道心",何不曰"一日看艳曲,终年损道心"耶?

明唐汝询《唐诗解》卷四四:王、巢之乱,京师荡然。端己避难于蜀,追思全盛而作是诗。言我昔游五陵而为通宵之乐矣,烛光不夜,桃下长青,此时语游侠则有无忌之公子,论女色则有莫愁之佳人。今乱离而思豪华皆如一梦,对此残阳流水,能无伤感乎?又,("西园公子"句)按西园公子本魏太子曹丕,此盖合用二事。

清朱三锡《东岩草堂评订唐诗鼓吹》卷一○:此篇通首着眼在"昔年""今日"四字。一是忆其游,二是忆其盛,三、四紧承次句。细玩"午夜清歌月满楼"七字中便含有"长似昼""不知秋"一片繁华景色在内。"西园公子""南国佳人"乃是诗家点染笔墨处,言如许豪华歌舞,今日总付一梦。"惟见水东流"上又加"夕阳"二字,眼见一派都是荒凉景色也。焦竑《笔乘》云:"莫愁为南国佳人,此实语也。《选》诗:'公子爱敬客,终夜不加疲。清夜游西园,飞盖相追随。'则西园公子乃子建事,谓'名无忌',可乎?"不知南国佳人不必莫愁也,而以莫愁当之;西园公子本非无忌也,而以无忌当之。此盖诗家活法,不可板求也。不然,岂有韦公之才如此瞆瞆乎?

明周珽《唐诗选脉会通评林》：唐孟庄曰：五、六，取对亦巧，尾句不说出，妙甚。又，陈继儒曰：三、四，晚唐高调。又，蒋一梅曰：用事切题，出人意表，有游戏三昧之意。

清金圣叹《选批唐才子诗》卷八下：前解，写昔年；后解，写今日。此是唐人大起大落文字。又，细玩午夜"午"字、清歌"清"字、月满楼"满"字，此一句七字中间便全有"长似昼""不知秋"一片靡曼连延之意。不谓后解一变，遂成夕阳流水，如此迫蹙！又，(评后四句)此"西园公子""南国佳人"两句，正如谚云"点鬼簿"相似。言如许若干人数，今日一总化为乌有。"惟有水东流"上又加"夕阳"二字，眼看如此一片荒凉迫蹙也。

清赵臣瑗《山满楼笺注唐诗七言律》卷六：此抚今而追昔也。五陵，非一地也；午夜，既卜其昼，又卜其夜也。"长似昼""不知秋"，无明无晦，无寒无暑，无不如此也，富贵风流尽此一时矣。西园、南国，公子、佳人，名无忌、字莫愁，正妙在信手拈来，精工莫比，《笔乘》以"无忌"不可隶"西园"为一语之疵，抑何拘泥耶！此两句是提笔，勿认作顺手铺排，盖极写一时主宾如此其豪华，歌舞如此其美丽，以逼起下文之夕阳流水，言曾几何时，其萧瑟乃遂如此，则甚矣乱离之不堪也！

清钱谦益、何焯《唐诗鼓吹评注》卷一〇："西园"句义取"明月澄清影"。《史记索隐》引《老子戒经》云："月中仙人宋无忌。"盖一句中用两事，非无端装缀也。

清吴昌祺《删订唐诗解》卷二一："长似昼""不知秋"，语有微意。

清范大士《历代诗发》卷二二：上六句都是昔年佳境，结用"今日"掉转，"忆"字神理尽出。

清杜诏、杜庭珠《中晚唐诗叩弹集》卷一二：诏按：此诗以时遭乱离，追思长安盛时而作。所云"西园公子名无忌"，不过谓当日五陵年少恣意行乐，直当以"无忌"名之，非误以子建为信陵也。焦竑《笔乘》谓其流利可喜，独以一语之疵，终损连城之价，不亦以辞害志乎！

清胡以梅《唐诗贯珠》卷三五："长似昼"，无明无夜也；"不知秋"，四时行乐，无秋凋之异也。西园，曹丕宴客之所。公子应即丕，今云无忌，盖魏公子信陵君爱客豪侠，且以对莫愁，字实工耳。虽焦竑《笔乘》以其西园不属魏无忌有疵,然诗中不直用,而加以"名"字,则已有转语分别,盖西园称其宴饮,无忌用其豪侠而无所忌,以公子二字可通上下也。六则言坐妓之佳而无愁。无忌、莫愁,皆可借以活用。夕阳,言已年晚;水东流,言其已往。皆比也。

清屈复《唐诗成法》卷一二:前六皆忆昔,七、八伤今。黄巢乱后,长安荒残,端已避难于蜀,故有此作。昔游五陵,月夜清歌,"长似昼""不知秋",言乐已极也;无忌、莫愁,言贵游之豪,美色之多。今皆如梦,惟见夕阳流水耳。骄奢亡国,自在言外。

清李锳《诗法易简录》:前六句历叙昔年之盛,第七句转到今日,无限感慨。

清黄叔灿《唐诗笺注》卷六:上六句俱言昔日宴游,太平时叙,极意欢娱。结言乱离之后回首当时,竟成梦寐,而夕阳西下,水自东流,真令人悲叹不尽也。

清纪昀《墨评唐诗鼓吹》卷一〇:流丽可诵,惟调太滑。"无忌"言其无畏忌,"莫愁"言其不知愁。思此两句,起下乱离,有神无迹。又,怡山:巧对字中含意,故妙。亦以两句应六句,作章法。

清殷元勋注、宋邦绥补《才调集补注》卷三:程湘蘅云:不知秋,谓不知有秋也。饫膏粱则不知藜藿之味,厌文绣则不知布褐之温,乐朝夕者不知钟鸣漏尽之随其后也,哀哉!

清俞汝昌《注解唐诗别裁集》卷一六:此诗时遭乱离,追忆昔时而作,极风美流发,惟第五语"西园公子"或指陈思,然与魏无忌、长孙无忌俱不相合,不免有凑句之病。

清吴汝纶《桐城先生评点唐诗鼓吹》卷一五:(题下注)庚子年冬大驾幸蜀中后作。

俞陛云《诗境浅说》丙编:此为兵乱后追忆昔时而作。首二句言曾共五陵年少月夜听歌,乃纪当年之事。张梦晋诗所谓"高楼明月清歌夜,此是生平第几回"也。三、四追忆盛时之光景,但见火树银花,城开不夜;酣醉于露桃花下,只觉春光之绚丽,不知世有秋色之萧条。五、六言当年游宴之人,有西园公子之豪华,南国佳人之妖冶。其用无忌、莫愁,乃借人名作巧对。

论者谓公子或指陈思,与魏无忌、长孙无忌俱不相合。其实作者不过纪裙屐士女之盛,不必拘定为何人也。前六句皆追忆陈迹,结句言事如春梦无痕,惟见流水斜阳,消沉今古,可胜叹耶!

合欢莲花①

虞舜南巡去不归,二妃相誓死江湄。②空留万古香魂在,结作双葩合一枝③。

【题解】

此诗疑作于中和年间,暗指僖宗西幸,妃嫔等未及从驾,为黄巢军所杀。

【注释】

①合欢莲花:即并蒂莲花。胡侍《真珠船·双头莲》:"双头莲,即合欢莲,一名嘉莲,一名同心莲,自是一种,不足为瑞。"

②"虞舜"二句:虞舜,传说中五帝之一,名重华。《史记·五帝本纪》:"舜年二十以孝闻,年三十尧举之,年五十摄行天子事,年五十八尧崩,年六十一代尧践帝位。践帝位三十九年,南巡狩,崩于苍梧之野。葬于江南九疑,是为零陵。"二妃,舜帝二妃子,尧帝之女。《史记·五帝本纪》:四岳荐虞舜于尧,"于是尧妻之二女,观其德于二女。"刘向《列女传》:"有虞二妃者,帝尧之二女也。长娥皇,次女英。……舜陟方死于苍梧,号曰重华。二妃死于江湘之间,俗谓之湘君。"江湄,江边。《诗·秦风·蒹葭》:"所谓伊人,在水之湄。"湄,岸边,水草相接之地。

③双葩:即合欢莲,代指二妃。

览萧必先卷①

满轴编新句,翛然大雅风②。名因五字得,命合一言通。③景尽才难尽,吟终意未终。似逢曹与谢④,烟雨思何穷。

【题解】
此诗创作时地未详。诗作表达对萧氏作品的叹赏之意。

【注释】
①诗题中"萧必先",无考。唐人称进士为先辈者,言其登第必在同辈之先也,故又称必先,与后人称先及第为前辈之意不同。余嘉锡《余嘉锡文史论集》:韦庄《浣花集》卷二有《览萧必先卷》诗云:"名因五字得,命合一言通。"亦一未及第进士也。其于已及第者称先辈,亦谓其辈行在诸进士之先,非必自居于后进而以彼为前辈也。
②"翛(xiāo)然"句:翛然,自然超绝貌。大雅,原指《诗经》中"大雅"类诗,后借指高雅诗风。李白《古风五十九首》其一:"大雅久不作,吾衰竟谁陈。"
③"名因"二句:五字,指五言诗。《论语·卫灵公》:"子贡问曰:'有一言可以终身行之者乎?'子曰:'其恕乎!己所不欲,勿施于人。'"
④曹与谢:疑指曹植与谢朓。

和人岁晏旅舍见寄①

积雪满前除,寒光夜皎如。②老忧新岁近,贫觉故交疏。意合论文后,心降得句初③。莫言常郁郁,天道有盈虚。④

【题解】

此诗疑作于中和二年(882)岁暮。在韦庄的诗歌中,常常会强烈地感受到他对未来的自信。如此诗末二句"莫言常郁郁,天道有盈虚"所云,正是在他那因四方多难、贫病交侵而负担过重的心灵中,所发出的乐观的强音。而其理由之一,恐怕也正在于诗中"意合论文后,心降得句初"二句所写,也即尚有知己相互赏识佳作。

【注释】

①韦庄所"和",不知何人何作。诗题中"岁晏",年终。白居易《观刈麦》:"吏禄三百石,岁晏有余粮。"又指暮年。屈原《九歌·山鬼》:"留灵修兮憺忘归,岁既晏兮孰华予。"王维《秋夜独坐怀内弟崔兴宗》:"吾生将白首,岁晏思沧州。"

②"积雪"二句:除,台阶。皎如,明亮貌,清浊分明貌。刘禹锡《昏镜词》:"镜之工,列十镜于贾区。发奁而视,其一皎如,其九雾如。"

③心降:犹心服。黄滔《答陈磻隐论诗书》:"自向叨希盻珠邱金穴,口讽心降之言,其复家传奥旨,身周雄文者乎?"

④"莫言"二句:郁郁,失意苦闷貌。《易·丰》彖曰:"日中则昃,月盈则食,天地盈虚,与时消息;而况于人乎,况于鬼神乎?"

宿泊孟津寄三堂友人①

解缆西征未有期,槐花又逼桂花时②。鸿胪陌上归耕晚,金马门前献赋迟。③只恐愁苗生两鬓④,不堪离恨入双眉。分明昨夜南池梦,还把渔竿咏楚词。⑤

【题解】

此诗盖作于咸通三年(862)下第后,秋日离京游潇湘过孟津时。诗作通过行旅赠寄题材抒发个人的身世感慨,尤其是屡试不第的悲愤难平与无可奈何。

【注释】

①诗题中"孟津",即盟津,古黄河津渡名。李吉甫《元和郡县图志》卷五:"盟津,在(河南偃师)县西北三十一里。"

②"槐花"句:谓夏去秋来,试期逼近。钱易《南部新书》卷乙:"长安举子自六月以后,落第者不出京,谓之过夏,多借静坊庙院及闲宅居住,作新文章,谓之夏课。亦有十人五人醵率酒馔,请题目于知己朝达,谓之私试。七月后投献新课,并于诸州府拔解。人为语曰:'槐花黄,举子忙。'"

③"鸿胪"二句:《新唐书·礼乐志》:"皇帝孟春吉亥享先农,遂以耕藉……又设御耕藉位于外壝南门之外十步所,南向;从耕三公、诸王、尚书、卿位于御坐东南,重行西向,以其推数为列。"鸿胪陌,指京城街道。鸿胪,官名,汉九卿之一,掌朝贺庆吊之赞导相礼。历代沿置,唐有鸿胪寺、鸿胪客馆,在今陕西高陵南。宋敏求《长安志》卷七:"承天门街之西第七横街之北,从东第一鸿胪寺,次西鸿胪客馆。"金马门,汉宫门,东方朔、主父偃、严安等都曾待诏于此。故址在今陕西西安西北。《史记·滑稽列传》:"金马门者,宦者署门也,门傍有铜马,故谓之曰'金马门'。"献赋,用扬雄事。《汉书·扬雄传》:"初,雄年四十余,自蜀来至游京师,大司马车骑将军王音奇其文雅,召以为门下史,荐雄待诏,岁余,奏《羽猎赋》,除为郎,给事黄门,与王莽、刘歆并。"

④愁苗:指白发。

⑤"分明"二句:南池梦,指南浦梦,南池盖泛指。屈原《九歌·河伯》:"子交手兮东行,送美人兮南浦。"

对酒赋友人①

多病仍多感,君心自我心②。浮生都是梦,浩叹不如吟。③白雪篇篇丽,清酤盏盏深。④乱离俱老大⑤,强醉莫沾襟。

【题解】

此诗盖作于大顺年间客婺时。国事不堪,仕宦无媒,功业之念未泯,却总是那样渺茫。而流年暗换,鬓发渐凋,贫病交加,何日是了! 韦庄心中的郁结实在是太多。出离悲伤,会使得一切都变得空虚浮幻起来。诗中"浮生都是梦,浩叹不如吟"二句的哀吟悲叹,正表明,由一种极度的悲伤所产生的虚空之感,已经替代了所谓"夕阳情绪",笼罩在诗人的心头。

【注释】

①诗题中"赋",《全唐诗》注:"一作'赠'。"
②"君心"句:谓君心似我心。
③"浮生"二句:李白《春夜宴从弟桃花园序》:"而浮生若梦,为欢几何?"郑谷《慈恩寺偶题》:"往事悠悠成浩叹,劳生扰扰竟何能。"
④"白雪"二句:白雪,古琴曲名。此喻指、称美友人诗篇。陆机《文赋》:"缀《下里》于《白雪》,吾亦济乎所伟。"李善注引宋玉《笛赋》:"师旷为《白雪》之曲。"师旷,春秋时晋国乐师。清酤(gū),清酒。《诗·商颂·烈祖》:"既载清酤,赉我思成。"毛传:"酤,酒。"
⑤老大:指年老。贺知章《回乡偶书二首》其一:"少小离家老大回,乡音无改鬓毛衰。"

天井关①

太行山上云深处,谁向云中筑女墙②。短绠讵能垂玉甃,缭垣何用学金汤。③剧开岚翠为高垒,截断云霞作巨防。④守吏不教飞鸟过,赤眉何路到吾乡⑤。

【题解】

此诗疑作于中和二年(882)秋陈仓迎驾未成折道经天井关时。诗人触景生情,抚今伤昔,写下这首"感慨遥深、婉而多讽"的七律。起句连用两个

"云"字,笔酣意深。颔联承上而来,一问一答,匠心独运,语新意奇,使人想起当年周公旦对周武王所说的"倚德不倚险"。颈联"劚开""截断"丝丝入扣,"高垒""巨防"紧密相连,衬出天井关工程的艰巨,关楼的雄伟,以及封建帝王的良苦用心。收笔别具心裁,毫锋陡转,点出主旨,言西汉赤眉而意在唐末黄巢。

【注释】

①天井关:又名太行关,为河东进入中原的要道,在今山西晋城南太行山上。李吉甫《元和郡县图志》卷一五:"天井故关,一名太行关,在县西南四十五里太行山上。"

②女墙:本为城墙上凹凸形矮墙。此指太行山上围墙。《释名·释宫室》:"城上垣曰睥睨,言于其孔中睥睨非常也。亦曰陴。陴,裨也,言裨助城之高也。亦曰女墙,言其卑小,比之于城,若女子之于丈夫也。或曰堞,取其重叠之义也。"刘禹锡《石头城》:"淮水东边旧时月,夜深还过女墙来。"

③"短绠"二句:绠,汲水之绳索。玉甃,对石井的美称。甃,井壁。杜甫《解闷十二首》其十一:"翠瓜碧李沉玉甃,赤梨葡萄寒露成。"缭垣,围墙。金汤,金城汤池。《汉书·蒯通传》:通说赵武信君有"金城汤池,不可攻也"之语。颜师古注:"金以喻坚,汤喻沸热不可近。"

④"劚(zhú)开"二句:劚,斫。皮日休《公斋四咏·小桂》:"欻从山之幽,劚断云根移。"岚翠,山间翠色云气。杜牧《除官归京睦州雨霁》:"水声侵笑语,岚翠扑衣裳。"巨防,本指大堤,此处引申为巨大的屏障。阎随侯《西岳望幸赋》:"倬彼灵岳,杰出秦畿。豁为巨防,壮哉皇威。"

⑤"赤眉"句:赤眉,本指西汉末年樊崇等人领导的起义军,此借指黄巢起义军。张孜《庚子年遇赦》:"时清无大赦,何以安天下。直到赤眉来,始寻黄纸写。"

【辑评】

清金圣叹《选批唐才子诗》卷八下:(评前四句)此解,问始筑女墙之人,胡不务德而乃务险?"云深""深云",转笔成妙。(按,此选录本诗"云中"作"深云"。)(评后四句)此解,问既筑女墙后,若不修德,险曷足恃?

清胡以梅《唐诗贯珠》卷四一:此关在太行山顶,起句提清云深处,下俱申言高险而夹井字之意。敲击之，语妙意精，同是不着韵起，而摇曳仍在，不同李文肃绅多矣。叠用"云"字，反觉有力。"绠"，汲井之索；甓，井中砌之砖。今言玉甓，即石砌之女墙如甓甓。不曰山高墙峻，反云绠短，是言绠短汲深耳。缭垣是长围之垣，何用亦重在汤字？盖虽名为井，无城池之水，而坚则有之，汤则不必学也，意拗有关合。若两句串读，则谓即汲引亦不能上，亦何用再加长垣为金汤哉？五、六秀腻轩豁，走入玲珑之处，妙在岚翠烟霞非可斫截之物。结必因黄巢辈流贼而注念及此。

赠边将

昔因征远向金微，马出榆关一鸟飞。①万里只携孤剑去，十年空逐塞鸿归②。手招都护新降虏，身著文皇旧赐衣。③只待烟尘报天子，满头霜雪为兵机④。

【题解】

此诗盖作于咸通二、三年(861—862)间。诗作以时空分设的方式，塑造了一位武艺超群、忠心报国而又怀才不遇的边将形象：手里指挥的是都护新近降服的敌人，身上穿着的却是"文皇旧赐衣"；满心等待的是"烟尘报天子"，虽"满头霜雪"却时刻关心着国家的命运，以身许国的精神可贵可叹。

【注释】

①"昔因"二句：金微，又称金山，即阿尔泰山，在新疆北部、内蒙古西部。张仲素《秋思二首》其一："梦里分明见关塞，不知何路向金微。"榆关，即榆林关，在榆林县(治所在今内蒙古准格尔旗东北)。李吉甫《元和郡县图志》卷四："榆林关，在县东三十里。东北临河，秦却匈奴之处。隋开皇三年于此置榆林关。"

②塞鸿：塞外的鸿雁。鲍照《代陈思王京洛篇》："春吹回白日，霜歌落塞鸿。"白居易《赠江客》："江柳影寒新雨地，塞鸿声急欲霜天。"

③"手招"二句：都护，汉唐时边塞军政长官。杜佑《通典》卷三二："大唐永徽中始于边方置安东、安西、安南、安北四大都护府。后又加单于、北庭都护府。"文皇，唐文宗李昂。

④"满头"句：《全唐诗》注："一作'壮心无事别无机'。"

【辑评】

清毛张健《唐体肤诠》卷四：此边将之老于塞上者。曰"昔"、曰"十年"、曰"旧赐衣"、曰"满头霜雪"，无意点缀，自成结构。

清陶元藻《唐诗向荣集》卷三：(五、六句)俊拔之语，律诗中最易动目。

春　日

忽觉东风景渐迟①，野梅山杏暗芳菲。落星楼上吹残角，偃月营中挂夕晖。②旅梦乱随蝴蝶散，离魂渐逐杜鹃飞。③红尘遮断长安陌④，芳草王孙暮不归。

【题解】

此诗疑作于中和三年(883)客周宝幕之初。诗写春愁。野山杏在不知不觉中绚然芳菲，使人猛然感到春之将暮。乡思入梦，只身化蝶前去，离魂一点，随着杜鹃"不如归去"的啼声指引而飞。可是，战尘不绝的关中之地是好回去的么？只有徒自悲吟"王孙游兮不归，春草生兮萋萋"而已。

【注释】

①风：原注："一作'君'。"

②"落星"二句：落星楼，故址在今南京东北。李昉等《太平御览》卷一七六引《金陵地记》："吴嘉禾元年，于桂林苑落星山起三重楼，名曰落星楼。"偃月营，又名偃月阵，古时军中所置半月状营阵。

③"旅梦"二句：魂，原注："一作'情'。"《庄子·齐物论》："昔者庄周梦为胡蝶，栩栩然胡蝶也，自喻适志与，不知周也。俄然觉，则蘧蘧然周也。

不知周之梦为胡蝶与,胡蝶之梦为周与?周与胡蝶则必有分矣。此之谓物化。"常璩《华阳国志》卷三:"七国称王,杜宇称帝,号曰望帝。……会有水灾,其相开明决玉垒山以除水害。帝遂委以政事,法尧舜禅授之义,遂禅位于开明,帝升西山隐焉。时适二月,子鹃鸟鸣,故蜀人悲子鹃鸟鸣也。"

④遮:原注:"一作'望'。"

【辑评】

元郝天挺注、明廖文炳解《唐诗鼓吹注解》卷一〇:(廖文炳解)此春日在吴触物怀乡而作也。首言吾于客中忽觉春色之迟迟,野梅山杏亦芳菲其蔽目焉,时则残角吹于落星之楼上,夕阳坠于偃月之营中,此皆有以动吾思归之念者也。所以羁旅之梦每随蝴蝶而散,别离之魂又逐杜鹃而飞,宜乎其早赋归欤矣。今者回首长安,但见红尘满陌而芳草青青,王孙未返,此情当何似耶!

清朱三锡《东岩草堂评订唐诗鼓吹》卷一〇:一向潦倒风尘,昏昏懂懂,不知今日何日,瞥见野梅红杏,知是春深时候,故起云"忽觉"也,言下有流落他乡、生意憔悴口吻。"吹残角""挂夕晖",言所见所闻无非愁况。旅梦,还家之梦,曰乱随而散者,是颠倒失序,梦不成梦也。离魂,思家之魂,曰潜逐而飞者,是飘忽无措,魂失其魄也。到此地位,惟以早赋归欤为第一要着耳。

清钱谦益、何焯《唐诗鼓吹评注》卷一〇:叹偃武之失望也。

清顾嗣立《寒厅诗话》:诗家点染法,有以地名衬物色者,如韦端己"落星楼上吹残角,偃月营中挂夕晖"是也。

清纪昀《墨评唐诗鼓吹》卷一〇:结两句暗寓乘舆播迁之意,非自谓也。

早秋夜作

翠簟初清暑半销,撒帘松韵送轻飙①。莎庭露永琴书润②,山郭月明砧杵遥。傍砌绿苔鸣蟋蟀,绕檐红树织蟏蛸③。不须更作悲秋赋,王粲辞家鬓已凋④。

【题解】

此诗盖作于中和三年(883)秋。诗写乡愁。前六句,描写早秋夜晚宜人的气候和清景。后二句陡然一转,谓面对此时此景,是不须再作悲秋之赋的,因为只要看一看自己那因思乡而愁白的鬓发,就抵得上古人所有的悲秋赋了。

【注释】

①轻飏:《全唐诗》注:"一作'风飚'。"微风。王褒《九日从驾》:"华露霏霏冷,轻飙飒飒凉。"

②"莎庭"句:谓早秋夜水气氤氲。许浑《晚自朝台津至韦隐居郊园》:"云连海气琴书润,风带潮声枕簟凉。"

③蟏蛸(xiāoxiāo):长脚蜘蛛。《尔雅·释虫》:"蟏蛸,长踦。"郭璞注:"小蜘蛛,长脚者,俗呼为喜子。"

④"王粲"句:《三国志·魏书·王粲传》:"粲字仲宣,山阳高平(治所在今山东微山西北)人也。献帝西迁,粲徙长安……以西京扰乱,皆不就。乃之荆州依刘表。"王粲《登楼赋》李善注:"盛弘之《荆州记》曰:当阳县城楼,王仲宣登之而作赋。"赋中有云:"虽信美而非吾土兮,曾何足以少留。遭纷浊而迁逝兮,漫逾纪以迄今。情眷眷而怀归兮,孰忧思之可任。"

【辑评】

清胡以梅《唐诗贯珠》卷四九:"初清"却在"翠篁",旁边落下,妙!"撇帘"顾乃"松韵",亦不犯风之正位,皆妙法。撇,犹卷也。余皆清润。

寄江南逐客①

二年音信阻湘潭②,花下相思酒半酣。记得竹斋风雨夜,对床孤枕话江南。

【题解】

此诗或作于咸通六年(865)左右在华州时。诗如其题,于清词丽句中表现出悠远的情思韵味。正因其清新隽永,情景交融,后人多有仿作。如宋张耒《绝句》:"亭亭画舸系春潭,直待行人酒半酣。不管烟波与风雨,载将离恨过江南。"明陆娟《代父送人之新安》:"津亭杨柳碧毵毵,人立东风酒半酣。万点落花舟一叶,载将春色过江南。"明郑麐《海棠仕女图》:"东风荡漾百花潭,翠袖迎风酒半酣。好鸟隔窗催晓色,美人残梦到江南。"

【注释】

①诗题中"江南逐客",指被贬逐到江南者,未详何人。杜甫《梦李白》二首其一:"江南瘴疠地,逐客无消息。"

②湘潭:唐县名,治所在今湖南衡山东北。

冬　夜

睡觉寒炉酒半销,客情乡梦两遥遥。无人为我磨心剑,割断愁肠一寸苗。①

【题解】

此诗疑作于咸通二年(861)冬长安应举期间。诗写冬夜愁情。以实写虚,通过贴切的比喻,把想要以慧剑斩断愁丝的意思表达得很是生动。这种写法,与柳宗元《与浩初上人同看山寄京华亲故》中"海畔尖山似剑铓,秋来处处割愁肠"一脉相承。不过,李调元认为,同样是写愁肠,同样用"割"字,在词中因为尖巧反而更有效果,诗就不免显得尖削,不够浑成:"词非诗比,诗忌尖刻,词则不然。魏承班《诉衷情》云:'皓月泻寒光,割人肠。'尖刻而不伤巧。词至唐末初盛,已有此体。如东坡'割愁遂有剑铓山',巧矣,以之入诗,终嫌尖削。"(《雨村词话》卷三)

【注释】

①"无人"二句:章孝标《钱塘赠武翊黄》:"曾将心剑作戈矛,一战争场

造化愁。"

又闻湖南荆渚相次陷没①

几时闻唱凯旋歌,处处屯兵未倒戈②。天子只凭红旆壮,将军空恃紫髯多。③尸填汉水连荆阜,血染湘云接楚波。④莫问流离南越事,战余空有旧山河。⑤

【题解】

此诗盖作于乾符六年(879)十一、十二月间流离南越时。诗作慨叹"战余空有旧山河"的景象,不满"天子只凭红旆壮,将军空恃紫髯多"的无能和无力,揭露"尸填汉水连荆阜,血染湘云接楚波"的惨烈,发出"几时闻唱凯歌还"的期待。

【注释】

①诗题中"湖南",湖南观察使,治潭州(今湖南长沙)。荆渚,指江陵府(治所在今湖北江陵),唐肃宗上元元年改荆州置。府城有渚宫(春秋时楚国别宫)。

②倒戈:指投降。

③"天子"二句:红旆,红色旌旗。犹火旗。先秦时属诸侯旗。唐属火德,尚红。又指南方。杜甫《奉送卿二翁统节度镇军还江陵》:"火旗还锦缆,白马出江城。"仇兆鳌注:"朱旗、红旗也,诸侯所建。"紫髯,指沙陀军。沙陀为西突厥别部,又号沙陀突厥。白居易《西凉伎》:"紫髯深目两胡儿,鼓舞跳梁前致辞。"《资治通鉴》卷二五三:乾符五年正月,王仙芝攻荆南,节度使杨知温告急于山东道节度使李福:"福悉其众自将救之。时有沙陀五百在襄阳,福与之俱。至荆门,遇贼,沙陀纵骑奋击,破之。仙芝闻之,焚掠江陵而去。"

④"尸填"二句:《资治通鉴》卷二五三:乾符六年十月,"黄巢在岭南,士卒罹瘴疫死者什三四,其徒劝之北还以图大事,巢从之。自桂州编大筏数

十,乘暴水,沿湘江而下,历衡、永州,癸未,抵潭州城下。李系婴城不敢出战,巢急攻,一日陷之,系奔朗州。巢尽杀戍兵,流尸蔽江而下。尚让乘胜进逼江陵,众号五十万。时诸道兵未集,江陵兵不满万人,王铎留其将刘汉宏守江陵,自帅众趣襄阳,云欲会刘巨容之师。铎既去,汉宏大掠江陵,焚荡殆尽,士民逃窜山谷。会大雪,僵尸满野。后旬余,贼乃至。"

⑤"莫问"二句:南越,指越南节度使,治广州(今广州市)。杜佑《通典》卷一八四:"古南越,自岭而南,当唐虞三代为蛮夷之国,是百越之地,亦谓之南越。"《资治通鉴》卷二五三:乾符六年九月,黄巢攻陷广州,"执节度使李迢,转掠岭南州县。"又,上引僖宗改元诏亦云:"东南州府遭贼之处,农桑失业,耕种不时。就中广州、荆南、湖南,盗贼留驻,人户逃亡,伤夷最甚。"

【辑评】

清胡以梅《唐诗贯珠》卷二三:此伤黄巢寇湖南荆渚陷没也。……按此诗一、二言徒用兵,从未有奏凯旋,而处处尚执戈未倒;三、四刺任将非其人,只以红旆为烜赫,紫髯多者为雄健。取外观而无实效,以致汉水、荆山、湘江、洞庭尸横血染,惨不可言,更莫问广州、南越之事,亦空剩旧山河而已。

家叔南游却归因献贺

缭绕江南一岁归,归来行色满戎衣①。长闻凤诏征兵急,何事龙韬献捷稀。②旅梦远依湘水阔,离魂空伴越禽飞。遥知倚棹思家处,泽国烟深暮雨微。

【题解】

此诗盖作于广明元年(880)返家后。诗如其题,其中"旅梦远依湘水阔"二句,写出旅人异地思乡情景。又,据诗中"归来行色满戎衣"句,以及与之相关的"征兵""献捷"等语,知韦庄的这位叔父应当是武职的身份。

【注释】

①行色:行役情状。《庄子·盗跖》:"柳下季曰:'今者阙然数日不见,车马有行色,得微往见跖邪?'"

②"长闻"二句:凤诏,皇帝诏书。徐坚等《初学记》卷三〇引《邺中记》:"石季龙与皇后在观上,为诏书,五色纸,著凤口中。凤既衔诏,侍人放数百丈绯绳,辘轳回转,凤凰飞下,谓之凤诏。凤凰以木作之,五色漆画,脚皆用金。"龙韬,本为兵书《六韬》之一篇。此指战事。

楚行吟

章华台下草如烟,故郢城头月似弦①。惆怅楚宫云雨后②,露啼花笑一年年。

【题解】

此诗疑作于咸通四年(863)前后游潇湘时。诗作咏怀楚地故迹,抒写思古幽情。尤其是最后一句"露啼花笑一年年",以景结情,以自然物象的亘古永恒,反衬人事欢乐的稍纵即逝、惘然难寻,生发出沉重的历史浩叹。

【注释】

①郢:楚国都城,所指不一。此指南郢,故址在今湖北江陵北纪南城。武元衡《鄂渚送友》:"云帆森森巴陵渡,烟树苍苍故郢城。"

②楚宫云雨:指楚宫欢游事。宋玉《高唐赋》序述楚怀王游高唐观时,梦遇巫山神女。神女临别辞曰:"妾在巫山之阳,高丘之阻,且为朝云,暮为行雨,朝朝暮暮,阳台之下。"《神女赋》序又述楚襄王游云梦之浦,亦梦遇神女。

洛阳吟

时大驾在蜀,巢寇未平,洛中寓居,作七言。

万户千门夕照边,开元时节旧风烟。①宫官试马游三市②,舞女乘舟上九天。胡骑北来空进主,汉皇西去竟升仙。③如今父老偏垂泪,不见承平四十年。④

【题解】

此诗疑作于中和三年(883)初至洛阳时。诗作对开元盛世表现出深切的怀念,但承平的时代已经一去不复返了,留下的只有父老的眼泪。

【注释】

①"万户"二句:万户千门,指宫殿众多。《晋书·张华传》:"武帝尝问汉宫室制度及建章宫千门万户,华应对如流,听者忘倦。画地成图,左右属目。"开元,唐玄宗年号,凡二十九年(713—741)。

②"宫官"句:宫官,太子属官或宦官。三市,洛阳三大名市。陆机《洛阳记》:"三市,大市名也。金市在大城西,南市在大城南,马市在大城东。"

③"胡骑"二句:借安禄山叛乱事指黄巢起义。安史之乱中,安禄山据洛阳称帝。汉皇,指唐玄宗。开元中,玄宗多次幸洛阳。安史乱中,逃往西蜀。卒于宝应元年(762)。

④"父老"二句:检《资治通鉴》卷二四六至二五二,自唐武宗会昌初回鹘患边至僖宗乾符初年王仙芝、黄巢起义三四十年间,内忧外患不断。承平,太平。鲍防《杂感》:"汉家海内承平久,万国戎王皆稽首。"

过旧宅

华轩不见马萧萧,廷尉门人久寂寥。①朱槛翠楼为卜肆②,

玉栏仙杏作春樵。阶前雨落鸳鸯瓦，竹里苔封蝀蝀桥。③莫问此中销歇事，娟娟红泪泣芭蕉。④

【题解】

此诗盖作于乾宁四年（897）。诗作伤时怀事。如末二句"莫问此中销歇事，娟娟红泪泣芭蕉"，即用拟人化的手法，把自己的情感意绪转移到自然物上，从而创造出自然景物与诗人同一哀乐的艺术效果。

【注释】

①"华轩"二句：华轩，豪华车驾。轩，古时卿大夫及诸侯大夫所乘之车。《史记·汲郑列传》："下邽翟公有言，始翟公为廷尉，宾客阗门，及废，门外可设雀罗。"

②"朱槛"句：卜肆，占卜的铺子。《史记·日者列传》："二人即同舆而之市，游于卜肆中。"

③"阶前"二句：鸳鸯瓦，成对之瓦。一说俯仰相对之瓦。白居易《长恨歌》："鸳鸯瓦冷霜华重，翡翠衾寒谁与共。"蝀蝀（dì dōng）桥，拱桥。蝀蝀，同"螮蝀"，即虹。李白《古风五十九首》其二："蝀蝀入紫微，大明夷朝晖。"

④"莫问"二句：歇事，席刻本、《全唐诗》作"歇寺"。泣，《全唐诗》作"滴"。销歇事，往事。销歇，亦作"消歇"，即消散。庾信《拟咏怀二十七首》其五："壮情已消歇，雄图不复申。"王嘉《拾遗记》卷七：常山女子薛灵芸貌美而家贫，郡守谷习以重金赂聘献于魏文帝，"灵芸闻别父母，歔欷累日，泪下沾衣。至升车就路之时，以玉唾壶承泪，壶则红色。既发常山，及至京师，壶中泪凝如血矣。"

喻东军①

四年龙驭守峨嵋，铁马西来步步迟。②五运未教移汉鼎，六韬何必待秦师。③几时鸾凤归丹阙，到处乌鸢从白旗。④独把一樽和泪酒，隔云遥奠武侯祠⑤。

【题解】

此诗盖中和四年(884)初作于润州。诗作谴责藩镇军阀，集矢于长安失陷、僖宗避蜀期间关东藩镇屯兵不发，坐地自肥。忧叹之余，遥祭武侯，寄望于神灵的护佑。

【注释】

①诗题中"东军"，指东面兵马都统时溥所属军队。

②"四年"二句：龙驭，皇帝车驾。白居易《长恨歌》："天旋日转回龙驭，到此踌躇不能去。"铁马，指护驾禁军。郑畋《讨巢贼檄》："皇帝亲御六师，即离三蜀。霜戈万队，铁马千群。"

③"五运"二句：五运，即天道。古以天道乃五行运转、相生相克，故称五运。《东观汉记·光武纪》："自帝即位，按图谶，推五运，汉为火德，周苍汉赤，木生火，赤代苍。"汉鼎，汉代社稷。此以汉称唐。鼎，本为古代一种三足两耳的烹饪器具。传说夏禹铸九鼎以象征九州，后遂以鼎代指国家。六韬，本为古代一种兵书，包括文韬、武韬、龙韬、虎韬、豹韬、犬韬六篇。《左传·定公四年》：吴师陷楚郢，楚昭王奔随，楚大夫申包胥赴秦乞师。"秦伯使辞焉，曰：'寡人闻命矣，子姑就馆，将图而告。'对曰：'寡君越在草莽，未获所伏，下臣何敢即安？'立依于庭墙而哭，日夜不绝声，勺饮不入口七日，秦哀公为之赋《无衣》，九顿首而坐，秦师乃出。"

④"几时"二句：鸾凤，凤凰一类神鸟，古人用以喻有德之君。此指唐僖宗。屈原《楚辞》王逸题解："虬龙鸾凤，以托君子。"丹阙，赤色宫门，代指朝廷。赵晔《吴越春秋》卷七：越王勾践败于吴王夫差，将入吴称臣，与诸大夫别于浙江之上，群臣垂泣。越王夫人见乌鹊啄江渚之虾，飞去复来，作歌有云："仰飞鸟兮乌鸢。"《资治通鉴》卷二五四：唐僖宗广明元年十二月庚辰，"是日，黄巢前锋军抵关下，白旗满野，不见其际。"

⑤武侯祠：三国蜀相诸葛亮(生前封武乡侯)之庙，在今四川成都南郊。

【辑评】

清杜诏、杜庭珠《中晚唐诗叩弹集》卷一二：杜诏曰：此诗风高骞也。时骈加东面都统。案:聂安福《韦庄集笺注》谓:据《资治通鉴》卷二五四,高骈于中和二年初已罢都统,时僖宗幸蜀仅两年,而诗云"四年",则知非讽高骈也。

清河县楼作①

有客微吟独凭楼,碧云红树不胜愁。②盘雕回印天心没,远水斜牵日脚流。③千里战尘连上苑,九江归路隔东周。④故人此地扬帆去,何处相思雪满头。

【题解】

此诗当作于光启二年(886)秋。诗写凭楼远眺,目送友人扬帆远去,尽管眼前是碧云红树,景致宜人,但却不胜哀愁。全篇忧国伤时,带有鲜明的时代特征。

【注释】

①诗题中"清河县",治所在今河北清河西北。李吉甫《元和郡县图志》:"本汉信成县地,属清河郡。后汉省信成县置清河县,至隋不改。皇朝因之。"

②"有客"二句:不胜,经受不住。刘长卿《松江独宿》:"洞庭初下叶,孤客不胜愁。"

③"盘雕"二句:李频《淮南送友人归沧州》:"断烧缘乔木,盘雕隐片云。"章孝标《和顾校书新开井》:"月轮开地脉,镜面写天心。"日脚,穿过云隙下射的日光。杜甫《羌村三首》其一:"峥嵘赤云西,日脚下平地。"

④"千里"二句:上苑,皇家园林。此代指京城。《新唐书·苏良嗣传》:"帝遣宦者采怪竹江南,将莳上苑。"九江,指江州(治所在今江西九江)。东周,指洛阳。公元前770年,周平王迁都雒邑(今河南洛阳),史称东周。

北原闲眺①

春城回首树重重,立马平原夕照中。五凤灰残金翠灭,六龙游去市朝空。②千年王气浮清洛,万古坤灵镇碧嵩。③欲问向来陵谷事④,野桃无语泪花红。

【题解】

此诗当作于中和三年(883)春。诗写回望洛城,但见五凤楼已为兵火所焚,金翠灭尽;六龙驾去,市朝已空,徒存所谓的千年王气、万古坤灵。对此情景,往事不堪回首,只有春风野桃空垂老泪而已。诗作于丧乱之际,颇显黍离之悲。

【注释】

①诗题中"北原",指北邙山,又称北邙坂、北山。李吉甫《元和郡县图志》卷五:"北邙山,在(偃师)县北二里,西自洛阳界,东入巩县界。"

②"五凤"二句:五凤,东都楼阙名,此代指洛城。《资治通鉴》卷二五三:广明元年九月,"东都奏:汝州所募军李光庭等五百人自代州还,过东都,烧安喜门,焚掠市肆,由长夏门去。"六龙,指皇帝御驾。六龙游去,指唐僖宗奔逃西蜀。李白《上皇西幸南京歌十首》其四:"谁道君王行路难,六龙西幸万人欢。"市朝,名利之所。此指东都洛阳。《战国策·秦策一》:张仪说秦惠王曰:"臣闻争名者于朝,争利者于市。今三川、周室,天下之市朝也,而王不争,顾争于戎狄,去王业远矣。"

③"千年"二句:王气,帝王之气。洛阳为东周、东汉、西晋的都城,故有"千年"之谓。《三国志·吴书·张纮传》:"纮建计宜出都秣陵,权从之。"裴松之注引《江表传》载张纮语:"秣陵,楚武王所置,名为金陵。地势冈阜连石头。访问故老,云昔秦始皇东巡会稽经此县,望气者云金陵地形有王者都邑之气,故掘断连冈,改名秣陵。"坤灵,地神。《易·说卦》:"坤也者,地也,万物皆致养焉。"扬雄《司空箴》:"昔彼坤灵,并天作合。"

④陵谷事:《诗·小雅·十月之交》:"百川沸腾,山冢崒崩。高岸为谷,深谷为陵。"

【辑评】

清胡以梅《唐诗贯珠》卷三八:此洛阳眺望之作。先于城中回首,见已春树重重。及至立马平原夕照之中,但见五凤楼已烧毁,金翠之色无存,当时六龙驾去,市朝已空,止存千年王气尚浮清洛,万古坤灵徒镇碧嵩。欲问是陵是谷,变迁不可问,惟有野桃笑于东风已尔。当黄巢倾荡之后,虽不致高岸为谷,深谷为陵,而变迁甚矣。

清黄叔灿《唐诗笺注》卷六:丧乱之余,宫阙灰烬,惟见洛波之王气空存,嵩翠之坤灵如故。……"野桃无语"句即禾黍之悲也。

赠戍兵

汉皇无事暂游汾,底事狐狸啸作群。①夜指碧天占晋分②,晓磨孤剑望秦云。红旌不卷风长急,画角闲吹日又曛。止竟有征须有战③,洛阳何用久屯军。

【题解】

此诗盖中和三年(883)初作于洛阳。诗作主要谴责时溥。僖宗避蜀,黄巢构难,藩镇军阀却为了保存自身实力而不顾及君难,揣测形势,坐观战局。于是,诗人不得不于诗末焦灼愤慨地大声斥责。

【注释】

①"汉皇"二句:"汉皇"句,借汉武帝行幸河东、祠汾阴后土指唐僖宗幸蜀。(案:《汉武故事》:"上行幸河东,祠后土。顾视帝京,欣然中流与群臣饮燕。上欢甚,乃自作《秋风辞》。"汉武帝《秋风辞》中有"泛楼船兮济汾河"句。)何逊《九日侍宴乐游苑》:"于焉藉多幸,岁暮仰游汾。""狐狸"句,借陈胜起义前事喻指黄巢起义。郑畋《讨巢贼檄》:"与义士忠臣,共剪狐鸣

狗盗。"

②占晋分：观察晋地分星以辨妖祥。古天文学说将天上星辰与地上州、国对应，天文上称分星，地域上称分野。《周礼·春官·保章氏》："掌天星，以志星辰日月之变动，以观天下之迁，辨其吉凶。以星土辨九州之地。所封封域，皆有分星，以观妖祥。"

③止竟：究竟。元稹《六年春遣怀》："止竟悲君须自省，川流前后各风波。"司空图《狂题》："止竟闲人不爱闲，只偷无事闭柴关。"

睹军回戈①

关中群盗已心离，关外犹闻羽檄飞。②御苑绿莎嘶战马，禁城寒月捣征衣。漫教韩信兵涂地，不及刘琨啸解围。③昨日屯军还夜遁，满车空载洛神归。④

【题解】

此诗盖作于中和元年(881)。跟上一首一样，此诗也是讽刺、谴责时溥的。如末二句"昨日屯军还夜遁，满车空载洛神归"，即是嘲讽其在河阳县的丑行。

【注释】

①诗题中"回戈"，回师。

②"关中"二句：谓官军反攻，黄巢军败退，军心涣散。关中，约相当于今陕西关中盆地。因东有函谷，南有武关，西有散关，北有萧关，居四关之中，故曰关中。羽檄，即羽书，古时征调军队的文书。《汉书·高祖纪》："吾以羽檄征天下兵，未有至者。"颜师古注："檄者，以木简为书，长尺二寸，用征召也。其有急事，则加以鸟羽插之，示速疾也。"

③"漫教"二句：反用韩信、刘琨二典事，写官军败退。漫教，徒教。韩信，汉代名将，此喻指唐军将领。涂地，遍地。牛僧孺《玄怪录·岑顺》："须臾之间，天那军大败奔溃，杀伤涂地。"刘琨，字越石，中山魏昌（今河北无极

东北)人。《晋书·刘琨列传》:琨"在晋阳尝为胡骑所困数重,城中窘迫无计,琨乃乘月登楼清啸。贼闻之,皆凄然长叹。中夜奏胡笳,贼又流涕歔欷,有怀土之切。向晓复吹之,贼并弃围而走。"又载刘琨上(晋)愍帝疏有言:"高祖以韩信为大将而成王业。"

④"昨日"二句:《资治通鉴》卷二五四:当时官军入长安,"军士释兵入第舍,掠金帛妾妓"。洛神,洛水之神,此借指妓妾。曹植《洛神赋序》:"黄初三年,余朝京师,还济洛川。古人有言,斯水之神,名曰宓妃。"

【辑评】

清胡以梅《唐诗贯珠》卷二三:今此诗盖言是时(王)处存军回渭北事也,言群盗见勤王之师云集业已心离,乃关外犹闻羽檄飞驰,盖是赴太原请(李)克用耳。京师御苑,贼仍牧马;禁城月下,多捣戎衣。漫教韩信之行兵却致涂地,而不及刘琨之舒啸以解胡围。当时处存志怀忠愤,人情与之,故虽败犹以韩信目之耳。结言诸屯军有劫掠女子而夜遁者,伤生民之苦而贪于将帅也。合之本纪,乃实录矣。韩信原无兵涂地之事,今不过尊其将而言其败。

中渡晚眺

魏王堤畔草如烟,有客伤时独扣舷。①妖气欲昏唐社稷②,夕阳空照汉山川。千重碧树笼春苑,万缕红霞衬碧天。家寄杜陵归不得,一回回首一潸然③。

【题解】

此诗作于中和三年(883)四月官军复长安之前。首联扣题,写舟行洛水,远见魏王堤畔碧草如烟,却不能引发赏春之意。于是独自扣舷而歌,抒发伤时之悲。颔联承接"伤时"之意,表达对黄巢起义军破坏社稷纲常,导致天下大乱、国运衰颓的愤恨之情。颈联对仗工整,极写眼前花团锦簇、彩霞满天的大好春光,但却越发勾起痛楚的思乡之情。于是,便有尾联"一回回首一潸然"的直接宣泄。

【注释】

①"魏王堤"二句:魏王堤,故址在今洛阳旧城西南。徐松《唐两京城坊考》卷五:洛水出皇城端门,"经尚善、旌善二坊之北,南溢为魏王池。"张穆校补:"与雒水隔堤。初建都,筑堤壅水北流,下与雒水潜通,深处至数顷,水鸟翔泳,荷芰翻覆,为都城之胜也。贞观中以赐魏王泰,故号魏王池。"白居易《魏王堤》:"何处未春先有思,柳条无力魏王堤。"有客,诗人自指。

②妖气:指黄巢起义军。杜甫《舟出江陵南浦奉寄郑少尹》:"社稷缠妖气,干戈送老儒。"

③潸(shān)然:流泪貌。《诗·小雅·大东》:"睠言顾之,潸焉出涕。"

河内别村业闲题①

阮氏清风竹巷深,满溪松竹似山阴。②门当谷路多樵客,地带河声足水禽。闲伴尔曹虽适意③,静思吾道好沾襟。邻翁莫问伤心事,一曲高歌夕照沉。

【题解】

此诗创作时地未详。首联就题而起,描写别业的地貌特点。颔联承前,描写别业的地理方位及常见的景物。颈联转而写情,抒发一己进仕受挫、志业无成的悲慨。尾联就此放开一步,长歌当哭,为战乱不已的时局而悲伤,深化了诗作的内涵。全篇起承转合,法度精严。

【注释】

①诗题中"河内",唐县名,治所在今河南沁阳。李吉甫《元和郡县图志》卷一六:"本春秋时野王邑,《左传》曰'晋人执晏弱于野王'是也。汉以为县,属河内郡。隋开皇十三年改为河内县,皇朝因之。"别村业,山村别业。别业,即别墅,与"旧业"相对而言。白居易《朱陈村》:"家家守村业,头

白不出门。"

②"阮氏"二句:阮氏,指阮籍、阮咸叔侄二人。刘义庆《世说新语·任诞》:"陈留阮籍、谯国嵇康、河内山涛、沛国刘伶、陈留阮咸、河内向秀、琅邪王戎,七人集于竹林之下,肆意酣畅,故世谓'竹林七贤'。"山阴,秦置县名,因在会稽山之北而得名,隋改为会稽县,治所在今浙江绍兴。

③尔曹:尔辈。杜甫《戏为六绝句》其二:"尔曹身与名俱灭,不废江河万古流。"

闻官军继至未睹凯旋歌

嫖姚何日破重围,秋草深来战马肥。①已有孔明传将略,更闻王导得神机。②阵前鼙鼓晴应响,城上乌鸢饱不飞。③何事小臣偏注目,帝乡遥羡白云归。

【题解】
此诗当作于中和二年(882)秋。诗系针对时事而作。朝廷传檄天下诸镇起兵攻长安,各镇兵马也会聚到长安城外,但就是迟迟不闻捷报,长安一直被黄巢起义军所占据,是以作此诗抒发焦虑之情。

【注释】
①"嫖姚"二句:嫖姚,亦作"票姚"、"票鹞"、"剽姚",指汉嫖姚校尉霍去病。此借指唐将。《汉书·卫青霍去病传》:"霍去病,大将军青姊少儿子也。……善骑射,再从大将军。大将军受诏,予壮士,为票姚校尉,与轻勇骑八百直弃大军数百里赴利,斩捕首虏过当。"颜师古注:"票姚,疾劲之貌也。荀悦《汉纪》作票鹞字。去病后为票骑将军,尚取票姚之字耳。"杜甫《寄田九判官》:"宛马总肥春苜蓿,将军只数汉嫖姚。"

②"已有"二句:以孔明、王导喻郑畋、王铎。王导,字茂弘,琅邪临沂(今属山东)人。东晋开国重臣,出将入相,历仕元帝、明帝、成帝三朝。

③"阵前"二句:鼙(pí)鼓,古代军中用的小鼓。白居易《长恨歌》:"渔

阳鼙鼓动地来,惊破霓裳羽衣曲。""城上"句,喻黄巢军仍占据京城。郑畋《讨巢贼檄》:巢军居京师,"犹复广侵田宅,滥渎货财。比溪壑以难盈,类乌鸢而纵攫。"

【辑评】

清胡以梅《唐诗贯珠》卷二三:此诗殆黄巢入京师,庄避出见官军讨贼尚未克复之作。言将军何日破贼之重围?目今秋草已深,战马已肥,且有孔明之智以传将略,王导之能已得机宜,自可灭贼矣,何乃鼓鼙之声未息,乌鸢饱食暴尸乎?何事而予小臣偏注望者?盖谓帝乡即是故乡,不能与白云同归故耳。……今诗所指孔明谓(郑)畋,王导即(王)铎也。后畋卒,李茂贞为凤翔节度,表其功有云:"寻武侯之遗爱,城垒宛然;今叔子之高踪,涕零何极!"即孔明之称有所自矣。

和集贤侯学士分司丁侍御秋日雨霁之作①

洛岸秋晴夕照长,凤楼龙阙倚清光②。玉泉山净云初散,金谷树多风正凉。③席上客知蓬岛路,座中寒有柏台霜。④多惭十载游梁士,却伴宾鸿入帝乡。⑤

【题解】

此诗盖作于景福元年(892)入京应举途经洛阳时。侯学士、丁侍御其人未详,原作亦恐已佚。诗作感怀时事。

【注释】

①诗题中"集贤",指集贤殿书院。张说、张九龄等《唐六典》卷九:开元十三年,"召学士张说等宴于集仙殿,于是改名集贤殿,修书所为集贤殿书院。五品以上为学士,六品以下为直学士。……集贤院学士掌刊辑古今之经籍,以辨明邦国之大典而备顾问应对。"分司,唐代在东都洛阳所设中央官员称分司。侍御,即侍御史,为御史台属官。

②凤楼龙阙：指东都洛阳宫阙。李吉甫《元和郡县图志》卷五："仁寿四年，（隋）炀帝诏杨素营东京，大业二年，新都成，遂徙居，今洛阳宫是也。……其宫室台殿，皆宇文恺所创也。恺巧思绝伦，因此制造颇穷奢丽，前代都邑莫之比焉。"

③"玉泉"二句：乐史《太平寰宇记》卷三："玉泉山在（河南）县东南四十里，山内有玉泉寺。"又引郭缘生《述征记》："金谷，谷也。地有金水，自太白原南流经此谷。晋卫尉石崇因即川阜而造制园馆。"河南县治所在今洛阳西郊。

④"席上"二句：蓬岛，代指朝廷。唐大明宫亦称东内，高宗龙朔年间增建，一度改名为蓬莱宫。高宗后，皇帝常居东内。柏台，即御史台。汉御史府中列植柏树，常有野鸟栖宿其上，后世遂又称御史台为柏台或乌台。《汉书·薛宣朱博传》："是时御史府吏舍百余区井水皆竭，又其府中列柏树，常有野乌数千栖宿其上，晨去暮来，号曰'朝夕乌'。乌去不来者数月，长老异之。"

⑤"多惭"二句：游梁士，幕府文士。此处自称。《史记·司马相如列传》："会景帝不好辞赋，是时梁孝王来朝，从游说之士齐人邹阳、淮阴枚乘、吴庄忌夫子之徒，相如见而说之，因病免，客游梁。"梁，今河南开封一带。宾鸿，鸿雁随气候变化而迁移不定，故称。帝乡，指京城。

题安定张使君①

器度风标合出尘，桂宫何负一枝新。②成丹始见金无滓③，冲斗方知剑有神。愤气不销头上雪，政声空布海边春④。中兴若继开元事，堪向龙池作近臣⑤。

【题解】

此诗盖作于景福二年（983）。诗作抒发对于国运、时事的感慨与忧伤。

【注释】

①诗题中"安定",唐泾源节度使治所,今甘肃泾川北。检吴廷燮《唐方镇年表》卷一,张钧自僖宗中和二年六月始任节度使,至昭宗乾宁元年二月卒于任所。张使君盖指张钧。使君,是对州郡长官及节度使、观察使的尊称。

②"器度"二句:风标,风度,风采。沈约《齐故安陆昭王碑文》:"风标秀举,清辉映世。"桂宫一枝,喻登科。孙光宪《北梦琐言》卷七引胡曾诗:"上林新桂年年发,不许平人折一枝。"

③"成丹"句:丹,仙丹。《史记·封禅书》:方士李少君曰:"祠灶则致物,致物而丹沙可化为黄金。黄金成,以为饮食器则益寿。"

④海边:指泾原。泾原之西、北与漠海相邻。

⑤龙池:在兴庆宫中唐玄宗旧宅之东,故址在今陕西县西安。此代指朝廷。张说、张九龄等《唐六典》卷七:"初上居此第,其里名协圣。讳所居宅之东有旧井,忽涌为小池,周袤才数尺,常有云气,或见黄龙出其中。至景龙中潜复出水,其沼浸广时即连合为一。未半岁,而里中人悉移居,遂洪洞为龙池焉。"

【辑评】

清胡以梅《唐诗贯珠》卷九:此必张使君典郡已罢官,故有愤懑不平语。言君之器度风标合出尘表,自折桂以来,有何所负乎?丹已成,可见金无渣滓,而冲天之气更见剑之有神。此联承上启下,"丹成"言折桂,"剑气"言目下郁抱愤懑,而头白不消,政声空布海边之春,是以令人不平耳。若有中兴之日,当如开元事业,为龙池近臣也。似暗指张说事明皇,颂其姓钦?按是时必为朱温辈排斥去位,言虽不着迹,而"中兴"二字已包有僭逆伤善类意,畏焰不明斥耳。

颍阳县①

琴堂连少室②,故事即仙踪。树老风声壮,山高腊候浓③。

雪多庭有鹿,县僻寺无钟。何处留诗客,茅檐倚后峰。

【题解】

此诗作于寓居洛中期间。诗作抒写心中难以排解的苦闷。其中,"树老风声壮,山高腊候浓"二句被许为颇似老杜笔力。

【注释】

①颍阳县:治所在今河南颍阳。李吉甫《元和郡县图志》卷五:颍阳县属河南府,"西至府九十里,古纶氏县,本夏之纶国也,后魏太和中,于纶氏县城置颍阳县。"

②"琴堂"句:琴堂,指县署。《吕氏春秋·察贤》:"宓子贱治单父,弹鸣琴,身不下堂,而单父治。"后以琴堂称美县署。少室,山名,指嵩山。今河南登封西。徐坚等《初学记》卷五引戴延之《西征记》:"其山东谓太室,西谓少室,相去十七里。嵩其总名也。谓之室者,以其下各有石室焉。"

③腊候:指寒冬气候。腊,本指岁终祭祀众神,后借指岁末。吴融《赋雪十韵》:"腊候何曾爽,春工是所资。"

寄园林主人

主人常不在,春物为谁开。桃艳红将落,梨花雪又催①。晓莺闲自啭,游客暮空回。尚有余芳在,犹堪载酒来。

【题解】

此诗创作时地未详。值得注意的是,韦庄在这类园林题材的处理上的变化,即不再声称园林是一个审美性的所在,但在诗的结尾,还是与它确立了一种更为持久的关系:当园林连同它的游客即将消失在空虚的夜色中时,诗人声称要再度重来。这和主人的"常不在"相对衬,并且,尽管这种重复性是有限的,它还是延长了园林作为游览胜地的生命。(参[美]杨晓山

《私人领域的变形:唐宋诗歌中的园林与玩好》)

【注释】

①"梨花"句:催,原注:"一作'摧'。"萧子显《燕歌行》:"洛阳梨花落如雪,河边细草细如茵。"

洛北村居

十亩松篁百亩田,归来方属大兵年②。岩边石室低临水,云外岚峰半入天。鸟势去投金谷树,钟声遥出上阳烟③。无人说得中兴事④,独倚斜晖忆仲宣。

【题解】

此诗盖作于中和三年(883)初寓居洛中时。松竹掩映,田畴周布,石室临溪,岚峰在望,群鸟向金谷的方向飞去,钟声自上阳宫中传来。表面看来,确实不失为隐居的好处所,但"无人说得中兴事,独倚斜晖忆仲宣"二句,道尽了心中的郁闷:从身陷长安城中的体验,到逃出长安后对时局的观察,都使作者对唐朝的中兴深感失望,因此只能像王粲那样远眺斜阳,凄然长叹了。

【注释】

①诗题中"洛北",洛水之北。

②大兵年:战乱之年。《礼记·月令》:"仲冬行夏令,则其国乃旱,氛雾冥冥,雷乃发声;行秋令,则天时雨汁,瓜瓠不成,国有大兵。"

③上阳:宫名,高宗时建,故址在今洛阳城洛水北岸。王建《上阳宫》:"上阳花木不曾秋,洛水穿宫处处流。画阁红楼宫女笑,玉箫金管路人愁。幔城入涧橙花发,玉辇登山桂叶稠。曾读列仙王母传,九天未胜此中游。"

④中兴事:指僖宗还京兴复唐室。

对梨花赠皇甫秀才

林上梨花雪压枝,独攀琼艳不胜悲。依前此地逢君处,还是去年今日时。且恋残阳留绮席,莫推红袖诉金卮。①腾腾战鼓正多事,须信明朝难重持。②

【题解】
此诗当作于避难江南时。诗作以触景生情笔法,将幽怨的情思,委曲的衷肠,如抽丝剥笋般娓娓道来,风格幽曲密丽。如雪梨花,残阳绮席,红袖金卮等,也为全诗抹上了一层艳丽的色彩。

【注释】
①"且恋"二句:绮席,华筵。邹阳《酒赋》:"绡绮为席,犀琚为镇。"诉,推辞。诉金卮,辞酒。
②"腾腾"二句:元稹《立部伎》:"戢戢攒枪霜雪耀,腾腾击鼓风雷磨。"沈约《别范安成》:"勿言一樽酒,明日难重持。"

立 春①

青帝东来日驭迟②,暖烟轻逐晓风吹。麝袍公子樽前觉③,锦帐佳人梦里知。雪圃乍开红菜甲,彩幡新剪绿杨丝。④殷勤为作宜春曲⑤,题向花笺帖绣楣。

【题解】
此诗创作时地未详。诗咏节令。
【注释】
①立春:节候名,在阳历二月四、五日,为春季之始。

②"青帝"句：青帝，传说中东方天帝名，司春之神。驭，亦称日御，传说中为太阳驾车之神羲和。屈原《离骚》："吾令羲和弭节兮，望崦嵫而勿迫。"王逸注："羲和，日御也。"

③罽(jì)：毛织品。《汉书·东方朔传》："土木衣绮绣，狗马被缋罽。"颜师古注："缋，五彩也。罽，织毛也，即氍毹之属。"

④"雪圃"二句：新剪，席刻注："《纪事》作'新展'。"菜甲，菜芽。《礼记·月令》："孟春之月，……其日甲乙。"郑玄注："乙之言轧也。日之行，春东从青道，发生万物，月为之佐。时万物皆解孚甲，自抽轧而出，因以为日名焉。"杜甫《宾至》："自锄稀菜甲，小摘为情亲。"彩幡(fān)，即春幡，春旗。《岁时风土记》："立春之日，士大夫之家剪彩为小幡，谓之春幡，或悬于家人之头，或缀于花枝之下。"

⑤"殷勤"句：为作，席刻注："《纪事》作'欲献'。"宗懔《荆楚岁时记》："立春之日，悉剪彩为燕以戴之，贴'宜春'二字。"

【辑评】

清胡以梅《唐诗贯珠》卷四九：三、四精，罽袍，毛服，加以饮酒，故觉春至而暖，锦帐佳人亦因和煦而梦不同也。

清杨逢春《唐诗绎》卷二三：首二点题，起。中四用抵写法，三、四尤渲染有情，不同浮艳。七、八作诗意结。

村　笛

箫韶九奏韵凄锵，曲度虽高调不伤。①却见孤村明月夜，一声牛笛断人肠。

【题解】

此诗创作时地未详。诗写伤时之感。同样在月明之夜，听到牧童的凄凉笛声，就回忆起太平年景所听到的音乐，两相对比，肝肠欲断。

【注释】

①"箫韶"二句：箫韶，相传为舜乐名，亦称韶箾。此用以称美笛曲。《书·益稷》："箫韶九成，凤皇来仪。"孔安国传："韶，舜乐名。箫见细器之备。……备乐九奏而致凤凰，则余鸟兽不待九而率舞。"《正义》："每曲一终必变更奏，故经言九成，传言九奏，周礼谓之九变，其实一也。"曲度，乐调。《后汉书·马援传》："多聚声乐，曲度比诸郊庙。"李贤注："曲度，谓曲之节度也。"

题李斯传①

蜀魄湘魂万古悲，未悲秦相死秦时。临刑莫恨仓中鼠，上蔡东门去自迟。②

【题解】

此诗创作时地未详。诗咏李斯，对其在进退上的不明智选择，进而导致的人生悲剧与历史命运，表现出极大的惋惜。

【注释】

①诗题中"李斯传"，指《史记·李斯列传》。李斯，楚上蔡（今河南上蔡西南）人。始从荀卿学帝王之术，后入秦辅佐秦王政统一六国，任丞相。秦二世时为赵高所害，腰斩于咸阳。

②"临刑"二句：《史记·李斯列传》：斯为赵高所陷害，"二世二年七月，具斯五刑，论腰斩咸阳市。斯出狱，与其中子俱执，顾谓其中子曰：'吾欲与若复牵黄犬俱出上蔡东门逐狡兔，岂可得乎？'遂父子相哭，而夷三族。"

赠薛秀才

相辞因避世①，相见尚兵戈。乱后故人少，别来新话多。

但闻哀痛诏②,未睹凯旋歌。欲结岩栖伴,何山好薜萝③。

【题解】

此诗约作于中和二、三年(882－883)间。诗写与故人相见,谈到的话题都是感伤时事,不知何日才能平息战乱,以至于痛感想要与朋友结伴栖隐,都找不到一个合适的地方。

【注释】

①避世:避乱。《论语·宪问》:"其次辟地。"邢昺疏:"'其次辟地'者,未能高栖绝世,但择地而处,去乱国、适治邦者也。"

②哀痛诏:古代皇帝因天灾人祸、内外交困而下的罪己诏书,此指广明元年(880)正月唐僖宗所下诏书。《汉书·西域传》:"是以末年遂弃轮台之地,而下哀痛之诏。"杜甫《有感五首》其五:"愿闻哀痛诏,端拱问疮痍。"

③薜萝:薜荔、女萝,均藤本植物。屈原《九歌·山鬼》:"若有人兮山之阿,被薜荔兮带女萝。"王逸注:"女罗,菟丝也。言山鬼仿佛若人,见山之阿,被薜荔之衣,以菟丝为带也。薜荔、菟丝,皆无根,缘物而生。……罗,一作'萝'。"后世以薜萝指代隐居处所或服饰。

和元秀才别业书事

僻居春事好,水曲乱花阴①。浪过河移岸,雏成鸟别林。绿钱榆贯重②,红障杏篱深。莫饮宜城酒③,愁多醉易沉。

【题解】

此诗当作于洛中寓居时期。元秀才原唱恐已佚。一首看似寻常的田园诗,因为末二句"莫饮宜城酒,愁多醉易沉"而显出别样心境。

【注释】

①水曲:水流曲折处。

②"绿钱"句:榆荚成串如沉甸甸的绿钱。《说文·木部》:"榆,白枌。"李时珍《本草纲目》卷三五:"荚榆、白榆,皆大榆也,有赤、白二种。白者名枌,其木甚高大,未生叶时,枝条间先生榆荚,形状似钱而小,色白成串,俗呼榆钱。"榆荚初生呈绿色,成熟后变白。岑参《戏问花门酒家翁》:"道旁榆荚仍似钱,摘来沽酒君肯否。"

③宜城酒:宜城,唐县名,治所在今湖北宜城南。汉时即产名酒。欧阳询等《艺文类聚》卷七三引曹植《酒赋》:"其味有宜成醪醴,苍梧缥清。"

纪村事

绿蔓映双扉,循墙一径微。雨多庭果烂,稻熟渚禽肥。酿酒迎新社①,遥砧送暮晖。数声牛上笛,何处饷田归②。

【题解】

此诗当作于洛中寓居时期。诗作素描农村景象,细腻而深入,使人感觉到生活的切近,如身临其境。看来,诗人似乎是要与美好的农村生活合而为一了。

【注释】

①新社:祭祀名,即春社。旧俗于立春后第五个戊日祭祀土地,祈求丰收。杜甫《遭田父泥饮美严中丞》:"田翁逼社日,邀我尝春酒。"

②饷田:送饭到田野。白居易《观刈麦》:"相随饷田去,丁壮在南冈。"

题许仙师院①

地古多乔木,游人到且吟。院开金锁涩,门映绿篁深。山色不离眼,鹤声长在琴②。往来谁与熟,乳鹿在前林。

【题解】

此诗当作于洛中寓居时期。诗作题壁寺院,凸显其清静、空灵之美。

【注释】

①诗题中"许仙师",不详。
②"鹤声"句:《韩非子·十过》:春秋时,晋国乐师师旷应晋平公之命援琴奏清徵之调,"一奏之,有玄鹤二八,道南方来,集于郎门之垝。再奏之,而列;三奏之,延颈而鸣,舒翼而舞,音中宫商之声,声闻于天。"后世遂以琴声、鹤声相喻。顾况《从剡溪至赤城》:"夜半鹤声残梦里,犹疑琴曲洞房间。"

离筵诉酒

感君情重惜分离,送我殷勤酒满卮。不是不能判酩酊,却忧前路醉醒时。①

【题解】

此诗创作时地未详。诗作叹离伤别,却独辟蹊径。友人满酌离觞,相劝一醉,而诗人表示:不是不愿酩酊一醉,只怕与友人分别后,旅途酒醒,形单影只,回想起来,更觉伤情。

【注释】

①"不是"二句:判酩酊,甘愿酩酊大醉。张相《诗词曲语辞汇释》:"判,割舍之辞,亦甘愿之辞。自宋以后多用拚字或拼字,而唐人则多用判字。"杜牧《寓题》:"把酒直须判酩酊,逢花莫惜暂淹留。"又《诗词曲语辞汇释》:"却与'不是'字相应。却忧,正忧也。"

不　寐①

不寐天将晓,心劳转似灰②。蚊吟频到耳,鼠斗竞缘台。

户闇知蟾落③,林喧觉雨来。马嘶朝客过④,知是禁门开。

【题解】

此诗创作时地未详。诗写烦忧之态。齐涛《韦庄诗词笺注》或据"马嘶朝客过,知是禁门开"末二句,认为此诗作于乾符六年至广明元年(879－880)间在长安准备应试时。

【注释】

①不寐:不眠。朱骏声《说文通训定声》:"合目曰眠,眠而无知曰寐。"

②"心劳"句:心劳,用心劳苦。《庄子·齐物论》:"南郭子綦隐机而坐,仰天而嘘,荅焉似丧其耦。颜成子游立侍乎前,曰:'何居乎?形固可使如槁木,而心固可使如死灰乎?'"郭象注:"死灰、槁木,取其寂寞无情耳。"

③蟾落:月落。薛昭蕴《喜迁莺》:"残蟾落,晓钟鸣,羽化觉身轻。"

④朝客:上朝官员。郑棨《开天传信记》:"(叶)法善居玄真观,尝有朝客数十人诣之,解带淹留,满座思酒。"

赠武处士①

一身唯一室,高静若僧家②。扫地留疏影,穿池浸落霞。绿萝临水合,白道向村斜③。卖药归来醉,吟诗倚钓查④。

【题解】

此诗创作时地未详。诗写武处士"高静若僧家"的生活。其中,"扫地留疏影,穿池浸落霞"二句,论者谓较之于许浑,声尽轻浮,语尽纤巧(许学夷《诗源辨体》卷三二)。

【注释】

①诗题中"武处士",不详。处士,隐居不仕者。

②高静:远离喧嚣的尘世。朱庆余《和刘补阙秋园寓兴之什十首》其

二:"谁言高静意,不异在衡茅。"

③白道:大路。李白《洗脚亭》"白道向姑熟",王琦注:"白道,大路也。人行迹多,草不能生。遥望白色,故曰白道。唐诗多用之。郑谷'白道晓霜迷'、韦庄'白道向村斜'是也。"

④钓查:即钓槎,钓舟。查,通"槎"。

题吉涧卢拾遗庄①

主人西游去不归②,满溪春雨长春薇。怪来马上诗情好,印破青山白鹭飞。③

【题解】

此诗创作时地未详。诗谓山庄主人远游未归,乃独骑度溪,适见雨长春薇,青山白鹭交映,深会诗情于无穷矣。末句"印破青山白鹭飞"中"印"字甚妙。全篇辞采清丽,含思婉转。

【注释】

①诗题中"吉涧""卢拾遗",均未详。拾遗,官名,掌供奉讽谏。属门下省者为左拾遗,属中书省者为右拾遗。许文雨集注《唐诗集解》疑吉涧在今江西吉安。

②主人:洪迈《万首唐人绝句》作"主父"。

③"怪来"二句:诗,绿君亭本注:"一作'诉'。"误。印破,《全唐诗》注:"一作'点破'。"

题颍源庙①

曾是巢由栖隐地②,百川唯说颍源清。微波乍向云根吐③，去浪遥冲雪嶂横。万木倚檐疏干直，群峰当户晓岚晴。临川试问尧年事，犹被封人劝濯缨。④

【题解】

此诗创作时地未详。诗写作者喜爱这里的山水，更羡慕钦佩巢由的品格和气节，想要效仿巢由从此隐居，却被颍阳县官所劝止。这其实也是委婉地表明，诗人虽处战乱之际，而锐意求仕之志并不曾动摇。

【注释】

①诗题中"颍源庙"，当在少室山。李吉甫《元和郡县图志》卷五："少室山，在（登封）县西十里，高十六里，周回三十里。颍水源出焉。"
②巢由：巢父和许由，唐尧时隐居于颍水之滨。皇甫谧《高士传》卷上："许由没，葬箕山之巅，亦名许由山，在阳城之南十余里。尧因就其墓号曰箕山公神，以配食五岳，世世奉祀，至今不绝也。"
③云根：山崖云起处。杜甫《瞿塘两崖》："入天犹石色，穿水忽云根。"
④"临川"二句：尧年事，指尧帝盛世。封人，官名。《周礼·地官·司徒》："封人，掌设王之社壝，为畿，封而树之。凡封国，设其社稷之壝，封其四疆，造都邑之封域者亦如之。"《左传·隐公元年》："颍考叔为颍谷封人。"杜预注："封人，典封疆者。"此指掌守颍源庙之人。濯缨，喻隐退自洁。

东游远归

扣角干名计已疏，剑歌休恨食无鱼。①辞家柳絮三春半，临路槐花七月初。②江上欲寻渔父醉，日边时得故人书。③青云不识扬生面，天子何由问子虚。④

【题解】

此诗或作于广明之前。诗写京城干名失意而欲东游佐幕，江上得长安故人书而远归。

【注释】

①"扣角"二句："扣角"句，借齐桓公举用宁戚典事自喻京城求仕失意。屈原《离骚》："宁戚之讴歌兮，齐桓闻以该辅。"王逸注："宁戚，卫人。该，备也。宁戚修德不用，退而商贾，宿齐东门外。桓公夜出，宁戚方饭牛，叩角而商歌。桓公闻之，知其贤，举用为客卿，备辅佐也。""剑歌"句，反用冯谖剑歌典事，谓佐幕而无怨言。《战国策·齐策四》："齐人有冯谖者，贫乏不能自存，使人属孟尝君，愿寄食门下。孟尝君曰：'客何好？'曰：'客无好也。'曰：'客何能？'曰：'客无能也。'孟尝君笑而受之，曰：'诺。'左右以君贱之也，食以草具。居有顷，倚柱弹其剑，歌曰：'长铗归来乎！食无鱼。'"

②"辞家"二句：三春半，指三春已过半，即仲春二月。三春，即孟春、仲春、季春。李淖《秦中岁时记》："进士下第，当年七月复献新文，求拔解，曰：'槐花黄，举子忙。'"

③"江上"二句：《史记·屈原贾生列传》："屈原至于江滨，被发行吟泽畔，颜色憔悴，形容枯槁。渔父见而问之曰：'子非三闾大夫欤？何故而至此？'屈原曰：'举世混浊我独清，众人皆醉我独醒，是以见放。'渔父曰：'夫圣人者，不凝滞于物而能与世推移，举世混浊，何不随其流而扬其波？众人皆醉，何不餔其糟而啜其醨？何故怀瑾握瑜而自令见放为？'"日边，指京城长安。刘义庆《世说新语·夙惠》："晋明帝数岁，坐元帝膝上。有人从长安来，元帝问洛下消息，潸然流涕。明帝问何以致泣，具以东渡意告之。因问明帝：'汝意谓长安何如日远？'答曰：'日远。不闻人从日边来，居然可知。'元帝异之。明日，集群臣宴会，告以此意，更重问之。乃答曰：'日近。'元帝失色，曰：'尔何故异昨日之言邪？'答曰：'举目见日，不见长安。'"

④"青云"二句：合用司马相如、扬雄典事。《史记·司马相如列传》："蜀人杨得意为狗监，侍上。上读《子虚赋》而善之，曰：'朕独不得与此人同时哉！'得意曰：'臣邑人司马相如自言为此赋。'上惊，乃召问相如。"《汉书·扬雄传》："蜀有司马相如，作赋甚弘丽温雅。雄心壮之，每作赋，常拟之以为式"，"孝成帝时，客有荐雄文似相如者。"青云，喻高官显爵。《史记·范雎列传》："(须)贾不意君(指范雎)能自致于青云之上，贾不敢复读天下

之书,不敢复与天下之士。贾有汤镬之罪,请自屏于胡貉之地,唯君生死之。"扬雄《解嘲》:"当途者入青云,失路者委沟渠。"

【辑评】

清胡以梅《唐诗贯珠》卷二九:此是下第东游佐幕,又不得其所,故云扣角干名之计已疏阔而不得功名,是佐幕又出其下矣,何必恨食无鱼也。三、四追溯从前辞家已三年半,每于七月初临路,而今尚无成就,欲于江上寻渔父共醉,将作钓徒,乃得故人日边之书,青云路上不识子云之面,何由使天子问子虚之赋乎?似来书中之语,所以欲归京师耳。按《子虚赋》,相如所作,而扬子云文似相如,故串用之。

新正日商南道中作寄李明府①

相看又见岁华新,依旧杨朱拭泪巾②。踏雪偶因寻戴客,论文还比聚星人。③嵩山不改千年色,洛邑长生一路尘。今日与君同避世,却怜无事是家贫。

【题解】

此诗作于中和三年(883)新正日。诗写在与友人(或即李明府)聚首论文后,于途中作诗答谢,兼以抒发仕途多歧的痛苦与感慨。末句曾为《牡丹亭》第四十九出集入其中"集唐"诗:"那能得计访情亲(李白),浊水污泥清路尘(韩愈)。自恨为儒逢世难(卢纶),却怜无事是家贫(韦庄)。"

【注释】

①诗题中"新正日",新年正月初一。徐坚等《初学记》卷四引曰:"正月一日,是谓正日。"商南,商州(治所在今陕西商县)南部。李明府,未详。

②杨朱拭泪巾:《淮南子·说林训》:"杨子见逵路而哭之,为其可以南可以北。"高诱注:"道九达曰逵。闵其别也。"

③"踏雪"二句:刘义庆《世说新语·任诞》:"王子猷居山阴,夜大雪,眠

觉,开室,命酌酒,四望皎然。因起彷徨,咏左思《招隐》诗。忽忆戴安道。时戴在剡,即便夜乘小船就之。经宿方至,造门不前而返。人问其故,王曰:'吾本乘兴而行,兴尽而返,何必见戴?'"王子猷,即王徽之,琅邪临沂(今属山东)人。王羲之第五子。戴安道,即戴逵,谯郡铚县(今安徽宿县)人,后移居会稽剡县(治所在今浙江嵊州西南)。《世说新语·雅量》刘孝标注引《晋安帝纪》:"(戴)性甚快畅,泰于娱生。好鼓琴,善属文,尤乐游燕,多与高门风流者游,谈者许其通隐。"聚星人,古时传说魁星(北斗)主文运,因以聚星谓文人相聚。《世说新语·德行》刘孝标注引《续晋阳秋》:"陈仲弓从子侄造荀季和父子,于时德星聚。太史奏五百里贤人聚。"(案:德星本指景星。《史记·天官书》:"天精而见景星。景星者,德星也。其状无常,常出于有道之国。"张守节《正义》曰:"景星状如半月,生于晦朔,助月为明。见则人君有德,明圣之庆也。")孙逖《送张补阙归邺序》:"昔闻七子,今在一门。北州为营,当有聚星之堂;西垣赠别,请陈零雨之诗。"孙郃《哭方玄英先生》:"牛斗文星落。知是先生死。"

春　暮

一春春事好,病酒起常迟①。流水绿萦砌,落花红堕枝。楼高喧乳燕,树密斗雏鹂。不学山公醉②,将何自解颐。

【题解】

此诗创作时地未详。诗写暮春优美风光,充满田园的生机和乐趣,但却常因"病酒"而起迟。还说如果不饮酒,怎能开心? 显然,诗人非但没有陶醉于自然风光,心中反而充满了忧虑。

【注释】

①病酒:醉酒。李白《自汉阳病酒归寄王明府》:"愿扫鹦鹉洲,与君醉百场。"

②山公:指山简,字季伦,河内怀县(治所在今河南武涉西)人。《世说

新语·任诞》:"山季伦为荆州,时出酣畅。人为之歌曰:'山公时一醉,径造高阳池。日莫倒载归,茗艼无所知。复能乘骏马,倒箸白接篱。举手问葛彊,何如并州儿。'"

哭麻处士①

却到歌吟地,闲门草色中②。百年流水尽,万事落花空。③繐帐扃秋月④,诗楼锁夜虫。少微何处堕,留恨白杨风。⑤

【题解】
此诗创作时地未详。诗作悼念亡友,特点在于叙述写景与议论感慨有机结合。首联、颈联是描述,颔联、尾联是感怀,时而随作者的目光,注视麻处士那空落荒芜的家园;时而又随作者的直抒其怀,感受到痛失友朋的悲哀。写景深婉,议论直陈,造成一种错落有致的艺术效果,增添了诗歌的感染力。

诗末二句"少微何处堕,留恨白杨风"值得注意。《唐诗纪事》卷六八载韦庄"曾祖少微,宣宗中书舍人",《十国春秋》沿之。但《新唐书·宰相世系表》及唐代文献中均未见韦少微其人。周祖譔、贾晋华《唐才子传·韦庄传校笺》引韦诗此二句,以为:"若其曾祖名少微,不应自触家讳如此。"

【注释】
①诗题中"麻处士",不详。
②闲门:闲,聂安福《韦庄集笺注》疑为"闭"之讹。王维《过李揖宅》:"闲门秋草色,终日无车马。"校注:"闲,刘本、顾元纬本俱作'闭'。"
③"百年"二句:杜甫《哭长孙侍御》:"流水生涯尽,浮云世事空。"
④"繐(huì)帐"句:繐帐,灵帐。繐,一种麻布,多用以制丧服。扃秋,《全唐诗》注:"一作'寒秋'。"
⑤"少微"二句:少微,星名,又称处士星。此处借指麻处士。《史记·天官书》:"廷藩西有隋星五,曰少微,士大夫。"司马贞《索隐》引《天官占》

云:"少微,一名处士星。"古时常于墓地种植白杨、松柏等。《古诗十九首》:"驱车上东门,遥望郭北墓。白杨何萧萧,松柏夹广路。下有陈死人,杳杳即长暮。"

春 早

闻莺才觉晓①,闭户已知晴。一带窗间月,斜穿枕上生。②

【题解】

此诗创作时地未详。莺声是春晓和晴明的标志,旭日透过窗棂,斜照枕上,则进一步证实了"晓""晴"。由此,还可推知昨夜有雨。诗人喜晴之意,见于言外。

【注释】

①"闻莺"句:孟浩然《春晓》:"春眠不觉晓,处处闻啼鸟。"
②"一带"二句:月,《全唐诗》注:"一作'日'。"生,《全唐诗》注:"一作'明'。"

和友人

闺门同隐士,不出动经时。①静阅王维画,闲翻褚允棋。②落泉当户急,残月下窗迟。却想从来意,谯周亦自嗤。③

【题解】

此诗创作时地未详。"友人"不详,原唱亦恐已佚。诗作自述生活情致。首四句"闺门同隐士"云云,颇能代表诗人幽渺淡远的心性。结末"却想从来意"二句,则是以读书自娱的谯周作比,自嘲曾有入仕之念。

【注释】

①"闺门"二句:闺门,指深屋内室。《淮南子·主术训》:"人主深居隐处以避燥湿,闺门重袭以避奸贼。"动经时,常常经历时日。独孤及《海上寄萧立》:"索居动经年,再笑知曷月。"

②"静阅"二句:王维,字摩诘,原籍太原祁县(今属山西),父迁蒲州(治所在今山西永济西)。朱景玄《唐代名画录》列王维入妙品上,谓其"山水松石,并居妙上品。"允,绿君亭本作"胤"。

③"却想"二句:谯周,字允南,巴西西充国(今四川阆中西南)人。建兴中,诸葛亮命为劝学从事,蜀后主时任太子家令,历中散大夫、光禄大夫。景耀六年,劝蜀后主降魏,封阳城亭侯。入晋拜散骑都尉、散骑常侍。泰始六年卒,年逾七十。《三国志·蜀书·谯周传》:"耽古笃学,家贫未尝问产业,诵读典籍,欣然独笑,以忘寝食。"

春 愁

寓思本多伤,逢春恨更长。露沾湘竹泪,花堕越梅妆。①睡怯交加梦,闲倾潋滟觞。②后庭人不到,斜月上松篁。

【题解】

此诗创作时地未详。韦庄前、后期诗中的感伤内涵,主要体现为伤世以及以忧生为特征。伤春作为古典诗歌的重要传统,也是韦诗忧生的内涵之一,即如此诗首二句"寓思本多伤,逢春恨更长"所云。另有悲秋、叹老等内涵,分别体现于诸如"多病不禁秋寂寞,雨松风竹暮骚骚"(《语松竹》)、"白发太无情,朝朝镊又生"(《镊白》)等诗篇中,需合而观之,方可得其全貌。

【注释】

①"露沾"二句:任昉《述异记》卷上:"湘水去岸三十里许,有相思宫、望帝台。昔舜南巡而葬于苍梧之野,尧之二女娥皇、女英追之不及,相与恸

哭,泪下沾竹,竹文上为之斑斑然。"李昉等《太平御览》卷九七〇引《宋书》:"武帝女寿阳公主人日卧于含章檐下,梅花落公主额上,成五出之花,拂之不去。皇后留之。自后有梅花妆,后人多效之。"

②"睡怯"二句:交加梦,指相互梦见。韩偓《春闺二首》其一:"愿结交加梦,因倾潋滟尊。"潋滟,盈溢貌。刘禹锡《唐故衡州刺史吕君集纪》:"其色潋滟于颜间,其声发而为文章。"

晚　春

花开疑乍富,花落似初贫。万物不如酒,四时唯爱春。峨峨秦氏髻,皎皎洛川神。①风月应相笑②,年年醉病身。

【题解】

此诗当作于洛中寓居时期。韦庄隐居不忍,致君不能,只好借酒浇愁。洛北村居,醉酒的诗句明显增多,如此诗末二句"风月应相笑,年年醉病身",即其一证。据此可以看出,醉酒之中,诗人对时局的感伤和对人事的悲漠,与早年的自我感伤迥然不同。

【注释】

①"峨峨"二句:南朝乐府民歌《艳歌罗敷行》(《陌上桑》):"日出东南隅,照我秦氏楼。秦氏有好女,自名为罗敷。……头上倭堕髻,耳中明月珠。"曹植《洛神赋》:"远而望之,皎皎若太阳升朝霞。"

②风月:清风明月。宋孝武帝拟汉武《李夫人赋》:"徙倚云日,裴回风月。"

题许浑诗卷①

江南才子许浑诗,字字清新句句奇。十斛明珠量不尽,惠休虚作碧云词。②

【题解】
　　此诗疑作于中和、光启年间客浙西周宝幕时。诗作高度评价许浑诗,表现出韦庄论文崇尚清丽的一贯主张。若用以自况,也当之无愧。在创作实践中,诗人确实贯彻了自己的审美理想和创作主张。
　　其实,许浑的诗歌在当时及稍后是褒贬不一的。如孙光宪《北梦琐言》卷五就曾记载:"世谓浑诗远赋,不如不作。言其无才藻,鄙其无教化也。"在"江西诗派"盛行的时代,对许浑诗也是极其贬抑的。只是到了南宋后期,在对江西诗派流弊的反省中,许浑诗才引起广泛的重视。究其实质,是希望用许浑诗歌的"圆稳工整,属对精切"来纠正江西诗派末流瘦硬诘屈的流弊。再往后,对许浑诗歌的倡导,一直影响到杨士弘、高棅分别编选的《唐音》《唐诗品汇》。崇尚许浑,于是成为了宋、元至明初诗学宗尚的突出现象。

【注释】
　　①诗题中"许浑",字用晦,润州(治所在今江苏镇江)人。著有《丁卯集》。
　　②"十斛"二句:斛,旧量器名,也是容量单位。《仪礼·聘礼》:"十斗曰斛。"惠休,南朝诗僧。《宋书·徐湛之传》:"时有沙门释惠休,善属文,辞采绮艳,湛之与之甚厚。世祖命使还俗。本姓汤,位至扬州从事。"许浑《和友人送僧归桂林灵岩寺》:"碧云千里暮愁合,白雪一声春思长。"

赠礼佛名者①

　　何用辛勤礼佛名,我从无得到真庭②。寻思六祖传心印③,可是从来读藏经。

【题解】

此诗创作时地未详。诗作劝僧向禅。先以自身经历说法,再引六祖事例言论为证,就把自己的见解说得十分确实可信,加上一气流走、转折灵活的手法,整首诗写得简洁明白、轻松自如。又,随手拈掇佛教用语入诗,化用佛学典故亦极为流畅,唐时诗学与禅学之互渗互涉,可以从中窥得一斑。

【注释】

①诗题中"礼佛名",指拜读佛经。佛籍中有《佛名经》,凡十二卷,元魏菩提流支译。经中列举数千佛、菩萨及辟支佛之名,谓诵读诸佛名号而思维赞叹者,能得现世安稳,于未来世得无上菩提。读诵《佛名经》谓之佛名会。

②"我从"句:真庭,疑指佛庭,即佛门,真谛之所在。如佛徒称佛陀为真人,称佛性为真如。白居易《两朱阁》:"寺门敕榜金字书,尼院佛庭宽有余。"无得,洪迈《万首唐人绝句》作"无事"。

③"寻思"句:佛宗第六祖慧能,亦作惠能,宪宗时赐谥大鉴。俗姓卢,原籍范阳(今河北涿州),出生于岭南新州(今广东新兴东)。师事五祖弘忍,创"顿悟"成佛说,为禅宗南派始祖。

残　花

和烟和露雪离披①,金蕊红须尚满枝。十日笙歌一宵梦,苎萝因雨失西施。②

【题解】

此诗创作时地未详。诗写对残花的惋惜之情。尤其是末二句"十日笙歌一宵梦,苎萝烟雨失西施",与韩偓《哭花》后二句好有一比:"曾愁香结破颜迟,今见妖红委地时。若是有情争不哭,夜来风雨葬西施。"贺裳《载酒园诗话》即谓:"两君同时,当非相袭,然韩语自胜。"而黄生(白山)之评反是。

此诗,《全唐诗》有注曰:"一作于邺诗。"洪迈《万首唐人绝句》录作韦庄诗,当是。

【注释】

①"和烟"句:露雪,《全唐诗》注:"一作'雨太'。"离披,散乱貌。宋玉《九辩》:"白露既下百草兮,奄离披此梧楸。"

②"十日"二句:因雨,《全唐诗》注:"一作'烟雨'。"失,《全唐诗》注:"一作'哭'。"赵晔《吴越春秋·勾践阴谋外传》:越王勾践与大夫文种谋以美人计破吴,"乃使相者国中,得苎萝山鬻薪之女,曰西施、郑旦,饰以罗縠,教以容步,习于土城,临于都巷,三年学服而献于吴。"苎萝山,在今浙江诸暨南。

上元县①

浙西作

南朝三十六英雄②,角逐兴亡尽此中。有国有家皆是梦,为龙为虎亦成空③。残花旧宅悲江令,落日青山吊谢公。④止竟霸图何物在,石麟无主卧秋风。⑤

【题解】

此诗作于中和、光启年间客浙西时。诗写经临金陵古都,面对残花旧宅,落日青山,慨叹六朝政权和英雄人物的相继泯灭,恍如一梦,转眼成空,只剩墓麟秋风,抒发了一切终归梦幻虚空的悲感。全篇追怀南朝往事,感慨时代忧患,分明寄寓着对于唐王朝行将崩溃的悲悼。

【注释】

①诗题中"上元县",唐县名,在今江苏南京,属浙西节度使。

②三十六:泛言其多。班固《西都赋》:"缭以周墙,四百余里,离宫别馆,三十六所。"或谓即指建都于此的东晋与南朝宋、齐、梁、陈的三十六个皇帝。

③为龙为虎:李昉等《太平御览》卷一五六引张勃《吴录》:"刘备曾使诸

葛亮至京,因睹秣陵山阜,叹曰:'钟山龙盘,石头虎踞,此帝王之宅。'"

④"残花"二句:江令,即江总,济阳考城(治所在今河南兰考)人。《南史·江总传》:"既当权任宰,不持政务,但日与后主游宴后庭,多为艳诗,好事者相传讽玩,于今不绝。唯与陈喧、孔范、王瑳等十余人,当时谓之狎客。由是国政日颓,纲纪不立,有言之者,辄以罪斥之,君臣昏乱,以至于灭。"谢公,指谢安,阳夏(今河南太康)人。《元和郡县图志》卷二五:"谢安墓在县东南十里石子冈北。"

⑤"止竟"二句:《晋书·李玄盛传》:"玄盛以纬世之量,当吕氏之末,为群雄所奉,遂启霸图。"石麟,石麒麟。《西京杂记》卷三:"(青桐)观前有三梧桐树,树下有石麒麟二枚,刊其肋为文字,是秦始皇骊山墓上物也。"《述异记》卷上:"丹阳大姑陵,陵下有石麟二枚,不知年代。传曰:'秦汉间公卿墓则以石麒麟镇之。'"刘禹锡《汉寿城春望》:"田中牧竖烧刍狗,陌上行人看石麟。"

江上逢史馆李学士①

前年分袂陕城西,醉凭征轩日欲低。②去浪指期鱼必变③,出门回首马空嘶。关河自此为征垒,城阙于今陷战鼙。④谁谓世途陵是谷,燕来还识旧巢泥。

【题解】
此诗当作于中和三年(883)春末泛江往润州途中。时黄巢军尚未退出长安,故诗中不无伤时悯乱之意。

【注释】
①诗题中"史馆",国史修撰机构。张说、张九龄等《唐六典》卷九:魏明帝太和中始置著作郎及佐郎掌国史。北齐谓之史阁,亦谓之史馆。"隋氏曰著作曹,掌国史,隶秘书省。皇朝曰著作局。贞观初,别置史馆于禁中,专掌国史,以他官兼领,或卑品有才,亦以直馆焉。"唐史馆未置学士,李氏

盖以集贤殿书院学士直史馆,然其人未详。

②"前年"二句:分袂,分手,离别。李白《广陵赠别》:"兴罢各分袂,何须醉别颜。"陕城,今河南陕县。征轩,远行的车。李白《鸣皋歌送岑征君》:"巾征轩兮历阻折,寻幽居兮越巇嵝。"

③鱼必变:指科举及第。李昉等《太平广记》卷四六六引辛氏《三秦记》:"龙门之下,每岁季春有黄鲤鱼自海及诸川争来赴之。一岁中登龙门者不过七十二。初登龙门,即有云雨随之,天火自后烧其尾,乃化为龙矣。"

④"关河"二句:关河,指关中地区。"城阙"句,原注:"时巢寇未平。"城阙,指京城长安。

金陵图①

谁谓伤心画不成,画人心逐世人情。君看六幅南朝事②,老木寒云满故城。

【题解】

此诗作于中和、光启年间客浙西时。起句反诘,突兀而富有气势,实为后面的赞美埋下伏笔。接下来解释说,世俗的画家只想着争逐现世的名利,迎合世人庸俗的心理,所以画不出能触动人的灵魂的伤心之作。再以《金陵图》作为例证,揭示其中所展露出的黍离麦秀之景、怀古伤今之意。全篇借画咏史,藉景抒情,通过渲染画面的衰残景致,流露出弥漫晚唐的"伤心"意绪。

【注释】

①诗题中"金陵",今江苏南京。齐己《看金陵图》:"六朝图画战争多,最是陈宫计数讹。若爱苍生似歌舞,隋皇自合耻干戈。"

②六幅:《汉书·食货志》:"布帛广二尺二寸为幅,长四丈为匹。"方干《题画建溪图》:"六幅轻绡画建溪,刺桐花下路高低。"

谒蒋帝庙①

建业城边蒋帝祠②,素髯清骨旧风姿。江声似激秦军破,山势如匡晋祚危。③残雪岭头明组练④,晚霞檐外簇旌旗。金陵客路方流落,空祝回銮奠酒卮。

【题解】

此诗当作于光启元年(885)初春。诗人本身即在漂泊,却不忘君王流离,这是何等心地?同时,盼望回銮,也是在盼望平息动乱、恢复秩序,足见诗人于国于家的拳拳忠爱之心。

【注释】

①诗题中"蒋帝庙",故址在今江苏南京东北钟山。干宝《搜神记》卷五:"蒋子文者,广陵人也。嗜酒好色,佻达无度,常自谓己骨清,死当为神。汉末为秣陵尉,逐贼至钟山下,贼击伤额,因解绶缚之,有顷遂死。及吴先主之初,其故吏见文于道,乘白马,执白羽,侍从如平生。见者惊走。文追之,谓曰:'我当为此土地神,以福尔下民。尔可宣告百姓,为我立祠。不尔,将有大咎。'是岁夏,大疫,百姓窃相恐动,颇有窃祠之者矣。文又下巫祝:'吾将大启祐孙氏,宜为我立祠。不尔,将使虫入人耳为灾。'俄而小虫如尘虻,入耳皆死,医不能治。百姓愈恐。孙主未之信也。又下巫祝:'若不祀我,将又以大火为灾。'是岁,火灾大发,一日数十处,火及公宫。议者以为鬼有所归乃不为厉,宜有以抚之。于是使使者封子文为中都侯,次弟子绪为长水校尉,皆加印绶。为立庙堂。转号钟山为蒋山,今建康东北蒋山是也。自是灾厉止息,百姓遂大事之。"徐坚等《初学记》卷八引《丹阳记》:"蒋子文为秣陵尉,自言己将死,当为神。后为贼所杀,故吏忽见子文乘白马如平生。孙权发使封子文而为都中侯,立庙钟山,因改为蒋山。"

②建业:今江苏南京。李吉甫《元和郡县图志》卷二五:"建康故城,在(上元)县南三里。建安中改秣陵为建业,晋复为秣陵,孝武帝又分秣陵水

北为建业,避愍帝讳,改名建康。"

③"江声"二句:指谢玄等于肥水大败苻坚。《晋书·孝武帝纪》:太元八年,"八月,苻坚率众渡淮。遣征讨都督谢石、冠军将军谢玄、辅国将军谢琰、西中郎将桓伊等距之。……冬十月,苻坚弟融陷寿春。乙亥,诸将及苻坚战于淝水,大破之,俘斩数万计,获坚舆辇及云母车。"

④组练:组甲、被练,军士所穿的甲衣,代指军队。《左传·襄公三年》:"(楚子重)使邓廖帅组甲三百、被练三千以侵吴。"孔颖达疏引贾逵曰:"组甲,以组缀甲,车士服之;被练,以帛缀甲,步卒服之。"杜牧《东兵长句十韵》:"羽林东下雷霆怒,楚甲南来组练明。"

【辑评】

清胡以梅《唐诗贯珠》卷四六:一、二言庙貌;三、四言其灵显护国,阴兵助敌旧迹。秦军,苻坚也。五、六言其威武恍惚如山川之间。结为僖宗避黄巢,驾车成都。祝回銮,祈神助也。

闻再幸梁洋①

才喜中原息战鼙,又闻天子幸巴西②。延烧魏阙非关燕,大狩陈仓不为鸡。③兴庆玉龙寒自跃,昭陵石马夜空嘶④。遥思万里行宫梦,太白山前月欲低。⑤

【题解】

此诗约作于光启二年(886)四、五月间。诗作咏怀时事,沉郁悲凉,颇得老杜、义山笔力。首二句,极言时隔之短,感情落差之大,道出心中的遗憾与愤慨。中间四句运典抒慨,包括直斥兴元节度使石君涉"毁彻栈道",以及邠宁节度使朱玫率军追击僖宗车驾的罪行与险恶用心;又借唐人张读《宣室志·辑佚》之典,以喻僖宗的再幸梁洋之行,以及护从的禁军无力击退追兵,只能择路急逃。对偶工巧,其中嵌用"燕""鸡""龙""马"字,全学李商隐《马嵬》诗句法。末二句,乃自言思恋行在之意,溢感伤愁闷之状于言表。

【注释】

①诗题中"梁洋",梁,指梁州,唐兴元元年因德宗迁幸而改为兴元府,治所在今陕西汉中东。洋,指洋州,治所在今陕西西乡。

②巴西:唐县名,绵州治所,今四川绵阳东北。

③"延烧"二句:言京城宫阙被烧毁。魏阙,古时宫门前台观,代指朝廷。司马贞《索隐》引《列异传》云:"陈仓人得异物以献之,道遇二童子,云:'此名为媦,在地下食死人脑。'媦乃言云:'彼二童子名陈宝,得雄者王,得雌者伯。'乃逐童子,化为雉。秦穆公大猎,果获其雌,为立祠。祭,有光,雷电之声。雄止南阳,有赤光长十余丈,来入陈仓祠中。"陈仓,秦置县名,隋改为宝鸡,唐因之,治所在今陕西宝鸡。《旧唐书·僖宗纪》载僖宗光启二年二月次宝鸡。

④"昭陵"二句:《宣室志·辑佚》:"唐玄宗尝潜龙于兴庆宫,及其即位,其兴庆池尝有一小龙出游宫外御沟水中……后玄宗幸蜀,銮舆将发,前一夕,其龙自池中御素云,跃然亘空,望西南而去……及上行至嘉陵江,乘舟将渡,见小龙翼舟而进。侍臣咸睹之。上泫然泣下,顾谓左右曰:'此吾兴庆池中龙也。'命以酒沃酹,上亲自祝之。龙乃自水中振鬣而去。"昭陵,唐太宗陵墓,在今陕西醴泉东北九嵕山。《安禄山事迹》卷下:"哥舒翰潼关战败,"(崔)乾祐领白旗引左右驰突往来,我军视之,状若神鬼,又见黄旗数百队,官军潜谓是贼,不敢逼之。须臾,又见与乾祐斗,黄旗不胜,退而又战者不一,俄而不知所在。后昭陵奏是日灵宫石人马汗流。"

⑤"遥思"二句:行宫,京城以外供帝王出行时居住的宫室。左思《吴都赋》:"乌闻梁岷有陟方之馆,行宫之基欤?"刘逵注:"天子行所立,名曰行宫。"太白山,秦岭主峰,在今陕西周至、眉县、太白之间。《三秦记》:"太白山前有陈仓山,山有石鸡,与山鸡不别,因名宝鸡山。"

【辑评】

清杜诏、杜庭珠《中晚唐诗叩弹集》卷一二:庭珠按:僖宗光启元年冬十月,田令孜遣朱玫、李昌符攻河中,李克用救之。十一月,进逼京师,上奔凤翔。二年春正月,田令孜劫上如宝鸡,二月至兴元。梁洋即兴元府,今陕西汉中府也。诏按:朱玫数遣人潜入京城焚积聚,声言李克用所为。又僖宗之出,宰相朝臣皆不知,故以"燕雀处堂"为喻也。僖宗被劫而曰"大狩",讳之也。"玉龙自跃",比僖宗之不得安其位也。"石马空嘶",讥诸将也。末乃自言其思恋行在之意云。

清胡以梅《唐诗贯珠》卷二三:此诗因僖宗为田令孜、朱玫之逼幸兴元而作。先是黄巢入京师已幸兴元,今复幸兴元,故曰再幸。

清贺裳《载酒园诗话·又编》:至若《闻再幸梁洋》曰:"兴庆玉龙寒自跃,昭陵石马夜空嘶。"……尤为警策。

清郑方坤《五代诗话·例言》:端己为王幸蜀作书,所云墨诏之中,泪痕犹在,枕戈待旦,思为主上报仇者,大义凛然,自天复、天祐以还,未闻斯语。《闻再幸梁洋》之作,恋阙情深,与罗(隐)之《中元甲子》、韩(偓)之《六月四日》诸律,如响应声,同其忠爱。

清洪亮吉《北江诗话》卷六:韦端己《秦中吟》诸乐府,学白乐天而未到;《闻再幸河梁》《过扬州谒蒋帝庙》诸篇,学李义山、温方城而未到,然亦唐末一巨手也。

王道者①

五云遥指海中央,金鼎曾传肘后方。②三岛路歧空有月③,十洲花木不知霜。因携竹杖闻龙气,为使仙童带橘香④。应笑我曹身是梦,白头犹自学诗狂。⑤

【题解】

此诗创作时地未详。韦庄所编《又玄集》,以"玄"指涉诗美,含有对道、佛诸家思想的认同。因为他自身的思想基础像大部分唐人一样,杂糅多家。此诗即写其慕悦东汉魏晋的道家道士。

【注释】

①诗题中"道者",道士。如齐己有《山寺喜道者至》,方干有《送何道者》。王道者,不详。

②"五云"二句：五云，指五云车，道士所称仙人之车。钱起《送柳道士》："归期千岁鹤，行迈五云车。"金鼎，炼丹之鼎。肘后方，指方术之书。葛洪有《肘后要急方》四卷。

③路歧：歧路。徐坚《初学记》卷一六引王廙《笙赋》："发千里之长思，咏别鹤于路歧。"

④仙童：王道者的侍童。杜甫《寄司马山人十二韵》："有时骑猛虎，虚室使仙童。"

⑤"应笑"二句：我曹，我辈。蔡琰《悲愤诗》："要当以亭刃，我曹不活汝。"元稹《放言五首》其一："近来逢酒便高歌，醉舞诗狂渐欲魔。"

陪金陵府相中堂夜宴①

满耳笙歌满眼花，满楼珠翠胜吴娃②。因知海上神仙窟③，只似人间富贵家。绣户夜攒红烛市，舞衣晴曳碧天霞。④却愁宴罢青蛾散⑤，扬子江头月半斜。

【题解】

此诗或作于中和四年（884）。诗作前六句极写夜宴豪奢盛况。结联"却愁"二字，深寓讥讽，言彼等醉生梦死，所愁的只是筵散楼空，繁华不继，而于破碎山河，疮痍人世，全然不顾。末句"扬子江头月未斜"，不仅切题"金陵"，亦见诗人无限惆怅之意。

【注释】

①诗题中"金陵府相"，指浙西（镇海）节度使周宝。唐宋时节度使加同平章事者称府相、相公。唐人亦称浙西节度使治所之润州丹徒县（今江苏镇江）为金陵，陈寅恪《韦庄秦妇吟校笺》尝举李德裕《鼓吹赋序》所云"余往岁剖符金陵"为证。

②吴娃：吴地美女，此泛指美女。左思《吴都赋》："幸乎馆娃之宫，张女乐而娱群臣。"刘渊林注："吴俗谓女子为娃。"白居易《听弹湘妃怨》："玉轸

朱弦瑟瑟徽,吴娃徵调奏湘妃。"

③神仙窟:神仙居处。裴铏《传奇·裴航》载樊夫人赠裴航诗:"一饮琼浆百感生,玄霜捣尽见云英。蓝桥便是神仙窟,何必崎岖上玉清。"

④"绣户"二句:攒,聚集。王仁裕《开元天宝遗事》卷下:"杨国忠子弟,每至上元夜,各有千炬红烛,围于左右。"刘禹锡《和令狐相公郡斋对紫薇花》:"明丽碧天霞,丰茸紫绶花。"

⑤青蛾:青黛画的眉毛,代指美人。刘铄《白纻曲》:"佳人举袖辉青蛾,掺掺擢手映鲜罗。"

【辑评】

清贺裳《载酒园诗话·又编》:韦庄诗飘逸,有轻燕受风之致,尤善写豪华之景。如"流水带花穿巷陌,夕阳和树入帘栊""银烛树前长似昼,露桃花里不知秋""绣户夜攒红烛市,舞衣晴曳碧天霞",秾丽殆不减于韩翃。

清毛奇龄、王锡《唐七律选》卷四:(三、四句)尚见跳掷之致。又,以巧语入诗,中晚唐多有之,然全在调度。假如"海上"二句云人间富贵似海上神仙,则索然矣。

清屈复《唐诗成法》卷一二:一、二夜宴,三、四顺承,五、六景,七、八宴散。"笙歌""珠翠"极写夜宴之盛,三、四再用实写便成赘语,此换虚笔,自然灵动。然不曰富贵家似神仙府,而曰神仙府只是富贵家,过一步法,不落套语,而相府中堂移动不得。五、六再写夜宴,能不复一、二。七、八言外见己之客路无聊也。以"宴罢"结全篇,以"扬子"结金陵,周密之甚。世人之所以丧身名而求富贵者以此,却是实在语。然秦皇、汉武一流亦宜猛醒。

清杨逢春《唐诗绎》卷二三:首二就题直起;三、四托写相府中堂,一倒转说出,语便新;五、六顶"富贵家",申写夜宴;七、八宴罢余波,扬子江恰映金陵。

清俞汝昌《注解唐诗别裁》卷一六:只是说人间富贵几如海上神仙,一用倒说,顿然换境。

俞陛云《诗境浅说》丙编:诗纪府中夜宴之盛。前二句言满耳所闻者,笙歌嘹亮;满眼所见者,花影缤纷;益以满楼之粉围香阵,艳夺吴姬。三用"满"字,见府第之繁华,几无隙地,真如锦洞天矣。三、四句若言人间富贵,不异仙家,不过寻常意境。诗用倒装句法,言海上神仙,只似人间富贵,便点化常语，为新颖之词。五句言石家蜡烛，辉映千枝，疑入五都夜市。六句言舞袖争翻，如曳碧天之霞绮。厉樊榭《游仙》诗：天母衣裳云汉锦，九光灯里舞衣飘。可为五、六句之注脚也。末句言所愁者酒阑客散，斜月楼空耳，所谓"绝顶楼台人散后，满场袍笏戏阑时"。作者不为谀颂语以悦贵人，而作当头棒喝，为酬酢诗中所仅见。韦凤著才名，府相招致词客，本以张其盛会，而得此冷落之词，能无败兴耶？

和侯秀才同友生泛舟溪中相招之作①

嵇阮相将棹酒船②，晚风侵浪水侵舷。轻如控鲤初离岸③，远似乘槎欲上天。雨外鸟归吴苑树，镜中人入洞庭烟。④凭君不用回舟疾，今夜西江月正圆。⑤

【题解】

此诗作于中和、光启年间客浙西时。侯秀才不详，其原唱亦恐已佚。诗作善用景物描写，尤其是末二句"凭君不用回舟疾，今夜西江月正圆"，以衬托一己情怀，所谓月圆之时，正可相聚为乐。

【注释】

①诗题中"友生"，友人。《诗·小雅·伐木》："矧伊人矣，不求友生。"

②"嵇阮"句：以嵇康、阮籍喻侯秀才及友生。相将，相共。司马相如《凤求凰》："愿言配德兮，携手相将。不得于飞兮，使我沦亡。"

③控鲤：干宝《搜神记》卷一："琴高，赵人也。能鼓琴，为宋康王舍人。行涓、彭之术，浮游冀州涿郡间二百余年。后辞入涿水中，取龙子，与诸弟子期之，曰：'明日皆洁斋，候于水旁，设祠屋。'果乘赤鲤鱼出，来坐祠中，且有万人观之。留一月，乃复入水去。"控，乘，骑。

④"雨外"二句：吴苑，指今苏州。春秋时为吴国都城，有宫阙囿苑之胜。洞庭，指太湖。欧阳询等《艺文类聚》卷九引《风土记》："阳羡县东有太湖，中有包山，山下有洞穴，潜行地中，云无所不通，谓之洞庭地脉也。"

⑤"凭君"二句：凭，请。杜牧《洛下送张曼容赴上党召》："歌阕樽残恨却偏，凭君不用设离筵。"李白《苏台览古》："只今惟有西江月，曾照吴王宫里人。"

【辑评】

清胡以梅《唐诗贯珠》卷三六：嵇康、阮籍，酒友也。载酒而游，吹浪侵舷，如仙人之控鲤，博望之乘槎。雨外鸟归于吴苑，溪水如镜，人在镜而入洞庭远来之烟中，凭君纵游，不必急于回舟，今西江正好月也。

清王尧衢《古唐诗合解》卷一一：（"凭君"句）言任凭君之游玩。始而招人入舟，终而留人在舟，即欲回舟，何用太疾？盖有所留恋也。写"相招"意透。又，（评末句）舟宜水，水宜月，月宜人，人宜友生；月正圆，人正欢聚，正好相聚为乐，何用急回？曰"今后"者，此时当是望前，当留舟以待月圆可也。然此亦是相招之意，不必认真。又，（总评）前解写泛舟，后解写溪中相招意。案：此本所录，"今夜"作"今后"。

赠野童①

羡尔无知野性真，乱搔蓬发笑看人②。闲冲暮雨骑牛去，肯问中兴社稷臣③。

【题解】

此诗盖作于中和、光启年间客润州时。诗写对野童充满羡慕之情，有一种对生命本真状态的渴慕寓于其中。因为从野童身上可以看到人性的美好，又从他们无忧无虑的生活中感到自己的不自由，所以，赞扬中包含着天性失落的隐痛，肯定中渗透着对异化的否定，对尘世困扰的超脱，实在是丰富的人生阅历和体验的凝结。

【注释】

①诗题中"野童"，村野儿童。杜甫《送杨六判官使西蕃》："儒衣山鸟怪，汉节野童看。"

②蓬发:蓬乱的头发。《山海经·西山经》:"西王母其状如人,豹尾虎齿而善啸,蓬发戴胜,是司天之厉及五残。"

③"肯问"句:肯,岂肯。社稷臣,国家重臣。

代书寄马

驱驰曾在五侯家,见说初生自渥洼。①鬣白似披梁苑雪,颈肥如扑杏园花。②休嫌绿绶嘶贫舍,好着红缨入使衙③。稳上云衢千万里④,年年长踏魏堤沙。

【题解】

此诗创作时地未详。诗写欲如自己笔下的老马,志在千里,壮心不已。

【注释】

①"驱驰"二句:五侯,泛指权贵。《汉书·元后传》:汉成帝河平二年,"上悉封舅谭为平阿侯、商成都侯、立红阳侯、根曲阳侯、逢时高平侯。五人同日封,故世谓之'五侯'。"又东汉梁冀之子胤、叔父让及亲从淑、忠、戢皆封侯,时称梁氏五侯;东汉桓帝时封宦者单超、徐璜、具瑗、左悺、唐衡五人为侯,亦称五侯。见说,听说。李白《送友人入蜀》:"见说蚕丛路,崎岖不易行。"渥洼,水名,在今甘肃安西、党河支流。

②"鬣白"二句:谢惠连《雪赋》:"梁王不悦,游于兔园。……俄而微霰零,密雪下。"梁园,汉梁孝王刘武所筑,又称兔苑。故址在今河南开封东南。扑,拂。杏园,又名杏苑,故址在今陕西西安南郊大雁塔附近,唐时为新进士游宴之地。

③使衙:亦称"使牙"、"使院",唐代节度使或留后治事衙门。《资治通鉴·唐文宗太和四年》:"监军杨叔元素恶绛不奉己,以赐物薄激之。众怒,大噪,掠库兵,趋使牙。"胡三省注:"节度使所居为使宅,治事之所为使牙。"

④云衢:即云路,喻仕途。《晋书·郤诜阮种华谭传》:"史臣曰:……郤诜等并韫价州里,褒然应召,对扬天问,高步云衢,求之前哲,亦足称矣。"

143

题淮阴侯庙①

满把椒浆奠楚祠,碧幢黄钺旧英威。②能扶汉代成王业,忍见唐民陷战机。③云梦去时高鸟尽④,淮阴归日故人稀。如何不借平齐策,空看长星落贼围。⑤

【题解】

此诗当作于中和三年(883)五月前后。诗写在祭奠淮阴侯祠庙时,见到碧幢黄钺,似乎淮阴侯的英威还在。于是借古言今,感叹当时没有一个像淮阴侯那样的人,能够平定农民起义。韦庄的咏史怀古诗就是这样,将怀古之思与现世之情糅合起来,体现出情与理的和谐统一。

【注释】

①诗题中"淮阴侯庙",汉淮阴侯韩信祠庙,在淮阴县(今江苏淮安)。

②"满把"二句:满把,《全唐诗》注:"一作'满挹'。"屈原《九歌·东皇太一》:"蕙肴蒸兮兰藉,奠桂酒兮椒浆。"王逸注:"椒浆,以椒置浆中也。"浆,淡酒。楚祠,指淮阴侯庙。汉高祖曾封韩信为楚王。碧幢,帅旗。《汉书·王莽传》:"将持节,称太一之使;帅持幢,称五帝之使。"白居易《过温尚书旧庄》:"白石清泉抛济口,碧幢红旆照河阳。"《书·牧誓》:"王左杖黄钺,右秉白旄以麾。"孔颖达疏:"斧称黄钺,故知以黄金饰斧也。"

③"能扶"二句:《史记·高祖本纪》载刘邦有言:"决胜千里之外,吾不如子房;镇国家,抚百姓,给馈饷,不绝粮道,吾不如萧何;连百万之军,战必胜,攻必取,吾不如韩信。此三者皆人杰也,吾能用之,此吾所以取天下也。"忍,怎忍。战机,泛指战争。

④"云梦"句:《史记·淮阴侯列传》:"汉六年,人有上书告楚王信反。高帝以陈平计,天子巡狩会诸侯,南方有云梦,发使告诸侯会陈:'吾将游云梦。'实欲袭信。信弗知。……谒高祖于陈。上令武士缚信,载后车。信曰:'果若人言,狡兔死,良狗烹;高鸟尽,良弓藏;敌国破,谋臣亡。天下已

定,我固当烹!'上曰:'人告公反。'遂械系信。至雒阳,赦信罪,以为淮阴侯。"云梦,今洞庭湖区。

⑤"如何"二句:平齐策,指汉四年韩信平齐王天广。双关黄巢所立大齐政权。长星,星名,占星术指为兵事之兆。《汉书·文帝纪》:"八年夏,封淮南厉王长子四人为列侯。有长星出于东方。"颜师古注:"孛、彗、长三星,其占略同,然其形象小异。……长星光芒有一直指,或竟天,或十丈,或三丈,或二丈,无常也。大法,孛、彗星多为除旧布新,长星多为兵革事。"徐坚等《初学记》卷一引《汉书音义》:"妖星曰孛星、彗星、长星。"

【辑评】
清胡以梅《唐诗贯珠》卷四六:莫楚祠而见碧幢黄钺,旧日英威尚在,能扶汉家王业,独不阴护唐民,忍见其陷于战机乎?云梦被执,是高鸟尽,良弓藏,汉高固属负心;淮阴归日而故人已稀,独不负漂母之恩,固贤者之行事也。此联千古公论。

送崔郎中往使西川行在①

拜书辞玉帐,万里剑关长。②新马杏花色,绿袍春草香③。一身朝玉陛,几日过铜梁。④莫恋炉边醉,仙宫待侍郎。⑤

【题解】
此诗作于中和四年(884)。诗如其题,兼以诫勉。

【注释】
①诗题中"崔郎中",不详。西川,泛指蜀地。薛能《望蜀亭》:"前轩一望无他处,从此西川只在心。"行在,即行在所,帝王出行所在。
②"拜书"二句:玉帐,军中主帅所居帐幕。李白《司马将军歌》:"身居玉帐临河魁,紫髯若戟冠崔嵬。"剑关,亦称"剑阁"、"剑阁道",在今四川剑门东北大剑山、小剑山之间。杜甫《野老》:"长路关心悲剑阁,片云何意傍琴台。"

③绿袍:唐六、七品官袍。《旧唐书·舆服志》:上元元年八月制:"六品服深绿,七品服浅绿,并银带。"白居易《曲江亭晚望》:"尘路行多绿袍故,风亭立久白须寒。"

④"一身"二句:玉陛,天子殿阶。《三国志·魏书·陈思王传》载曹植陈审举疏曰:"窃揆之于心,常愿得一奉朝觐,排金门,蹈玉陛。"铜梁,唐县名。治所在今四川铜梁西北。

⑤"莫恋"二句:《晋书·阮籍传》:"邻家少妇有美色,当垆沽酒。籍尝诣饮,醉,便卧其侧。籍既不自嫌,其夫察之,亦不疑也。"仙宫,犹仙曹,指尚书省各部曹。唐时雅称尚书省各部郎中、员外郎为仙郎。綦毋潜《题沈东美员外山池》:"仙郎偏好道,凿沼象瀛洲。"王维《重酬苑郎中》:"仙郎有意怜同舍,丞相无私断扫门。"

润州显济阁晓望①

清晓水如镜,隔江人似鸥。远烟藏海岛,初日照扬州。地壮孙权气,云凝庾信愁。②一篷何处客③,吟凭钓鱼舟。

【题解】
此诗盖作于中和、光启年间客润州时。诗作将山水景物的描写与怀想古人、古事糅合在一起,抒发空有壮志、却一怀愁绪、漂泊他乡之慨。

【注释】
①诗题中"润州",唐州名,治丹徒(今江苏镇江),亦浙西节度使治所。显济阁,故址在今镇江城内。

②"地壮"二句:孙权,吴郡富春(今浙江富阳)人。庾信《哀江南赋》序云:"信年始二毛,即逢丧乱。藐是流离,至于暮齿。燕歌远别,悲不自胜。楚老相逢,泣将何及!……追为此赋,聊以记言。不无危苦之辞,惟以悲哀为主。"

③一篷:一船。皮日休《寄怀南阳润卿》:"何事对君犹有愧,一篷冲雪返华阳。"

观浙西府相畋游①

十里旌旗十万兵,等闲游猎出军城②。紫袍日照金鹅斗,红旆风吹画虎狞。③带箭彩禽云外落,避雕寒兔月中惊。归来一路笙歌满,更有仙娥载酒迎④。

【题解】

此诗盖作于中和四年(884)前后。诗作揭露讽刺藩镇将领骄奢淫逸的生活方式。其中所写周宝兴师动众、大肆畋猎的场景,和朝廷急需勤王之师收复长安的时局,显得那么不谐调。所以又说,让人感到可惜的是,那些仙娥们载酒迎接的不是勤王的凯旋之师,十万雄兵对付的也只是几只"彩禽""寒兔"而已。

【注释】

①诗题中"浙西府相",即镇海军节度使周宝。
②军城:指润州城,时为镇海军节度使所。
③"紫袍"二句:紫袍,《旧唐书·舆服志》:上元年八月制:"文武三品以上服紫,金玉带。"金鹅,袍上的彩绣。画虎,旗上的图案。狞,狰狞。顾况《公子行》:"红肌拂拂酒光狞,当街背拉金吾行。"
④仙娥:指美女。骆宾王《代女道士王灵妃赠道士李荣》:"台前镜影伴仙娥,楼上箫声随凤史。"

【辑评】

清胡以梅《唐诗贯珠》卷八:浙西观察使,时世乱,已掌兵视节度。诗言十万兵布十里之长,游猎而出,绣袍有金鹅,画旆有虎狞,彩禽带箭落于云外,月中之兔亦避雕而惊逸。归来笙歌满路,更有妓女载酒而迎,岂不乐

147

乎?然细详诗意,当大盗破坏宇内,正枕戈灭此朝食之际,而拥重兵行乐,词中自有讽意,非直赞之也。等闲,轻易之意。仙娥载酒,尤显露矣。第六佳。

官　庄①

江南富民悉以犯酒没家产,因以此诗讽之。浙帅遂改酒法,不入财产。

谁氏园林一簇烟,路人遥指尽长叹。桑田稻泽今无主,新犯香醪没入官②。

【题解】

此诗作于中和、光启间客浙西周宝幕时。诗作讽刺周宝私设禁酒律,对百姓巧取豪夺。作者这种关心民间疾苦的思想品格,一直保持到晚年而不变。如计有功《唐诗纪事》卷六八所载:"庄为王建管记时,一县宰乘时扰民,庄为建草牒云:'正当凋瘵之秋,好安凋瘵;勿使疮痍之后,复作疮痍。'时以为口实。"就是一个典型的例证。

【注释】

①诗题,洪迈《万首唐人绝句》作"伤富民犯酒没产"。官庄,官府所辖田庄。浙帅,指浙西节度使周宝。犯酒,指违犯酒禁。《旧唐书·食货志》载会昌六年九月敕谓"禁止私酤,过于严酷",而规定"其所犯之人,任用重典,兼不得没入家产"。

②香醪(láo):美酒。杜甫《崔驸马山亭宴集》:"清秋多宴会,终日困香醪。"

解　维①

又解征帆落照中,暮程还过秣陵东。②二年辛苦烟波里,赢得风姿似钓翁。③

【题解】

此诗盖作于光启三年(887)初。诗作叹息两年来的奔波,无功而返,只落得像渔父那样饱经风霜的模样而已。这似乎可以看成是这次旅行的一个小结。

【注释】

①解维:解缆开船。韦应物《寄大梁诸友》:"燕谑始云洽,方舟已解维。"

②"又解"二句:征帆,指远行的船。李白《哭晁卿衡》:"日本晁卿辞帝都,征帆一片绕蓬壶。"秣陵,秦置县名,唐属上元县(治所在今江苏南京)。

③"二年"二句:二年,《全唐诗》注:"一作'三年'。"赢得,洪迈《万首唐人绝句》作"赢得",落得,剩得。

雨霁池上作呈侯学士

鹿巾藜杖葛衣轻②,雨歇池边晚吹清。正是如今江上好,白鳞红稻紫莼羹。③

【题解】

此诗创作时地未详。诗作善用颜色字,以色彩的搭配、对比,构成明丽多彩的画面,令人悦目赏心。

【注释】

①诗题中"侯学士",不详。

②"鹿巾"句:指隐居生活。鹿巾(鹿皮巾)、藜杖(藜茎杖)、葛衣(葛布衣),均为隐士服饰用具。《列仙传》卷下载鹿皮公避世山林木阁,著鹿皮巾,食芝草,饮神泉。皇甫谧《高士传》卷上载春秋时隐士荣启期"鹿裘带索,鼓琴而歌";《晋书·隐逸传》载郭文"恒著鹿裘葛巾";《南史·何尚传》载何点"遨游人间,不簪不带",梁武帝赐以鹿皮巾。

③"正是"二句:如今,洪迈《万首唐人绝句》作"今时"。莼羹,莼菜做的羹。

寓　言

为儒逢世乱,吾道欲何之①。学剑已应晚②,归山今又迟。故人三载别,明月两乡悲。惆怅沧江上③,星星鬓有丝。

【题解】

此诗疑作于光启二年(886)。诗写乱世已不是文人的天下,投笔从戎却又年岁老大,归隐山林更不是时候,想得到友情的慰藉,也已别了三载,而不知音信,只好对着明月,大加慨叹。就在这样的心境中,两鬓渐白,顿生惆怅。前一年,田令孜与王重荣为争夺解池盐利发生冲突。十二月,王重荣联合李克用进逼京师,田令孜再携僖宗出奔。韦庄短暂的梦幻又被打破,深受这种恶劣时局的刺痛,而作是诗。

【注释】

①"吾道"二句:杜甫《秦州杂诗二十首》其三:"万方声一概,吾道竟何之。"

②学剑:谓弃文学武。《史记·项羽本纪》:"学书不成,去,学剑。"

③沧江:泛称江水。杜甫《见萤火》:"沧江白发愁看汝,来岁如今归未归。"

哭同舍崔员外①

却到同游地,三年一电光。②池塘春草在,风烛故人亡。③祭罢泉声急,斋余磬韵长。碧天应有恨,斜日吊松篁。

【题解】

此诗疑作于光启二年(886)春。诗写哀悼之情。末句"斜日吊松篁"言斜日映照松林,也似在祭吊崔员外,堪称情景交融。

更有可说者,时至晚唐,曾经光辉灿烂的大唐帝国已经不可挽回地走向末路,韦庄亲历了唐亡前后的离乱,目睹了那轮残阳冉冉下沉的全过程,"夕阳"意象频繁地出现在他笔下,自然是意料中事。然而对于诗歌艺术来说,冯班所评韦庄诗"篇篇有夕阳"的写法毕竟欠妥,因为反复出现的"夕阳",不但使得诗作气势衰颓,而且容易造成意象枯窘。后人批评韦诗"出之太易,义乏闳深"(胡震亨《唐音癸签》卷八),与此不无关系。

【注释】

①诗题中"同舍",《史记·司马相如列传》:"客游梁。梁孝王令与诸生同舍。"韩愈《和虞部卢四酬翰林钱七赤藤杖歌》:"归来捧赠同舍子,浮光照手欲把疑。"崔员外,不详。

②"却到"二句:却到,再到。李郢《伤贾岛无可》:"却到京师事事伤,惠休归寂贾生亡。"电光,喻时间短暂,犹言一刹那。

③"池塘"二句:谢灵运《登池上楼》:"池塘生春草,园柳变鸣禽。"风烛,喻人生。郭茂倩《乐府诗集》卷四一《怨诗行》古辞:"天德悠且长,人命一何促。百年未几时,奄若风吹烛。"

题姑苏凌处士庄①

一簇林亭返照间②,门当官道不曾关。花深远岸黄莺闹,雨急春塘白鹭闲。载酒客寻吴苑寺,倚楼僧看洞庭山。③怪来话得仙中事,新有人从物外还。④

【题解】

此诗作于中和、光启年间客浙西时。诗写如画美景与闲情逸致,以表达归隐之情与感怀之意。

【注释】

①诗题中"姑苏",苏州别称。李吉甫《元和郡县图志》卷二五:周时为吴国,秦置会稽郡,后汉分浙江以西为吴郡,"隋开皇九年平陈,改为苏州,因姑苏山为名。"凌处士,不详。

②返照:夕照。刘长卿《碧涧别墅喜皇甫侍御相访》:"荒村带返照,落叶乱纷纷。"

③"载酒"二句:吴苑,即长洲苑。洞庭山,在今江苏吴县西南太湖中。

④"怪来"二句:怪来,难怪。韦应物《休暇日访王侍御不遇》:"怪来诗思清人骨,门对寒流雪满山。"物外,世外。张衡《归田赋》:"苟纵心于物外,安知荣辱之所如。"

【辑评】

清胡以梅《唐诗贯珠》卷三七:林亭,朝暮皆有,今独举返照间,似必取落返而胜,然诗人无中生有,文不寂寞,不必拘。门当官道,可以闹中取静,见主人之雅。花既深,岸又远,独闻黄莺之闹,雨急而白鹭独闲,意兴皆幽也,于此载酒可寻吴苑寺,倚楼可看洞庭山,又有仙家物外之人来往,则处士以为何如人哉?

过当涂县①

客过当涂县,停车访旧游。谢公山有墅,李白酒无楼。②采石花空发,乌江水自流。③夕阳谁共感,寒鹭立汀洲。

【题解】

此诗盖作于中和三年(883)春往润州过当涂时。诗作抒发内心的忧郁彷徨之情,其审美意蕴,即如诗末二句"夕阳谁共感,寒鹭立汀洲"所展示的,那一片夕阳滩头,不正是作者人生旅途的形象写照么?

【注释】

①诗题中"当涂县",治所在今安徽当涂。
②"谢公"二句:乐史《太平寰宇记》卷一〇五:"谢公山,在(当涂)县东三十五里,齐宣城太守谢朓筑室及池于山南。"李白《姑孰十咏》其三《谢公宅》:"青山日将暝,寂寞谢公宅。"其八《牛渚矶》:"更听猿夜啼,忧心醉江上。"
③"采石"二句:采石,即采石矶,又名牛渚矶,在今安徽马鞍山西南长江岸边。乌江,今名乌江浦,在安徽和县东北。

江亭酒醒却寄维扬饯客①

别筵人散酒初醒,江步黄昏雨雪零②。满坐绮罗皆不见,觉来红树背银屏。③

【题解】

此诗当作于中和、光启年间客浙西周宝幕时。诗如其题,有几许惆怅,然笔触清新。

【注释】

①诗题中"维扬",扬州别称,今江苏扬州。费衮《梁溪漫志》卷九:"古今称扬州为维扬,盖取《禹贡》'淮海惟扬州'之语。"

②零:落。《诗·豳风·东山》:"我来自东,零雨其濛。"

③"满坐"二句:绮罗,代指维扬饯客。沈佺期《铜雀妓》:"绮罗君不见,歌舞妾空来。"红树,《全唐诗》注:"一作'红烛'。"银屏,镶银的屏风。白居易《长恨歌》:"揽衣推枕起徘徊,珠箔银屏迤逦开。"

台　城①

江雨霏霏江草齐,六朝如梦鸟空啼②。无情最是台城柳,依旧烟笼十里堤。

【题解】

此诗疑作于光启元年(885)春,为韦庄咏史名作。台城是六朝的皇宫所在地,到唐代已成废墟,变为历史陈迹。诗人来到这里,但见江雨霏霏,江草如茵,鸟啼声声,堤柳如烟,原是一片江南特有的春色。但当把眼前的烟雨春色与台城的今昔两相对照、发生联想时,这烟雨春色就引发了他心中对六朝兴亡及世事如梦似幻的感觉。

【注释】

①台城:故址在今南京鸡鸣山南。洪迈《容斋续笔》卷五:"晋宋间谓朝廷禁省为台,故称禁城为台城。"

②六朝:又称六代,即南朝六朝。吴始都于建业,后东晋、宋、齐、梁、陈皆都焉,号六朝。这是地理和政治意义上的"六朝"概念。

【辑评】

宋张敦颐《六朝事迹》卷三:《建康实录》:晋成帝咸和七年,新宫成,名建康宫。注:即今之所谓台城也。在县东北五里,周回八里。《舆地纪胜》

曰:江南东路建康府,台城一日建康官城也,本吴后苑城。晋成帝咸和五年作新宫于此,其城唐末尚存。《清统志》:江苏江宁府,故台城在上元县治北玄武湖侧。

宋赵蕃、韩淲选,谢枋得注《唐诗绝句》卷五:台城乃梁武帝饿死之地,国亡主灭,陵谷变迁,人物换世,惟草木无情,只如前日。此柳必梁朝所种,至唐犹存。"无情""依旧"四字最妙。

明黄周星《唐诗快》卷一六:("六朝"句)七字连说为妙,若分为二语即不妙矣。

明唐汝询《唐诗解》卷三〇:此赋图上之景,因发吊古之思。台城已破,柳色无改,是以恨其无情也。

明周珽《唐诗选脉会通评林》:何新之为奇隽体。吴山民曰:就图发《黍离》之悲。徐充曰:"依旧"二字得刘禹锡用"旧时"意。郭濬曰:听歌《麦秀》。胡吹焱曰:始责烟柳无情,不顾兴亡;终羡烟柳自若,付兴亡于无可奈何,意味深长。端平北使王楫诗:"到处江山是战场,淮民依旧说耕桑。梅花不识兴亡恨,犹向东风笑夕阳。"北将胡谘议留江州诗:"寂寞武矶山上庙,萧条罗伏水中船。垂杨不管兴亡事,依旧青青两岸边。"二诗俱讥本朝文武不知国势危急,随时偷乐也。皆从此诗变化。

清贺裳《载酒园诗话》卷一:偷法一事,名家不免。如刘梦得"山围故国周遭在,潮打空城寂寞回。淮水东边旧时月,夜深还过女墙来"、杜牧之"烟笼寒水月笼沙,夜泊秦淮近酒家。商女不知亡国恨,隔江犹唱后庭花"、韦端己"江雨霏霏江草齐,六朝如梦鸟空啼。无情最是台城柳,依旧烟笼十里堤"三诗虽各咏一事,意调实则相同。愚意偷法一事,诚不能不犯,但当为韩信之背水,不则为虞诩之增灶,慎毋为邵青之火牛可耳。若霍去病不知学古兵法,则亦非是。

清吴烶《唐诗选胜直解》:雨霏草齐,暮春时矣。对景兴怀,六朝灭亡如梦,而台城之柳依旧烟笼,即"豪华一去风流尽,唯有青山似洛中"意也。

清吴昌祺《删订唐诗解》卷一五:呜呼,古今何限台城柳耶?横种亦生,倒种亦生,态弱花狂,无往不可。

清范大士《历代诗发》卷二二:(题作金陵图)陵谷变迁之感,人自多情,故觉柳无情也。

清王士禛选、宋顾乎评《万首唐人绝句选评》：翻高蟾意，高唱而入，已得机得势。次句又接得玲珑。末句一点，画意已足，经营入妙。

清黄叔灿《唐诗笺注》卷一〇：六朝佳丽，王气消沉。金陵一图，不知是何人手笔，其第一首云："君看六幅南朝事，老木寒云满故城。"令人悯然。台城在城北鸡鸣寺山麓，基址尚存。

清章燮《唐诗三百首注疏》：冯钝吟云：韦相诗声调高亮。纪昀云：末两句亦是对面寓法。《一统志》：台城在上元县治东北五里。此乃图中之景，以为今日视江上之雨，江边之草，至今无恙，而六朝已往，世事遂如梦中矣。今于图内视之，则见长堤绿柳丝丝，轻烟袅袅，依然如旧，何其独我幽思，感人长叹也。

赠渔翁

　　草衣荷笠鬓如霜，自说家编楚水阳①。满岸秋风吹枳橘，绕陂烟雨种菰蒋。②芦刀夜鲙红鳞腻③，水甑朝蒸紫芋香。曾向五湖期范蠡，尔来空阔久相忘④。

【题解】

此诗作于中和、光启年间客浙西时。诗中澄淡清新的渔家风光，显现出作者所追求的淡泊境界。

【注释】

①"自说"句：编，编籍。楚水阳，山之南、水之北谓阳。楚水，本泛指楚地江河，此盖指淮水。

②"满岸"二句：《周礼·考工记》："橘逾淮北而为枳。"菰蒋，水草名。

③芦刀：割芦草所用的刀。

④尔来：自那时以来。李白《蜀道难》："尔来四万八千岁，不与秦塞通人烟。"

【辑评】

清胡以梅《唐诗贯珠》卷二五:起言渔翁之状;二言住址;三、四,所居风景;五、六,朝暮之食用;结谓其隐逸高雅,原是范少伯一流人。

过扬州

当年人未识兵戈,处处青楼夜夜歌。花发洞中春日永,月明衣上好风多。淮王去后无鸡犬,炀帝归来葬绮罗。①二十四桥空寂寂,绿杨摧折旧官河。②

【题解】

此诗作于中和、光启年间客浙西周宝幕时。诗写军阀混战,不但使中原大地浸透血污,变成焦土,连江淮一带也难免兵火之厄。诗中"淮王去后""炀帝归来",正是借历史人物道出这一残酷的现实。作为目击者,诗人通过扬州今昔的强烈对比,有力地揭露了新旧军阀们的暴行。

【注释】

①"淮王"二句:王充《论衡·道虚篇》:"儒书言:'淮南王学道,招会天下有道之人,倾一国之尊,下道术之士。是以道术之士并会淮南,奇方异术,莫不争出。王遂得道,举家升天,畜产皆仙,犬吠于天上,鸡鸣于云中。'此言仙药有余,犬鸡食之,并随王而升天也。"淮王,即刘安,西汉沛郡丰(今江苏丰县)人,汉高祖之孙,袭封淮南王。"炀帝"句,谓隋炀帝幸江都(即扬州),荒淫无度,终致杀身之祸。隋炀帝于大业元年、六年两幸江都。

②"二十"二句:二十四桥,祝穆《方舆胜览》卷四四:"二十四桥,隋置,并以城门坊市为名。昔韩令坤者,省筑州城,分布阡陌,别立桥梁,所谓二十四桥者,或存或亡,不可得而考。"《资治通鉴》卷一八〇:隋炀帝大业元年三月,"命尚书右丞皇甫议发河南、淮北诸郡民,前后百余万,开通济渠。自西苑引谷、洛水达于河,复自板渚引河历荥泽入汴,又自大梁之东引汴水入

泗,达于淮。又发淮南民十余万开邗沟,自山阳至扬子入江。渠广四十步,渠旁皆筑御道,树以柳。"旧官河,指邗沟。

【辑评】

清谭宗《近体秋阳》卷八:(首句)太平汉子真实受用,却不堪对此七字。又,(三、四句)三承一,四承二。又,(总评)八句两截,前四句言其盛,后四句言其衰。后四句凄急,至不可多读;前四句数过并言其盛者,而亦不可辄读矣。以故劈头七字试漫读之,便足令汗浃。

清胡以梅《唐诗贯珠》卷四一:按此诗是在高骈之后所作。首言高骈以前人未识兵戈,青楼花月繁艳。三、四重在"无鸡犬""葬绮罗",其淮王、炀帝皆借用当地之人比之高(骈)、杨(行密)也。淮南王丹成,鸡犬舐之皆升天,今乃杀之无存也。绮罗尤物,荒乱则无人爱惜而皆死,焉知不亦如羊豕被屠? 想见荒凉可惨!

清姚鼐《七言今体诗钞》卷六:高骈、吕用之妄事神仙,故借称淮南,而实叹兵火之后,鸡犬皆尽。"归来"字用《招魂》,然"葬"字不稳贴,疑本是"丧"字。

寄右省李起居[①]

已向鸳行接雁行,便应双拜紫微郎。[②] 才闻阙下征书急,已觉回朝草诏忙。白马似怜朱绂贵,彩衣遥惹御炉香。[③] 多惭十载游梁客,未换青襟侍素王[④]。

【题解】

此诗盖作于景福元年(892)。赠寄之作,由人及己,尽管乱世促使诗人时常向佛道寻求慰藉,诗末却还是罕见地提到了儒家人物。

【注释】

[①] 诗题中"右省",即中书省。起居,指起居舍人。杜佑《通典》"侍中

条:"显庆中,复于中书省置起居舍人,遂与起居郎分掌左右。……每皇帝御殿,则对立于殿,有命则临陛俯听,退而书之,以为起居注。凡册命启奏、封拜薨免悉载之,史馆得之以撰述焉。"

②"已向"二句:谓李氏昆仲入中书省为郎官。鹭行,喻朝官仪列。《诗·周颂·振鹭》:"振鹭于飞,于彼西雍。我客戾止,亦有斯容。"《禽经》:"寀寮雍雍,鸿仪鹭序。"张华注:"鸿,雁属,大曰鸿,小曰雁,飞有行列也。鹭,白鹭也,小不逾大,飞有次序,百官缙绅之象。《诗》以振鹭比百寮雍容,喻朝美。"紫微郎,指起居舍人。

③"白马"二句:朱绂,红色朝服。《汉书·韦贤传》载韦孟谏诗:"黼衣朱绂,四牡龙旗。"颜师古注:"黼衣画为斧形,而白与黑为彩也。朱绂为朱裳,画为亚文也。亚,古弗字也,故因谓之。绂字又作韍,其音同声。"御炉,本属尚书省供具,此借指中书省。徐坚等《初学记》卷二五引《汉官旧典》:"汉尚书郎,给端正侍女史二人,洁衣服,执香炉烧熏,从入台中。"杜甫《秋兴八首》其二:"画省香炉违伏枕,山楼粉堞隐悲笳。"

④素王:本指有帝王之德而未居其位者,后多指孔子。王充《论衡·定贤篇》:"孔子不王,素王之业在于《春秋》。"后世儒家因称孔子为素王。

镊　白①

白发太无情,朝朝镊又生。始因丝一缕,渐至雪千茎②。不避佳人笑,唯惭稚子惊。新年过半百,犹叹未休兵。③

【题解】

此诗盖作于光启二年(886)。诗作由镊白而述老,而忧心国事,情意深沉。

【注释】

①镊白:拨除白发。李白《秋日炼药院镊白发赠元六兄林宗》:"长吁望青云,镊白坐相看。"

②雪千茎：白居易《江州赴忠州至江陵以来舟中示舍弟五十韵》："孤舟萍一叶，双鬓雪千茎。"

③"新年"二句：杜甫《寄高三十五詹事》："相看过半百，不寄一行书。"据《资治通鉴》卷二五六：中和、光启年间，"时黄巢虽平，秦宗权复炽，命将出兵，寇掠邻道。……北至卫、滑，西及关辅，东尽青、齐，南出江淮，州镇存者，仅保一城，极目千里，无复烟火。"同时，田令孜与王重荣构怨，重荣奏论令孜离间君臣，数令孜十罪。令孜遣朱玫、李昌符攻之。光启元年十二月，王重荣、李克用合兵大败朱玫、李昌符于沙苑。这便是"未休兵"的详情。

漳亭驿小樱桃①

当年此树正花开，五马仙郎载酒来②。李白已亡工部死，何人堪伴玉山颓。③

【题解】

此诗盖作于光启三年（887）春。晚唐咏物诗中的怀古之笔，共性在于深染悲情、伤悼不已，如此诗后二句"李白已亡工部死，何人堪伴玉山颓"，不胜今昔之叹，直如末世挽歌。这跟晚唐咏史怀古诗中尚存几分透辟犀利的批判力量，托古刺时的现实用心，以及安顿身心的用意，是颇为不同的。

【注释】

①诗题，洪迈《万首唐人绝句》作"棹亭驿小桃花"，棹当为"樟"之讹。漳亭驿，亦作樟亭驿，故址在今浙江杭州城南钱塘北岸。

②五马仙郎：此处指太守。汉乐府《艳歌罗敷行》(《陌上桑》)："使君从南来，五马立踟蹰。"彭乘《墨客挥犀》卷四："古乘驷马车，至汉时，太守出则增一马。事见《汉宫仪》也。"

③"李白"二句：堪伴，洪迈《万首唐人绝句》作"空伴"。工部，指杜甫，迁检校工部员外郎，未及赴职而病故，世称杜工部。玉山颓，喻酒醉。《世

说新语·容止》:"嵇康身长七尺八寸,风姿特秀……山公曰:'嵇叔夜之为人也,岩岩若孤松之独立;其醉也,傀俄若玉山之将崩。'"

酬吴秀才霅川相送①

一叶南浮去似飞②,楚乡云水本无依。离心不忍闻春鸟,病眼何堪送落晖。掺袂客从花下散③,棹舟人向镜中归。夫君别我应惆怅,十五年来识素衣。④

【题解】

此诗盖作于光启三年(887)春因浙西军乱而南下浙东途经霅川时。诗写乘一叶扁舟在水面远去,云水茫茫,空阔无依,由此生发出离别愁情。因为是概括切身体验,所以,这份"十五年来识素衣"的情感,便显得格外真挚而深切。

【注释】

①诗题中"霅(zhà)川",即霅溪水,又名大溪水、苕溪水,在湖州治所乌程县(今浙江湖州)南。吴秀才,不详。

②一叶:比喻小船。司空图《自河西归山二首》其一:"一水悠悠一叶危,往来长恨阻归期。"

③掺(shǎn)袂:敛袂。乔舜《送德林郎中学士赴东府》:"掺袂向江头,朝宗势未休。"

④"夫君"二句:夫君,称友人。谢朓《和江丞北戍琅琊城》:"夫君良自勉,岁暮忽淹留。"素衣,指寒素之士。陆机《为顾彦先赠妇》:"京洛多风尘,素衣化为缁。"

对雨独酌

榴花新酿绿于苔①,对雨闲倾满满杯。荷锸醉翁真达者,卧云逋客竟悠哉②。能诗岂是经时策,爱酒元非命世才。③门外绿萝连洞口,马嘶应是步兵来④。

【题解】

此诗创作时地未详。诗作主要通过反复的议论,淋漓尽致地表达内心仕与隐的矛盾和避世无为的痛苦。这是指中间四句,纯用议论,又都是抒情。先说像刘伶那样的酒徒,高卧云山的避世隐者,才是真正达观和清闲之人,自己应当效仿。转而对此作出否定,表示像自己目前这样隐居以作诗自遣,饮酒为乐,又岂能经时命世?

【注释】

①榴花:美酒的雅称。《南史·扶南国传》:顿逊国有酒树似安石榴,采其花汁停瓮中,数日成酒。李峤《甘露殿侍宴应制》:"御筵陈桂醑,天酒酌榴花。"

②"卧云"句:卧云,指隐居。白居易《昔与微之在朝日同蓄休退之心迨今十年沧落老大追寻前约且结后期》:"不作卧云计,携手欲何之。"孔稚珪《北山移文》:"请回俗士驾,为君谢逋客。"此本指先隐居复又入仕的逋客,后转用以指隐士。

③"能诗"二句:经时策,治世方略。陆龟蒙《袭美见题郊居十首因次韵酬之以伸荣谢》其四:"只有经时策,全无养拙资。"命世才,治世之才。李陵《答苏武书》:"其余佐命立功之士,贾谊、亚夫之徒,皆信命世之才,抱将相之具。"

④步兵:《世说新语·任诞》:"步兵校尉缺,厨中有贮酒数百斛。阮籍乃求为步兵校尉。"刘孝标注引《文士传》曰:"籍放诞有傲世情,不乐仕宦。……后闻步兵厨中有酒三百石,忻然求为校尉。于是入府舍,与刘伶

酣饮。"

【辑评】

清胡以梅《唐诗贯珠》卷二九:举新酿之酒,对雨闲倾,想当年刘伶之荷锸真为达者,而卧云避世之逋客意亦悠哉!予将终身焉。所以然者,能诗爱酒,原不是经时命世之才术耳。可与言饮之妙,其惟阮籍乎,故望其来也。

夏初与侯补阙江南有约同泛淮汴西赴行朝庄自九驿路先至甬桥补阙由淮楚续至泗上寝病旬日遽闻捐馆回首悲恸因成长句四韵吊之①

已后自浙西游汴宋,路至陈仓迎驾,却过昭义、相州,路归金陵作。

本约同来谒帝阍②,忽随川浪去东奔。九重圣主方虚席,千里高堂尚倚门。③世德只应荣伯仲④,诗名终自付儿孙。遥怜月落清淮上,寂寞何人吊旅魂⑤。

【题解】

此诗当作于光启二年(886)夏。诗作悼念侯补阙,悲悯痛惜之意又似不尽于此。

关于"陈仓迎驾",曹丽芳《韦庄"陈仓迎驾"事迹考辨》(载张采民编《郁贤皓先生八十华诞纪念文集》)一文认为,韦庄于光启二年夏前往陈仓迎驾,目的是为了求仕,而不是奉周宝之命前往长安向襄王劝进;去程从苏州出发,路线为:九驿路—宿州甬桥—宋州—汴州—东都洛阳—孟津—虢州;自虢州折返的返程路线为:解州夏县的柳谷—闻喜县的含山路—垣县—泽州晋城县—潞州长子县—壶关县—相州内黄县—金陵;返回金陵的时间为光启二年年末。

【注释】

①诗题中"补阙",唐谏官名。行朝,即行在所。九驿路,盖指淮南(治扬州)通泗州(治临淮,南临淮水)之路。甬桥,亦作埇桥,宿州(治所在今安徽宿州)汴河桥。淮楚,指楚州,治山阳(今江苏淮安)。泗上,指泗州,治临淮(今江苏盱眙北)。捐馆,即捐馆舍,捐弃所居屋舍,对死的婉称。汴宋,指汴州(治所在今河南开封)、宋州(治所在今河南商丘)。陈仓,秦置县名,唐改为宝鸡县,治所在今陕西宝鸡。昭义、相州,昭义节度使治所潞州(今山西长治)、相州(今河南安阳)。

②帝阍(hūn):本指天帝守门人或天门,后亦借指帝王宫门。屈原《离骚》:"吾令帝阍开关兮,倚阊阖而望予。"王逸注:"帝,谓天帝。阍,主门者也。"

③"九重"二句:虚席,指帝王召见臣子,此处谓虚位以待。李商隐《贾生》:"宣室求贤访逐臣,贾生才调更无伦。可怜夜半虚前席,不问苍生问鬼神。"高堂,指父母。陈子昂《送孟十二仓曹赴东京选》:"朝夕高堂念,应宜彩服新。"《战国策·齐策六》:"王孙贾年十五,事闵王。王出走,失王之处。其母曰:'女朝出而晚来,则吾倚门而望;女暮出而不还,则吾倚闾而望。女今事王,王出走,女不知其处,女尚何归?'"

④"世德"句:世德,世积之德。《诗·大雅·下武》:"王配于京,世德作求。"郑玄笺:"武王配行三王之道于镐京者,以其世世积德,庶为终成其大功。"伯仲,兄弟。

⑤旅魂:客死他乡之人,谓侯补阙之亡魂。黄滔《经安州感故郑郎中二首》其二:"旅魂频此归来否,千载云山属一游。"

汴堤行①

欲上隋堤举步迟,隔云烽燧叫非时②。才闻破虏将休马,又道征辽再出师。朝见西来为过客,暮看东去作浮尸。③绿杨千里无飞鸟④,日落空投旧店基。

【题解】

此诗作于光启二年(886)夏往陈仓迎驾过汴堤时。诗写北上迎驾,走的汴路就是中和三年由洛阳避乱南行之路。重新走上这条道路,发现连天烽火下萧条残破的境况,跟三年前并没有多少改变,实在是感慨良多。

【注释】

①诗题中"汴堤",即隋堤,指隋大业元年所开通济渠东段,即自板渚(今河南荥阳北)引黄河水入汴,至大梁(今河南开封)东引汴水入泗水达于淮水。何光远《鉴诫录》卷七:"炀帝将幸江都,开汴河,种柳,至今号曰隋堤。"

②"隔云"句:烽燧,烽火。烽,又作烽。古时边防报警信号,白日放烟谓烽,夜间举火谓燧。《墨子·号令》:"与城上烽燧相望,昼则举烽,夜则举火。"

③"才闻"四句:因汴堤及时局而追忆隋炀帝大业中破吐谷浑、流求后征高丽而大败。据《资治通鉴》卷一八一,隋炀帝大业五年破吐谷浑,六年二月破流求。七年二月下诏讨高丽。八年二月战于辽水,"高丽兵乘高击之,隋兵不得登岸,死者甚众"。七月战于萨水(今朝鲜清川江),隋军半济,高丽自后击之,诸军溃败。"初,九军渡辽,凡三十五万五千,及还至辽城东,唯二千七百人"。

④"绿杨"句:白居易《隋堤柳》:"大业年中炀天子,种柳成行夹流水。西自黄河东至淮,绿阴一千三百里。"

旅次甬西见儿童以竹枪纸旗戏为阵列主人叟曰斯子也三世没于阵思所袭祖父雠余因感之①

已闻三世没军营②,又见儿孙学战争。见尔此言堪恸哭,遣予何日望时平③。

【题解】

此诗作于光启二年(886)夏。如果说,诗人已经痛感到自己今生注定要在乱世中度过,那么,那个可怜的孩子,难道也注定要在战乱中终其一生?他又能否在战乱中安然无恙,不重演其祖父的悲剧?一念及此情此景,实在令人悲从中来,肝肠欲断。

【注释】

①诗题,洪迈《万首唐人绝句》作"感群儿戏为阵"。其中"甬西",甬桥之西。

②没军营:洪迈《万首唐人绝句》作"殁军营"。

③遣予:教我,使我。

【辑评】

明黄周星《唐诗快》卷三:(末句)真堪恸哭。

自孟津舟西上雨中作

秋烟漠漠雨濛濛,不卷征帆任晚风。百口寄安沧海上,一身逃难绿林中。①来时楚岸杨花白,去日隋堤蓼穗红②。却到故园翻似客,归心迢递秣陵东。③

【题解】

此诗当作于光启二年(886)秋陈仓迎驾途经孟津时。诗写因为迎驾不成,只身奔走,于国事毫无所补,转而引发了个人的身世漂泊之感。

【注释】

①"百口"二句:百口,即家口。时韦庄将家口寄安于润州,只身往陈仓迎驾,时战乱不断。

②蓼:一年生草本植物,针叶,味辛,花淡红或白色。

③"却到"二句:故园,当指虢州故园。迢递,遥远貌。杜甫《送樊二十三侍御赴汉中判官》:"居人莽牢落,游子方迢递。"秣陵东,指润州之丹徒(今江苏镇江),在秣陵(今江苏南京)之东。

含山店梦觉作①

曾为流离惯别家,等闲挥袂客天涯。②灯前一觉江南梦,惆怅起来山月斜。

【题解】

此诗当作于光启二年(886)秋陈仓迎驾未成折返润州途经含山时。诗作前半故作豪语,似久惯别离,已毫不在意,实则道尽了飘泊者内心的酸楚。后半语意一转,谓一梦润州家人醒来之后,竟然倍感惆怅,反写思归之切,更见流离之痛。欲抑先扬的写作手法,增强了全篇的艺术感染力。

【注释】

①诗题中"含山",山名,在绛州闻喜县(今属山西)。绛州,治所在今山西新绛。

②"曾为"二句:曾为,《全唐诗》注:"一作'曾是'。"流离,指离散、流落。挥袂,洪迈《万首唐人绝句》作"挥杖",误。客天,《全唐诗》注:"一作'各天'。"等闲,时常。挥袂,拂袖告别。阮籍《咏怀》八十二首其二十一:"挥袂抚长剑,仰观浮云征。"

167

题貂黄岭官军①

散骑萧萧下太行,远从吴会去陈仓。②斜风细雨江亭上,尽日凭栏忆楚乡。③

【题解】

此诗盖作于光启二年(886)秋陈仓迎驾未成返金陵途经貂黄岭时。也是一首纪行而思念润州家人之作。又,曹丽芳《韦庄"陈仓迎驾"事迹考辨》认为,韦庄前往陈仓是真,此诗可为一证:作为实时所题的纪行之作,此时正是襄王势力炽烈之时,应该没有必要掩饰什么,而诗中却明言"远从吴会去陈仓"。

【注释】

①诗题中"貂黄岭",亦作"雕黄岭"、"刁黄岭",在今山西长子西。顾祖禹《读史方舆纪要》卷四二:"刁黄山亦在县西五十里,亦曰刁黄岭,刁一作'雕'。唐会昌三年,刘稹以泽潞叛,使其将李佐尧守刁黄岭以拒官军。"

②"散骑"二句:太行,洪迈《万首唐人绝句》作"太忙"。山名,又称五行山、太形山,东北向西南绵亘于今山西高原和河北平原之间。吴会,指今苏州。秦会稽郡,治所在吴县(今江苏苏州)。

③"斜风"二句:忆楚,《全唐诗》注:"一作'独望'。"张志和《渔父》五首其一:"青箬笠,绿蓑衣。斜风细雨不须归。"楚乡,指润州,古为楚邑。

过内黄县①

相州吹角欲斜阳②,匹马摇鞭宿内黄。僻县不容投刺客,野陂时遇射雕郎。③云中粉堞新城垒④,店后荒郊旧战场。犹犹指去程千万里,秣陵烟树在何乡。

【题解】

此诗作于光启二年(886)秋冬之际。纪行而兼以思念家人,如末二句"犹指去程千万里,秣陵烟树在何乡"所云。

【注释】

①诗题中"内黄县",治所在今河南内黄县。
②相州:治所在今河南安阳。
③"僻县"二句:投刺客,指弃官退归省。刺,名帖。萧衍《孝思赋序》:"便投刺解职,以遵归路。"射雕郎,指武将。《北齐书·斛律光传》:"尝从世宗于洹桥校猎,见一大鸟,云表飞飏。光引弓射之,正中其颈。此鸟形如车轮,旋转而下,至地,乃大雕也。世宗取而观之,深壮异焉。丞相属邢子高见而叹曰:'此射雕手也。'当时传号落雕都督。"
④粉堞(dié):白色女墙。杜甫《峡口二首》其一:"城欹连粉堞,岸断更青山。"

杂　感

莫悲建业荆榛满①,昔日繁华是帝京。莫爱广陵台榭好,也曾芜没作荒城。鱼龙爵马皆如梦,风月烟花岂有情。②行客不劳频怅望,古来朝市叹衰荣。

【题解】

此诗疑作于光启三年(887)初。诗作通过咏叹前朝兴亡历史,明确印证并形象展示佛教"色即是空,空即是色"的理论,可谓以史证理(佛理),以理观史。今日荒芜之建业,曾是昔时繁华之帝京。舞榭歌台,千古风流,总被雨打风吹去,岂不正是世事空虚、人生荒幻的最好说明?

【注释】

①建业:今江苏南京。战国时楚名金陵邑,秦始皇改为秣陵,三国吴改名建业并迁都于此,后东晋及南朝宋、齐、梁、陈均建都于此。唐置上元县。此沿用旧名。

②"莫爱"四句:广陵,本战国时楚邑,秦灭楚置县,汉为广陵国,东汉置郡,隋改江都郡,唐天宝元年复名广陵郡,治所在今江苏扬州。吕延济注:"鱼龙、爵马,皆假饰以为玩乐。"《汉书·西域传赞》:"设酒池肉林以飨四夷之客,作巴俞、都卢、海中砀极、漫衍鱼龙、角抵之戏以观视之。"颜师古注:"鱼龙者,为舍利之兽,先戏于庭极毕,乃入殿前,激水化成比目鱼,跳跃漱水,作雾障日毕,化成黄龙八丈,出水敖戏于庭,炫耀日光。"《后汉书·南匈奴传》"角抵百戏"李贤注:"角抵之戏则鱼龙爵马之属。言两两相当,亦角而为抵对,即今之斗,古之角抵也。"

垣县山中寻李书记山居不遇留题河次店①

白云红树岘崀东,名鸟群飞古画中。②仙吏不知何处隐③,山南山北雨濛濛。

【题解】

此诗盖作于光启二年(886)秋。诗作把寻访不遇,说成是所要寻访的隐者高士仙成而去。自然山水,能够满足诗人寻求高于尘世和现实的另一个精神世界的需求,所以,他们有时会通过展开想象、神化寻访之人达到这一目的,也就是构筑另一个精神天地以自足。

【注释】

①诗题中"垣县",治所在今山西垣曲东南黄河北岸。李书记,不详。书记,即掌书记,掌书牍记录,为元帅府或节度使属官。河次店,盖因近黄河为名。

②"白云"二句:岘崀(kāng lǎng),山名,亦作"嶵崀"。《全唐诗》注:"一

作'绕峴'。"洪迈《万首唐人绝句》作"绕琅"。《资治通鉴》卷一一四：晋安帝义熙四年十月，西秦乞伏炽磐"招结诸部二万余人，筑城于嶘峴山而据之。"胡三省注："嶘峴山当在苑川西南。"苑川故城在今甘肃榆中。名鸟，《万首唐人绝句》作"夕鸟"。古画，《万首唐人绝句》作"古道"。

③仙吏：本指汉梅福，此借指李书记。《汉书·梅福传》："补南昌尉，后去官归寿春。……至元始中，王莽颛政，福一朝弃妻子，去九江，至今传以为仙。"

送人游并汾①

风雨萧萧欲暮秋，独携孤剑塞垣游②。如今虏骑方南牧，莫过阴关第一州。③

【题解】

此诗盖作于光启二年(886)。诗因送人北游，抒写忧时之感。王维"劝君更尽一杯酒，西出阳关无故人"以情胜，高适"莫愁前路无知己，天下谁人不识君"以气胜；此诗"如今虏骑方南牧，莫过阴关第一州"以意胜，此亦可谓盛、晚唐诗之别。

【注释】

①诗题中"并汾"，指并州(唐玄宗开元二十一年改为太原府，治所在今山西太原西南)和汾州(治所在今山西汾阳)，均在阴地关东北。

②塞垣：边塞。高适《蓟中作》："策马自沙漠，长驱登塞垣。"

③"如今"二句：盖指李克用南下攻朱玫。南牧，指北方游牧民族南侵。贾谊《过秦论》："胡人不敢南下而牧马，士不敢弯弓而报怨。"阴关，指阴地关，今山西灵石西南。《资治通鉴》卷二五八：唐大顺元年官军讨李克用，"秋七月，官军至阴地关。"胡三省注："汾州灵石县西南有阴地关。"顾祖禹《读史方舆纪要》卷四一："阴地关在县西南百二十里，出汾、晋间道也。"张蠙《登单于台诗》："欲向阴关度，阴关晓不开。"

【辑评】

明唐汝询《唐诗解》卷三〇：风雨，忧其行；虏骑，虑其患。并州遗塞，因想及此。

李氏小池亭十二韵

时在婺州寄居作①。

积石乱巉巉，庭莎绿不芟。②小桥低跨水，危槛半依岩。花落鱼争唼，樱红鸟竞鹐。③引泉疏地脉，扫絮积山嵌④。古柳红绡织，新篁紫绮缄。养猿秋啸月，放鹤夜栖杉⑤。枕簟溪云腻，池塘海雨咸。语窗鸡逞辨⑥，舐鼎犬偏馋。踏藓青粘屐，攀萝绿映衫。访僧舟北渡，贳酒日西衔。⑦迟客登高阁⑧，题诗绕翠岩。家藏何所宝，清韵满琅函⑨。

【题解】

此诗盖作于龙纪、大顺年间。诗作主要描绘池亭景物，也提到了与李氏及当地僧人的过从。诗人当时所访的僧人中，就有著名诗僧贯休。

【注释】

①题注中"婺州"，治所在今浙江金华。

②"积石"二句：巉(chán)巉，高峻貌。芟(shān)：除草。《诗·周颂·载芟》："载芟载柞。"毛《传》："除草曰芟，除木曰柞。"

③"花落"二句：唼(shà)，鱼吃食声。宋玉《九辩》："凫雁皆唼夫粱藻兮，风愈飘翔而高举。"鹐(qiān)，原注："鹐，竹咸切，鸟啄物也。"

④"扫絮"句：积，原注音："渍"。山嵌，山谷。嵌，原注音："口衔切"。

⑤"放鹤"句：《世说新语·言语》："支公好鹤，住剡东岇山。有人遗其双鹤，少时翅长欲飞。支意惜之，乃铩其翮。鹤轩翥不复能飞，乃反顾翅，垂头，视之，如有懊丧意。林曰：'既有凌霄之姿，何肯为人作耳目近玩？'

养令翻成,置使飞去。"

⑥"语窗"句:李昉等《太平御览》卷九一八引《幽明录》:"晋兖州刺史沛国宋处宗,尝买得一长鸣鸡,爱养甚至,栖笼著窗间。鸡遂作人语,与宗谈论,极有玄致,终日不辍。处宗因此功业大进。"

⑦"访僧"句:时韦庄尝与贯休交游。贯休入蜀后有诗《和韦相公话婺州陈事》有云:"昔事堪惆怅,谈玄爱白牛。(《法华经》以白牛喻大乘。)千场花下醉,一片梦中游。"贳(shì):赊。《史记·汲郑列传》:"县官无钱,从民贳马。"

⑧迟(zhì):待望。《后汉书·章帝纪》:"朕思迟直士,侧席异闻。"

⑨琅函:书匣的美称。

【辑评】

明陆时雍《唐诗镜》卷五四:语亦鲜绽,其中有盛、中所不赋者。

遣 兴

如幻如泡世①,多愁多病身。乱来知酒圣,贫去觉钱神。②异国清明节③,空江寂寞春。声声林上鸟,唤我北归秦。

【题解】

此诗盖作于大顺二年(891)春。诗人天涯流落,无时不在忍受着思乡的痛苦煎熬,所以反复见诸吟咏。此篇思乡之情转移至听觉上,连鸟声都在召唤北归。又说自己彻悟了人世如泡沫一般虚幻,为了宽慰乱世愁怀,感觉到酒的趣味,亦即以酒消愁。

【注释】

①"如幻"句:佛经"依他十论"有如幻喻、如泡喻,谓人身颠倒变幻,瞬息破灭。

②"乱来"二句:《三国志·魏书·徐邈传》载鲜于辅语:"平日醉客谓酒清者为圣人,浊者为贤人。"欧阳询等《艺文类聚》卷六六引《钱神论》:"钱之

为体,……故能长久,为世神宝。亲之如兄,字曰孔方。失之则贫弱,得之则富贵。……钱之所祐,吉无不利。何必读书,然后富贵。由是论之,可谓神物。"白居易《江南谪居十韵》:"忧方知酒圣,贫始觉钱神。"

③异国:异乡,他乡。《左传·庄公二十二年》:"此其代陈有国乎?不在此,其在异国。"

婺州和陆谏议将赴阙怀阳羡山居①

望阙路仍远,子牟魂欲飞。②道开烧药鼎,僧寄卧云衣③。故国饶芳草,他山挂夕晖④。东阳虽胜地,王粲奈思归。⑤

【题解】

此诗盖作于大顺二年(891)春。陆谏议,不详,其原唱亦恐已佚。吴汝煜、胡可先《全唐诗人名考》疑为陆翘。然据郁贤皓《唐刺史考》,中和四年至景福元年婺州刺史为蒋瑰。韦庄诗歌中常以王粲自况,如此诗末二句"东阳虽胜地,王粲奈思归",盖因二人显赫家世及有志难伸的遭遇相近之故。

【注释】

①诗题中"谏议",即谏议大夫。阳羡,汉置县名,治所在今江苏宜兴南。晋置义兴郡,隋唐为义兴县,属常州。此沿用旧名。

②"望阙"二句:《庄子·让王》:"中山公子牟谓瞻子曰:'身在江海之上,心居乎魏阙之下,奈何?'"郭庆藩《集释》引成玄英疏曰:"瞻子,魏之贤人也。魏公子名牟,封中山,故曰中山公子牟也。公子有嘉遁之情而无高蹈之德,故身在江海上而隐遁,心思魏阙下之荣华,见贤人借问其术也。"

③卧云:隐居。白居易《酬元郎中同制加朝散大夫书怀见赠》:"终身拟作卧云伴,逐月须收烧药钱。"

④山挂:席刻作"山北"。

⑤"东阳"二句:唐置县名,治所在今浙江东阳。奈,无奈。

江上题所居

故人相别尽朝天,苦竹江头独闭关。①落日乱蝉萧帝寺,碧云归鸟谢家山。②青州从事来偏熟,泉布先生老渐悭。③不是对花长酩酊,永嘉时代不如闲④。

【题解】

此诗盖作于文德元年(888)夏初。永嘉之乱,刘聪攻陷洛阳,执怀帝弑之。诗中以永嘉时代喻指晚唐乱世,说明诗人因避乱而不得不隐居于此,过一点清闲安静的日子。

【注释】

①"故人"二句:朝天,朝见天子,指入京做官。苦竹江,当在苦竹城,故址在今浙江绍兴。

②"落日"二句:萧帝寺,又称萧寺,本为梁武帝萧衍所造寺庙,后借以通指寺庙。李贺《马诗二十三首》其十九:"萧寺驮经马,元从竺国来。"谢家山,又称东山,在今浙江上虞市西南。谢安曾隐居于此,后世因称谢安山或谢家山。《世说新语·排调》:"初,谢安在东山居,布衣,时兄弟已有富贵者。"

③"青州"二句:青州从事,指好酒。《世说新语·术解》:"桓公有主簿善别酒,有酒辄令先尝,好者谓'青州从事',恶者谓'平原督邮'。青州有齐郡,平原有鬲县。'从事'言到脐,'督邮'言在鬲上住。"泉布先生,指钱币。《周礼·天官·外府》:"掌邦布之入出,以供百物,而待邦之用。"郑玄注:"布,泉也。布,读为宣布之布。其藏曰泉,其行曰布,取名于水泉,其流行无不遍。"

④"永嘉"句:借晋"永嘉之乱"指唐僖宗光启年间为沙陀李克用所逼再幸梁洋事。

【辑评】

清金圣叹《选批唐才子诗》卷八下：故人朝天，本是恒事；故人因朝天而别，亦本是恒事。今是故人一时尽别，问之却是一时尽去朝天，则胡为是纷纷者乎？江头独闭关，因特加"苦竹"二字，写尽孤寒自守。三承一，画出故人好笑。四承二，画出自家闲畅也。后解又说明所以江头闭关之故，言此时代，无手可措，不如醉酒，且尽一生也。

清胡以梅《唐诗贯珠》卷二九：韦尝有《湘州作》诗云："楚地不知秦地乱，南人空怪北人多。"今称故人相别朝天去，是当日同避乱之故人也。或因秦寇稍平，皆还朝，而己独居江畔，对落日乱蝉之萧寺，碧云归鸟之青山，惟有芳醪解愁，而贫无钱帛矣。设不以酒忘忧，如晋之永嘉倾荡时祸患相随，不如闲之为妙。结乃挽到朝天之客，言其出世尚未稳当，而已乐于退闲耳。

婺州屏居蒙右省王拾遗车枉降访病中延候不得因成寄谢[①]

三年流落卧漳滨[②]，王粲思家拭泪频。画角莫吹残月夜，病心方忆故园春。自为江上樵苏客[③]，不识天边侍从臣。怪得白鸥惊去尽，绿萝门外有朱轮[④]。

【题解】

此诗盖作于大顺二年（891）春。诗人流落婺州，孤苦寂寞，病中忽有来自长安的王拾遗相访，却因抱病未能招待，于是作诗致歉。诗中所述乡园之思及孤苦处境，甚是感人。

【注释】

①诗题中"王拾遗"，不详。诗中"侍从臣"，指王拾遗。屏居，隐居。

《史记·魏其武安侯列传》:"魏其谢病,屏居蓝田南山之下数月,诸宾客辩士说之,莫能来。"枉,屈驾。曹操《短歌行》:"越陌度阡,枉用相存。"延候,迎接。

②卧漳滨:卧病。刘桢《赠五官中郎将四首》其二:"余婴沉痼疾,窜身清漳滨。"

③樵苏:采薪取草。《史记·淮阴侯列传》:"臣闻千里馈粮,士有饥色,樵苏后爨,师不宿饱。"

④朱轮:贵官车乘,用朱红漆轮,故称。此指王拾遗。

【辑评】

清金圣叹《选批唐才子诗》卷八下:(评前四句)屏居者,已自罢官却不得归,因就路旁僦居养疴也。看他通解皆写"三年"二字,言流落此三年,便卧病此三年,眼泪此三年,因言三年之中只有思归,并无他想,以翻王拾遗之枉访,诚为出于意外也。(评后四句)前解一意只写卧病思家,此解始翻拾遗枉访,"白鸥"字、"绿萝"字、"朱轮"字,写高轩之过,又是一样字法句法。

将卜兰芷村居留别郡中在仕①

兰芷江头寄断蓬②,移家空载一帆风。伯伦嗜酒还因乱,平子归田不为穷。③避世漂零人境外,结茅依约画屏中。④从今隐去应难觅,深入芦花作钓翁。

【题解】

此诗盖作于辞去婺州幕府职移居兰溪时。诗人有时也曾想彻底隐居,不问世事,以换取心灵的轻松与自由,如此诗后四句"避世漂零人境外,结庐依然画屏中。从今隐去应难觅,深入芦花作钓翁"所云。

【注释】

①诗题中"兰芷",江名,即兰溪,今浙江兰江,在浙江兰溪。在仕,胡本

作"在任",现任官吏。

②断蓬:犹飞蓬,喻漂泊无定。王之涣《九日送别》:"今日暂同芳菊酒,明朝应作断蓬飞。"

③"伯伦"二句:伯伦,谓刘伶。平子,指张衡。其所作《归田赋》曰:"游都邑以永久,无明略以佐时。徒临川以羡鱼,俟河清乎未期。……谅天道之微昧,追渔父以同嬉。超埃尘以遐逝,与世事乎长辞。"

④"避世"二句:避世,隐居。陆希声《山居即事二首》其二:"满川风物供高枕,四合云山借画屏。"

和陆谏议避地寄东阳进退未决见寄

未归天路紫云深①,暂驻东阳岁月侵。入洛声华当世重,闵周章句满朝吟。②开炉夜看黄芽鼎,卧瓮闲欹白玉簪。③读易草玄人不会,忧君心是致君心。④

【题解】

此诗盖作于大顺二年(891)春。据此诗可确知,韦庄的忧君情结,是由他的"致君心"所决定的。在韦庄看来,要"致君",必须先有"君"在,无"君"意味着无"国",无国自然谈不上治国。所以,必须时刻关切"君"的存亡,时时为君国的命运担忧,久而久之,就形成了浓郁的忧君情结。韦庄还不断地通过诗歌的形式,把他的忧君情结表达出来,是希望能够引起"君"的注意,打动君心,擢拔于他。

【注释】

①天路:入朝之路。曹植《与吴季重书》:"天路高邈,良久无缘。"

②"入洛"二句:借陆机、陆云指陆谏议。《晋书·陆机传》:机才高学博,"至太康末,与弟云俱入洛,造太常张华。华素重其名,如旧相识,曰:'伐吴之役,利获二俊。'"后遂名重于世。罗隐《寄京阙陆郎中昆仲》:"家从入洛声名大,迹为依刘事分偏。"

③"开炉"二句：黄芽，亦作"黄牙"，丹术家炼出的铅华。《云笈七签》卷六六引《金碧经》曰："黄芽，又名秋石，……是长生之至药。芽是万物之初也，故号牙。缘因白被火变色黄，故名黄芽。"白居易《对酒》："有时成白首，无处问黄芽。"《晋书·毕卓传》："少希放达，为胡毋辅之所知。太兴末，为吏部郎，常饮酒废职。比舍郎酿熟，卓因醉，夜至其瓮间盗饮之，为掌酒者所缚，明旦视之，乃毕吏部也，遽释其缚。卓遂引主人宴于瓮侧，至醉而去。"

④"读易"二句：《汉书·扬雄传》："哀帝时丁、傅、董贤用事，诸附离之者或起家至二千石。时雄方草《太玄》，有以自守，泊如也。或嘲雄以玄尚白，而雄解之，号曰《解嘲》。……客有难《玄》大深，众人之不好也，雄解之，号曰《解难》。"颜师古注："玄，黑色也，言雄作之不成，其色犹白，故无禄位也。"会，领会，理解。《孟子·万章上》：伊尹曰："与我处畎亩之中，由是以乐尧舜之道，吾岂若使是君为尧舜之君哉?"杜甫《奉赠韦左丞丈二十二韵》："致君尧舜上，再使风俗淳。"

山墅闲题

逦迤前冈厌后冈①，一川桑柘好残阳。主人馈饷炊红黍，邻父携竿钓紫鲂。②静极却嫌流水闹，闲多翻笑野云忙③。有名不那无名客，独闭衡门避建康④。

【题解】

此诗疑作于文德元年（888）夏初。诗作意欲表达极静极闲的主观感觉，一般的手法和平常的语言都难称其意，就拈来"流水""野云"作形象化的比较，反转过来说，使得诗意翻进一层：流水声本来更能衬托环境的幽静，但诗人却嫌它"静得太闹"；野云是自然中最为悠闲的，但诗人反笑它"闲得太忙"。如若不是静到极处，闲到极处，怎会有如此细微"反常"的感觉？将闲静的心境写到"嫌流水闹""笑野云忙"的程度，也可说是妙趣横生了。

【注释】

①逦迤(lǐ yǐ)：曲折连绵貌。吴质《答东阿王书》："夫登东岳者，然后知众山之逦迤也。"

②"主人"二句：馈饷，进送饭食。《三国志·魏书·常林传》裴松之注引《魏略》："性好学，汉末为诸生，带经耕锄。其妻常自馈饷之，林虽在田野，其相敬如宾。"鲂(fáng)，鳊鱼。《诗·小雅·采绿》："其钓维何，维鲂及鱮。"

③翻：反而。李白《猛虎行》："秦人半作燕地囚，胡马翻衔洛阳草。"

④"独闭"句：《诗·陈风·衡门》："衡门之下，可以栖迟。"毛传："衡门，横木为门，言浅陋也。"建康，东晋南阳王司马保自称晋王时所建年号。此似借指僖宗再幸兴元，襄王即位改元之事。

【辑评】

明胡震亨《唐音癸签》卷一一：韦庄诗"静极却嫌流水闹，闲多翻笑野云忙"，本于老杜"水流心不竞，云在意俱迟"。但多着一"嫌"字、"笑"字，觉非真闲、真静耳。

清胡以梅《唐诗贯珠》卷三七：逦迤，旁行连接也。言闲行于前冈后冈一川桑柘斜阳之际，主人、邻父皆山墅村落居人。……结谓尔等有名之人，怎奈我不求名而闭门闲居乎？

江上逢故人

前年送我曲江西，红杏园中醉似泥①。今日逢君越溪上，杜鹃花发鹧鸪啼。来时旧里人谁在，别后沧波路几迷②。江畔玉楼多美酒，仲宣怀土莫凄凄。③

【题解】

此诗当作于乾宁二年(895)春。这首离别诗，只前两联的对比落笔略有新意,一、三句是送别与聚合,二、四句是两地场景,都是春暖花开、鸟语花香的季节,春景的描述能将色味声形融为一体。

【注释】

①"红杏"句:红杏园,即杏园。李白《襄阳歌》:"傍人借问笑何事,笑杀山翁醉似泥。"

②沧波:碧波。刘勰《文心雕龙·知音》:"阅乔岳以形培塿,酌沧波以喻畎浍。"

③"江畔"二句:玉楼,本指传说中的仙境楼阁,后借作对楼阁的美称。《十洲记》:"(昆仑山天墉城)上有安金石五所,玉楼十二所。"凄凄,悲凉。白居易《琵琶行》:"凄凄不似向前声,满座重闻皆掩泣。"

旅中感遇寄呈李秘书昆仲①

南望愁云锁翠微,谢家楼阁雨霏霏②。刘桢病后新诗少,阮籍贫来好客稀。犹喜故人天外至,许将孤剑日边归③。怀乡不怕严陵笑,只待秋风别钓矶。④

【题解】

此诗疑作于大顺二年(891)春。诗写贫病愁苦的旅途中,喜逢故人,触动乡思。末二句"怀乡不怕严陵笑,只待秋风别钓矶",颇能写出当时返乡隐居的决心。

【注释】

①诗题中"李秘书",不详。秘书,秘书郎。昆仲,对别人兄弟的敬称。

②谢家楼阁:指池上楼,谢灵运有《登池上楼》诗,故址在今浙江温州。

③"许将"句:将,携带。孤剑,不为所用之剑。作者自喻。陈子昂《东征答朝臣相送》:"孤剑将何托,长谣塞上风。"

④"怀乡"二句:严陵,指严光,字子陵,会稽余姚(今属浙江)人。《后汉

书·严光传》:"耕于富春山,后人名其钓处为严陵濑焉。"李白《酬崔侍御》:"严陵不从万乘游,归卧空山钓碧流。"钓矶,即严陵濑,在今浙江桐庐南。

【辑评】

清胡以梅《唐诗贯珠》卷二九:谢家,指李秘书昆仲。韦本长安人,因乱南游,所以南望兴愁,且将北归,有离别之感。而见谢家楼阁在霏霏雨中,皆动凄凉之思。三、四承上,谓己无聊。五、六言昨遇故人远来,欲携我归长安,怀乡之念已动,不怕严子陵之笑,一待秋风便要相别钓矶。

送范评事入关①

寂寥门户寡相亲②,日日频来只有君。正喜琴樽常作伴,忽携书剑远辞群。伤心柳色离亭见,聒耳蝉声故国闻③。为报明年杏园客,与留绝艳待终军。④

【题解】

此诗盖作于兰苎村居时。这首送别诗情深意切,喜忧交集,忽悲忽喜,把"悲"和"喜"对比着写,令人不能平静。"寡相亲"可谓"悲"矣,"只有君"便是喜;"琴樽相伴"可谓乐矣,"一声剑远辞"又是"悲";"柳色伤心"正未已,转而又是"绝艳待归",把好朋友之间不忍相别,不能不去,祝愿之良好,期待之热切,写得细致真切,起伏感人。写法上也有来去忽焉之妙。要"来",则日日来、频频来,正喜能长来作伴,却又"忽"焉辞去;人尚未离去,这里又期待他的归来。在这种忽聚忽别的关系中,流露出作者淡淡的怅惘之情。当然,整首诗的格调还是较为明朗的,起承转合上也极有章法。

【注释】

①诗题中"评事",即大理评事,为大理卿属官,从八品下。杜佑《通典》卷二五:"大唐贞观二十二年,褚遂良议重法官,复奏置评事十员,掌出使推覆。后加二人为十二员。"入关,指入潼关。

②寂寥:席本作"寥寥"。
③聒(guō)耳:声音刺耳。罗隐《城西作》:"野禽鸣聒耳,庭草绿侵阶。"
④"为报"二句:杏园客,指新进士。王定保《唐摭言》卷三:"唐进士杏园初会,谓之探花宴。"绝艳,艳丽无比。李白《西施》:"勾践征绝艳,扬蛾入吴关。"终军,字子云,济南(今属山东)人。年十八选为博士弟子,至长安上书言事,武帝异其文,拜谒者给事中,迁谏议大夫。《汉书·终军传》:"初,军从济南当诣博士,步入关,关吏予军繻。军问:'以此何为?'吏曰:'为复传,还当以合符。'军曰:'大丈夫西游,终不复传还。'弃繻而去。"

东阳酒家赠别二绝句

送君同上酒家楼,酩酊翻成一笑休。正是落花饶怅望①,醉乡前路莫回头。

天涯方叹异乡身,又向天涯别故人。明日五更孤店月,醉醒何处泪沾巾②。

【题解】
此二诗约龙纪、大顺年间作于客婺时。天涯漂泊,不禁有乡愁之叹。异乡与故人相聚,固属欣慰,而又要与故人分别,更是倍增哀思。明日五更,饯送之时,残月孤店,别时之景,无一不勾引惆怅之感。今夜对酒强欢,但不知明日酒醒何处,别愁离恨,只有各自泣泪沾巾。客中送客,别中送别,悲上加悲,将别情逐步推上高潮。

【注释】
①饶:《小尔雅》:"饶,多也。"《三国志·蜀书·诸葛亮传》裴松之注引《魏略》:诸葛亮谓:"中国饶士大夫,邀游何必故乡邪!"
②"醉醒"句:泪沾巾,洪迈《万首唐人绝句》作"各沾巾"。王勃《送杜少府之任蜀州》:"无为在歧路,儿女共沾巾。"

【辑评】

明黄周星《唐诗快》卷一六:他人止说得一边,此却兼管两地。送别诗,故当以此为第一。

明唐汝询《唐诗解》卷三〇:客中别故人,人情之最惨者。酒醒沾巾,别后之愁更深耳。

清吴昌祺《删订唐诗解》卷一五:客中酒家相别,故不知何处沾巾也。

清王尧衢《古唐诗合解》卷六:(一、二句)异乡方幸故人之聚,忽又别去,所以伤情。(第三句)此日酒家别时必定是五更残月,尚得把杯言笑,不失为欢。若明日五更,各天一方,对此孤店之月,何以为情哉!(评末句)醉乎醒乎?明日五更在何处乎?别深愁深,各自涕泪而已。

江上村居

本无踪迹恋柴扃,世乱须教识道情。①颠到梦魂愁里得,撅奇诗句望中生。②花缘艳绝栽难好,山为看多咏不成。闻道汉军新破虏,使来仍说近离京。

【题解】

此诗约作于光启三年(887)夏初。这首政治抒情诗,谴责批判藩镇军阀把国家和人民重新拖入战争苦难中的罪行,也有救时无方的苦闷哀伤。

【注释】

①"本无"二句:柴扃,犹柴门,亦以指贫寒的家园。杜牧《忆归》:"新城非故里,终日想柴扃。"《孟子·离娄上》:"(淳于髡)曰:'今天下溺矣,夫子之不援,何也?'(孟子)曰:'天下溺,援之以道。嫂溺,援之以手。子欲手援天下乎?'"赵岐注:"当以道援天下,而道不得行,子欲使我以手援天下乎?"谢灵运《述祖德二首》其二:"崩腾永嘉末,逼迫太元始。……拯溺由道情,龛暴资神理。"

②"颠到"二句:颠到,颠倒。扬雄《太玄》:"升堂颠到,失大众也。"撅奇,猎奇。

江外思乡①

年年春日异乡悲,杜曲黄莺可得知②。更被夕阳江岸上,断肠烟柳一丝丝。

【题解】

此诗创作时地未详。诗作触景生情,极写春日乡愁。东阳江岸黄莺啼柳之季,也是杜曲黄莺啼柳之时;此处之黄莺声声唤我北归,引我悲思,彼地的黄莺却可知否?人之痛苦莫过于难为人道,忍耐不住,反将飞禽走兽当作知心,与之倾诉。这是怎样的痛苦与悲哀!然而,那千里之外的杜曲黄莺,毕竟是听不见诗人的问话的;而眼前这披着夕阳的烟柳,却丝丝牵惹着乡愁,使人肝肠寸断。

【注释】

①诗题中"乡",《全唐诗》注:"一作'归'。"江外,江南。
②杜曲:洪迈《万首唐人绝句》作"社曲",误。又称北杜,在今陕西长安东南。程大昌《雍录》卷七:"《吕图》:韦曲在明德门外,韦后家在此,盖皇子陂之西也。所谓'城南韦杜,去天尺五'者也。杜曲在启夏门外,向西即少陵原也。"

和郑拾遗秋日感事一百韵①

祸乱天心厌②,流离客思伤。有家抛上国③,无罪谪遐方。负笈将辞越④,扬帆欲泛湘。避时难驻足,感事易回肠。雅道何销德,妖星忽耀芒。⑤中原初纵燎,下国竟探汤。⑥盗据三秦地,兵缠八水乡。⑦战尘轻犯阙,羽旆远巡梁。⑧自此修文代,俄成讲武场。⑨熊罴驱逐鹿,犀象走昆阳。⑩御马迷新栈,宫娥改旧妆。⑪五丁功再睹,八难事难忘。⑫凤引金根疾⑬,兵环玉弩强。建牙虽可恃,摩垒讵能防。⑭霍庙神遐远,圯桥路杳茫。⑮出师威似虎,御敌很如羊。⑯眉画犹思赤,巾裁未厌黄。⑰晨趋鸣铁骑,夜舞挹琼觞。僭侈彤襜乱,喧呼绣鬝攘。⑱但闻争曳组,讵见学垂韁。⑲鹊印提新篆,龙泉夺晓霜。⑳军威徒逗挠,我武自惟扬。㉑负扆劳天眷,凝旒念国章。㉒绣旗张画兽,宝马跃红鸳。但欲除妖气,宁思蔽耿光。晓烟生帝里,夜火入春坊。㉓鸟怪巢宫树,狐骄上苑墙。㉔设危终在德,视履岂无祥。㉕气激雷霆怒,神驱岳渎忙。㉖功高分虎节,位下耻龙骧。㉗遍命登坛将,巡封异姓王。㉘志求扶坠典,力未振颓网。㉙汉路闲雕鹗,云衢驻骕骦。㉚宝装军器丽,麝裛战袍香。㉛日睹兵书捷,时闻虏骑亡。㉜人心惊獬豸,雀意伺螳螂。㉝上略咸推妙,前锋讵可当。㉞纡金光照耀,执玉意藏昂。覆餗非无谓,奢华事每详。㉟四民皆组绶,九土堕耕桑。㊱飞骑黄金勒,香车翠钿装。八珍罗膳府,五采斗筐床。㊲宴集喧华第,歌钟簇画梁㊳。永期传子姓,宁误犯天狼。㊵未睹君除侧,徒思玉在傍。㊶窜身冀可保,易地喜相将。㊷国运方夷险,天心讵测量。九流虽暂蔽,二柄岂相妨。㊸小孽乖躔次,中兴系昊苍。㊹法尧功已普,罪己德非凉。㊺帝念惟思理,臣心岂自遑。㊻诏催青琐客,时待紫微郎。定难输宸算,胜灾灭御梁㊼。皇恩思荡荡,睿泽转洋洋㊽。偃卧虽非晚,艰难亦备尝。舜庭招谏鼓,汉殿上书囊。㊾俭德遵三尺㊿,清朝侔一匡。世随渔父醉,身效接舆狂。㊿窜逐同天宝,遭罹异建康。㊿道孤悲海澨,家远隔天潢。卒岁贫无褐,经秋病泛漳。似鱼甘去乙,比蟹未成筐。㊺守道惭无补,趋时愧不臧㊻。殷牛常在耳,晋竖欲潜肓。忸恨山思板,怀归海欲航。㊼角吹魂悄悄,笛引泪浪浪。乱觉乾坤窄,贫知日月长。势将随鹤列,忽喜遇鹓行。㊽已报新回驾,仍闻近纳隍。㊾文风销剑楯,礼物换旗裳。㊿紫闼重开序,青衿再设庠。㊿黑头期命爵,赪尾尚忧魴㊾。吴坂嘶骐骥,岐山集凤皇。词源波浩浩,谏署玉锵锵。㊾饲雀曾传庆,烹蛇讵有殃。㊾彀弓裤劲镞㊾,匣剑淬神铓。谔谔宁惭直,堂堂不谢张。㊾晓风趋建礼,夜月直文昌。㊾去国时虽久,安邦志不常。良金炉自跃,美玉椟难藏。北望心如旆,西归律变商。㊾迹随江燕去,心逐塞鸿翔。晚翠笼桑坞,斜晖挂竹堂。路愁千里月,田爱万斯箱㊾。伴钓歌前浦,随樵上远岗。鹭眠依晚屿,鸟浴上枯杨。惊梦缘欹枕,多吟为倚廊。访僧红叶寺,题句白云房。帆外青枫老,樽前紫菊芳。夜灯银耿耿,晓露玉瀼瀼。㊾异国惭倾盖,归途俟并粮㊾。身虽留震泽,心已过雷塘。㊾执友知谁在㊾,家山各已荒。海边登桂楫,烟外泛云樯。巢树禽思越,嘶风马恋羌。寒声愁听杵,空馆厌闻螿。望阙飞华盖,趋朝振玉珰。㊾米惭无薏苡,麹喜有恍榔。㊾话别心重结,伤时泪一滂。伫归蓬岛后,纶诏润青缃。㊾

【题解】

此诗当作于大顺二年（891）秋。诗作以大部分篇幅揭露藩镇军阀的种种罪行。起首八句,既概括诗人自黄巢攻陷长安之后漂泊江南的遭遇,又交待了本诗系感事而作。接下来,自"雅道何销德"至"俄成讲武场",叙写所感事由。黄巢起义,中原燃起战火,各地州县都陷入了动乱之中。黄巢占据长安,关中战事不断。长安收复后,李克用又兴兵犯阙,宦官田令孜胁迫僖宗避难兴元。接下来,自"熊罴驱逐鹿"至"圮桥路杳茫",描写僖宗在逃难途中的景象。其中,"霍庙神遐远,坯桥路杳茫"二句,极言藩镇对朝廷的威胁之重。据《旧唐书·僖宗纪》,李克用逼京师,田令孜护从僖宗逃至凤翔,李克用遂还军河中,与汉中节度使王重荣、邠宁节度使朱玫上表请僖宗驻跸凤翔,并历数田令孜之罪,田令孜惧,胁迫僖宗连夜出至宝鸡,宰相萧遘等文武百官不知,护从不及。萧遘恶田令孜专权,急招朱玫至凤翔,令其去宝鸡迎驾。田令孜闻之,迫僖宗入散关,奔兴元。朱玫率军追击,至尊途驿,俘获因病滞留的襄王煴而还凤翔。接下来,自"出师威似虎"至"我武自惟扬",描绘朱玫等在长安拥立襄王煴僭即帝位的丑行。据《旧唐书·僖宗纪》,光启二年四月,朱玫与凤翔节度使李昌符迫宰相萧遘于凤翔驿舍,请襄王煴权监军国事,朱玫自立为大丞相,兼左右神策十军使。率文武百官奉襄王还京师。五月,襄王僭即帝位,年号建贞。以朱玫为侍中、诸道盐铁转运使,大封文武百官及诸侯官爵,诸藩镇多授伪署。接下来,自"负扆劳天眷"至"巡封异姓王",写出平灭朱玫、李昌符等的情形。据《旧唐书·僖宗纪》,神策军左军中卫杨复恭联合王重荣与李克用,与扈跸都将杨守亮、李茂贞等讨朱玫,杨守亮败邠宁军于凤翔,杨复恭诱使朱玫叛将王行瑜纵兵入长安,擒杀朱玫,伪帝襄王煴奔汉中,为王重荣所杀。事在光启二年十二月。嗣后僖宗自兴元还至凤翔,凤翔节度使李昌符与天威军都头杨守立争道,僖宗派人调解无效,李昌符战败,逃至陇州。僖宗命李茂贞攻陇州,斩李昌符,传首行在。事在光启三年六七月。李茂贞以功封检校司空、同平章事,兼凤翔尹、凤翔陇右节度使等,王行瑜、杨守亮及其他从幸官员也都例行封赏。其实,后来的史实不断证明,随着唐帝国中央政权的削弱,这又埋下了新的藩镇乱唐的伏笔,李茂贞、王行瑜就是代表人物。

【注释】

①诗题中"郑拾遗",指郑谷,字守愚,袁州宜春(今属江西)人。

②天心:上天旨意。《书·咸有一德》:"克享天心,受天明命。"《正义》:"德当神意,神乃享之。"

③上国:指京城长安。韦庄乃长安杜陵人。

④负笈:本指从师游学,此指流离。笈,书箱。

⑤"雅道"二句:雅道,雅正之道,指治国之道。妖星,亦作"祅星",战乱

灾异之星象，多指彗星。《晋书·天文志》："妖星，一曰彗星，所谓扫星。……见则兵起，大水。二曰孛星，彗之属也。……内不有大乱，则外有大兵。"

⑥"中原"二句：中原，指黄河中下游。"中原"句指王仙芝、黄巢乾符初年在山东起义。下国，指中原以外各州县。温庭筠《过五丈原》："下国卧龙空寤主，中原得鹿不由人。"探汤，喻急速逃离。《论语·季氏》："见善如不及，见不善如探汤。"邢昺疏："'见不善如探汤'者，人之探试热汤，其去之必速，以喻见恶事去之疾也。"

⑦"盗据"二句：三秦，指陕西关中地带。《史记·秦始皇本纪》："（项羽）灭秦之后，各分其地为三，名曰雍王、塞王、翟王，号曰三秦。"八水，指关中八水。《关中记》："泾、渭、灞、浐、涝、潏、沣、滈为关中八水。"

⑧"战尘"二句：当指光启二年十二月李克用逼长安、僖宗西幸梁洋之事。

⑨"自此"二句：修文代，文治时代。讲武，演习武艺。《礼记·月令》："孟冬之月，……天子乃命将帅讲武，习射御，角力。"王溥《唐会要》卷二六："先天二年十月十三日，讲武于骊山之下。"

⑩"熊罴"二句："熊罴"句，以黄帝、蚩尤涿鹿之战，喻官军镇压黄巢起义军。《史记·五帝本纪》："黄帝者，少典之子，姓公孙，名曰轩辕。……炎帝欲侵陵诸侯，诸侯咸归轩辕。轩辕乃修德振兵，治五气，艺五种，抚万民，度四方，教熊罴貔貅䝙虎，以与炎帝战于阪泉之野。三战，然后得其志。蚩尤作乱，不用帝命。于是黄帝乃征师诸侯，与蚩尤战于涿鹿之野，遂禽杀蚩尤。"涿鹿，汉置县名，治所在今河北涿鹿南。"犀象"句，以刘秀、王莽昆阳之战，喻官军镇压黄巢起义军。《后汉书·光武帝纪》载：更始元年，刘秀将数千兵于昆阳（治所在今河南叶县北）歼灭王莽主力，时王莽"初选练武卫，招募猛士，……又驱诸猛兽虎豹犀象之属，以助武威。"

⑪"御马"二句："御马"句，言僖宗西幸之事。《资治通鉴》卷二五六载：光启二年二月，"朱玫、李昌符使山南西道节度使石君涉栅绝险要，烧邮驿。上由他道以进。""宫娥"句，盖指僖宗西幸时未及从驾之宫女改妆避难。《资治通鉴》卷二五四载：广明元年十二月，僖宗西幸，"惟福、穆、泽、寿四工

及妃嫔数人从行,百官皆莫知之。"

⑫"五丁"二句:"五丁"句,借指僖宗幸蜀。五丁,传说为古蜀国五大力士。《水经注·沔水》注引来敏《本蜀论》曰:"秦惠王欲伐蜀而不知道,作五石牛,以金置尾下,言能屎金。蜀王负力,令五丁引之成道。秦使张仪、司马错寻路灭蜀,因曰石牛道。"常璩《华阳国志·蜀志》:"(开明)帝称王时,蜀有五丁力士,能移山举万钧。""八难"句,盖讽论藩镇割据局势。《资治通鉴》卷二五六载:光启元年七月,右补阙常濬奏疏有云:"陛下姑息藩镇太甚,是非功过,骈首并足,致天下纷纷若此。"八难,指张良提出八条理由反对刘邦从郦食其谋六国后代之事。《汉书·高帝纪》:"(汉三年)项羽数侵夺汉甬道,汉军乏食,与郦食其谋桡楚权。食其欲立六国后以树党,汉王刻印,将遣食其立之。以问张良,良发八难。汉王辍饭吐哺,曰:'竖儒几败乃公事!'令趣销印。"

⑬金根:指天子或皇后所乘之车。欧阳询等《艺文类聚》卷七一引应劭《汉仪》:"天子法驾,所乘曰金根车,驾六龙,以御天下。"《旧唐书·舆服志》:"皇后车则有重翟、厌翟、翟车、安车、四望车、金根车六等。……金根车,朱质,紫油通幰,油画络带,朱丝网,常行则供之。"

⑭"建牙"二句:盖指黄巢军破潼关之事。建牙,指出师。封演《封氏闻见记》卷五:"《诗》曰:'祈父,予王之爪牙。'祈父,司马,掌武备,象猛兽以爪牙为卫。故军前大旗谓之牙旗,出师则有建牙、祃牙之事。"摩垒,近垒。《左传·宣公十二年》:"许伯曰:'吾闻致师者,御靡旌,摩垒而还。'"杜预注:"靡旌,驱疾也。摩,近也。"

⑮"霍庙"二句:盖谓既无神灵助其取胜,亦无高人授其兵略。霍庙,即霍山庙,在霍邑县(治所在今山西霍州)。圯桥,故址在今江苏睢宁县北古下邳城东南小沂水上。《史记·留侯世家》载黄石公曾于此授张良《太公兵法》。

⑯"出师"二句:盖谓潼关守军顽强抵抗。很,顽强,绿君亭本作"狠"。《史记·项羽本纪》:"(宋义)因下令军中曰:'猛如虎,很如羊,贪如狼,彊不可使者,皆斩之。'"

⑰"眉画"二句:此借汉代赤眉军、黄巾军指黄巢军。崔涂《己亥岁感

事》:"正闻青犊起葭萌,又报黄巾犯汉营。"《后汉书·刘盆子列传》:樊崇起义军与王莽军交战,"恐其众与莽兵乱,乃皆朱其眉以相识别,由是号曰赤眉。"又《孝灵帝纪》:"中平元年春二月,钜鹿人张角自称'黄天',其部帅有三十六方,皆著黄巾,同日反叛。"

⑱"僭侈"二句:讥嘲黄巢军不通礼仪。僭侈,奢侈过礼。桓宽《盐铁论·授时》:"大夫曰:博戏驰逐之徒,皆富人子弟,非不足者也。故民饶则僭侈,富则骄奢。"彤襜(chān),红短衣或衣襟。绣鱊(jué),亦作"绣褠"、"绣䩮",妇人半臂衣。《后汉书·光武帝纪》:"时三辅吏士东迎更始,见诸将过,皆冠帻,而服妇人衣诸于绣䩮,莫不笑之,或有畏而走者。"

⑲"但闻"二句:盖谓巢军入京后夸功争爵,荒于练兵。争曳组,指争夺官爵。曳,牵引。组,官印佩带,代指官印。垂鞯,指骑射。

⑳"鹊印"二句:状黄巢所封将侯意气飞扬貌。鹊印,指金印。干宝《搜神记》卷九:"常山张颢为梁相,天新雨后,有鸟如山鹊,飞翔入市,忽然坠地。人争取之,化为圆石。颢椎破之,得一金印,文曰'忠孝侯印'。颢以上闻,藏之秘府。后议郎汝南樊衡夷上言:'尧舜时旧有此官,今天降印,宜可复置。'颢后官至太尉。"后因借指公侯之位。岑参《献封大夫破播仙凯歌六首》其三:"丈夫鹊印摇边月,大将龙旗掣海云。"龙泉,剑名。《水经注·灊水》注引《晋太康地记》:"(西平)县有龙泉水,可以砥砺刀剑,特坚利,故有坚白之论矣。是以龙泉之剑,为楚宝也。"

㉑"军威"二句:言黄巢军退避,官军士气高涨。逗挠,曲行而观望。挠,亦作"桡"。《史记·韩长孺列传》:"天子怒王恢不出击单于辎重擅引兵罢也。……于是下恢廷尉。廷尉当恢逗桡,当斩。"《集解》引《汉书音义》:"逗,曲行避敌也;桡,顾望。军法语也。"

㉒"负扆(yǐ)"二句:言僖宗眷顾臣民,静思国法典章。负扆,指帝王召见诸侯臣子,亦作"负依"。《荀子·正论篇》:"居则设张容负依而坐,诸侯趋走乎堂下。"王先谦《集解》:"居,安居也,听朝之时也。容,谓羽卫也。居则设张其容仪,负依而坐也。户牖之间谓之依,亦作'扆'。"天眷,本指天帝眷顾,后借指皇帝眷顾。《书·大禹谟》:"益曰:都,帝德广运,乃圣乃神,乃武乃文,皇天眷命,奄有四海,为天下君。"凝旒,指皇帝静坐。旒,皇帝冠

旒。白居易《策林·君不行臣事》:"盖先王所以端拱凝旒,而天下大理者,无他焉,委务于有司也,仰成于宰相也。"国章,治国典章。

㉓"但欲"四句:言官军与巢军长安决战情形。除妖气,指镇压黄巢军。蔽耿光,谓战火蔽日。春坊,魏晋之后称太子东宫为春坊,唐置太子詹事府统领东宫众务,左、右春坊分领诸局。

㉔"鸟怪"二句:言战后长安凄凉景象。

㉕"设危"二句:《史记·孙子吴起列传》:"(魏)武侯浮西河而下,中流,顾而谓吴起曰:'美哉乎山河之固,此魏国之宝也。'起对曰'在德不在险。'"《易·履》:"上九,视履考祥,其旋,元吉。"孔颖达疏:"'视履考祥'者,祥谓征祥。上九处履之极,履道已成,故视其所履之行善恶得失,考其祸福之征祥。"

㉖"气激"二句:谓天帝神灵助灭黄巢军。岳渎,代指山川之神。徐坚等《初学记》卷五引《纂要》:"嵩泰衡华恒,谓之五岳;江河淮济,谓之四渎。"

㉗"功高"二句:盖指王重荣、李克用自以功高位下。虎节,虎形符节。《周礼·地官·掌节》:"凡邦国之使节,山国用虎节,土国用人节,泽国用龙节。"后专用作兵符。龙骧,指西晋龙骧将军王濬。《晋书·王濬传》:晋武帝谋伐吴,濬拜龙骧将军、监梁、益诸军事。率师灭吴,而为王浑父子及豪强所抑,"每进见,陈其公法之劳,及见枉之状,……时人咸以濬功重报轻。"

㉘"遍命"二句:盖谓官军复长安,大将多进封王侯。登坛将,指大将。《史记·淮阴侯列传》:刘邦因萧何之荐,拜韩信为大将。萧何曰:"王必欲拜之,择良日,斋戒,设坛场,具礼,乃可耳。"

㉙"志求"二句:谓僖宗有志重振纲纪,但力所不及。坠典,与"颓纲"互文同义,指衰败的典章纲纪。沈约《侍皇太子释奠宴》:"队典必从,阙祀咸荐。"

㉚"汉路"二句:盖言官军复京后留守情形。汉路,即银汉,与"云衢"互文同义,均喻京城官街。杜甫《赠严八阁老》:"蛟龙得云雨,雕鹗在秋天。"骕骦,亦作肃爽,骏马名。《左传·定公三年》:"唐成公如楚,有两肃爽马。"杜预注:"肃爽,骏马名。"张协《七命》:"驾红阳之飞燕,骖唐公之骕骦。"

㉛"宝装"二句:言官军奢华情形。麝裹,以麝香熏染。

㉜"目睹"二句：指官军复长安后时有捷报，巢军败退。

㉝"人心"二句：喻光启元年僖宗还京时，朱玫、王重荣、李克用等势力相互争斗。獬豸，传说中的兽名。能别曲直，后世借指执法官吏侍御史等。《后汉书·舆服志》："法冠，……执法者服之，侍御史、廷尉正监平也。或谓之獬豸冠。獬豸，神羊，能别曲直，楚王尝获之，故以为冠。"姚合《送李植侍御》："圣代无邪触，空林獬豸归。"刘向《说苑·正谏》：吴王欲伐荆，其舍人谏曰："园中有树，树上有蝉，蝉高居悲鸣饮露，不知螳螂在其后也。螳螂委身曲附欲取蝉，而不知黄雀在其傍也。黄雀延颈欲啄螳螂，而不知弹丸在其下也。此三者，皆务欲得其前利，而不顾其后之患也。"吴王遂罢兵。

㉞"上略"二句：盖指李克用逼京城。李康《运命论》："张良受黄石之符，诵《三略》之说。"李善注引《黄石公记序》："黄石公者，神人也，有《上略》《中略》《下略》。"

㉟"纡金"二句：状朝臣意气轩昂。高承《事物纪原》卷三："《穆天子传》曰：'天子北征，舍于珠泽。珠泽之人献白玉石，天子赐黄金之镮三五，朱带。'此即金带之起也，至唐定令为四品服。"执玉，与"纡金"互文同义，均指显贵。《左传·庄公二十四年》："御孙曰：'男贽，大者玉帛。'"杜预注："公侯伯子男执玉，诸侯世子附庸孤卿执帛。"藏昂，亦作昂藏，轩昂貌。李白《赠潘侍御论钱少阳》："绣衣柱史何昂藏，铁冠白笔横秋霜。"

㊱"覆餗(sù)"二句：谓朝臣不胜其职，侈靡享乐。《易·鼎》："九四，鼎折足，覆公餗，其形渥，凶。"《后汉书·谢弼传》："蠹今之四公，唯司空刘宠断断守善，馀皆素餐致寇之人，必有折足覆餗之凶。"王弼注："知小谋大，不堪其任，受其至辱，灾及其身。"孔颖达疏："餗，糁也，八珍之膳，鼎之实也。"

㊲"四民"二句：言臣民奢华，耕桑尽废。四民，本指士、农、工、商。此泛指臣民。《尚书·周官》："司空掌邦土，居四民，时地利。"《汉书·食货志》："士农工商，四民有业。学以层位曰士，辟土殖谷曰农，作巧成器曰工，通才鬻货曰商。"组绶，系挂玉佩的丝带。九土，即九州。

㊳"八珍"二句：八珍，泛指佳肴。《周礼·天官·膳夫》："掌王之食饮膳羞，以养王及后世子。凡王之馈食用六谷，……珍用八物。"注："珍谓淳熬、淳母、炮豚、炮牂、捣珍、渍熬、肝膋也。"膳府，宫廷食物仓库。《周礼·

地官·廛人》:"凡珍异之有滞者,敛而入于膳府。"《书·益稷》:"帝曰:……以五采彰施于五色,作服,汝明。"孔颖达疏:"以五种之彩明施于五色,制作衣服。汝当为我明其差等而制度之。"筐床,方正舒适之床。《庄子·齐物论》:"与王同筐床,食刍豢,而后悔其泣也。"郭庆藩《集释》引《释文》:"司马云:筐床,安床也。崔云:筐,方也。一云正床也。"

㊴歌钟:《左传·襄公十一年》:"郑人贿晋侯……歌钟二肆。"孔颖达疏:"言歌钟者,歌必先金奏,故钟以歌名之。《晋语》孔晁注云:'歌钟,钟以节歌也。'"

㊵犯天狼:指爆发战事。天狼,星名。屈原《九歌·东君》:"青云兮白霓裳,举长矢兮射天狼。"王逸注:"天狼,星名,以喻贪残。"《史记·天官书》:"参为白虎。……其东有大星曰狼。狼角变色,多盗贼。"《正义》:"狼一星,参东南。狼为野将,主侵掠。"

㊶"未睹"二句:"未睹"句,盖谓僖宗未能剪除专权宦官田令孜。君除侧,灭除君王身边奸臣。《晋书·谢鲲传》:"及(王)敦将为逆,谓鲲曰:'刘隗奸邪,将危社稷。吾欲除君侧之恶,匡主济时,何如?'"玉在旁,喻品德高洁之臣辅佐君王。

㊷相将:相与、相共。令狐楚《春游曲》:"相将折杨柳,争取最长条。"

㊸"九流"二句:九流,泛指各类人才。薛逢《送西川杜司空赴镇》:"莫遣洪炉旷真宰,九流人物待陶甄。"二柄,指文、武。《旧唐书·武宗纪》载会昌五年八月制:"况我高祖、太宗,以武定祸乱,以文理华夏,执此二柄,足以经邦。"

㊹"小孽"二句:"小孽"句,指光启二年十月,朱玫奉襄王李煴即皇帝位,改元建贞。躔(chán)次,本指日月星辰运行轨迹,比喻国运。

㊺"法尧"二句:"法尧"句,言僖宗效法尧帝素俭之德。李昉等《太平御览》卷九九六引《尹文子》云:"尧为天子,衣不重锦,食不兼味。""罪己"句,言僖宗内省思咎。《左传·庄公十一年》:"禹汤罪己,其兴也悖焉;桀纣罪人,其亡也忽焉。"又《庄公三十二年》:"虢多凉德,其何土之能得?"杜预注:"凉,薄也。"

㊻"帝念"二句:思理,思治,避唐高宗李治名讳而改。违,疑惑。

㊼"诏催"二句:言僖宗诏求贤良佐政。青琐客,指朝臣。青琐,宫门装饰,代指宫廷。《汉书·元后传》:"曲阳侯根骄奢僭上,赤墀青琐。"孟康曰:"以青画户边镂中,天子制也。"颜师古曰:"孟说是也。青琐者,刻为连环文,而青涂之也。"杜甫《秋兴八首》其五:"一卧沧江惊岁晚,几回青琐点朝班。"紫微郎,即中书侍郎。开元元年曾改中书省为紫微省,五年复旧。

㊽"胜灾"句:灾灭,胡本、《全唐诗》作"灾减"。御粱,亦称御粮、御米,宫廷所用粮。

㊾转洋洋:席本作"喜洋洋"。

㊿"舜庭"二句:《淮南子·主术训》:"故尧置敢谏之鼓,舜立诽谤之木。"高诱注:"欲谏者击其鼓。"《汉书·东方朔传》载朔称汉文帝时,"集上书囊以为殿帷,以道德为丽,以仁义为准。"

㉑"俭德"句:《尚书·太甲》:"慎乃俭德,惟怀永图。"孔安国传:"言当以俭为德,思长世之谋。"三尺,代指尧舜之道。《史记·太史公自序》:"墨者亦尚尧舜道,言其德行曰堂高三尺,土阶三等。"

㉒"世随"二句:《史记·屈原贾生列传》:"屈原至于江滨,被发行吟泽畔,颜色憔悴,形容枯槁。渔父见而问之曰:'子非三闾大夫欤?何故而至此?'屈原曰:'举世混浊而我独清,众人皆醉而我独醒,是以见放。'渔父曰:'夫圣人者,不凝滞于物而能与世推移。举世混浊,何不随其流而扬其波?众人皆醉,何不餔其糟而歠其醨?何必怀瑾握瑜而自令见放为?'"《论语·微子》:"楚狂接舆歌而过孔子,曰:'凤兮凤兮,何德之衰。往者不可谏,来者犹可追。已而已而,今之从政者殆而。'孔子下,欲与之言。趋而辟之,不得与之言。"邢昺疏:"接舆,楚人,姓陆名通,字接舆也。昭王时政令无当,乃被发佯狂不仕,时人谓之楚狂也。"

㉓"窜逐"二句:天宝十四年十一月,范阳节度使安禄山反,次年六月入长安,唐玄宗奔蜀。至德二年十月,郭子仪收复两京,玄宗还京。"遭罹"句,指遭遇不同于永嘉之乱。

㉔天潢:星名。代指江河。《史记·天官书》:"王良策马,车骑满野。旁有八星,绝河,曰天潢。"《索隐》:"元命包曰:'潢主河渠,所以度神,通四方。'宋均云:'天潢,天津也。津,凑也,故主计度。'"

(55)“似鱼”二句：“似鱼”句，盖谓甘愿独善其身。《礼记·内则》：“鱼去乙。”郑玄注：“乙，鱼体中害人者名也。今东海容鱼有骨名乙，在目旁，状如篆乙，食之鲠人不可出。”“比蟹”句，盖谓无能兼济天下。《礼记·檀弓》：“成人有其兄死而不为衰者，闻子皋将为成宰，遂为衰。成人歌曰：蚕则绩而蟹有匡，范则冠而蝉有緌，兄则死而子皋为之衰。”孔颖达疏：“‘蟹有匡’者，蟹背壳似匡，仍谓蟹背作匡。”

(56)不臧：不善。《诗·邶风·雄雉》：“不忮不求，何用不臧。”

(57)“忸恨”二句：板，指神山板桐。《水经注·河水》引《昆仑记》：“昆仑之山三级。下曰樊桐，一名板桐；二曰玄圃，一名阆风；上曰层城，一名天庭，是谓太帝之居。”

(58)“势将”二句：盖谓兵乱中遇郑拾遗。鹤列，喻兵阵。《庄子·徐无鬼》：“君亦必无盛鹤列于丽谯之间。”郭象注：“鹤列，陈兵也。”

(59)“已报”二句：指僖宗文德元年二月还京。《孟子·万章下》：“思天下之民，匹夫匹妇有不与被尧舜之泽者，如己推而内之沟中。”张衡《东京赋》：“人或不得其所，若己纳之于隍。”《说文》：“隍，城池也。有水曰池，无水曰隍。”

(60)“文风”二句：谓戢兵尚文，重兴礼教。旂裳，亦作旂常，旌旗。《周礼·春官·司常》：“掌九旗之物名，各有属以待国事。日月为常，交龙为旂。……王建大常，诸侯建旂。”

(61)“紫闼”二句：指重修国学事。紫闼，指宫廷。闼，宫中小门。陆机《辨亡论》：“旋皇舆于夷庚，反帝座乎紫闼。”吕延济注：“紫闼，帝宫也。”《诗·郑风·子衿》：“青青子衿，悠悠我心。”毛传：“青衿，青领也，学子之所服。”

(62)“赪(chēng)尾”句：喻历经战乱之臣尚为王室忧虑。《诗·周南·汝坟》：“鲂鱼赪尾，王室如毁。”毛传：“赪，赤也，鱼劳则尾赤。毁，火也。”郑玄笺：“君子仕于乱世，其颜色疲病，如鱼劳则尾赤。所以然者，畏王室之酷烈。”

(63)“吴坂”二句：“吴坂”句，喻野外贤才希求知遇。李善注引《战国策》曰：“楚客谓春申君曰：‘昔骐骥驾盐车上吴坂，迁延负辕而不能进，遭伯乐，仰而鸣之,知伯乐知己也。'"又引《古今地名》曰:"真零坂,在吴城之北,今谓之吴坂。"汪遵《吴坂》:"蹐跼盐车万里蹄,忽逢良鉴始能嘶。""岐山"句,喻昭宗中兴气象。《国语·周语上》:"周之兴也,鸑鷟鸣于岐山。"韦昭注:"三君云:鸑鷟,凤之别名也。"岐山,今陕西岐山县东北。

㉞"词源"二句:"词源"句,言崇文之风盛行。杜甫《赠虞十五司马》:"凄凉怜笔势,浩荡问词源。""谏署"句,谓谏辞如玉,铿锵有声。谏署,亦称谏垣、谏院,谏官官署。

㉟"饲雀"二句:饲雀,喻救治衰乱之世。吴均《续齐谐记》:东汉杨宝性慈爱,年九岁,至华阴山,见一黄雀为鸱枭所搏,坠于树下,为蝼蚁所困。宝取之以归,置巾箱中,唯食黄花,百余日毛羽成,乃飞去。其夜有黄衣童子向宝再拜曰:我西王母使者,君仁爱救拯,实感成济。以白环四枚与宝:令君子孙洁白,位登三事,当如此环矣。烹蛇,喻根除乱世毒孽。欧阳询等《艺文类聚》卷九六引贾谊书曰:"孙叔敖之为儿,出游还,忧而不食。其母问其故,泣而对曰:'今旦见两头蛇,恐死。'母曰:'今蛇安在?'曰:'闻见两头蛇者死,恐他人复见之也,已杀而埋之。'母曰:'无忧,汝不死矣。吾闻之,有阴德者,天报以福。"李昉等《太平御览》卷九三四引《搜神记》:"宋元嘉中,广州有三人共入山中伐木。忽见石窠中有三卵,大如升,取归煮之。汤始热,便闻林中如风雨声。须臾,有大蛇大十围,长四五丈,径来于汤中衔卵而去。三人无几皆死。"

㊱"弢弓"句:弢弓,弓衣。䨄,胡本、《全唐诗》作"挥"。

㊲"谔(è)谔"二句:谔谔,直言貌。《楚辞·惜誓》:"或推移而苟容兮,或直言之谔谔。"《论语·子张》:"曾子曰:'堂堂乎张也,难与并为仁矣。'"邢昺疏:"堂堂,容仪盛貌。"

㊳"晓风"二句:建礼,指建礼门。《晋书·职官志》:"(尚书)郎主作文书起草,更直五日于建礼门内。"白居易《东南行一百韵》:"承明连夜直,建礼拂晨趋。"文昌,指尚书省。张说、张九龄等《唐六典》卷一:秦置尚书,汉因之。"然后汉尚书称台,魏晋已来为省,皇朝因之。龙朔二年改为中台,咸亨元年复旧。光宅元年改为文昌台,长安三年又为中台,神龙初复旧。"

㊴"北望"二句:心如旆,喻心神不定。《战国策·楚策一》:楚威王对苏

秦说:"寡人自料,以楚当秦,未见胜焉。内与群臣谋,不足恃也。寡人卧不安席,食不甘味,心摇摇如悬旌,而无所终薄。今君欲一天下,安诸侯,存危国,寡人谨奉社稷以从。"律变商,指入秋。《礼记·月令》:"孟秋之月,……其音商,律中夷则。"

⑩万斯箱:《诗·小雅·甫田》:"乃求千斯仓,乃求万斯箱。"

⑪瀼(ráng)瀼:状露水多。《诗·郑风·野有蔓草》:"野有蔓草,零露瀼瀼。"

⑫"归途"句:李昉等《太平御览》卷四〇九引《列士传》:"六国时,羊角哀与左伯桃为友,闻楚王贤,俱往仕。至梁山,逢雪,粮尽,度不两全,遂并粮与角哀。角哀至楚,楚用为上卿。后来收葬伯桃。"

⑬"身虽"二句:震泽,湖名,即今江苏太湖。《书·禹贡》:"三江既入,震泽底定。"孔安国传:"震泽,吴都太湖。"雷塘,亦称雷陂,在今江苏江都市北。缪荃孙《元和郡县图志阙卷逸文》卷二:"雷陂在县北十里。"

⑭执友:《礼记·曲礼》:"僚友称其弟也,执友称其仁也。"郑玄注:"执友,志同者。"

⑮"望阙"二句:崔豹《古今注》卷上:"华盖,黄帝所作也,与蚩尤战于涿鹿之野,常有五色云气金枝玉叶止于帝上,有花葩之象,故因而作华盖也。"玉珰,本为汉时武官冠饰,此泛指朝官佩饰。

⑯"米慙"二句:薏苡,禾本科植物,果仁名薏米,白色,可食。左思《蜀都赋》:"布有橦华,面有桃榔。"刘逵注:"桃榔,树名也。木中有屑,如面,可食,出兴古。"

⑰"伫归"二句:蓬岛,指朝廷。唐左、右拾遗分别隶属门下省、中书省,均在大明宫。高宗龙朔年间曾改大明宫为蓬莱宫。杜甫《莫相疑行》:"忆献三赋蓬莱宫,自怪一日声辉赫。"纶诏,指皇帝诏书。《礼记·缁衣》:"子曰:王言如丝,其出如纶;王言如纶,其出如綍。"青缃,书卷封套。萧统《文选序》:"记词人才子,则名溢于缥囊;飞文染翰,则卷盈于缃帙。"

梦入关

梦中乘传过关亭,南望莲峰簇簇青。①马上正吟归去好,觉来江月满前庭②。

【题解】

此诗疑作于大顺二年(891)泛湘西归之前。诗人滞留异地,怅望故乡,欲归不能,思极成梦,梦醒添愁,无可语怀。但这一变化腾挪的过程,在诗中出现时却经过了巧妙的剪裁,作者选取最富于包孕性的一刹那——即梦醒之时,愁绪涌上心头,唯有满庭如水月光相伴相慰、相印相证的片刻,传达出那种难以言喻的清愁。全篇结构巧妙,先扬后抑,结尾含蓄隽永,寓情于景,在众多的思乡之作中不失为一首熟而不烂、独具一格的好作品。

【注释】

①"梦中"二句:乘传,古代四匹下等马所驾之车。《汉书·高帝纪》:"(田)横惧,乘传诣洛阳。"如淳曰:"律,四马高足为置传,四马中足为驰传,四马下足为乘传,一马二马为轺传。急者乘一乘传。"关亭,泛指关隘驿亭。齐涛《韦庄诗词笺注》以为:韦庄关中人氏,此诗显然为思乡之作,则梦入关之关当为潼关,梦中乘传所过之关亭,是往关中必由之路的潼关之亭。莲峰,聂安福《韦庄集笺注》以为指华山,在今陕西华阴南。齐涛《韦庄诗词笺注》认为应是华岳中峰莲花峰,在潼关之南,故诗云"梦中乘传过关亭,南望莲峰簇簇青"。

②前庭:洪迈《万首唐人绝句》作"前汀"。

送人归上国①

送君江上日西斜,泣向江边满树花。若见青云旧相识,为言流落在天涯。

【题解】

此诗当作于越州或婺州客居时。诗作言悲情哀,用意也深。既充满对还乡的痴望,更希望在朝中为官的旧友有机会施以援手。

【注释】

①诗题中"上国",指京城长安。江淹《四时赋》:"忆上国之绮树,想金陵之蕙枝。"

【辑评】

明唐汝询《唐诗解》卷三〇:端己以唐末之乱留仕于蜀,此因送友自陈流离之怀,以见仕蜀非其本心也。

清吴昌祺《删订唐诗解》卷一五:此言出自端己,故不为直致。

闻春鸟①

云晴春鸟满江村②,还似长安旧日闻。红杏花前应笑我,我今憔悴亦羞君③。

【题解】

此诗盖作于兰芷村居时。诗写闻鸟见花,生发出思念长安的愁苦,以及遭受乱离身心倦疲的慨叹。

【注释】

①诗题中"春鸟",《周礼·夏官·罗氏》:"中春罗春鸟。"郑玄注:"春鸟,蛰而始出者,若今南郡黄雀之属。"

②云晴:洪迈《万首唐人绝句》作"雨时"。

③亦羞:《全唐诗》注:"一作'却羞'。"

樱桃树①

记得初生雪满枝②,和蜂和蝶带花移。如今花落游蜂去③,空作主人惆怅诗。

【题解】

此诗盖作于兰芷村居时。这首咏物诗,同以下《新栽竹》《语松竹》一样,都是以禽鸟树木为倾诉对象,表达隐居的寂寞与思乡的惆怅。

【注释】

①诗题下,胡本有注:"一作于武陵。"
②"记得"句:初生,《全唐诗》注:"一作'初开'。"李时珍《本草纲目》卷三〇:"樱桃树不甚高,春初开白花,繁英如雪。"
③如今:洪迈《万首唐人绝句》作"而今"。

独　鹤

夕阳滩上立徘徊,红蓼风前雪翅开①。应为不知栖宿处,几回飞去又飞来。

【题解】

此诗盖作于兰芷村居时。诗作托物寄情,把自己那种徘徊于人生歧路的苍凉日暮之感,表现得十分形象和充分。这里的"夕阳"景象,是唤起诗人内心的悲伤感觉的触媒,又凸显出独鹤寻觅栖宿处而终于难觅的危迫感。

【注释】

①红蓼:亦称辣蓼,水草名。王贞白《江上吟晓》:"晓露满红蓼,轻波飐白鸥。"

新栽竹

寂寞阶前见此君,绕栏吟罢却沾巾。异乡流落谁相识,唯有丛篁似主人①。

【题解】
此诗盖作于兰芷村居时。
【注释】
①"唯有"句:宋之问《泛镜湖南溪》:"沓嶂开天小,丛篁夹路迷。"似,《全唐诗》注:"一作'伴'。"

稻　田

绿波春浪满前陂,极目连云秜稏肥。①更被鹭鹚千点雪,破烟来入画屏飞。②

【题解】
此诗盖作于兰芷村居时。在唐末的藩镇割据战争中,长江流域受到的影响相对较小。诗写无边的稻田翻滚着连天的绿波春浪,千只鹭鸶宛若点点白雪,在江南水乡的锦绣画屏中破烟而飞。写来秀丽清新,生趣盎然。
【注释】
①"绿波"二句:绿波春浪,洪迈《万首唐人绝句》作"浪波春稻"。秜稏(bà yà),《全唐诗》作"穤稏"。稻名。
②"更被"二句:千点雪,《万首唐人绝句》作"千点白"。"破烟",《万首唐人绝句》作"披烟"。

庭前菊

为忆长安烂熳开①,我今移尔满庭栽。红兰莫笑青青色,曾向龙山泛酒来②。

【题解】
此诗盖作于兰芷村居时。诗作通过吟咏生长中的菊花,以表达思乡之情。全篇出之以拟人口吻,说是为了追忆长安遍处开放的胜景,我把你们移植过来,栽满了庭院。又转而对旁边的兰花说,不要笑菊花现在的青青之色,在秋天的登高欢会中,她们将会开放,成为隐逸高洁之趣的象征。

【注释】
①烂熳:同"烂漫",绚丽多彩。
②"曾向"句:龙山,今安徽当涂东南。《世说新语·识鉴》刘孝标注引《(孟)嘉别传》:"(嘉)后为征西桓温参军,九月九日,温游龙山,参察毕集。时佐史并著戎服,风吹嘉帽堕落,温戒左右勿言,以观其举止。嘉初不觉,良久如厕,命取还之。令孙盛作文嘲之,成,著嘉坐。嘉还即答,四坐嗟叹。嘉喜酣畅,愈多不乱。温问:'酒有何好,而卿嗜之。'嘉曰:'明公未得酒中趣尔。'"

燕 来

去岁辞巢别近邻,今来空讶草堂新。花开对语应相问①,不是村中旧主人。

【题解】
此诗盖作于兰芷村居时。诗作通过燕子惊讶草堂主人的更换,寄托诗人饱经乱离、人事变迁的感慨。

【注释】

①花开:洪迈《万首唐人绝句》作"花间"。

【辑评】

清黄叔灿《唐诗笺注》卷一〇:乱离之后,村落虽存,居民非故,言外恻恻。

倚柴关①

杖策无言独倚关,如痴如醉又如闲。孤吟尽日何人会,依约前山似故山②。

【题解】

此诗盖作于兰芷村居时。诗写诗人心中无人倾诉的痛苦——思乡伤离与思君伤时。

【注释】

①诗题中"柴关",即柴门。戴叔伦《遣兴》:"诗名满天下,终日掩柴关。"

②"依约"句:依约,仿佛。刘兼《登郡楼书怀》:"天际寂寥无雁下,云端依约有僧行。"故山,旧山,喻家乡。应玚《别诗》二首其一:"朝云浮四海,日暮归故山。"司空图《漫书五首》其一:"逢人渐觉乡音异,却恨莺声似故山。"

题七步廊

席门无计那残阳①,更接檐前七步廊。不羡东都丞相宅,每行吟得好篇章②。

【题解】

此诗盖作于兰芷村居时。诗写可以漫步缓踱的廊子便是文思涌现的所在,每每在此可以像曹植那般于短暂的时间里迅疾吟出感人至深的好篇章。仅此,便足以使诗人自喜自满,而不羡慕东都里的豪门巨园。言下之意,似乎园亭存在的目的与价值,主要还是文学功能(参侯乃慧《诗情与幽境:唐代文人的园林生活》)。

【注释】

①"席门"句:席,《全唐诗》注:"一作'杜'。"那,《全唐诗》注:"一作'奈'。"《史记·陈丞相世家》:"家乃负郭穷巷,以弊席为门,然门外多有长者车辙。"

②"每行"句:《世说新语·文学》:"文帝尝令东阿王七步中作诗,不成者行大法。应声便为诗曰:'煮豆持作羹,漉菽以为汁。萁其釜下然,豆在釜中泣。本自同根生,相煎何太急。'帝深有惭色。"

语松竹

庭前芳草绿于袍①,堂上诗人欲二毛。多病不禁秋寂寞,雨松风竹莫骚骚②。

【题解】

此诗盖咸通初年所作。

【注释】

①绿于:《全唐诗》注:"一作'绿如'。"

②"雨松"句:莫,通"暮"。张衡《思玄赋》:"寒风凄其永至兮,拂穹岫之骚骚。"李善注:"骚骚,风劲貌。"

不出院楚公①

自三衢至江西作。

一自禅关闭,心猿日渐驯。②不知城郭路,稀识市朝人。履带阶前雪,衣无寺外尘。却嫌山翠好,诗客往来频。

【题解】

此诗当作于大顺二年(891)冬。在佛门中,不少僧人为了锻炼自己的定力,拒绝世俗嚣尘的染污,常常闭关修习,数年甚至十数年不走出寺院之门。诗中所写的"楚公",就是这样一位意志坚定的高僧。佛门常将止欲定躁称为驯服"心猿",谓只要缚住心猿与意马,就不会逐境而生贪求之心,无欲无求,息却机心,自然也就摆脱了焦虑情怀。此诗首二句即用"心猿"佛典,说"楚公"自从闭关之后,心中便越来越宁静。末二句"却嫌山翠好,诗客往来频",则是喻其定力如同青山之坚定,山之青翠,无有改变移易。

【注释】

①题注中"三衢",即衢州,治所在今浙江衢州。江西,江南西道,治洪州(今江西南昌)。

②"一自"二句:禅关闭,闭门参禅。禅关,喻悟彻佛教教义必须越过的关口。李白《同族侄评事黯游昌禅师山池二首》其一:"远公爱康乐,为我开禅关。"心猿,佛教喻攀缘外境、浮躁不安之心有如猿猴。《维摩经·香积佛品》:"以难化之人,心如猿猴,故以若干种法制御其心,乃可调伏。"

江边吟

江边烽燧几时休,江上行人雪满头。①谁信乱离花不见,只应惆怅水东流。陶潜政事千杯酒②,张翰生涯一叶舟。若有片帆归去好,可堪重倚仲宣楼③。

【题解】

此诗盖景福元年(892)春作于荆州。诗作自比古人,说自己在动乱的生涯中,为求官而到处流离漂泊,很想像陶渊明和张翰一样视功名如敝屣,归隐故里。若能了此心愿,何必像王粲那样久滞异乡。

【注释】

①"江边"二句:《资治通鉴》卷二五七、二五八、二五九:自光启三年至景福元年,秦彦、毕师铎、孙儒、杨行密等先后在长江下游扬州、苏州、润州等地连年交战,烽烟不断。至景福元年六月,孙儒兵败被杀,余部难逃洪州。"先是,扬州富庶甲天下,时人称扬一、益二。及经秦、毕、孙、杨兵火之余,江、淮之间,东西千里扫地尽矣。"白居易《梦微之》:"君埋泉下泥销骨,我寄人间雪满头。"

②"陶潜"句:萧统《陶渊明传》:陶渊明任彭泽令时,"公田悉令种秫,曰:'吾常得醉于酒,足矣。'"陶渊明《归去来兮辞序》:"彭泽去家百里,公田之利足以为酒,故便求之。"

③"可堪"句:仲宣楼,在江陵府当阳(今属湖北)。缪荃孙《元和郡县图志阙卷逸文》卷一:"麦城,在县东五十里。……王粲于此登楼而赋。"杜甫《将赴荆南寄别李剑州》:"戎马相逢更何日,春风回首仲宣楼。"

【辑评】

清黄叔灿《唐诗笺注》卷六:此首感时伤乱,兵戈莫定,花事难凭,惆怅空悲,江湖莫返。此时此际,惟有如陶潜之饮酒、张翰之扁舟差堪自遣。结言不如归去,那堪如王粲之登楼耶!其《立春》诗云:"雪圑乍开红菜甲,彩幡新剪绿杨丝。"又《三堂东湖》诗云:"蟾报夜魄当湖落,岳倒秋莲入浪生。"又《秋日早行》诗云:"半山残月露华冷,一岸野风莲萼香。"又《秦妇吟》云:"帝子梦魂烟水阔,谢公诗思碧云低。"(案:此联出自《江皋赠别》,而非《秦妇吟》。)皆警句也。

江南送李明府入关①

雨花烟柳傍江村,流落天涯酒一樽。分首不辞多下泪②,回头唯恐更消魂。我为孟馆三千客,君继宁王五代孙。③正是中兴磐石重④,莫将憔悴入都门。

【题解】

此诗盖龙纪、大顺年间婺州所作。诗写相送友人。尤其是"回头唯恐更消魂"一句,谓当友人已经上路,自己也在返回之际,彼此都不敢回头,怕的是一相望便更加令人黯然神伤。对二人心理活动的进一步揭示,使得诗意更显丰厚生动,真可谓于无情中更见深情了。当然,如果联系诗作后半部分来看,更为内在的缘由,恐怕还是在于,诗人心中始终装着他的大唐,他的君主。

【注释】

①诗题中"李明府",不详。
②分首:原注:"似应作分手。"
③"我为"二句:韦庄中和三年春夏间入周宝幕。光启三年三月,周宝为镇海军将刘浩所逐,奔常州,庄南下入越,客婺,盖仍居幕职。《史记·孟尝君列传》:齐公子田文袭父爵封于薛(今山东滕县南),为薛公,号孟尝君,后相齐湣王。好纳客养士,有食客三千。李宪,本名成器。睿宗长子,玄宗异母兄,以玄宗有平韦氏之功,让储于玄宗。开元四年避昭成皇后讳改名宪,封宁王。谥让皇帝。案:据《新唐书·宗室世系表下》,李宪五代孙有桥陵台令李济。其父李玄礼,广明、中和年间为灵武节度使。李明府或即李济。
④"正是"句:指李明府。《汉书·文帝纪》载宋昌语:"高帝王子弟,地犬牙相制,所谓磐石之宗也,天下服其强。"

【辑评】

清胡以梅《唐诗贯珠》卷一五：起得细腻有琢炼，下皆疏畅之句。须得腻起，便觉骨肉停匀。第二离杯，主宾皆关中人在江南，故有流落之感。孟，孟尝君；宁王，玄宗兄。结言中兴，则宗子维城，于国家有磐石根本之固；莫将憔悴之意入都，慰之之词。

送福州王先辈南归①

豫章城下偶相逢②，自说方今遇至公。八韵赋吟梁苑雪③，六铢衣惹杏园风。名标玉籍仙坛上，家寄闽山画障中。④明日一杯何处到，绿杨烟岸雨濛濛。

【题解】

此诗盖作于景福元年(892)夏初。诗作看似纯系酬应，但末二句"明日一杯何处到，绿杨烟岸雨濛濛"自有味道。原因在于，乱离的时代，求生尚且不易，知音更难寻觅。干戈相隔，即便是真正的朋友，也难得时时相会。偶尔一见，分别时自然不免悲伤凄迷。

【注释】

①诗题中"福州"，即福州都督府，唐开元十三年置，因州西北福山为名，治所在今福建福州。王先辈，不详。

②豫章：隋置县名，唐宝应元年改为南昌县，治所在今江西南昌。

③"八韵"句：王铚《四六话序》："唐天宝十二载，始诏举人策问外试诗、赋各一首，于是八韵律赋始盛。"(案：唐进士科试诗赋，赋用古语一句八字为韵，如白居易《宣州试射中正鹄赋》原注："以'诸侯立戒众士知训'为韵。"孙光宪《北梦琐言》卷四：温庭筠"才思艳丽，工于小赋。每入试，押官韵作赋，凡八叉手而八韵成。")谢惠连《雪赋》："岁将暮，时既昏。寒风积，愁云繁。梁王不悦，游于兔园。……俄而微霰零，密雪下。"兔园，亦称梁苑、梁

园,故址在今河南开封东南。

④"名标"二句:名标玉籍,谓科举及第如登仙。玉籍,仙人名籍。温庭筠《感旧陈情五十韵献淮南李仆射》:"玉籍标人瑞,金丹化地仙。"画障,指如画的自然景色。

雪夜泛舟游南溪

大江西面小溪斜,入竹穿松似若耶①。两岸严风吹玉树,一滩明月晒银砂。②因寻野渡逢渔舍,更泊前湾上酒家。去去不知归路远,棹声烟里独呕哑③。

【题解】

此诗盖作于大顺二年(891)冬。诗如其题,所谓"首联南溪,次联雪夜,下皆泛舟也"。末句"棹声烟里独呕哑",钱锺书先生曾作过精妙的比较分析:"唐人像刘禹锡《堤上行》只说:'桨声咿轧满中流',韦庄《雪夜泛舟游南溪》只说:'棹声烟里独呕哑',李白《淮阴书怀寄王宋城》:'大舶夹双橹,中流鹅鹳鸣',把鸟叫来比橹声,颇为真切。宋代诗人的描写却更细腻,想象橹是在咿哑独唱或呢喃自语。……萧立之这一句把当时的景色都衬出来,不仅是个巧妙的比喻。"(《宋诗选注》)其中提到的"萧立之这一句",是指其《第四桥》末句:"自把孤樽擘蟹斠,荻花洲渚月平林。一江秋色无人管,柔橹风前语夜深。"

《胤禛行乐图册》是将雍正皇帝置入其中的一部宫廷版的《唐诗画谱》。韦庄此诗即附于其中第四册凡十六开之第五开,可见其在后世影响之一斑。画中描绘的是刚从船上登岸,朝着前方小酒店走去的雍正皇帝,即诗中所谓"因寻野渡逢渔舍,更泊前湾上酒家";而画中波岸一片雪白,枯树上亦沾满白粉,也是试着将诗中"两岸严风吹玉树,一滩明月晒银砂"的景象表现出来。(参邱士华《青史难留画业名——〈胤禛行乐图册〉之作者及相关问题研究》,载李天鸣主编《为君难:雍正其人其事及其

时代论文集》）

【注释】

①若耶：即若耶溪，在今浙江绍兴东南若耶山下。

②"两岸"二句：严风，寒风。袁淑《效古》："四面各千里，从横起严风。"玉树，披满白雪的树。月晒，《全唐诗》注："一作'月照'。"

③呕哑：桨声。李咸用《江行》："潇湘无事后，征棹复呕哑。"

【辑评】

元郝天挺注、明廖文炳解《唐诗鼓吹注解》卷一〇：（廖文炳解）首言大江西去，至于南溪，入竹穿松，有似乎若耶之景也。乃当雪时，风吹两岸之树，与玉争莹；月照一滩之沙，偕银比白；因寻野渡而逢渔舍，更泊前湾而上酒家；此皆泛舟之事也。至于去而忘远，棹声呕哑乃在云烟之内，不更见其夷犹自得哉？首联南溪，次联雪夜，下皆泛舟也。

清金圣叹《选批唐才子诗》卷八下：前解，写南溪雪夜。看他出手摇笔，居然写出"大江西面"四字，我骤读之，将谓下文何等风景，却不图其轻轻一落，便只接得"似若耶"三字。因思文章虽复小道，必有方法可观。如此一、二，下文若不为其"似若耶"，即上文便不必写大江作起；今既下文欲道"似若耶"，便上文不写大江作起，又不好也。词家好手，只争衬字、换字，此又衬又换法也。三、四，极写"似若耶"也。后解，写泛舟夜游。"寻野渡""泊前湾"，便是"去去"也。"不知归路"，正是泛雪胜情。且从来事无大无细，皆以一"归"字乱其心曲，此亦不可不戒也。"棹声呕哑"之为言，犹"去去"也。

清朱三锡《东岩草堂评订唐诗鼓吹》卷一〇：前四句写南溪雪夜，后四句写泛舟夜游。看他起手开笔曰"大江西面"，我骤读之，不知下文是何等风景，何等接落，却便轻轻一落，接出"似若耶"三字，直将大江西面无数风景俱收拾"似若耶"三字中，妙！妙！三、四皆写"似若耶"也。随手接一"因"字，写到泛舟夜游，何等便捷！"因寻野渡""更泊前湾"，便是"去去"也。"不知归路"，正是泛雪胜情，去而忘远之意。

清钱谦益、何焯《唐诗鼓吹评注》卷一〇：第二宽得妙。本是胜境，况又雪夜也。三、四顿觉凄神寒骨。斫绘沽酒，便可寂赏忘归。"游"字意足，叙致步步入妙。"烟"字再带写溪光矣。

清胡以梅《唐诗贯珠》卷五二:清景如画,匀腻可喜。三、四更佳,五、六亦有清兴。

清宋宗元《网师园唐诗笺》卷一三:(三、四句)写景如镂冰切玉。

清纪昀《墨评唐诗鼓吹》卷一〇:此种有何取意,何必敷衍为诗?

江行西望

西望长安白日遥,半年无事驻兰桡。欲将张翰秋江雨,画作屏风寄鲍昭。①

【题解】

此诗疑作于乾宁二年(895)秋携家入京途中。唐人普遍以诗歌作为交际手段,而在晚唐五代动乱之际,友朋间的相互忆念、关照,是起着一种社会性的精神导引作用的。赠答诗具有如此价值,提高抒情深度便成为一种追求。如韦庄此诗中用张翰事,即可知在深情厚谊的关注中,仍体现着时代的特点。

【注释】

①"欲将"二句:秋江,《全唐诗》注:"一作'松江'。"鲍昭,即鲍照,东海(治所在今山东苍山南)人。钟嵘《诗品》卷中称其"善制形状写物之词"。钱易《南部新书》卷九:"鲍照,字明远。至唐武后讳减为昭,后来皆曰鲍昭。"

【辑评】

明杨慎《升庵诗话》卷八:用事新奇可爱。

铜　仪①

铜仪一夜变葭灰,暖律还吹岭上梅。②已喜汉官今再睹,更惊尧历又重开。③窗中远岫青如黛,门外长江绿似苔。谁念闭关张仲蔚,满庭春雨长蒿莱。④

【题解】

此诗盖作于大顺元年(890)春。诗作抚时感怀。先写初春正月节候之到来,接着借写铜仪表示对新皇帝纪元的贺喜之情,再写居处自然环境,最后用张仲蔚之典感慨自身隐居,与朝士不通音问。

【注释】

①铜仪:铜制浑天仪。《后汉书·张衡传》:"安帝雅闻衡善术学,公车特征拜郎中,再迁为太史令。遂乃研核阴阳,妙尽璇机之正,作浑天仪。"李贤注引《汉名臣奏》:"蔡邕曰:言天体者有三家,一曰周髀,二曰宣夜,三曰浑天。宣夜之学绝,无师法。周髀术数具存,考验天状,多所违失,故史官不用。唯浑天者,近得其情,今史官所用候台铜仪,则其法也。"

②"铜仪"二句:葭灰,葭莩之灰。古人烧苇膜成灰,置于律管中,放密室内,以占气候。某一节候到,某律管中葭灰即飞出,示该节候已到。《后汉书·律历志》:"候气之法,为室三重,户闭,涂衅必周,密布缇缦。室中以木为案,每律各一,内卑外高,从其方位,加律其上,以葭莩灰抑其内端。按历而候之,气至者灰动。"古以十二乐律配十二月为月律,暖律犹春季。白居易《白孔六帖》卷九九:"大庾岭上梅,南枝落,北枝开。"彭乘《墨客挥犀》卷四:"大庾岭上有佛祠,岭外往来题壁者鳞比。有妇人题云:'妾幼年侍父任英州司寇,既代归,父以大庾本有梅岭之号,今荡然无一株,遂市三十本,植于岭之左右。因留诗于寺壁,今随夫任端溪,复至此寺,诗已为朽镘者所覆,即命墨于故处。'诗曰:'英江今日掌刑回,上得梅山不见梅。辍俸买栽三十树,清香留与雪中开。'好事者因此夹道植梅多矣。"梅岭,亦名大庾岭,

在今江西、广东交界处。

③"已喜"二句:《后汉书·光武帝纪》:"更始将北都洛阳,以光武行司隶校尉,使前整修宫府。于是置僚属,作文移,从事司察,一如旧章。时三辅吏士东迎更始,见诸将过,皆冠帻,而服妇人衣诸于绣镼,莫不笑之,或有畏而走者。及见司隶僚属,皆欢喜不自胜。老吏或垂涕曰:'不图今日复见汉官威仪!'由是识者皆属心焉。"杜甫《狄明府》:"太宗社稷一朝正,汉官威仪重昭洗。"尧历,即尧年,指帝尧盛世。武元衡《送冯谏议赴河北宣慰》:"汉代衣冠盛,尧年雨露多。"

④"谁念"二句:皇甫谧《高士传》卷中:张仲蔚"与同郡魏景卿俱修道德,隐身不仕。明天官博物,善属文,好赋诗,常居穷素,所处蓬蒿没人,闭门养性,不治荣名"。

【辑评】

清胡以梅《唐诗贯珠》卷四九:今诗言铜仪变葭灰,是冬至一阳初转,天地之气旋动,而铜仪应之。……此抚时有感之什也。

含 香①

含香高步已难陪,鹤到清霄势未回。遇物旋添芳草句,逢春宁滞碧云才。②微红几处花心吐,嫩绿谁家柳眼开③。却去金銮为近侍④,便辞鸥鸟不归来。

【题解】

此诗创作时地未详。诗作似为送人升迁。

【注释】

①含香:指尚书省。应劭《汉官仪》:"尚书郎奏事明光殿,省中皆胡粉涂壁,其边以丹漆地,故曰丹墀。尚书郎含鸡舌香,伏其下奏事。"杜佑《通典》卷二二:"尚书郎口含鸡舌香,以其奏事答对,欲使气息芬芳也。"杜甫《西阁二首》其二:"不道含香贱,其如镊白休。"

②"遇物"二句:遇物,感物。江淹《休上人怨别》:"日暮碧云合,佳人殊未来。"案:钟嵘《诗品》卷中:"初淹罢宣城郡,遂宿冶亭,梦一美丈夫,自称郭璞,谓淹曰:'我有笔在卿处多年矣,可以见还。'淹探怀中,得五色笔以授之。尔后为诗,不复成语,故世传'江淹才尽'。"

③柳眼:早春初生的柳叶如人睡眼初展,故称。元稹《生春二十首》其九:"何处生春早,春生柳眼中。"

④金銮:唐宫殿名,与翰林院相接,为召见学士之处。故址在今陕西西安北。

春 云

春云春水两溶溶,倚郭楼台晚翠浓。山好只因人化石①,地灵曾有剑为龙。官辞凤阙频经岁②,家住峨嵋第几峰。王粲不知多少恨,夕阳吟断一声钟。

【题解】

此诗疑作于景福元年(892)春游江西时。诗写登楼看云,联想到王粲登楼,并引起王氏那种失意思归的情绪。

【注释】

①"山好"句:徐坚等《初学记》卷五引刘义庆《幽明录》:"武昌北山上有望夫石,状若人立。古传云:昔有贞妇,其夫从役,远赴国难,携弱子饯送北山,立望夫而化为立石,因以为名焉。"

②经岁:经年,不止一年。李中《海上和郎戬员外赴倅职》:"班升鸳鹭频经岁,任佐龚黄必暂时。"

云 散

云散天边落照和,关关春树鸟声多①。刘伶避世唯沉醉,宁戚伤时亦浩歌。已恨岁华添皎镜,更非人事逐颓波。②青云自有鹓鸿待③,莫说他山好薜萝。

【题解】

此诗疑作于景福元年(892)春游江西时。诗写于薄暮见云散天边而引起层层联想。诗人联想到古人如何自处于乱世,又如何抒发自己失意的悲哀,于是兴起了老大与伤时之悲。

【注释】

①关关:鸟和鸣声。《诗·周南·关雎》:"关关雎鸠,在河之洲。"毛传:"关关,和声也。"

②"已恨"二句:皎镜,犹明镜。罗隐《投礼部郑员外启》:"伏以皎镜无私,虽容屡照;医门多病,应倦施功。"更非,席本、《全唐诗》作"更悲"。颓波,喻衰颓的趋势。韦应物《广陵遇孟九云卿》:"高文激颓波,四海靡不传。"

③鹓(yuān)鸿:喻朝官班列。庾肩吾《九日侍宴乐游苑应令》:"雕材滥杞梓,花绶接鹓鸿。"高适《途中酬李少府赠别之作》:"鹓鸿列霄汉,燕雀何翩翩。"

袁州作①

家家生计只琴书,一郡清风似鲁儒。②山色东南连紫府,水声西北属洪都。③烟霞尽入新诗卷,郭邑闲开古画图。正是江村春酒熟,更闻春鸟劝提壶。④

【题解】
此诗盖作于景福元年(892)春。诗作描绘袁州郡城的地理方位、山水走向、景色如诗如画的特点,以及郡城中儒雅的民风。末二句点出春天的季节特征,也渲染了春天的忙碌欢乐气氛。

【注释】
①诗题中"袁州",治所在今江西宜春。
②"家家"二句:陶渊明《归去来兮辞》:"悦亲戚之情话,乐琴书以消忧。"鲁儒,儒生,泛指儒家学说的信奉者。皇甫冉《送孔党赴举》:"家承孔圣后,身有鲁儒名。"
③"山色"二句:紫府,疑指紫府观,在袁州东南。陆游《老学庵笔记》卷九:"抚州紫府观真武殿像设有六丁六甲神,而六丁皆为女子像。黄次山书殿榜曰'感通之殿'。感通乃醴泉观旧名,至和二年十二月赐名。而像设亦醴泉旧制也。"洪都,即洪州。李吉甫《元和郡县图志》卷二八:"隋开皇九年平陈,置洪州,因洪崖井为名。武德元年改为总管府,七年改为都督府。"
④"正是"二句:春酒,冬酿春熟之酒。《诗·豳风·七月》:"十月获稻,为此春酒,以介眉寿。"马瑞辰《通释》:"春酒即酎酒也。汉制,以正月旦作酒,八月成,名酎酒。周制,盖以冬酿经春始成,因名春酒。"提壶,鸟名。李频《送陆肱归吴兴》:"劝酒提壶鸟,乘舟震泽人。"

【辑评】
清胡以梅《唐诗贯珠》卷四一:通首清丽,五、六尤精。比户琴书,所以似鲁儒之风雅也;山川秀发才有此风气,故承之以山水。紫府,色真而地假;洪都,色假而地真。交错借对,甚活。下半言游者,烟霞可添吟兴,出入如展画图,而江村酒熟,有幽鸟鸣春,更可醉游耳。

题袁州谢秀才所居①

主人年少已能诗,更有松轩挂夕晖②。芳草似袍连径合,白云如鸟傍檐飞。但将竹叶消春恨③,莫遣杨花上客衣。若有前山好烟雨,与君吟到暝钟归④。

【题解】

此诗盖作于景福元年(892)春。诗写友人居处美景。首句"主人年少已能诗"非泛泛而言,与上首《袁州作》结合起来,可以见出当时当地儒学流传、诗风盛行的状况。

【注释】

①诗题中"谢秀才",不详。

②松轩:萧子良《游后园》:"萝径转连绵,松轩方杳蔼。"

③竹叶:酒名。李时珍《本草纲目》卷二五:"竹叶酒,治诸风热病,清心畅意。淡竹叶煎汁,如常酿酒饮。"

④暝钟:晚钟。贾岛《送朱可久归越中》:"石头城下泊,北固暝钟初。"

【辑评】

清胡以梅《唐诗贯珠》卷三七:"挂夕晖",盖轩外有松,松梢挂夕阳,一"挂"字将通句成秀。秀才系青袍,故径外草色像之,从"主人年少"来。句有情,余皆清韵。

谒巫山庙①

乱猿啼处访高唐②,路入烟霞草木香。山色未能忘宋玉,水声犹似哭襄王。③朝朝暮暮阳台下④,为云为雨楚国亡。惆怅庙前无限柳⑤,春来空斗画眉长。

【题解】

此诗盖作于景福元年(892)春。诗作虽为吊古,亦是伤今。

此诗《全唐诗》《四库全书》本作薛涛诗。张蓬舟《薛涛诗笺》以此诗属薛涛,依据为:"庄诗格律极其严,此首颈联用流水对,在庄诗中绝无其例。"然实不足据。聂安福《韦庄集笺注》已从版本、格律两方面论定其说之非。

【注释】

①诗题中"巫山庙",即巫山神女庙,在今四川巫山县东巫山上。祝穆《方舆胜览》卷五七:"高唐神女庙,在巫山县西北二百五十步,有阳台。"

②"乱猿"句:《水经注·江水》:"自三峡七百里中,两岸连山,略无阙处。重岩叠嶂,隐天蔽日,自非亭午夜分,不见曦月。……每至晴初霜旦,林寒涧肃,常有高猿长啸,属引凄异,空谷传响,哀转久绝。故渔者歌曰:'巴东三峡巫峡长,猿鸣三声泪沾裳。'"宋玉《高唐赋序》:"昔者楚襄王与宋玉游于云梦之台,望高唐之观。其上独有云气,崒兮直上,忽兮改容,须臾之间,变化无穷。"

③"山色"二句:宋玉《高唐赋》李善题注:"《汉书》注曰:云梦中高唐之台。此赋盖假设其事风谏淫惑也。"《战国策·楚策四》:"庄辛谓楚襄王曰:'君王左州侯,右夏侯,辇从鄢陵君与寿陵君,专淫逸侈靡,不顾国政,郢都必危矣。'襄王曰:'先生老悖乎!将以为楚国祅祥乎!'庄辛曰:'臣诚见其必然者也,非敢以为国祅祥也。君王卒幸四子者不衰,楚国必亡矣。臣请辟于赵,淹留以观之。'庄辛去之赵,留五月,秦果举鄢、郢、巫、上蔡、陈之地,襄王流掩于城阳。"《史记·楚世家》索隐述赞:"昭困奔亡,怀迫囚房。顷襄、考烈,祚衰南土。"似,薛涛集作"是"。

④暮暮:李昉等《文苑英华》卷三二〇作"夜夜"。

⑤无限:韦縠《才调集》《文苑英华》本作"多少"。

【辑评】

元郝天挺注、明廖文炳解《唐诗鼓吹注解》卷一〇:(廖文炳解)首言未至庙时,从猿啼之处望高唐而往,路入于烟霞之内而草木皆香也。自其路中之景言之,崔嵬山色未能忘宋玉之情多,呜咽水声犹似哭襄王之梦断,至今清泉翠岫亦转寂寂无憀矣。若当时神女朝暮在阳台之下,为云为雨,而楚国已亡,盖见庙则朝暮犹在,云雨为一时之事,楚国不能久存,若似乎艳冶之足以亡国而楚襄之为荒唐悠谬,亦甚无补于国也。至于神女既去,庙前之柳春日争妍,空似与画眉斗长者,芳容掩镜,香骨成灰,铜雀马嵬,千古一慨,其为惆怅又孰有甚于此者哉!

清朱三锡《东岩草堂评订唐诗鼓吹》卷一〇:巫山神女庙,昔所传闻,并未目睹。今日斗然亲至其地,恨不疾飞立到,当其未到庙前早已遥遥在望矣。一曰望高唐,先从未到以前发笔,此第一层意也。二曰路入烟霞,又将到庙前接笔,此第二层意也。三写山色,四写水声,又将庙前之景再写一番,此第三层意也。"未能忘宋玉""犹似哭襄王",却从山色水声中写出,结撰灵幻。五、六是谒庙后因其所见述其所闻,言昔日已属荒唐,今日总归无有。七、八仍从庙前杨柳指点感慨,绝妙之文。

清纪昀《墨评唐诗鼓吹》卷一〇:何其鄙也!

清吴汝纶《桐城先生评点唐诗鼓吹》卷一五:此痛唐室无贤臣而亡也。柳眉喻国亡而诏佞余风尚在。

鹧 鸪

南禽无侣似相依①,锦翅双双傍马飞。孤竹庙前啼春雨,汨罗祠畔吊残晖。②秦人只解歌为曲,越女空能画作衣。③懊恼泽家非有恨,年年长忆凤城归。④

【题解】

此诗盖作于景福元年(892)春游湘中时。诗作借写鹧鸪之啼,自感身世。

【注释】

①南禽:指鹧鸪。左思《吴都赋》:"鹧鸪南翥而中留,孔雀绰羽以翱

翔。"刘逵注:"或言其鸟常南飞不止。"李白《山鹧鸪词》:"山鸡翟雉来相劝,南禽多被北禽欺。"

②"孤竹"二句:祠畔,《全唐诗》注:"一作'江畔'。"孤竹庙,指黄陵庙,故址在今湖南湘阴北。《水经注·湘水》:"湘水又北径黄陵亭西,右合黄陵水口。其水上承大湖,湖水西流,径二妃庙南,世谓之黄陵庙也。言大舜之陟方也,二妃从征,溺于湘江。"汨罗祠,亦称屈原庙、三闾大夫庙,故址在今湖南汨罗江北岸玉笥山上。

③"秦人"二句:《山鹧鸪》,唐代南方乐曲。王琦《李太白集注》卷二〇:"《山鹧鸪词》,按《教坊记》,《山鹧鸪》是曲名。郑谷诗:'座中亦有江南客,莫向清风唱鹧鸪。'知《山鹧鸪》者乃当时南地之新声。"画作衣,谓衣上绣鹧鸪。温庭筠《菩萨蛮》:"新帖绣罗襦,双双金鹧鸪。"

④"懊恼"二句:非有,《全唐诗》注:"一作'知有'。"城,原注:"一作'皇'。"懊恼泽家,原注:"鹧鸪之音也。"赵与虤《娱书堂诗话》卷上:"鹧鸪,其声格磔可听,世俗想像其音,或云'懊恼泽家',或云'行不得哥哥',盖方言不同,而歌咏亦各用之。"凤城,指京城。《列仙传》卷上:"萧史者,秦穆公时人也,善吹箫,能致孔雀、白鹤于庭。穆公有女,字弄玉,好之,公遂以为妻焉。日教弄玉作凤鸣。居数年,吹似凤声,凤凰来止其屋。公为作凤台,夫妇止其上,不下数年。一旦,皆随凤凰飞去。"

【辑评】

清金圣叹《选批唐才子诗》卷八下:(评前四句)此为写鹧鸪,为写自己,为写鹧鸪无依故来傍马,为写自己无依故欲鹧鸪来傍。三、四"暮雨""残晖",已极幽怨,又着"孤竹庙""汨罗祠",便一解纯是鬼诗,不可不辨也。(评后四句)五、六,言秦人越女不解我心。七、八,我于世更有何恨,只无故国得归耳。临了衬一"凤"字,颇为鹧鸪增色。

清胡以梅《唐诗贯珠》卷五三:此因鹧鸪而触拨流离心事,语多双夹,所谓兴而兼比也。言南禽寂寞无侣,似来相依,双飞马前,啼孤竹之泪,吊汨罗之祠。二处皆尚忠贞之迹,而暮雨残晖,如国步之晚季耳。秦人歌其曲,越女画作衣,终无济于无侣也。内意秦指朱温、李茂贞辈,欢歌乐祸。越指钱镠,无吊伐讨贼之志,如绘画之衣,不可着也,所以禽言懊恼泽家,岂非有恨而苦耶？盖为年年忆凤城而欲归耳。泽与宅、贼同音,如乐府思丝、悲碑通用。今不言宅、贼而用泽,更觉蕴藉。韦盖杜陵人,因朱温乱终于蜀,故年年忆归长安,其情可伤矣。

清殷元勋注、宋邦绥补《才调集补注》卷三：韦相盖因鸟音感触而伤天子之流离孤独,正与首句无侣照应。中间啼夜雨、吊残晖,俱衰晚之景。歌为曲,画作衣,以比藩镇之欢歌乐祸而无匡复之实功耳。昭宗在华州登齐云楼,西北顾望京师,作《菩萨蛮》三章以思归,其卒章曰："野烟生碧树,陌上行人去。安得有英雄,迎归大内中。"酒酣,与从臣悲歌泣下。与诗落句正符。

宿蓬船

夜来江雨宿蓬船,卧听淋铃不忍眠①。却忆紫微情调逸,阻风中酒过年年。②

【题解】

此诗盖作于天复年间,时在仕蜀之初、韦蔼编成《浣花集》之前。诗作因事而发,慨叹长久落魄,语意沉哀。末句袭用杜牧《郑瓘协律》："广文遗韵留樗散,鸡犬图书共一船。自说江湖不归事,阻风中酒过年年。"

【注释】

①"卧听"句：淋铃,洪迈《万首唐人绝句》作"淋泠"。《明皇杂录补遗》："明皇既幸蜀,西南行,初入斜谷,属霖雨涉旬,于栈道雨中闻铃,音与山相应。上既悼念贵妃,采其声为《雨霖铃》曲。"

②"却忆"二句：情调,洪迈《万首唐人绝句》作"清调"。紫微,唐开元元年改中书省为紫微省。又,中书省所在大明宫,高宗龙朔年间一度改名为蓬莱宫。中(zhòng)酒,醉酒。《汉书·樊哙传》颜师古注："饮酒之中也,不醉不醒,故谓之中。"

送李秀才归荆溪①

八月中秋月正圆,送君吟上木兰船②。人言格调胜玄度,我爱篇章敌浪仙。③晚渡去时冲细雨,夜滩何处宿寒烟。楚王宫去阳台近,莫倚风流滞少年。④

【题解】

此诗盖作于天复年间。首联交待时间与事件。颔联赞美李秀才的雅人风致、才华横溢。颈联表达对友人行途的关切之意,忧行之思,情意绵绵。尾联转以戏谑口吻嘱咐友人,不要因为自己的风雅放逸引动了神女,从而流连忘返,耽误了青春时光。情致一变,抹去了送别诗中常见的低回婉转,显得别有风味。

【注释】

①诗题中"李秀才",不详。荆溪,在今江苏宜兴南,唐属义兴县。

②木兰船:船的美称。李昉等《太平广记》卷四〇六:"七里洲中,有鲁班刻木兰为舟,舟至今在洲中。诗家所云'木兰舟',出于此也。木兰洲在浔阳江中,多木兰树。昔吴王阖闾植木兰于此,用构宫殿也。"贾岛《和韩吏部泛南溪》:"木兰船共山人上,月映渡头零落云。"

③"人言"二句:玄度,东晋许询。《世说新语·言语》:"刘尹云:'清风朗月,辄思玄度。'"刘孝标注引《晋中兴士书》:"许询能清言,于时士人皆钦慕仰爱之。"浪仙,贾岛字。

④"楚王"二句:顾祖禹《读史方舆纪要》卷六九:"阳台山,在(巫山)县治北,高百丈。志云:上有云阳台遗址。又县东北四里有女观山。志云:女观山西畔小山顶有楚故宫遗址,俗名细腰宫。"

【辑评】

清胡以梅《唐诗贯珠》卷一五:晋刘真长曰:"清风明月,每思玄度。"许询也。浪仙,贾岛,作诗矫俗,僻涩而奇峭,唐末皆推尊之,如李洞铸像称为贾岛佛。五、六幽秀,结以过阳台戏之,亦风流。巫山有楚王细腰官、阳台。今按此诗无三峡险句,非此也。汉阳府汉川有阳台山,或者近似之。

洪州送西明寺省上人游福建①

记得初骑竹马年,送师来往御沟边。②荆榛已失当时路,槐柳全无旧日烟。远自稽山游楚泽,又从庐岳去闽川。③新春阙下应相见④,红杏花中觅酒仙。

【题解】

此诗盖作于景福元年(892)八月。诗作满怀人事沧桑之感地回忆与省上人的友情。末二句"新春阙下应相见,红杏花中觅酒仙",是说已经决定明年入京应举了,并且相信,总有雾开云散、攀取"日边红杏"的一天。也因此,诗人才能挨过晚达之前那段长久的坎坷岁月,经受住贫穷孤苦、流离颠沛生活的考验。

【注释】

①诗题中"洪州",治所在今江西南昌。西明寺,唐京城名寺,故址在今陕西西安西南。王溥《唐会要》卷四八:"西明寺,延康坊。本隋越国公杨素宅。武德初,万春公主居住。贞观中,赐濮王泰,泰死,乃立为寺。"福建,即福建观察使,治福州(今福建福州)。

②"记得"二句:初骑竹马年,约七岁时。竹马,儿童游戏时当马骑的竹竿。曾慥《类说》卷二三引李石《续博物志》:"王元长曰:小儿五岁曰鸠车之戏,七岁曰竹马之戏。"御沟,流经御苑的沟渠。汉无名氏《白头吟》:"蹀躞御沟上,沟水东西流。"

③"远自"二句:稽山,即会稽山。李白《送人寻越中山水》:"闻道稽山去,偏宜谢客才。"楚泽,今洞庭湖及其周围湖泊,古属楚国。司马相如《子虚赋》:子虚出使齐国,对齐王说:"臣闻楚有七泽,尝见其一,未睹其余也。

臣之所见,盖特其小小者耳,名曰云梦。"庐岳,庐山,今江西九江南。闽川,指福州。

④阙下:借指京城。贾岛《送韦琼校书》:"别离从阙下,道路向山阴。"

建昌渡暝吟①

日照临官渡,乡情独浩然。②鸟栖彭蠡树③,月上建昌船。市散渔翁醉,楼深贾客眠④。隔江何处笛,吹断绿杨烟。⑤

【题解】

此诗疑作于景福元年(892)秋。诗作描绘建昌渡口的暮夜景色,笔调自然流动,而又感慨良多,尽在言外。前半从渡口岸边的树上栖鸟,写到水面月照下停泊的船只,衬托了诗人的思乡之情。"市散""楼深"二句描述渡口的市井风情,可以想见日间渔业、商业活动情况。结末二句谓隔着江面,从对岸绿杨烟中飘来的笛声,不仅给这月照下的津渡平添了几分清韵,也势必加重诗人的乡愁。

【注释】

①诗题中"建昌渡",顾祖禹《读史方舆纪要》卷八六:"盱江,在府城东,一名建昌江。"建昌江,即今江西北部修水下游。

②"日照"二句:官渡,官置渡口。杜甫《自京赴奉先县咏怀五百字》:"北辕就泾渭,官渡又改辙。"浩然,不可阻遏,没有留恋的样子。温庭筠《送人东游》:"荒戍落黄叶,浩然离故关。"

③彭蠡:湖名,即鄱阳湖,在今江西鄱阳。

④贾客:商人。张籍《野老歌》:"西江贾客珠成斛,船中养犬长食肉。"

⑤"隔江"二句:笛曲有《折杨柳》。郭茂倩《乐府诗集》卷二二引《唐书·乐志》:"梁乐府有《胡吹歌》云:'上马不捉鞭,反拗杨柳枝。下马吹横笛,愁杀行客儿。'此歌辞元出北国,即鼓角横吹曲《折杨柳》是也。"又引《宋书·五行志》:"晋太康末,京洛为《折杨柳》之歌,其曲有兵革苦辛之辞。"

【辑评】

清黄生《唐诗摘钞》卷一：起联总冒，三、四与马戴"猿啼洞庭树，人在木兰舟"本同一句法，但觉逊其神韵，要是地名欠佳耳。通首写景，单衬第二句一"独"字，便是一诗血脉。盖思乡之情苦无人知，今夜独宿于此，则见夕照自临也，鸟自栖也，月自上也，渔翁自醉也，贾客自眠也，隔江自吹笛也。多少寂寞无聊之景，惟我一人独受之，此际乡情，宁不转深也哉！

岁除对王秀才作①

我惜今宵促，君愁玉漏频②。岂知新岁酒，犹作异乡身。雪向寅前冻，花从子后春。③到明追此会，俱是隔年人。

【题解】

此诗疑作于大顺二年（891）岁除游江西时。诗作痛感韶华易逝，游子飘零。其中，后半"雪向寅前冻，花从子后春"为写岁除佳句，造语之妙，极尽造化之工。末二句，则谓同王秀才一起守岁，希望时间过得慢一点，是因为此夜一过，到天明再追忆守岁情景的时候，那种已是"隔年人"，加以时光如飞、志业无成的滋味，是不会好受的。

【注释】

①诗题中"岁除"，即除夕。旧俗于此日击鼓驱疫，谓之逐傩、逐除。岑参《玉关寄长安李主簿》："玉关西望肠堪断，况复明朝是岁除。"王秀才，不详。

②玉漏：古代计时器刻漏的美称。苏味道《正月十五日夜》："金吾不禁夜，玉漏莫相催。"

③"雪向"二句：寅前，夏历正月之前，犹言去年冬天。古人以十二地支配合一年的十二个月。夏历建寅，以立春所在的寅月为岁首。子后，子时以后。古人以地支记时，子时相当于午夜二十三点至次日凌晨一点。

酒渴爱江清①

酒渴何方疗,江波一掬清。泻瓯如练色,漱齿作泉声。②味带他山雪,光含白露精③。只应千古后,长称伯伦情。

【题解】

此诗创作时地未详。诗写酒渴难忍时,一掬寒凉的清江水亦可止渴,也可以理解为喻指避世销愁。

【注释】

①诗题,取自杜甫《军中醉饮寄沈八刘叟》:"酒渴爱江清,余甘漱晚汀。"

②"泻瓯"二句:练色,白色。谢朓《晚登三山还望京邑》:"余霞散成绮,澄江静如练。"《晋书·孙楚传》:"楚少时欲隐居,谓(王)济曰:'当枕石漱流。'误云'漱石枕流'。济曰:'流非可枕,石非可漱。'楚曰:'所以枕流,欲洗其耳;所以漱石,欲厉其齿。'"

③白露:《礼记·月令》:"孟秋之月,……凉风至,白露降,寒蝉鸣。"

和李秀才郊墅早春吟兴十韵

暖律变寒光,东君景渐长①。我悲游海峤,君说住柴桑。②雪色随高岳,冰声陷古塘。草根微吐翠,梅朵半含霜。酒市多逋客,渔家足夜航。匡庐云傍屋③,彭蠡浪冲床。绿摆杨枝嫩,红挑菜甲香。凤凰城已尽,鹦鹉赋应狂④。伫见龙辞沼,宁忧雁失行。⑤不应双剑气,长在斗牛傍。⑥

【题解】

此诗当作于景福元年(892)早春游江西时。李秀才,除诗中所云"住柴桑"外,余不详,原唱亦恐已佚。诗作从李秀才的柴桑郊墅景物,写到其诗可与祢衡《鹦鹉赋》比美,最后抒发自己不应一事无成的感慨。

【注释】

①东君:司春之神。指春季。景,日光。

②"我悲"二句:海峤,海滨多山地带,此指江浙地带。李白《翰林读书言怀呈集贤诸学士》:"严光桐庐溪,谢客临海峤。"柴桑,汉置县名,唐属江州浔阳(治所在今江西九江)。

③匡庐:庐山,在浔阳东三十里。释慧远《庐山记》:"山在江州浔阳南,……左挟彭蠡,右傍通州。……有匡续(一作匡裕)先生者,出自殷周之际,遁世隐时,潜居其下,或云续受道于仙人,而适游其岩,遂托室岩岫,即岩成馆,故时人感(一作谓)其所止为神仙之庐而名焉。"

④鹦鹉赋:祢衡作,序云:"时黄祖太子射,宾客大会,有献鹦鹉者,举酒于衡前曰:'祢处士,今日无用娱宾。窃以此鸟自远而至,明慧聪善,羽族之可贵。愿先生为之赋,使四坐咸共荣观,不亦可乎?'衡因为赋,笔不停辍,文不加点。"

⑤"伫见"二句:龙辞沼,喻圣君执政。《易·乾》:"飞龙在天,利见大人。"孔颖达疏:"此自然之象,犹若圣人有龙德,飞腾而居天位,德备天下,为万物所瞻睹,故天下利见此居王位之大人。"雁失行,喻离群失意。

⑥"不应"二句:欧阳询等《艺文类聚》卷六〇引雷次宗《豫章记》:"吴未亡,恒有紫气见牛斗之间。张华闻雷孔章妙达纬象,乃要宿,问天文。孔章曰:'惟牛斗之间有异气,是宝物也。精在豫章丰城。'张华遂以孔章为丰城令。至县,掘深二丈,得玉匣,长八尺,开之得二剑。其夕,斗牛气不复见。孔章乃留其一匣而进之。剑至,光曜炜晔,焕若电发。后张华遇害,此剑飞入襄城水中。孔章临亡,戒其子恒以剑自随。后其子为建安从事,经浅濑,剑忽于腰间跃出。遂视,见二龙相随焉。"

泛鄱阳湖

四顾无边鸟不飞①,大波惊隔楚山微。纷纷雨外灵均过,瑟瑟云中帝子归。②涎鲤似梭投远浪,小舟如叶傍斜晖。鸱夷去后何人到③,爱者虽多见者稀。

【题解】

此诗疑作于景福元年(892)秋。诗作感物伤怀,由屈原之悲联想到自己之苦,从而抒发政治上不得意的愤懑情怀。诗中所用典故本与洞庭湖相关,因洞庭湖与鄱阳湖同属古人所说的"五湖",所以才有此联想。诗末二句用范蠡西施同泛五湖之典,可为内证。

【注释】

①四顾:环视四周。李白《行路难》:"停杯投箸不能食,拔剑四顾心茫然。"

②"纷纷"二句:灵均,指屈原。屈原《离骚》:"皇览揆余初度兮,肇锡余以嘉名。名余曰正则兮,字余曰灵均。"屈原《九歌·湘夫人》:"帝子降兮北渚,目眇眇兮愁予。袅袅兮秋风,洞庭波兮木叶下。"王逸注:"帝子,谓尧女也。降,下也。言尧二女娥皇、女英,随舜不反,没于湘水之渚,因为湘夫人。"

③鸱夷:即鸱夷子皮范蠡。《史记·越王勾践世家》:范蠡佐越王勾践灭吴后,谓勾践不可共安乐,"乃装其轻宝珠玉,自与其私徒属乘舟浮海以行,终不反。……变姓名,自谓鸱夷子皮,耕于海畔。"

黄藤山下闻猿①

黄藤山下驻归程,一夜号猿吊旅情。入耳便能生百恨,断肠何必待三声。穿云宿处人难见,望月啼时兔正明②。好笑五陵年少客,壮心无事也沾缨③。

【题解】

此诗疑作于大顺二年(891)秋辞越往江西途中。诗作先以冷猿在云山深处、中天月明时的啼呼为背景,衬托诗人凄凉而又浓重的羁旅愁思。最后,以出世心态"笑"那些以身许国的武陵年少客,反映出厌倦官场的避世心态,卒章显志。

【注释】

①诗题中"黄藤山",在今江西横峰东。
②兔:神话谓月中有玉兔。代指月亮。
③沾缨:泪湿冠缨。《淮南子·缪称训》:"雍门子以哭见孟尝君,涕流沾缨。"

【辑评】

清赵臣瑗《山满楼笺注唐诗七言律》卷六:一惨,在一"驻"字,是归程正阻,便不可闻猿;二奇,在一"吊"丰,猿自号,于人乎何与?而以旅情触之则便似为我而号者。三、四承"吊旅情"。"猿鸣三声泪沾衣",巴峡间语也,信手翻案,遂成绝调,令人不堪多读。五、六重写号猿,上宾下主。"急"字凑用,无可取法,妙于一结忽然掉开,却指出一辈并不必沾缨之人以反衬己之沾缨为固然也者,用笔跳脱,又诗家之仅事也。

清胡以梅《唐诗贯珠》卷五四:吊,谓旅情。寂寞,猿以哀声吊之也。三、四佳。结总言其声之哀。

章江作①

杜陵归客正徘徊,玉笛谁家叫落梅②。之子棹从天外去③,故人书自日边来。杨花漫惹霏霏雨,竹叶闲倾满满杯。

欲问惟扬旧风月④,一江红树乱猿啼。

【题解】

此诗盖作于景福元年(892)春。诗写接到故人从长安寄来的书信,因之前在扬州与其曾有过从,而勾起对往事的回忆。

【注释】

①诗题中"章江",即章水,江西赣江西源,源出今江西大余西聂都山,东北流入赣江。一说发源郴州义章(今湖南宜章),因名章水。

②落梅:郭茂倩《乐府诗集》卷二四:"《梅花落》,本笛中曲也。按唐大角曲亦有《大单于》《小单于》《大梅花》《小梅花》等曲,今其声犹有存者。"

③之子:这个人。作者自指。《诗·周南·汉广》:"之子于归,言秣其马。"郑玄笺:"于是子之嫁,我愿秣其马。"

④惟扬:即维扬。原注:"一作'旌阳'。"

南游富阳江中作①

南去又南去,此行非自期。一帆云作伴,千里月相随。浪迹花应笑,衰容镜每知。乡园不可问,禾黍正离离。②

【题解】

此诗盖作于龙纪元年(889)春自越州迁婺州过富阳时。诗写思乡。因为所思念的乡国正处在战乱之中,所以,诗中往往充满黍离之悲,对那里的山河大地以及父老生灵饱含关切,正如末二句"乡园不可问,禾黍正离离"所云。渴望及早返回家园,正是希望早日结束战争,重见太平。这种浓厚的情感内蕴,使韦庄的这类作品有别于一般的思亲念远,感别伤离,而与杜甫沉痛深婉的同类诗作同调。

【注释】

①诗题中"富阳江",即富春江,在今浙江富阳。

②"乡园"二句：乡园，故乡。何逊《春暮喜晴酬袁户曹苦雨》："乡园不可见，江水独自清。"离离，分披繁盛貌。《诗·王风·黍离》："彼黍离离，彼稷之苗。"

饶州余干县琵琶洲有故韩宾客宣城裴尚书修行李侍郎旧居遗址犹存客有过之感旧因以和吟①

琵琶洲近斗牛星，鸾凤曾于此放情。②已觉地灵因昴降，更闻川媚有珠生。③一滩红树留佳气，万古清弦续政声④。戟户尽移天上去，里人空说旧簪缨。⑤

【题解】

此诗当作于大顺二年（891）秋辞越泛湘途径饶州余干时。客者不详何人，其原唱亦恐已佚。诗为感旧而作，亦是伤今。韩宾客等三位贤俊人物曾居于此地，纵情娱游，而今风流云散，而国是如斯，怎不令人怅惘。

【注释】

①诗题中"饶州余干县"，今江西余干。琵琶洲，在余干南。吴曾《能改斋漫录》卷九："饶州余干水口有洲，形如琵琶，谓之琵琶洲。洲有亭在岸，谓之琵琶亭，过客留诗非一人也。"宾客，即太子宾客，为太子属官，掌调护侍从规谏。宣城，县名，唐宣州治所，今属安徽。尚书，官名，唐有六部尚书。修行，出家学佛或学道。又，唐京城有修行坊。侍郎，官名，唐有中书侍郎，掌侍从献替、制敕册命、敷奏文表、通判省事等。又有六曹侍郎，为尚书之佐。

②"琵琶"二句：斗牛星，二十八宿中斗宿和牛宿，分野在江淮一带。《史记·天官书》："斗，江、湖。牵牛、婺女，扬州。"鸾凤，喻韩宾客、裴尚书、

李侍郎。

③"已觉"二句:昴降,喻显贵。昴,星名。徐坚等《初学记》卷一引《春秋佐助期》:"汉相萧何,长七尺八寸,昴星精,生耳参漏,月角大形。"陆机《文赋》:"石韫玉而山辉,水怀珠而川媚。"

④清弦:指琴瑟一类的弦乐器。拨动其弦,则发出清亮的乐音。郭璞《游仙诗》十四首其三:"中有冥寂士,静啸抚清弦。"

⑤"戟户"二句:戟户,即戟门,指显贵之家。《周礼·天官·掌舍》:"为坛壝宫,棘门。"郑玄注引郑司农(众)云:"棘门,以戟为门。"据王溥《唐会要》卷三二:唐设戟之制始于景龙三年,"元和六年十二月敕,立戟官阶勋悉至三品,然后申请,仍编为格令。"白居易《裴五》:"莫怪相逢无笑语,感今思旧戟门前。"簪缨,古代达官贵人的冠饰。代指高官显宦。李白《少年行三首》其三:"遮莫姻亲连帝城,不如当身自簪缨。"

九江逢卢员外①

前年风月宿琴堂,大媚仙山近帝乡。别后几沾新雨露,乱来犹记旧篇章。陶潜岂是铜符吏,田凤终为锦帐郎。②莫怪相逢倍惆怅,九江烟月似潇湘。

【题解】

此诗或作于中和年间避难之处。卢员外其人未详。诗为重逢故人而作。其中,"陶潜岂是铜符吏,田凤终为锦帐郎"二句,是说像卢员外这样的大才,岂是屈为县令之人,所以终于得以擢升为员外郎。虽不免奉承之意,却也流露出诗人对自己未能入仕,是心有不甘的。

【注释】

①诗题中"九江",隋置郡名,唐为江州,此用旧称。治所在今江西九江。

②"陶潜"二句:铜符吏,指州县长官。铜符,"铜虎符"简称,汉时为郡

守兵符。《史记·孝文本纪》:"初与郡国守相为铜虎符、竹使符。"司马贞《索隐》引《汉旧仪》:"铜虎符发兵,长六寸。竹使符出入征发。"后世借指州县官祖。白居易《初除官蒙裴常侍赠鹊衔瑞草绯袍鱼袋因谢惠贶兼抒离情》:"新授铜符未著绯,因君装束始光辉。"徐坚等《初学记》卷一引《三辅决录》:"田凤,字季宗,为尚书郎。容仪端正,入奏事,灵帝目送之,因题柱曰:'堂堂乎张,京兆田郎。'"锦帐郎,即尚书郎。

南昌晚眺①

南昌城郭枕江烟,章水悠悠浪拍天②。芳草绿遮仙尉宅③,落霞红衬贾人船。霏霏阁上千山雨,嘒嘒云中万树蝉。④怪得地多章句客,庾家楼在斗牛边⑤。

【题解】

此诗盖作于景福元年(892)夏。诗作描绘南昌暮晚景物,颇有声色。尤其是"霏霏阁上千山雨,嘒嘒云中万树蝉"一联,极为工丽出色。

【注释】

①诗题中"南昌",县名,治所在今江西南昌市。眺,原注:"一作'兴'。"
②章水:为赣水之源,此指赣水。
③仙尉宅:汉南昌尉梅福旧宅,故址在今江西南昌东北。《水经注·赣水》:"赣水又北径南昌左尉廨,西汉成帝时,九江梅福为南昌尉居此。后福一旦舍妻子去九江,传云得仙。"乐史《太平寰宇记》卷一〇六:"梅福宅在州东北三里,西接开元观,东西池书堂余址犹存。"
④"霏霏"二句:阁,疑指滕王阁。唐显庆四年滕王李元婴任洪州都督时所建。故址在今江西新建西章江门上。嘒(huì)嘒,蝉鸣声。《诗·小雅·小弁》:"菀彼柳斯,鸣蜩嘒嘒。"
⑤庾家楼:亦称庾楼、庾公楼、庾亮楼,唐人传为东晋庾亮镇江州时所建,实则庾亮镇江州时治武昌。

【辑评】

元郝天挺注、明廖文炳解《唐诗鼓吹注解》卷一〇:(廖文炳解)此言南昌城郭枕于江烟之处,而漳水悠悠,其浪又接天而来也。中四句皆言所见所闻之景。末言地多吟咏之客。楼傍斗牛则又有吟咏之处,总以形人地之胜耳。

清朱三锡《东岩草堂评订唐诗鼓吹》卷一〇:枕江烟、接章水,南昌城郭之胜也。三、四皆枕江烟、接章水之景,"绿遮仙尉宅""红衬贾人船",写得隽永可喜。五是日晚眺雨色,六是日晚眺蝉声。如此名山大江,人物之盛自不必言。

清胡以梅《唐诗贯珠》卷四一:三、四鲜丽,且以仙尉配贾人,因渲染有色,翻觉灵活,妙!但三用叠字,近薄,不可法。

清杨逢春《唐诗绎》卷二三:八句直从南昌领起,叠写所眺之景,喜无堆垛之迹,而"芳草"两句尤渲染有鲜妍之致。

衢州江上别李秀才[①]

千山红树万山云,把酒相看日又曛。一曲离歌两行泪,更知何地再逢君。[②]

【题解】

此诗盖作于大顺二年(891)秋。李秀才,不详。诗写送别。首句的写景为江上送别设置了色彩宏丽的背景,加上第三句将哀婉凄楚的骊歌声声引入画面,就使得诗中营造的送别情境,以人物活动为中心,声色并茂,也与诗人心中浓重的离愁相契合。这样的造境,被认为"尚有盛唐余韵"(高棅《唐诗品汇》)。

【注释】

①诗题中"衢州",治所在今浙江衢州。
②"一曲"二句:离歌,离别之歌。冯惟讷《古诗纪》卷一七作《杂歌》,注

云:"一作《离歌》。"何地,《全唐诗》注:"一作'何处'。"

【辑评】

宋赵蕃、韩淲选,谢枋得注《唐诗绝句》卷五:此诗后二句只是眼前说话,形容惜别,未有如此紧切。

明唐汝询《唐诗解》卷三〇:饮已而歌,歌竟而泣者,以乱世飘荡,后会难期,不得不然耳。

明周珽《唐诗选脉会通评林》:何新之为平淡体。谢枋得曰:眼前说话,形容惜别,未有如此紧切。周珽曰:端己《江上》二诗,别情婉至,黯然魂消。又俱一气清空,全不着力,妙。(案:《江上》二诗,指本诗及《江上别李秀才》。)敖英曰:唐人别诗多用"泪"字,恳切有情。

清吴昌祺《删订唐诗解》卷一五:一与三太相似。

湘中作①

千重烟树万重波,因便何妨吊汨罗。楚地不知秦地乱②,南人空怪北人多。臣心未肯教迁鼎,天道还应欲止戈。③否去泰来终可待④,夜寒休唱饭牛歌。

【题解】

此诗盖作于景福元年(892)春。诗作代乱离人立言。感慨中原百姓遭受战乱,纷纷避难江南的现象,从天道、人心两方面进行议论,表达了唐王朝终将平定战乱,使中原百姓包括诗人自己早日返乡的希望和信念。

【注释】

①诗题中"湘中",指湘水流域,今湖南省境。

②"楚地"二句:楚地,湘中古属楚国。秦地,指唐京城长安等地,古属秦国。

③"臣心"二句:迁鼎,指改朝换代,或迁都。《左传·桓公二年》:"武王

克商,迁九鼎于雒邑。"止戈,平息战事。白居易《为宰相贺杀贼表》:"况我乘破竹,彼继覆车;止戈之期,翘足可待。"

④否去泰来:指时来运转。《易·杂卦》:"否、泰,反其类也。"赵晔《吴越春秋·勾践入臣外传》:"时过于期,否终则泰。"

桐庐县作①

钱塘江尽到桐庐②,水碧山青画不如。白羽鸟飞严子濑③,绿蓑人钓季鹰鱼。潭心倒影时开合④,谷口闲云自卷舒。此境只应词客爱,投文空吊木玄虚⑤。

【题解】

此诗疑作于龙纪元年(889)春。桐庐县,以富春江的秀丽景色和高士严子陵钓隐于此而闻名。此诗即围绕这两个核心,描绘桐庐一带的山水胜概,明丽的景物中透露着闲适自由的情调。像这种把州郡县城当作一处"景点"来描写的作品,可称得上是韦庄写景诗的一个特点。当然,诗人一生历州过县,为的是实现功名事业,而不是真正沉溺于山水之间。

诗末二句"此境只应词客爱,投文空吊木玄虚",是说诗人最爱这样的自然景致,而这样的自然景致也正是诗人所最爱表现的、如画一样的境界。作品中尽管没有直接提到诗与画的统一,却也从一个侧面表明了画境与诗境的内在联系。

【注释】

①诗题中"桐庐县",治所在今浙江桐庐西。

②钱塘江:即浙江,因流经钱塘县(治所在今浙江杭州),故亦称为钱塘江。

③严子濑:今浙江桐庐县西南富春山下钱塘江北岸,传说为严光隐居垂钓处。

④开合:分合。木华《海赋》:"惊浪雷奔,骇水迸集;开合解会,瀼瀼

湿湿。"

⑤木玄虚：木华，字玄虚，广川（治所在今河北枣强东北）人。木华《海赋》李善注引傅亮《文章志》："广川木玄虚为《海赋》，文甚儁丽，足继前良。"

【辑评】

清赵臣瑗《山满楼笺注唐诗七言律》卷六：一轻灵发笔，先叙来路；二总挈"山水"以作通篇骨子，下文层层摹写，皆不越此二字也。"画不如"云者，正言俨如图画也。三、四承之，不但用鸟飞人钓生色，妙在暗插得严子陵、张季鹰超然嘉遁一流人物，而津津羡慕之意已在言外。五、六虽是顺手再写山水句，而文势自是侧下，故七急用"此境"二字接住，"只应"一荡，隐然以词客自居，乃八又一似转以其名让之他人也者，惟让之也切，而后居之也安耳。……已用"水碧山青"，必故用"绿蓑""白羽"；已请严陵、张翰，必故请木玄虚。此正丹青家点染之妙法，不可不知。

清胡以梅《唐诗贯珠》卷四〇：《舆图》云：桐江源出天目山。其山明水秀犹之富春江，所以如画。而白鸟飞于严濑，绿蓑垂钓鲈鱼，句甚清丽。倒影，山也。水有摇动，则影有开合。而谷口之云白卷舒，另有静致。睹此山川清逸之境，只应词客相怜，因念木玄虚作《海赋》之才，仕不能通显，今空欲投文吊之，亦伤己之怀才不遇耳。

东阳赠别

绣袍公子出旌旗①，送我摇鞭入翠微。大抵行人难诉酒，就中辞客易沾巾。去时此地题桥去，归日何年佩印归。②无限别情言不得，回看溪柳恨依依。

【题解】

此诗盖作于大顺二年（891）秋别东阳泛湘入京应举时。诗写辞别东阳的感人场景。诗人此次虽然是抱着必中的决心去的，但也不知何时才能入仕而归。别情依依，回看溪边杨柳，仿佛也充满了离愁别恨。

【注释】

①绣袍公子：贵公子。《新唐书·车服志》："武后擅政，多赐群臣巾子、绣袍，勒以回文之铭。"

②"去时"二句：杜荀鹤《遣怀》："题桥每念相如志，佩印当期季子荣。"《史记·苏秦列传》："苏秦喟然叹曰：'此一人之身，富贵则亲戚畏惧之，贫贱则轻易之，况众人乎！且使我有洛阳负郭田二顷，吾岂能佩六国相印乎！'"

寄湖州舍弟①

半年江上怆离襟②，把得新诗喜又吟。多病似逢秦氏药，久贫如得顾家金。③云烟但有穿杨志，尘土多无作吏心。④何况别来词转丽，不愁明代少知音⑤。

【题解】

此诗盖作于乾宁二年（895）秋。诗写接到弟弟从所居湖州寄来的新近诗作，读后深喜其诗艺大有长进，于是寄此诗以资鼓励。这种积极乐观的精神状态，足以激人奋发。而韦庄诸弟能有如此诗才者，大概也只有韦蔼了。

【注释】

①诗题中"湖州"，隋仁寿二年置，治所在今浙江湖州。

②离襟：离怀，离别之情。

③"多病"二句：秦氏药，春秋时名医秦越人，号扁鹊。《史记·扁鹊列传》："扁鹊者，勃海郡郑人也，姓秦氏，名越人。"欧阳询等《艺文类聚》卷八三引《录异记》："隗炤者，汝阴鸿寿亭民，善于《易》。临终，书板授其妻曰：'吾亡后，当大荒穷。虽尔，而慎莫卖宅也。到后五年春，当有诏使来顿此亭，姓龚，此人负吾金。卿以此板往责之，勿违言也。'亡后果大困，欲卖宅

者数矣,忆夫言辄止。到期日,有龚使者果上亭中。妻遂赍板往责使者。使者执板不知所言,曰:'我平生不践此,何缘尔耶?'使者沉吟良久,谓曰:'贤夫何能?'妻曰:'夫善《易》,而未尝为人卜。'使者曰:'可知矣。'乃顾命侍者取蓍而筮之。卦成,抵掌叹曰:'妙哉隗炤生,含明隐迹,而莫之闻,可谓镜穷达而洞吉凶者也。'于是告炤妻曰:'吾不相负金,贤夫自有金。乃知亡后当蹔穷,故藏金以待泰平。所以不告儿妇者,恐金尽而困无已也。吾善《易》,故书板以寄意耶。金有五百斤,盛以青甒,覆以铜柈,埋在堂屋东头,去壁一丈,入地九尺。'妻还掘之,皆如卜焉。"

④"云烟"二句:《史记·周本纪》:"楚有养由基者,善射者也。去柳叶百步而射之,百发而百中之。"后以穿杨喻及第。白居易《喜敏中及第偶示所怀》:"桂折一枝先许我,杨穿三叶尽惊人。"自注:"始予进士及第,行简次之,敏中又次之。"又,唐制举有穿叶附枝科。李邕《羽林大将军臧公墓志铭》:臧怀明"弱冠应穿叶附枝举,擢第授长上,再迁果毅都尉。"嵇康《与山巨源绝交书》:"游山泽,观鱼鸟,心甚乐之。一行作吏,此事便废,安能舍其所乐而从其所惧哉?"

⑤明代:政治清明的时代。

信州西三十里山名仙人城下有月岩山其状秀拔中有山门如满月之状余因行役过其下聊赋是诗①

驱车过闽越,路出饶阳西。②仙山翠如画,簇簇生虹蜺③。群峰若侍从,众阜如婴提④。岩峦互吞吐,岭岫相追携。中有月轮满,皎洁如圆珪。玉皇恣游览⑤,到此神应迷。常娥曳霞帔⑥,引我同攀跻。腾腾上天半,玉镜悬飞梯。瑶池何悄悄⑦,

鸾鹤烟中栖。回头望尘世,露下寒凄凄。

【题解】

　　此诗盖作于大顺二年(891)秋辞越泛湘过信州时。诗作描绘信州仙人城群峰中月岩山的雄奇瑰丽景色。"仙山翠如画"以下六句,描绘仙人城山群峰簇拥,岩峦连绵起伏,虹霓时生,青翠如画的美景。"中有月轮满"句以下,则专写月岩山山门以及攀山时如仙如幻的感觉。全篇想象奇伟瑰丽,颇近李白与李贺同类题材作品的浪漫风格。

　　此诗,《全唐诗》又录作韩翃诗,题《经月岩山》,序云:"信州西三十里,山名仙人城。下有月岩,其状秀拔,中有山门,如满月之状。余因役过其下,聊赋是诗。"唯"尘世"作"尘事"异。当系重出。

【注释】

①诗题中"信州",治所在今江西上饶。
②"驱车"二句:闽越,指福建、浙东交界地。浙东治越州,属古越国;福建治福州。饶阳,即信州,盖因其治所上饶曾省入饶州,故称。方干《赠信州高员外》:"溪势盘回绕郡流,饶阳春色满溪楼。"
③虹蜺:虹霓常有内外二环,内环称虹,外环称蜺。元稹《青云驿》:"虫蛇吐云气,妖氛变虹蜺。"
④婴提:犹孩提。幼儿。
⑤玉皇:道教称天帝为玉皇大帝,简称玉皇或玉帝。
⑥常娥:即嫦娥,传说为月中仙女。本作"姮娥"或"恒娥",因避汉文帝刘恒讳故改。
⑦瑶池:传说为女神西王母居所。《穆天子传》卷三:"乙丑,天子觞西王母于瑶池之上,西王母为天子谣。"

婺州水馆重阳日作①

异国逢佳节,凭高独若吟。②一杯今日酒,万里故乡心。③

水馆红兰合,山城紫菊深。白衣虽不至④,鸥鸟自相寻。

【题解】

此诗作于龙纪、大顺年间客婺时。诗写重阳感怀。前半首承题抒写自己在异乡登高,口饮重阳酒,心涌思乡情。"万里故乡心"句,于思乡怀亲中实已暗含故国山河之痛。"水馆"二句即景铺写:红兰丛簇,紫菊正浓,最是好秋时节。将思绪从万里之外拉回到眼前,用客观的写景,形成情绪上的相对平静状态;同时以兰衬菊,由菊引出下句关于陶渊明的典故,形成全文结构中的一个过渡。"白衣"句反用典意,喻指愁苦无人来排解。于是,不妨用自隐的方法来解脱种种痛苦。但这又与作者一贯辅君复国的思想相左,因此,结句是在极度失望之中违愿的退却。全篇情思绵细,而笔致清疏,隽永淡洁,表现出语浅情深的艺术风范。

【注释】

①诗题中"重阳日",古以九为阳数,九月而又九日,故称重阳。欧阳询《艺文类聚》卷四引魏文帝《与钟繇书》:"岁往月来,忽复九月九日。九为阳数,而日月并应,俗嘉其名,以为宜于长久,故以享宴高会。"

②"异国"二句:王维《九月九日忆山东兄弟》:"独在异乡为异客,每逢佳节倍思亲。"

③"一杯"二句:日酒,席刻,《全唐诗》作"日醉"。故乡,绿君亭本作"故园"。

④"白衣"句:欧阳询《艺文类聚》卷四引《续晋阳秋》:"陶潜尝九月九日无酒,宅边菊丛中,摘菊盈把,坐其侧久,望见白衣至,乃王弘送酒也。即便就酌,醉而后归。"

避地越中作

避世移家远,天涯岁已周。岂知今夜月,还是去年愁。露果珠沉水,风萤烛上楼。伤心潘骑省,华发不禁秋。①

【题解】

此诗当作于文德元年(888)秋。诗写浓重乡思中蕴含着的乱离感伤。诗人客居之地距离故乡有千里之遥,"今夜"之"月"又勾起了"去年"之"愁",可见,岁岁年年、日日夜夜都处在思乡之中,甚且因此而愁白了头。

【注释】

①"伤心"二句:潘骑省,即潘岳,字安仁,荥阳中牟(今属河南)人。曾官散骑侍郎。《晋书·潘岳传》:"岳才名冠世,为众所疾,遂栖迟十年,出为河阳令,负其才而郁郁不得志。"潘岳《秋兴赋》序曰:"余春秋三十有二,始见二毛。"赋云:"斑鬓髟以承弁兮,素发飒以垂领。"

抚州江口雨中作①

江上闲冲细雨行,满衣风洒绿荷声。金骝掉尾横鞭望,犹指庐陵半日程。②

【题解】

此诗盖作于景福元年(892)夏泛湘后游抚州时。这是一首格调清新秀逸的即景之作,用白描的手法,寥寥数笔,勾出一幅简洁的画面——濛濛细雨中,横马而望的诗人形象跃然纸上,潇洒自如,恰到好处。较为轻灵的诗风背后,似乎蕴含着作者内心深处的种种希冀与期待,尽管都未能如愿以偿。

【注释】

①诗题中"抚州",治所临川,在今江西抚州西。
②"金骝"二句:金骝,指骏马。掉尾,摇尾。《淮南子·精神训》:"视龙犹蝘蜓,颜色不变,龙乃弭耳掉尾而逃。"杜甫《太子张舍人遗织成褥段》:"开缄风涛涌,中有掉尾鲸。"庐陵,县名,吉州治所,在今江西吉安。

信州溪岸夜吟作①

夜倚临溪店,怀乡独苦吟。月当山顶出,星倚水湄沉。雾气渔灯冷,钟声谷寺深。一城人悄悄,琪树宿仙禽②。

【题解】

此诗盖作于大顺二年(891)秋辞越泛湘过信州时。诗写因怀乡而夜不成寐,步出临溪客店,吟诗以抒发苦闷。其中,对依山傍水的山城美丽夜景的描写,是通过对星月、渔灯、寺钟、禽鸟的具有特征性的描绘,将夜空的晴朗、水面的苍茫、山谷的幽深和夜色的安谧凸显出来,从而使之充满诗情画意。

【注释】

①诗题中"信州",治所在今江西上饶。
②"琪树"句:李绅《琪树序》:"琪树,垂条如弱柳,结子如碧珠。三年子可一熟,每岁生者相续,一年绿,二年碧,三年者红,缀于条上,璀错相间。"仙禽,指鹤。鲍照《舞鹤赋》:"散幽经以验物,伟胎化之仙禽。"

访浔阳友人不遇①

不见安期悔上楼②,寂寥人对鹭鸶愁。芦花雨急江烟暝,何处潺潺独棹舟③。

【题解】

此诗疑作于景福元年(892)秋。诗写访友不遇而引发的空虚孤独之感。

【注释】

①诗题中"浔阳",即今江西九江。

②安期:安期生,古仙人。此借指作者友人。《列仙传》卷上:"安期先生者,琅琊阜乡人也。卖药于东海边,时人皆言千岁翁。秦始皇东游,请见,与语三日三夜,赐金璧,度数千万。出于阜乡亭,皆置去,留书,以赤玉舄一双为报曰:'后数年,求我于蓬莱山。'始皇即遣使者徐市、卢生等数百人入海,未至蓬莱山,辄逢风波而还。"

③潺潺:水流动貌。曹丕《丹霞蔽日行》:"谷水潺潺,木落翩翩。"

东林寺再遇僧益大德①

见师初事懿皇朝,三殿归来白马骄。②上讲每教倾国听,承恩偏得内官饶。③当时可爱人如画,今日相逢鬓已凋。若向君门逢旧友,为传音信到云霄④。

【题解】

此诗盖作于大顺二年(891)。诗写再遇僧益大德所忆所感。最初见面,是在二十年前的咸通年间,益大德当时在长安讲经,经常出入宫中麟德殿。彼时,正是诗人屡赴长安应举之时。所以,诗末二句所云"若向君门逢旧友,为传音信到云霄",也有为明年入京应举预作地步之意。

【注释】

①诗题中"东林寺",故址在今江西庐山西北麓。晋江州刺史桓伊为释慧远所建,白居易有《东林寺白氏文集记》。

②"见师"二句:懿皇朝,唐懿宗朝(860—874)。三殿,唐京城东内大明宫中麟德殿,多用于宾宴。故址在今陕西西安东北。宋敏求《长安志》卷六:"长安殿北有仙居殿,殿西北有麟德殿,此殿三面。"王应麟《玉海》卷一六〇:"三殿者,麟德殿也。一殿而有三面,故名,亦曰三院。"

245

③"上讲"二句：上讲，指上殿讲经说法。内官，指宫中女官属。《左传·昭公三年》："不腆先君之适，以备内官。"饶，厚赏。《史记·陈丞相世家》："然大王能饶人以爵邑，士之顽钝嗜利无耻者亦多归汉。"

④云霄：喻朝廷。朱庆余《酬李处士见赠》："云霄未得路，江海作闲人。"

西塞山下作①

西塞山前水似蓝②，乱云如絮满澄潭。孤峰渐映溢城北，片月斜生梦泽南。③爨动晓烟烹紫鳜④，露和香蒂摘黄柑。他年却棹扁舟去，终傍芦花结一庵。

【题解】

此诗盖作于景福元年(892)秋入京应举途经西塞山时。诗作首联侧重写俯视所见近景，颔联转写仰望所见远景，颈联描写西塞山的特产，为其自然美景增添浓郁的生活情趣。最后，大约是在如许风物之美的吸引下，表达出于此结茅归隐的心愿。全篇画面跳荡活泼，结构井然有序，既体现出舟行水上、移步换景的特色，又展露出精心组接的高超技艺。如颔联将所写庐山、梦泽两个空间悬隔的意象，通过丰富的想象组接起来，营造出渺远辽阔的境界；颈联合写分别采食于仲春时节、秋冬之际的紫蕨、黄柑，则又可以概括性地展现出此地一年四季的美味物产。

【注释】

①西塞山：今湖北黄石东。《水经注·江水》："山连延江侧，东山偏高，谓之西塞。"齐己《过西塞山》："残日衔西塞，孤帆向北洲。边鸿渡汉口，楚树出吴头。"

②水似蓝：白居易《忆江南》："日出江花红胜火，春来江水绿如蓝。"蓝，植物名。其叶可制蓝色染料，即靛青。叶如蓼，又称蓼蓝。

③"孤峰"二句：溢(pén)城，县名，隋改彭蠡县置，唐改为浔阳县。梦

泽,云梦泽,即今洞庭湖。

④"爨动"句:爨,烧火做饭。《说文系传》:"取其进火谓之爨,取其气上谓之炊。"鳜,绿君亭本作"蕨"。

【辑评】

清胡以梅《唐诗贯珠》卷四〇:水如蓝,映山色也;乱云飞絮,从山而下也。三、四言入望东西之景。紫鳜出于江潭,黄柑实于山柚,句法串插,有情有色。如此幽闲风物,所以思结茅于侧耳。

齐安郡①

弭棹齐安郡②,孤城百战残。傍村林有虎,带郭县无官。暮角梅花怨,清江桂影寒③。黍离缘底事,撩我起长叹。

【题解】

此诗盖作于景福元年(892)秋。诗作描绘城郡经兵火洗劫的凄惨景象。面对荒凉萧条的城郊,诗人不免生出黍离之悲,为唐室江山的衰败而长久叹息。

此诗,胡本注:《黄冈县志》作方干作。恐误。今存方干诗集诸版本均未见此首。

【注释】

①齐安郡:治所在今湖北新洲。

②弭(mǐ)棹:席刻、《全唐诗》作"弥棹"。停泊船只。谢灵运《九日从宋公戏马台集送孔令》:"弭棹薄枉渚,指景待乐阕。"

③桂影:徐坚等《初学记》卷一引虞喜《安天论》:"俗传月中仙人桂树,今视其初生仙,见人之足,渐已成形,桂树后生。"

夏口行寄婺州诸弟①

回头烟树各天涯,婺女星边远寄家②。尽眼楚波连梦泽,满衣春雪落江花。双双得伴争如雁,一一归巢却羡鸦。谁道我随张博望,悠悠空外泛仙槎。③

【题解】

此诗作于景福元年(892)初春。诗写羁旅之感。从"婺女星边远寄家"句可以看出,韦庄家眷尚在婺州,此次出外宦游乃是独身而行。身在返家途中,自然引起思家之念,同时也有漂泊他乡的伤感。

【注释】

①诗题中"夏口",即鄂州治所江夏(今湖北武汉)。
②婺女星:星宿名,为婺州分野。徐坚等《初学记》卷一引《周官》:"天星皆有州国分野。……斗、牵牛、婺女,扬州。"
③"谁道"二句:张博望,即张骞,汉中成固(今陕西城固)人。《汉书·张骞传》:"骞以校尉从大将军击匈奴,知水草处,军得以不乏,乃封骞为博望侯。"颜师古注:"取其能广博瞻望也。"杜甫《有感五首》其一:"乘槎断消息,无处觅张骞。"胡仔《苕溪渔隐丛话》卷一一载《荆楚岁时记》引张华《博物志》:"汉武帝令张骞穷河源,乘槎经月而去,至一处,见城郭如官府,室内有一女织,又见一丈夫牵牛饮河。骞问云:'此是何处?'答曰:'可问严君子。'……后至蜀,问君平。君平曰:'某年月日,客星犯牛斗。'"

南省伴直①

甲寅年自江南到京后作。

文昌二十四仙曹②,尽倚红檐种露桃。一洞烟霞人迹少,六行槐柳鸟声高。星分夜彩寒侵帐,兰惹春香绿映袍。何事爱留诗客宿,满庭风雨竹萧骚。

【题解】

此诗作于乾宁元年(894)春。从"星分夜彩寒侵帐,兰惹春香绿映袍"二句看,其时当在二月放榜后未久。此时,韦庄尚未被授以官职,故以"诗客"自称。按唐时科举制度,进士及第只是取得出身,并不能立即授官,须再经吏部试合格,方称释褐,授以官职,进入仕途。韦庄当时应在吏部准备复试,故有尚书省伴直之事。

【注释】

①诗题中"南省",即尚书省,因在大明宫之南,故称。张说、张九龄等《唐六典》卷一:"凡尚书省官,每日一人宿直,都司执直簿一,转以为次。"

②"文昌"句:即尚书省。杜佑《通典》卷二二:"龙朔二年改尚书省为中台,成亨初复旧。光宅元年改为文昌台,垂拱二年又改为都台,通天初复旧。长安三年又改为中台,神龙初复为尚书省,亦谓之南省。都堂居中,左右分司。都堂之东有吏部、户部、礼部三行,每行四司,左司统之;都堂之西有兵部、刑部、工部三行,每行四司,右司统之。凡二十四司,分曹共理,而天下之事尽矣。"

【辑评】

清胡以梅《唐诗贯珠》卷三:盖郎官留韦在署伴其直宿,故云"爱留诗客",适值风雨竹庭之际也。

鄠杜旧居二首

却到山阳事事非①,谷云溪鸟尚相依。阮咸贫去田园尽②,向秀归来父老稀。秋雨几家红稻熟,野塘何处锦鳞肥。年年为献东堂策③,长是芦花别钓矶。

一径寻村渡碧溪,稻花香泽水千畦。云中寺远磬难识,竹里巢深鸟易迷。紫菊乱开连井合,红榴初绽拂檐低。归来满把如渑酒,何用伤时叹凤兮。④

【题解】

此二诗盖作于乾宁四年(897)秋。第一首写鄠杜风景依旧,却是世人物已非。想起青年时代长年离家应举,至今仍是一介寒儒,犹自奔走科场,诗人心中的感慨不言而喻。第二首写回到了久别的、美丽的故乡,自然会开怀痛饮,可以暂时忘记令人忧伤的时事。末句反用典意,说不用叹息时事,其实正表明了诗人的不忘时事。

【注释】

①"却到"句:向秀,字子期,河内怀(今河南武陟西南)人。所作《思旧赋》云:"将命适于远京兮,遂旋反而北徂。济黄河以泛舟兮,经山阳之旧居。瞻旷野之萧条兮,息余驾乎城隅。践二子之遗迹兮,历穷巷之空庐。"山阳,汉置郡名,因在太行山之南而名,治所在今河南焦作东。

②阮咸:《晋书·阮咸传》:"字仲容。父熙,武都太守。咸任达不拘,与叔父籍为竹林之游,当世礼法者讥其所为。咸与籍居道南,诸阮居道北,北阮富而南阮贫。"

③献东堂策:指应举。《晋书·挚虞传》:"虞举贤良,与夏侯湛等十七人策为下第,拜中郎。武帝诏曰:'省诸贤良答策,虽所言殊途,皆明于王义,有益政道。欲详览其对,究观贤士大夫用心。'因诏诸贤良方正直言,会东堂策问。"

④"归来"二句:《左传·昭公十二年》:"齐侯举矢曰:'有酒如渑(shéng),有肉如陵;寡人中此,与君代兴。'"渑,水名,源自今山东淄博东北临淄镇,北入时水。如渑酒,喻酒多如渑水。《论语·微子》:"楚狂接舆歌而过孔子曰:'凤兮凤兮,何德之衰!往者不可谏,来者犹可追。已而已而,今之从政者殆而。'"孔安国注:"'已而已而'者,言世乱已甚,不可复治也。"又《子罕》:"子曰:'凤鸟不至,河不出图,吾已矣夫。'"邢昺疏:"此章言孔子伤无明君也。"

【辑评】

清金圣叹《选批唐才子诗》卷八下：(评前四句)"事事非"，不止诉田园，兼诉父老，便是名士风流。不尔，岂非乞儿叫街耶？然又妙于二句之"惟余溪鸟"七字，无此便不成诗。(评后四句)"谁家"，以反写自家；"何处"，以反写此处也。"年年"二字，是深悔之辞，便知其今年更不然也。案：此本所录，"谷云溪鸟""几家"分别作"惟余溪鸟""谁家"。

清赵臣瑗《山满楼笺注唐诗七言律》卷六："却到山阳"，已不知隔几许年月矣；"事事非"，即三、四之"田园尽""父老稀"也，然一直说去，得不伤于径遂耶？故于二急抽笔先写犹有一事之未非，少作波澜。五、六"几家""何处"，绝妙顿挫，此乃是反写吾家之妩稻，此处之妩鳞，想其用笔何减镜花水月？七、八结出不遑宁处之故，真觉悔之已晚也。

清毛张健《唐体肤诠》卷四：《唐体肤诠》：追忆别时，以深著归时之可喜也。反笔灵矫。

寄江南诸弟

万里逢归雁，乡书忍泪封。吾身不自保，尔道各何从。性拙唯多蹇，家贫半为慵。①只思溪影上，卧看玉华峰。②

【题解】

此诗当作于景福二年(893)秋。诗人把下第的消息告知寄居江南的诸弟，在无奈而又自责地慨叹自己时乖运蹇的同时，也表达了对弟弟们生计的关切。

【注释】

①"性拙"二句：蹇拙，艰难困拙。罗隐《投浙东王大夫二十韵》："可能因蹇拙，便合老沧浪。"慵，懒。杜甫《送李校书二十六韵》："小来习性懒，晚节慵转剧。"

②玉华峰：即玉华山，在宜君(今属陕西)。顾祖禹《读史方舆纪要》卷

五七:"玉华山,县西南四十里,唐太宗建玉华宫,以此山名。"

投寄旧知

却将憔悴入都门,自喜烟霄足故人①。万里有家留百越②,十年无路到三秦。摧残不是当时貌,流落空余旧日贫。多谢青云好知己,莫教归去重沾巾。

【题解】
此诗当作于景福元年(892)入京之初。这应该是一首干谒之作。诗人无限感伤地向旧知诉说自己的生存状态,直接提出希望故交援引,以免再次落第,涕泪而归。在唐代,类似的情况还是比较常见的。比如朱庆余的《近试上张水部》,就是一首著名的干谒诗:"洞房昨夜停红烛,待晓堂前拜舅姑。妆罢低声问夫婿,画眉深浅入时无。"

【注释】
①"自喜"句:烟霄,即九霄,喻京城。席刻,《全唐诗》作"青霄"。杜甫《春宿左省》:"星临万户动,月傍九霄多。"足,多。
②百越:亦称百粤,古越国为楚所灭后散居今江浙闽粤等地,故称。

癸丑年下第献新先辈①

五更残月省墙边②,绛旆霓旌卓晓烟。千炬火中莺出谷,一声钟后鹤冲天。③皆乘骏马先归去④,独被羸童笑晚眠。对酒暂时情豁尔⑤,见花依旧涕潸然。未酬阆泽傭书债,犹欠君平卖卜钱。⑥何事欲休休不得,来年公道似今年。

【题解】

此诗作于景福二年(893)。诗作先写放榜的热闹情景。但这热闹不属于自己,甚至不免为童仆所笑。借酒浇愁,愁或暂时可忘;只是到了酒醒以后,看见那盛开的花儿,想到人家的杏园宴,不觉又涕泗滂沱。既然如此,也只好寄望于来年的科场能讲点公道了。

【注释】

①诗题中"新先辈",新进士。据徐松《登科记考》卷二四,是年及第进士有崔胶、张鼎、卢玄晖、张道古、杜晏等。

②"五更"句:五更,颜之推《颜氏家训·书证》:"或问:一夜何故五更,更何所训?答曰:汉魏以来,谓为甲夜、乙夜、丙夜、丁夜、戊夜,又云鼓一鼓、二鼓、三鼓、四鼓、五鼓;又云一更、二更、三更、四更、五更。皆以五为节。……更,历也,经也,故曰五更。"省墙,尚书省礼部南院东墙,为进士试张榜之处。

③"千炬"二句:郑颢《进科名表》:"自武德已后,便有进士诸科,出莺谷而飞鸣,声华虽茂;经凤池而阅视,史策不书。"刘得仁《莺出谷》:"稍类冲天鹤,多随折桂人。"

④先归去:先归,《全唐诗》注:"一作'争先'。"《才调集》注:"一作'争先到'。"

⑤豁尔:豁然,开朗。白居易《青毡帐十二韵》:"傍通门豁尔,内密气温然。"

⑥"未酬"二句:《三国志·吴书·阚泽传》:"阚泽,字德润,会稽山阴人也。家世农夫,至泽好学,居贫无资,常为人佣书,以供纸笔。所写既毕,诵读亦遍。追师论讲,究览群籍,兼通历数,由是显名。察孝廉,除钱唐长,迁郴令。孙权为骠骑将军,辟补西曹掾。及称尊号,以泽为尚书。嘉禾中,为中书令,加侍中。赤乌五年,拜太子太傅,领中书如故。"《汉书·王贡两龚鲍传》序:"(严)君平卜筮于成都市,以为'卜筮者贱业,而可以惠众人。有邪恶非正之问,则依蓍龟为言利害。与人子言依于孝,与人弟言依于顺,与人臣言依于忠,各因势导之以善,从吾言者已过半矣。'裁日阅数人,得百钱足自养,则闭肆下帘而授《老子》。"

253

题汧阳县马跑泉李学士别业①

水满寒塘菊满篱,篱边无限彩禽飞。西园夜雨红樱熟,南亩秋风白稻肥②。草色自留闲客住,泉声如待主人归。九霄岐路忙于火,肯恋斜阳守钓矶。

【题解】

此诗盖作于景福二年(893)下第后游汧阳时。诗写李学士别业的旖旎风光,足可使人流连忘返。

【注释】

①诗题中"汧(qiān)阳县",治所在今陕西千阳西北。
②"南亩"句:《诗·豳风·七月》:"馌彼南亩,田畯至喜。"

绛州过夏留献郑尚书①

朝朝沉醉引金船,不觉西风满树蝉。光景暗消银烛下,梦魂长寄玉轮边②。因循每被时流消,奋发须由国士怜。③明月客肠何处断,绿槐风里独扬鞭。

【题解】

此诗盖作于景福二年(893)夏,时郑延昌尚未罢知政事。春日放榜后,落第举子不回家或外出,住在长安习业,称为过夏:"退而肆业,谓之过夏。"(李肇《唐国史补》卷下)也有寄住外地名山或佛寺的。诗人显然是寄住绛州习业。诗写投呈诗文给郑尚书,恳求引荐(称为"夏课"),同时流露出流光暗换之感与望月思乡之意。

【注释】

①诗题中"绛州",治所在今山西新绛。郑尚书,据吴汝煜主编《唐五代人交往诗索引》,指郑延昌。延昌,字光远,咸通十三年进士及第,迁监察御史,历兵部侍郎兼京兆尹、户部尚书、刑部尚书,终拜尚书左仆射。《资治通鉴》卷二五九:昭宗景福元年三月,"以户部尚书郑延昌为中书侍郎、同平章事。"乾宁元年五月辛卯,"中书侍郎、同平章事郑延昌罢为右仆射。"《旧唐书·昭宗纪》:景福二年十一月,"中书侍郎、平章事、判度支郑延昌罢知政事,守尚书左仆射,以病求故也。"

②玉轮:月。骆宾王《赠宋五之问》:"玉轮涵地开,剑匣连星起。"

③"因循"二句:因循,保守、守旧。白居易《不致仕》:"少时共嗤诮,晚岁多因循。"时流,世俗之辈。《晋书·阮裕传》:"诸人相与追之,裕亦审时流必当逐己,而疾去。"国士,国中杰出人才。《左传·成公十六年》:"国士在,且厚,不可当也。"

绥州作①

雕阴无树水难流,雉堞连云古帝州。②带雨晚驼鸣远戍,望乡孤客倚高楼。明妃去日花应笑,蔡琰归时鬓已秋。③一曲单于暮烽起,扶苏城上月如钩。④

【题解】

此诗盖作于景福二年(893)下第后游绥州时。诗写登楼眺望所见所感,慨叹自己半生流离失所,归期渺渺。全篇情景相生,写景抒情萧瑟凄怆,惋而多悲,充满沧桑感。如末二句,本是听到《单于》曲而引起伤时之悲,但诗中不明说,只描绘了极富感染力的画面"扶苏城上月如钩",其中自然就充满了哀愁。

《诗渊》于此诗外又录《绥州》一首,唯"水难"、"带雨"二句、"花应笑"、"暮烽"分别作"水南""带雨晚驼鸣戍垒,避霜候雁度边楼""心非昔""暮风"。或系一诗二稿。

【注释】

①诗题中"绥州",治所在今陕西省绥德西南。

②"雕阴"二句:水难,《全唐诗》注、韦縠《才调集》作"水南"。雕阴,山名,亦称雕山、疏属山,在绥州龙泉。雉堞,城上矮墙。鲍照《芜城赋》:"是以板筑雉堞之殷,井干烽橹之勤。"李善注:"郑玄《周礼注》曰:'雉长三丈,高一丈。'杜预《左氏传注》曰:'堞,女墙也。'"纪昀《墨评唐诗鼓吹》卷一〇:"古帝州者,犹云自古为中原王畿地耳。"

③"明妃"二句:《西京杂记》卷二:"(汉)元帝后宫既多,不得常见,乃使图工画形,按图召幸之。诸宫人皆赂画工,多者十万,少者亦不减五万,独王嫱不肯,遂不得见。后匈奴入朝,求美人为阏氏,于是上按图以昭君行。及去召见,貌为后宫第一,善应对,举止闲雅。帝悔之,而名籍已定,帝重信于外国,故不复更人。"王嫱,字昭君,晋避司马昭讳改为明君,后人亦称明妃。《后汉书·列女传》:蔡琰初嫁河东卫仲道,夫亡无子而归宁于家。汉献帝兴平间为胡骑所掠,嫁南匈奴左贤王,留居十二年。建安十三年,曹操遣使以金璧赎回。

④"一曲"二句:单子,唐大角曲名。扶苏城,即秦上郡城。

【辑评】

元郝天挺注、明廖文炳解《唐诗鼓吹注解》卷一〇:(廖文炳解)首言雕阴无树,河水南流,而雉堞与云相接,乃古帝王之州也。当晚雨之时,驼常鸣于戍垒之外;秋风之际,客频倚于高楼之中。来游之景况如此,已若昭君远嫁单于,过此地而花应相笑;蔡琰来归汉国,由此路而鬓已成秋。此固夷夏相通之界也,余也倚楼长望,悲风忽动,画角长鸣,明月如钩,边城迥绝,客情至此,其复何如耶!

清朱三锡《东岩草堂评订唐诗鼓吹》卷一〇:此韦公客居延安,倚楼长望而忽动边城之感也。一、二写地,三"带雨晚驼",皆倚楼人所见,即以倚楼孤客作对,妙!妙!五、六写人,而必举明妃、蔡琰者,言千古如此之才,如此之色,皆不得遇,而绥州当中外相通之界,一去一归,增人无限感慨。临了又将角声月色作结,读之更觉凄凉之甚。

清赵臣瑗《山满楼笺注唐诗七言律》卷六：何土无树？而此独无树，是水东流，而此独南流，其地之高寒可知。雉堞连云，则中外之界尽于此矣。"古帝州"三字虽是足上句法，然其中有调笑意，盖当时始皇固自以为万世不拔之基也，而今竟何如耶？客，我也；驼，兽也。对举之妙意，若谓我其驼也乎哉？奚为同老于斯？明妃去，蔡琰归，雕阴固为必由之道，然先生用之实以自喻也。"花应笑"，言不宜去；"鬓已秋"，言不易归。暮风新月最是孤客伤心之况，看他轻轻点出"扶苏城"，以与起手之"古帝州"相映作章法。……前半景中有情，而后半情中有景。

清钱谦益、何焯《唐诗鼓吹评注》卷一〇：起句言水犹南去，人乃北客。第三反起"孤"字；五、六自诉流落塞垣，所从非人，绵历半生，魂消目断也。月如钩，则去圆时正远。"何尚大刀头，破镜飞上天。"归期仍杳未可卜耳。红颜白首，借说便自蕴藉。

与东吴生相遇①

及第后出关作。

十年身事各如萍②，白首相逢泪满缨。老去不知花有态③，乱来唯觉酒多情。贫疑陋巷春偏少④，贵想豪家月最明。且对一樽开口笑，未衰应见泰阶平。⑤

【题解】

此诗作于乾宁元年(894)春。诗写及第后与东吴生相遇所生发的人生感慨。前六句分别从"老""乱""贫"等不同的角度，夹叙夹议悲惨的人生遭遇、动荡的时代背景以及黑暗的社会现实，交代"白首相逢泪满缨"的深刻缘由。最后破涕为笑，表达对国家前途的美好愿望。诗作以"泪"始，以"笑"结，前后呼应，结构严密。泪是回顾，笑是前瞻，一泪一笑，字挟风霜，总括全篇。

257

【注释】

①诗题,元好问辑《唐诗鼓吹》题作《逢东吴王》,误。东吴生,不详。

②身事:《全唐诗》注:"一作'身世'。"

③"老去"句:杜甫《小寒食舟中作》:"春水船如天上坐,老年花似雾中看。"

④陋巷:《论语·雍也》:"贤哉回也!一箪食,一瓢饮,在陋巷,人不堪其忧,回也不改其乐,贤哉回也。"

⑤"且对"二句:且,原注:"一作'独'。"《庄子·盗跖》:"人上寿百岁,中寿八十,下寿六十,除病瘦死丧忧患,其中开口而笑者,一月之中,不过四五日而已矣。"李善注引《黄帝泰阶六符经》:"泰阶者,天之三阶也。上阶,上星为天子,下星为女主;中阶,上星为诸侯三公,下星为卿大夫;下阶,上星为元士,下星为庶人。三阶平则阴阳和,风雨时,岁大登,民人息,天下平,是谓太平。"李白《避地司空原言怀》:"俟乎泰阶平,然后托微身。"罗隐《献淮南崔相公》:"虎帐坐分真宰气,象筵吹出泰阶平。"

【辑评】

元郝天挺注、明廖文炳解《唐诗鼓吹注解》卷一〇:(廖文炳解)首言萍踪漂泊,尔我相同;别已十年,今幸相逢。而鬓丝初见,所以洒泪沾巾也。若花固有态,酒非有情,春无偏少,月非倍明,而老去乱来,则不知有态而惟觉多情矣。有贫有贵,则陋巷生疑而豪家积想矣。次联道其身世之故;三联写其牢骚之情。文情似婉而意甚切至。末承上来,谓志虽未得,然且对一樽而开口笑,因其未甚衰惫,太平则犹可待也。此见友朋相慰,兼有不能忘世意。

清朱三锡《东嵒草堂评订唐诗鼓吹》卷一〇:十年漂泊,白首相逢,宜泪也;白首而更逢世乱,又宜泪也;白首世乱而更遭家贫,又宜泪也。三、四写身世之日非,五、六写境遇之各别,末聊以自慰耳。

清赵臣瑗《山满楼笺注唐诗七言律》卷六:一追伤别后,二痛哭当前。伤者,伤世之乱。哭者,哭身之老也。三、四交承之,写老写至"不知花有态",写乱写至"惟觉酒多情",妙矣。然此两句是互文也,使易而为"乱里不知花有态,老来惟觉酒多情"亦无不妙。五、六又于其中添一"贫"字,疑固贫者疑,想亦贫者想也。"贵"字是借对法。"陋巷春偏少",则豪家之偏多可知;"豪家月最明",则陋巷之最暗可知。此两句亦是互文。合而言之,乱也,老也,贫也,愁既不胜其愁,哭又岂胜其哭哉?"且对一樽开口笑",直须付之莫可如何云尔。末拖一笔,"应见"者,见不见,未可知之词,自慰慰人,章法定宜如此。

清钱谦益、何焯《唐诗鼓吹评注》卷一〇:五、六乃顿挫以反起落句,故异酸子语。

清胡以梅《唐诗贯珠》卷二九:三、四,窈窕多姿而神情惨淡;五、六,疏横奇逸,哭得风雅,皆名句也。结乃期望之辞。……全篇气度宽闲,无戚戚之语。庄复为蜀材,必有所用也耶。

清纪昀《墨评唐诗鼓吹》卷一〇:饴山老人:固无深思,自有爽气。少年喜学此种,易入浅滑。纪评:详此二批,当在《关河道中》一篇之上,赵十二误书此篇上耳。

清杨逢春《唐诗绎》卷二三:首二领"相遇"起。中四顶"泪满缨"申说身世炎凉之感,写得沉著。七、八相遇慰勉之情,结。

庭前桃

曾向桃源烂漫游①,也同渔父泛仙舟。皆言洞里千株好,未胜庭前一树幽。带露似垂湘女泪,无言如伴息妫愁②。五陵公子饶春恨,莫引香风上酒楼。

【题解】

此诗创作时地未详。诗写庭前桃花开放,压倒众芳。之所以能压倒众芳,是因为它的意态与此前所见者不同,楚楚可人,绝非笑闹东风的凡花可比。正因如此冷艳"幽"情,便不应再去撩动满怀春恨的五陵公子了。这种写法,别具新意。

【注释】

①桃源:陶渊明《桃花源记》记一渔人捕鱼缘溪,忽遇桃花林,林尽水源,便得一山,入其中,有村落田舍,阡陌交通,鸡犬相闻,其人皆怡然自乐,不知有汉,无论魏晋,为世外桃源。欧阳询等《艺文类聚》卷七引《幽明录》:汉帝永平五年,剡县刘晨、阮肇共入天台山,度山,出一大溪,溪边有二女子,资质妙绝,遂留半年。怀土求归,既出,亲旧零落,邑屋改异,无复相识。讯问,得七世孙。

②"无言"句:息妫(guī),春秋时息侯夫人。《左传·庄公十四年》:"楚子如息,以食入享,遂灭息,以息妫归,生堵敖及成王焉,未言。楚子问之,对曰:'吾一妇人而事二夫,纵弗能死,其又奚言?'"

【辑评】

清金圣叹《选批唐才子诗》卷八下:(评前四句)一解四句,真乃高情高兴。"曾向",是自家亲见。"也同",是众人公论。(评后四句)露桃,因用湘泪;桃不言,因用息妫,非随手草草写二女人入诗也。(总评)前解只写庭前,后解始写桃,然末句仍结至庭前,妙!妙!

清赵臣瑗《山满楼笺注唐诗七言律》卷六:只为要抬高自己庭前之桃,便凭空造一大谎曰曾游桃源,又恐涉于徇私,再凭空捏一见证曰渔父皆言,连用三句衍文,一口气直赶到题上,此是何等结构?然其妙处乃在一"幽"字,洞里之所以不如者,正以其多也。五、六细疏其幽入微。结故掉开,香风所至,不禁惹人春恨,其幽也至于如此。

清胡以梅《唐诗贯珠》卷五六:上界以桃源洞之花当不如此庭桃之妙也;下言有露如湘妃洒竹之泪,无言似息妫初见楚王言之态。息妫亦称桃花夫人,更切。结言五陵豪贵正当春恨之际,不可使闻香气,增其想念,恐折去耳。

丙辰年鄜州遇寒食城外醉吟五首①

满街杨柳绿丝烟,画出清明二月天②。好是隔帘花树动,女郎撩乱送秋千③。

雕阴寒食足游人，金凤罗衣湿麝薰。④肠断入城芳草路，淡红香白一群群。

开元坡下日初斜，拜扫归来走钿车。⑤可惜数株红艳好，不知今夜落谁家。

马骄风疾玉鞭长，过去唯留一阵香。闲客不须烧破眼⑥，好花皆属富家郎。

雨丝烟柳欲清明，金屋人闲暖凤笙⑦。永日迢迢无一事，隔街闻筑气球声。⑧

【题解】

此组诗作于乾宁三年(896)寒食节。骆天骧《类编长安志》卷七引录其中第三首，误为元稹(当作稹)诗。韦庄组诗风格由清丽而趋于轻艳，可能是被误录的重要原因。

此组诗描写鄜州寒食节的景物风情，宛如一幅长卷画轴。第一首，描绘少女们在花树下荡秋千的游戏。柳槐垂烟，景物如画，衬托着那些打秋千的少女们，煞是好看。第二首，描写鄜州城郊游人群在归途上的景象。重点渲染游人服饰的香气与色彩，令人目不暇接。第三首，描写拜扫归来的钿车，似乎意在女眷。"可惜数株红艳好"二句的调侃之语，不免文人习气。第四首，描写富家少年乘马出游的旁若无人。第五首，描写城中蹴球之戏。诗人大概是见惯了长安郊外以及江南的寒食节物，乍到黄土高原上的古戎狄所居之地，顿觉满眼新奇，遂一气呵成，作组诗五首。

【注释】

①诗题中"鄜(fū)州"，治所在今陕西富县。欧阳询等《艺文类聚》卷四引《荆楚岁时记》："去冬至一百五日，即有疾风甚雨，谓之寒食。"又引陆翙《邺中记》："并州俗，冬至后百五日为介子推断火，寒食三日。"

②清明二月天：洪迈《万首唐人绝句》作"青春二月天"。

③"女郎"句：撩乱，纷乱。韦应物《答重阳》："坐使惊霜鬓，撩乱已如

蓬。"欧阳询等《艺文类聚》卷四引《古今艺术图》:"北方山戎,寒食日用秋千为戏,以习轻趫。"高承《事物纪原》卷八:"《古今艺术图》曰:'北方戎狄爱习轻趫之态,每于寒食日为之。后中国女子学之,乃以彩绳悬树立架,谓之秋千。'"

④"雕阴"二句:雕阴,原作"淮阴",此据洪迈《万首唐人绝句》校改。马缟《中华古今注》卷中:"隋大业末,炀帝宫人、百官母妻等,绯罗蹙金飞凤背子以为朝服及礼见宾客姑舅之长服也。"

⑤"开元"二句:开元坡,今陕西户县北。骆天骧《类编长安志》卷七:"开元坡,《剧谈录》:唐京城兴庆池西,乃明皇为王时故宅,后废为开元坡。"或鄜州另有开元坡。拜扫,扫墓。柳宗元《寄许京兆孟容书》:"近世礼重拜扫,今已阙者四年矣。每遇寒食,则北向长号,以首顿地,想田野道路,士女遍满。皂隶佣丐,皆得上父母丘墓,马医夏畦之鬼,无不受子孙追养者。然此已息望,又何以云哉?"高承《事物纪原》卷八:"《后汉·光武纪》云:'建武十年八月,幸长安,有事十一陵。'盖躬祭于墓也。即今上坟拜扫,盖起于此。"(案:《后汉书·光武帝纪》:"(建武十年)秋八月己亥,幸长安,祠高庙,遂有事十一陵。"时在八月,与后世寒食不符。)钿车,饰以金花之车。

⑥烧破眼:眼热,眼红。王建《江陵即事》:"寺多红药烧人眼,地足青苔染马蹄。"白居易《和春深二十首》其十七:"一先争破眼,六聚斗成花。"

⑦"金屋"人:金屋,指闺阁。李昉等《太平御览》卷八八《汉武故事》:胶东王(汉武帝)"数岁,长公主抱置膝上,问曰:'儿欲得妇不?'胶东王曰:'欲得妇。'长主指左右长御百余人,皆云不用。末指其女问曰:'阿娇好不?'于是乃笑曰:'好!若得阿娇作妇,当作金屋贮之也。'长主大悦,乃苦要上,遂订婚焉。"应劭《风俗通义》卷六:"《世本》:'随作笙。'长四寸,十二簧,像凤之身,正月之音也,物生,故谓之笙。"暖凤笙,笙中有簧,以火烘焙,称"暖笙"。秦韬玉《吹笙歌》:"纤纤软玉捧暖笙,深思香风吹不去。"周密《齐东野语》卷一七:"盖笙簧必用高丽铜为之,艳以绿蜡,簧暖则字正而声清越,故必用焙而后可。陆天随诗云:'妾思冷如簧,时时望君暖。'《乐府》亦有'簧暖笙清'之语。"

⑧"永日"二句：日，原注："一作'昼'。"闻筑，《全唐诗》注："一作'闻蹴'。"徐坚等《初学记》卷四注："刘向《别录》：蹴鞠，黄帝所造，本兵势也。或云起于战国。案鞠与球同，古人蹋蹴以为戏。"

【辑评】

清殷元勋注、清宋邦绥补《才调集补注》卷三：(其四)感慨无聊之甚。后端已到蜀才得一美姬，又被王建夺去，何才人薄福至此！

清黄叔灿《唐诗笺注》卷一〇：(其一)"画出"二字妙。下二句玩"隔帘"及"撩乱"字意，还是跟"杨柳绿丝烟"写照，分明于柳丝荡漾中形出。可知古人用笔，实景皆用虚情描绘，上下必相关动也。(其二)此首因鄜州寒食而思淮阴寒食也。又其三云："可惜数枝红艳好，不知今夜落谁家。"其四云："闲客不须烧破眼，好花皆属富家郎。"诗好，嫌其太轻，故不录。

宜君县北卜居不遂留题王秀才别墅二首①

本期同此卧林丘，楉枻炉前拥布裘②。何事却骑羸马去，白云红树不相留。

明月严霜扑皂貂③，羡君高卧正逍遥。门前积雪深三尺，火满红炉酒满瓢。

【题解】

此诗盖作于乾宁二年(895)冬，时李克用与李茂贞等构兵，政局不宁。宜君县北有玉华宫，当地以为清凉远胜于皇室避暑胜地九成宫。韦庄想在此地择居，大约便是看中了这里的自然气候条件。卜居未成，自然不无遗憾，故借"留题"王秀才别墅出之。

【注释】

①诗题中"宜君"，《全唐诗》注："一作'宜春'。"宜君县今属陕西。卜居，择地居住。杜甫《寄题江外草堂》："嗜酒爱风竹，卜居必林泉。"王秀才，

不详。

②榾柮(gǔ duò)：块柴，树疙瘩。李昉等《太平广记》卷一七五引路德延《孩儿诗》："夜分围榾柮，朝聚打秋千。"

③皂貂：黑貂裘。武元衡《送张六谏议归朝》："诏书前日下丹霄，头戴儒冠脱皂貂。"

鄜州留别张员外

江南相送君山下，塞北相逢朔漠中。①三楚故人皆是梦②，十年陈事只如风。莫言身世他时异，且喜琴樽数日同③。惆怅却愁明日别，马嘶山店雨濛濛。

【题解】

此诗盖作于乾宁三年（896）春。张员外，不详。诗写在异乡与故人久别重逢，又匆匆言别的情景，突出十余年来个人亲友的萍踪无定和种种变化，同时也透露出对社会动乱的无比感慨，惆怅幽怨之情溢于言表。

【注释】

①"江南"二句：君山，亦称湘山、洞庭山，今湖南岳阳西南洞庭湖中。《水经注·湘水》："（洞庭）湖中有君山、编山。君山有石穴，潜通吴之包山，郭景纯所谓巴陵地道者也。是山，湘君之所游处，故曰君山矣。"朔漠，《全唐诗》注："一作'相幕'。"

②三楚：西楚、东楚、南楚。《史记·货殖列传》："夫自淮北沛、陈、汝南、南郡，此西楚也。……彭城以东，东海、吴、广陵，此东楚也。……衡山、九江、江南、豫章、长沙，是南楚也。"

③琴樽：琴酒。谢朓《和宋记室省中》："无叹阻琴樽，相从伊水侧。"陈子昂《群公集毕氏林亭》："默语谁相识，琴樽寄北窗。"

【辑评】

元郝天挺注、明廖文炳解《唐诗鼓吹注解》卷一〇：（廖文炳解）首言昔在江南相送于君山之下,今在塞北相逢于朔漠之中,见相送相逢俱在他乡,行踪亦甚不定已。故昔三楚之故人皆如梦中之虚幻,而至今十年之尘事,只如风去之晻驰,盖不特萍踪无定,而岁月已屡迁矣。今者相逢于此,莫言身世之故,至他时亦相异;且喜琴樽之会,当此日而相同。十年离绪庶几可少慰焉。然余更有惆怅者,明日分携复当远去,马嘶山店,微雨濛濛,是则益添离别之恨,其安得而解我愁思哉?

清金圣叹《选批唐才子诗》卷八下:(评前四句)忽然相送,乃在君山之下;忽然相逢,乃在朔漠之中。忽然同在极南,忽然同在极北,有何公事勾当,如此两头驰驱?可笑也!三楚故人,岂止我尔两人!十年往事,岂止离合二事!余子杳无消息,半生落得干忙,今日从头细思,真是一场懵懂,可哭也!一、二,言只剩两人光身;三、四,言其余总不可问。(评后四句)承前解,言既是故人如梦,往事如风,然则我尔两人再会于此,便是秉烛再照。以此为实。只愁今夜会,明日别,实是一场悲痛。至于身如何,世如何,且只听之造化也。鄜州属延安,故"相逢"句亦是追往。

清朱三锡《东岩草堂评订唐诗鼓吹》卷一〇:昔日君山相送,同在极南;今日朔漠相逢,同在极北;想此相逢相送之中岂止两人?计此相逢相送之年已非一日。三、四承之,"皆似梦",言止存两人矣。"只如风",言忽已十年矣。余子杳无音问,半生落寞风尘,良可慨也。五、六至末又写眼前之重叙,以惜明日之又别,即欲不惆怅,何可得耶!

清赵臣瑗《山满楼笺注唐诗七言律》卷六:一、二由今溯昔,相送则在极南,相逢则在极北,不知俱为何事如此奔驰,可叹亦可笑也。三因两人而念及诸友,是换笔;四从一日而念及十年,是主笔。五轻折,已往既不可问,将来又安可知;六扣住人生聚首实难,毋为当面错过。七、八忽又作宕漾笔,明知奔驰无益,其奈踪迹靡常,可笑也,亦可叹也。莫言、且喜、却愁,看四句中凡作无数曲折,文情绝世。

病中闻相府夜宴戏赠集贤卢学士

满筵红蜡照香钿,一夜歌钟欲沸天。①花里乱飞金错落,月中争认绣连乾。②樽前莫话诗三百,醉后宁辞酒十千③。无那两三新进士,风流长得饮徒怜。

【题解】

此诗盖作于乾宁元年(894)新及第时。这位卢学士,很可能就是集贤殿书院学士中因年高而判院事之人,包括韦庄在内的几位新进士显然都是他的下属,所以,才有了"歌钟欲沸天"的相府夜宴的这段"花絮"。几位新进士参加宴会,得到了"饮徒"卢学士的特别"关照",席间不许谈诗,只准饮酒。诗人由此打趣卢学士说,这几位新进士被弄得如此狼狈、无奈,实在是因为他们的文采风流赢得了您这位酒徒的爱惜。当然,这首诗也在客观上反映出当时社会黄巢大乱甫平即"郑卫之声鼎沸"的情景,难怪黄滔在《答陈磻隐论诗书》中慨叹:"噫,王道兴衰,幸蜀移洛,兆于斯矣!"

【注释】

①"满筵"二句:香钿,古时妇女贴在额上鬓颊饰物的美称。代指美人。高彦休《唐阙史》卷上:"马嵬佛寺,杨贵妃缢所。迩后才士文人,经过赋咏以导幽怨者,不可胜纪,莫不以翠翘香钿委于尘土,红凄碧怨,令人伤悲。"沸天,形容声音极度喧腾。鲍照《芜城赋》:"廛閈扑地,歌吹沸天。"白居易《宴周皓大夫光福宅》:"轩车拥路光照地,丝管入门声沸天。"

②"花里"二句:金错落,酒杯。张耒《春阴二首》其一:"把酒自倾金错落,探春谁污锦障泥。"绣连乾,马之锦绣障泥。《世说新语·术解》:"王武子善解马性。尝乘一马,着连钱障泥。前有水,终不肯渡。王云:'此必是惜障泥。'使人解去,便径渡。"

③酒十千:谓一斗酒值万钱,形容酒美价昂。曹植《名都篇》:"归来宴平乐,美酒斗十千。"

【辑评】

清胡以梅《唐诗贯珠》卷一八:香钿,歌妓之饰。金错落,酒杯。绣连钱,马饰,欲归而认骑也。五言无暇谈诗,六言醉犹倾一斗,结谓因新进士风流,故学士爱而不辞醉。饮徒,指学士,题中所谓戏也,必学士是夕有狂饮豪兴。

出　关①

马嘶烟岸柳阴斜,东去关山路转赊②。到处因循缘嗜酒,一生惆怅为判花③。危时只合身无著,白日那堪事有涯。④正是灞陵春酎绿,仲宣何事独辞家⑤。

【题解】

此诗盖作于乾宁六年(879)春。诗作先总说出关,再说出关之前经过,仍然表现感伤时事、自伤身世的心态,情绪相当低沉。

【注释】

①诗题,韦縠《才调集》作"关山"。
②赊:遥远。王勃《滕王阁序》:"北海虽赊,扶摇可接。"戎昱《桂州腊夜》:"坐到三更尽,归仍万里赊。"
③判花:落花。温庭筠《春日偶作》:"夜闻猛雨判花尽,寒恋重衾觉梦多。"
④"危时"二句:合,应当。无著,无所执著。有涯,有边际,有限。《庄子·养生主》:"吾生也有涯,而知也无涯,以有涯随无涯,殆已。"
⑤仲宣何事:《诗渊》作"悠悠千里"。

过樊川旧居①

时在华州驾前,奉使入蜀作。

却到樊川访旧游,夕阳衰草杜陵秋。应刘去后苔生阁,嵇阮归来雪满头。②能说乱离唯有燕,解偷闲暇不如鸥③。千桑万海无人见④,横笛一声空泪流。

【题解】

此诗当作于乾宁三年(896)秋自蜀返京过樊川时。诗人以魏晋文人嵇康、阮籍等自比,极言人去楼空,苍苔入阁,老大归来,华发满头。又以燕子、鸥鹭自比,诉说所遭遇的家国不幸。沧海桑田,横笛悠扬,禁不住老泪纵横。这种感伤的情怀,在诗中充分体现在:写景状物,皆着悲色;叙事说人,更具悲情;援引典故,亦出悲声。

【注释】

①诗题中"樊川",今陕西长安东南。
②"应刘"二句:应刘,应玚、刘桢。嵇阮,嵇康、阮籍。
③解:能,懂。梁简文帝《棹歌行》:"风生解刺浪,水深能捉船。"
④千桑万海:犹沧海桑田。《神仙传》:"麻姑自说云:'接侍以来,已见东海三为桑田。向到蓬莱,水又浅于往者会时略半也。岂将复还为陵陆乎?'"刘希夷《代悲白头翁》:"已见松柏摧为薪,更闻桑田变为海。"

长安旧里①

满目墙匡春草深②,伤时伤事更伤心。车轮马迹今何在③,十二玉楼无处寻。

【题解】

此诗盖作于乾宁四年(897)春自华州使蜀过长安时。旧居残败,车马灭迹,玉楼难寻,时耶?事耶?空自令人伤心而已。唐帝国大厦将倾,诗人不自觉地为之唱出了一曲挽歌。

【注释】

①诗题,韦縠《才调集》作"旧里"。盖指嘉会里。

②墙匡:匡,框,围。颓墙,谓屋舍已毁而只存墙围。《全唐诗》注:"一作'墙垣'。"

③今何在:韦縠《才调集》、洪迈《万首唐人绝句》作"一时尽"。

过渼陂怀旧①

辛勤曾寄玉峰前②,一别云溪二十年。三径荒凉迷竹树,四邻凋谢变桑田。渼陂可是当时事,紫阁空余旧日烟。③多少乱离无处问,夕阳吟罢涕潸然。

【题解】

此诗盖作于乾宁四年(897)秋。渼陂地近樊川老家,诗人自从在黄巢攻陷京城前把家从虢州迁回杜陵之后,已有二十年没回过故乡,其间曾经长安兵火,洛中寓居,江南避乱,如今又见两川战乱,一路跋涉蜀道而到故乡的土地,真有沧桑变幻、恍如隔世之感,难怪要潸然泪下了。

此诗又见骆天骧《类编长安志》卷九,小有异文:"韦曲在樊川,……庄后自蜀回归韦曲,诗曰:'殷勤曾记碧峰前,一别溪云二十年。三径荒凉迷竹树,四邻凋谢变桑田。皇陂况是当年水,紫阁空横旧日烟。多少乱离无问处,夕阳吟罢涕潸然。'"

【注释】

①诗题中"渼(měi)陂",湖名,亦称美陂。故址在今陕西户县西。

②玉峰:疑指终南山。骆天骧《类编长安志》卷六引东方朔曰:"终南山,天下之大阻也。其山多玉石金银铜铁。"

③"渼陂"二句:可是,岂是。紫阁,终南山之峰。李白《君子有所思行》:"紫阁连终南,青冥天倪色。"

汧阳间①

汧水悠悠去似絣②,远山如画翠眉横。僧寻野渡归吴岳,雁带斜阳入渭城。③边静不收蕃帐马,地贫唯卖陇山鹦④。牧童何处吹羌笛,一曲梅花出塞声。⑤

【题解】

此诗疑作于景福二年(893)秋。诗作前半首写途中所见,流露出对秦地山川的留恋之情。在富有立体感的画面背景衬托下,出现的是一幅渺远而又温馨的场景,让人自然联想到回归家园,寻找心灵的归宿。然而,诗人此时却偏偏要远离家乡,对故国、故乡的留恋便显得格外浓烈。颈联写出长期战乱所造成的民生凋敝的惨象。在这里,诗人已经从自己人生遭遇的感怀,提升到同情民生、忧时伤世的境界。最后,更进一步借凄厉的羌笛之声渲染、强化悲情的表达。这笛声的凄厉,正映衬着诗人心境的凄楚、晚唐时代的悲凉,意蕴深广,情味悠长。

【注释】

①诗题,《全唐诗》注:"一作'汧阳县阁'。"

②汧(qiān)水:即今千水,在陕西千阳,源出陕西陇县西北六盘山,东南流入渭水。絣(bēng),同"绷",引线使直。

③"僧寻"二句:吴岳,即吴山,亦名岍山,在汧阳西。渭城,汉置县名,唐为咸阳县(治所在今陕西咸阳东北)。

④陇山鹦:《禽经》:"鹦鹉摩背而瘖。"张华注:"鹦鹉出陇西,能言鸟也。人以手抚拭其背,则瘖哑矣。"

⑤"牧童"二句：马融《长笛赋》："有庶士丘仲，言其所由出，而不知其弘妙。其辞曰：近世双笛从羌起，羌人伐竹未及已。"郭茂倩《乐府诗集》卷二一引《乐府解题》：李延年所造二十八解，"魏晋以来唯传十曲"，中有《出塞》。同卷《出塞》解题引曹嘉之《晋书》："刘畴尝避乱坞壁，贾胡百数欲害之。畴无惧色，援笳而吹之，为《出塞》《入塞》之声，以动其游客之思，于是群胡皆垂泣而去。"

【辑评】

元郝天挺注、明廖文炳解《唐诗鼓吹注解》卷一〇：（廖文炳解）首言汧水悠悠如絣之直，而远山秀丽则又如翠眉焉。其时所见，僧寻野渡而去，雁带残阳而飞；抑且边境清宁，不收蕃帐之马；居民贫乏，惟卖陇西之鹦。汧阳之景物如此也。今者来登此阁，一曲梅花，声如《出塞》，悠悠羌笛，正未知何处牧童耳。

清朱三锡《东岩草堂评订唐诗鼓吹》卷一〇：一写水，二写山，皆阁中之所见。举世纷乱，斯地独守。三曰"僧寻野渡"，四曰"雁带斜阳"，言入山者入山，入城者入城，总以见人物之相安耳。五言边境清宁，六曰居民贫乏，然其地虽贫而四境晏然，亦太平乐事。牧童羌笛，一曲梅花，非今日所不易闻者哉？

清钱谦益、何焯《唐诗鼓吹评注》卷一〇：以绮笔曲写边障荒寒，则居此者之牢然凄断可以得之言表也。"雕阴无树"篇犹有露处，此篇字字有血泪而使人不觉。

清赵臣瑗《山满楼笺注唐诗七言律》卷六：前半阁上景致，后半县中风土，皆极凄凉。一赋水，以絣比之；二赋山，以眉比之。只是闲闲著笔，已觉凄凉满目。三于人之中但举一僧，四于物之中但举一雁，皆从冷处落想，而又衬以"寻野渡""带斜阳"，则全是一片凄凉矣。五之"边静"即"不收马"可见，六之"地贫"即"惟卖鹦"可知，最简最雅，然两句不可平看，言边虽已静而地则甚贫也，故结以牧童吹笛，声犹《出塞》，为习于战争所致，亦全是一片凄凉也。

清纪昀《墨评唐诗鼓吹》卷一〇：前四句山川景色，后四句有风土萧疏、边境苍凉之感。妙不说破。又曰：以近边故牧童亦有出塞之声，非如《出塞》也。

清吴汝纶《桐城先生评点唐诗鼓吹》卷一五：五、六言忽边备而贪玩好。

焦崖阁①

李白曾歌蜀道难，长闻白日上青天。②今朝夜过焦崖阁，始信星河在马前。

【题解】

此诗当作于乾宁四年(897)随李洵宣谕两川途经焦崖阁时。诗作前两句虚写，是说当自己夜过焦崖阁后，才开始相信李白《蜀道难》中描写的"上青天"的情景。全篇只用"星河在马前"五字为焦崖阁淡淡地抹上一笔，算是实写，而山势的险峻高拔已足以令人想见。

【注释】

①焦崖阁：故址在今陕西洋县北焦崖山上。

②"李白"二句：李白《蜀道难》："蜀道之难，难于上青天。"

鸡公帻①

去褒城县二十里。

石状虽如帻，山形可类鸡。向风疑欲斗，带雨似闻啼。蔓织青笼合，松长翠羽低。不鸣非有意，为怕客奔齐。②

【题解】

此诗盖作于乾宁四年(897)随李洵宣谕两川途经鸡公帻时。诗作巧妙地运用斗鸡的意象来描绘风景。全篇可以看做是"利用山的名字与外形做的隐喻"([美]高德耀《斗鸡与中国文化》)。首二句,说山上的石头状如鸡冠,但是整个形象像大鸡。中间的两个对句,通过将与斗鸡有关的意象加入真实的自然景象中来展开隐喻。风、雨、蔓、松与斗、啼、笼、羽一同出现。末二句,则使用了与鸡有关的关于孟尝君的历史典故。

【注释】

①鸡公帻:顾祖禹《读史方舆纪要》卷五六:"鸡头关,县北八里,关口有大石,状如鸡头。"褒城县,治所在今陕西汉中西北。

②"不鸣"二句:《史记·孟尝君列传》:齐贵公子孟尝君使秦而被囚,一门客夜为狗盗得狐白裘以献秦昭王幸姬,"幸姬为言昭王,昭王释孟尝君。孟尝君得出,……夜半至函谷关。秦昭王后悔出孟尝君,求之已去,即使人驰传逐之。孟尝君至关,关法鸡鸣而出客。孟尝君恐追至,客之居下坐者有能为鸡鸣,而鸡齐鸣,遂发传出。出如食顷,秦追果至关,已后孟尝君出,乃还。"

秦妇吟①

中和癸卯春三月,洛阳城外花如雪。东西南北路人绝,绿杨悄悄香尘灭。路旁忽见如花人,独向绿杨阴下歇。凤侧鸾欹鬓脚斜,红攒黛敛眉心折。②借问女郎何处来,含嚬欲语声先咽③。回头敛袂谢行人,丧乱漂沦何堪说。三年陷贼留秦地,依俙记得秦中事。④君能为妾解金鞍⑤,妾亦与君停玉趾。前年庚子腊月五⑥,正闭金笼教鹦鹉。斜开鸾镜懒梳头,闲凭雕栏慵不语。忽看门外起红尘,已见街中扑金鼓⑦。居人走出半仓惶⑧,朝士归来尚疑误。是时西面官军入,拟向潼关为警急。⑨皆言博野自相持,尽道贼军来未及。⑩须臾主父乘奔至⑪,下马入门痴似醉。适逢紫盖去蒙尘,已见白旗来匝地。⑫扶嬴携幼竞相呼,上屋缘墙不知次。南邻走入北邻藏,东邻走向西邻避。北邻诸妇咸相凑，户外崩腾如走兽⑬。轰轰崐崐乾坤动⑭，万马雷声从地涌。火迸金星上九天，十二官街烟烘焖⑮。日轮西下寒光白，上帝无言空脉脉⑯。阴云晕气若重围，宦者流星如血色。⑰紫气潜随帝座移，妖光暗射台星拆。⑱家家流血如泉沸，处处冤声声动地。⑲舞伎歌姬尽暗捐⑳，婴儿稚女皆生弃。东邻有女眉新画，倾国倾城不知价。长戈拥得上戎车，回首香闺泪盈把㉑。旋抽金线学缝旗，才上雕鞍教走马㉒。有时马上见良人，不敢回眸空泪下。㉓西邻有女真仙子，一寸横波剪秋水㉔。妆成只对镜中春㉕，年幼不知门外事。一夫跳跃上金阶，斜袒半肩欲相耻㉖。牵衣不肯出朱门，红粉香脂刀下死。南邻有女不记姓，昨日良媒新纳聘㉗。琉璃阶上不闻行，翡翠帘间空见影。㉘忽看庭际刀刃鸣，身首支离在俄顷㉙。仰天掩面哭一声，女弟女兄同入井㉚。北邻少妇行相促，旋拆云鬟拭眉绿。已闻击托坏高门㉛，不觉攀缘上重屋。须臾四面火光来，欲下回梯梯又摧㉜。烟中大叫犹求救，梁上悬尸已作灰。妾身幸得全刀锯㉝，不敢踟蹰久回顾。旋梳蝉鬓逐军行㉞，强展蛾眉出门去。旧里从兹不得归，六亲自此无寻处㉟。一从陷贼经三载，终日惊忧心胆碎。夜卧千重剑戟围，朝餐一味人肝脍㊱。鸳帏纵入岂成欢㊲，宝货虽多非所爱。蓬头垢面狃眉赤，几转横波看不得。㊳衣裳颠倒言语异，面上夸功雕作字。㊴柏台多士尽狐精，兰省诸郎皆鼠魅㊵。还将短发戴华簪，不脱朝衣缠绣被。㊶翻持象笏作三公，倒佩金鱼为两史。㊷朝闻奏对入朝堂，暮见喧呼来酒市。一朝五鼓人惊起㊸，叫啸喧呼如窃语。夜来探马入皇城，昨日官军收赤水。㊹赤水去城一百里，朝若来兮暮应至㊺。凶徒马上暗吞声，女伴闺中潜生喜㊻。皆言冤愤此时销，必谓妖徒今日死。㊼

逡巡走马传声急⑭,又道官军全阵入⑮。大彭小彭相顾忧,二郎四郎抱鞍泣。㊵沉沉数日无消息,必谓军前已衔璧。㊶簸旗掉剑却来归,又道官军悉败绩。㊷四面从兹多厄束,一斗黄金一升粟。㊸尚让厨中食木皮,黄巢机上刲人肉。㊹东南断绝无粮道,沟壑渐平人渐少。㊺六军门外倚僵尸,七架营中填饿殍。㊻长安寂寂今何有,废市荒街麦苗秀。㊽采樵斫尽杏园花,修寨诛残御沟柳。㊾华轩绣毂皆销散,甲第朱门无一半。㊿含元殿上狐兔行,花萼楼前荆棘满。㋒昔时繁盛皆埋没,举目凄凉无故物。内库烧为锦绣灰,天街踏尽公卿骨。㋓来时晓出城东陌,城外风烟如塞色。路旁时见游奕军,坡下寂无迎送客。㋔霸陵东望人烟绝,树鏁骊山金翠灭。㋕大道俱成棘子林,行人夜宿墙匡月。㋖明朝晓至三峰路㋗,百万人家无一户。破落田园但有蒿,摧残竹树皆无主。路旁试问金天神㋘,金天无语愁于人。庙前古柏有残柯㋙,殿上金炉生暗尘。一从狂寇陷中国,天地晦冥风雨黑。㋚案前神水呪不成,壁上阴兵驱不得。㋛闲日徒歆奠飨恩㋜,危时不助神通力。我今愧恧拙为神,且向山中深避匿。㋝寰中箫管不曾闻,筵上牺牲无处觅。㋞旋教魘鬼傍乡村㋟,诛剥生灵过朝夕。妾闻此语愁更愁,天遣时灾非自由。神在山中犹避难,何须责望东诸侯。㋠前年又出杨震关,举头云际见荆山。㋡如从地府到人间,顿觉时清天地闲。陕州主帅忠且贞,不动干戈惟守城。㋢蒲津主帅能戢兵,千里晏然无戈声。㋣朝携宝货无人问,夜插金钗惟独行。㋤明朝又过新安东㋥,路上乞浆逢一翁。苍苍面带苔藓色,隐隐身藏蓬荻中。问翁本是何乡曲,底事寒天霜露宿。老翁暂起欲陈辞,却坐支颐仰天哭。㋦乡园本贯东畿县,岁岁耕桑临近甸。㋧岁种良田二百廛,年输户税三千万。㋨小姑惯织褐绁袍㋩,中妇能炊红黍饭。千间仓兮万丝箱(86)，黄巢过后犹残半。自从洛下屯师旅，日夜巡兵入村坞。(87)匣中秋水拔青蛇，旗上高风吹白虎。(88)入门下马若旋风，罄室倾囊如卷土。家财既尽骨肉离，今日垂年一身苦(89)。一身苦兮何足嗟，山中更有千万家(90)。朝饥山上寻蓬子(91)，夜宿霜中卧荻花。妾闻此父伤心语(92)，竟日阑干泪如雨。出门惟见乱枭鸣，更欲东奔何处所。仍闻汴路舟车绝，又道彭门自相杀。(93)野色徒销战士魂，河津半是冤人血。(94)适闻有客金陵至(95)，见说江南风景异。自从大寇犯中原，戎马不曾生四鄙。(96)诛锄窃盗若神功，惠爱生灵如赤子。(97)城壕固护学金汤(98)，赋税如云送军垒。奈何四海尽滔滔，湛然一境平如砥。(99)避难徒为阙下人，怀安却羡江南鬼。(100)愿君举棹东复东，咏此长歌献相公(101)。

【题解】

唐僖宗广明元年(880)冬，黄巢起义军攻陷长安，占领都城达三年之久。韦庄因为应举羁留长安，在战乱中与亲人一度失联，又多日卧病，亲身经历了这场人间浩劫。逃离长安后，于中和三年(883)在东都洛阳创作了这首《秦妇吟》。作者采用代言体的手法，通过一位身陷战乱复又逃离的长安妇女“秦妇”之口，向途中邂逅的路人诉说黄巢起义军攻入长安、促使唐王朝日趋瓦解，以及起义军在各路藩镇围攻下逐渐陷入窘境的社会现实，再现了秦中经历兵燹之后城乡凋敝破败、民不聊生的惨状。

整首诗可以分成四个段落：第一段，从开头到“妾亦与君停玉趾”，是全诗的引子，叙述作者在洛阳城外与一位从长安逃离出来的“秦妇”相遇，请其自述遭遇。

第二段，从“前年庚子腊月五”到“天街踏尽公卿骨”，层层深入地叙写农民军攻入长安城后的情形。这一段可以分为六层：从“前年庚子腊月五”到“已见白旗来匝地”为第一层，写广明元年十二月五日农民军攻入京城的情况。从"扶羸携幼竞相呼"到"妖光暗射台星拆"为第二层,写起义军入城后兵荒马乱的情形,仿佛世界末日到来,整个长安城只有杀声与哭声。从"家家流血如泉沸"到"六亲自此无寻处"为第三层,重点写妇女所遭受的怵目惊心的兵灾战祸。从"一从陷贼经三载"到"暮见喧呼来酒市"为第四层,写秦妇被迫嫁给黄巢部下军人之后的生活,以及她所看到的新贵们的种种情况。其中,"还将短发戴花簪,不脱朝衣缠绣被。翻持象笏作三公,倒佩金鱼为两史"数句,把起义军将领迷恋富贵安乐、忙于加官晋爵的得意忘形的丑态刻画得入木三分。从"一朝五鼓人惊起"到"又道官军悉败绩"为第五层,写起义军与官军展开拉锯战,长安城内风声鹤唳,人民盼望官军前来收复失地以及事与愿违的无奈与失落。从"四面从兹多厄束"到"天街踏尽公卿骨"为第六层,补叙起义军攻陷长安城后造成的巨大劫难。

　　第三段,从"来时晓出城东陌"到"夜宿霜中卧荻花",写秦妇东奔途中所见所闻所感,将批判的矛头指向了李唐王朝的官军和割据的军阀。这一段又可以分成四层:从"来时晓出城东陌"到"行人夜宿墙匡月"是第一层,写秦妇逃出长安后一路所见所闻,形象地展现了残酷战争给社会造成的巨大破坏。从"明朝晓至三峰路"到"何须责望东诸侯"是第二层,写秦妇东行途经华阴县的情况,讽刺、批判潼关以东的那些节度使拥兵自重,对起义军束手无策,却纵容部下残害百姓。从"前年又出杨震关"到"夜插金钗唯独行"是第三层,写秦妇在路上踽踽独行,到处都是死一般的沉寂,甚至比战争纷扰的场面还要可怕。从"明朝又过新安东"到"夜宿霜中卧荻花"是第四层,借新安老翁之口,对唐军的罪恶进行痛心疾首的控诉,控诉他们的罪恶更甚于黄巢。

　　第四段,从"妾闻此老伤心语"直到最后,写秦妇通过道听途说,对比较平静的江南寄予一丝希望。作者虽然只是以此向镇海军节度使周宝献礼,但其中"仍闻汴路舟车绝"四句,确系其耳闻目睹的惨状,颇能道破藩镇贪得无厌的野心正是造成唐末大乱的祸根所在。

　　《秦妇吟》是一首时空跨度大、内容丰富、思想深刻的具有强烈现实主义色彩的诗篇。韦庄用自己的如椽诗笔形象地展现出唐末时代画卷,总结国运衰颓的本质原因,在继承杜甫"三吏""三别"以及白居易《长恨歌》等作品优秀传统的基础上,为唐代叙事诗树立起又一座丰碑。俞平伯先生曾赞曰:"不仅超出韦庄《浣花集》中所有的诗,在三唐歌行中亦为不二之作。"(《读陈寅恪〈秦妇吟校笺〉》)韦庄也因之而被呼为"秦妇吟秀才"。然而,因为种种原因,此诗不载于《浣花集》,直至唐写本《秦妇吟》于清光绪二十六年(1900)在甘肃敦煌石窟内被发现,这首著名的文人长篇叙事诗才在失传千年之后得以重见天日。

【注释】

①《秦妇吟》在当时影响颇大而不传,缘由略如孙光宪《北梦琐言》卷六所云:"蜀相韦庄应举时,遇黄巢犯阙。著《秦妇吟》一篇,内一联云:'内库烧为锦绣灰,天街踏尽公卿骨。'尔后公卿亦多垂讶,庄乃讳之。时人号'秦妇吟秀才'。他日撰家戒,内不许垂《秦妇吟》障子。以此止谤,亦无及也。"又,在《秦妇吟》的写卷抄本中,张龟抄本为天祐二年,当时韦庄还健在,距《秦妇吟》创作之时仅有二十余年。另安友盛抄本有后题诗云:"今日写书了,合有五升米。高代(贷)不可得,坏(还)是自身焚。"书写《秦妇吟》,尚可得五斗米。可见在敦煌诗学之中,《秦妇吟》作为学郎的读本,影响确实是挺大的。敦煌石窟所出《秦妇吟》现知有写本凡十种:甲——斯五四七六,乙——斯○六九二,丙——斯五四七七,丁——伯二七○○,戊——伯三三八一,己——伯三七八○,庚——伯三九三五,辛——伯三九一○,壬——李盛铎藏本,癸——斯五八三四。又,校勘笺证《秦妇吟》者中,王国维、罗振玉、英人翟理斯、周云清、陈寅恪等发明尤多。

②"凤侧"二句:上句写鬓发散乱,下句言面容忧愁。攒、敛,结聚。黛敛,罗振玉校本作"翠敛"。

③含嚬:蹙眉忧愁貌。嚬,同"颦"。

④"三年"二句:唐僖宗广明元年十二月,黄巢起义军攻入长安,"秦妇"被掳,至中和三年初逃出长安时,前后三年。依俙,罗校本、翟理斯校本作"依稀",此从王国维校本。

⑤金鞍:罗校本作"征鞍"。

⑥"前年"句:指唐僖宗广明元年十二月五日,为黄巢起义军攻入长安之日。

⑦擖:同"擂"。

⑧仓惶:罗校本作"仓皇"。

⑨"是时"二句:言凤翔、奉天等京城西面官军增援潼关守军。

⑩"皆言"二句:《旧唐书·黄巢传》:广明元年十一月十七日,巢陷洛阳,继攻陕、虢,逼潼关。"朝廷以田令孜率神策、博野等军十万守潼关。"

⑪主父:婢妾对男主人的称呼。《战国策·燕策一》:"后二日,夫至,妻使妾奉卮酒进之。妾知其为药酒也,进之则杀主父,言之则逐主母,乃阳僵弃酒。主父大怒而笞之。"

⑫"适逢"二句:言僖宗西奔,巢军入京。紫盖,皇帝车驾。蒙尘,指皇帝出行避难。匝,环绕。紫盖,甲本作"紫气"。匝地,王校本、罗校本作"迎地"。

⑬崩腾:动荡纷乱。李白《赠张相镐二首》其二:"想象晋末时,崩腾胡尘起。"

⑭轰轰崐崐:车声嘈杂。崐崐,丙、丁、戊本作"崱崱"。

⑮"十二"句:十二官街,宋敏求《长安志》卷七:"城中南北七街,东西五街,其间并列台省寺卫。"烘烔(tóng),烟火浓烈貌,罗校本作"烘炯",误。官街,王校本作"天街"。

⑯"上帝"句:上帝,天帝。脉脉,凝视貌。

⑰"阴云"二句:晕气,丙、丁本作"晕起"。"宦者"句,以星象暗喻官民流离情形。宦者,星官名,王校本作"官者"。《后汉书·宦者传序》:"《易》曰:'天垂象,圣人则之。'宦者四星,在皇位之侧,故《周礼》置官亦备其数。"《星经》:"宦者四星,在帝座西南,阉人也。星微则吉,明则凶。"流星,丙本作"星流",丁本作"西流"。

⑱"紫气"二句:"紫气"句,暗喻僖宗离京西奔。紫气,祥瑞之气。帝座,帝位。《晋书·天文志》:"紫宫垣十五星,其西蕃七,东蕃八,在北斗北。一曰紫微,大帝之坐也,天子之常居也,主命主度也。""太微,天子庭也,五帝之坐也,十二诸侯府也。""妖光"句,暗指宰相豆卢瑑、崔沆等为黄巢军所杀。妖光,指妖星、战乱灾异之星象。台星,指三台。《宋书·天文志》:晋惠帝太安二年三月,"彗星见东方,指三台。占曰:'兵丧之象。'三台为三

279

公。"潜随,甲本作"渐随"。

⑲"家家"二句:《资治通鉴》卷二五四:僖宗广明元年十二月五日,黄巢军攻入长安,"其徒为盗久,不胜富,见贫者往往施与之。居数日,各出大掠,焚市肆,杀人满街,巢不能禁。尤憎官吏,得者皆杀之。"

⑳暗捐:王、翟、刘校本作"暗损"。

㉑盈把:翟校本作"盈杷"。

㉒才上:戊本作"扶上"。

㉓"有时"二句:言被掳后夫妻相见不得语。蔡琰《悲愤诗》:"或有骨肉俱,欲言不敢语。"张籍《永嘉行》:"妇人出门随兵乱,夫死眼前不敢哭。"

㉔横波:眼波。傅毅《舞赋》:"眉连娟以增绕兮,目流睇而横波。"李善注:"横波,言目邪视如水之横流也。"

㉕"妆成"句:沈约《携手曲》:"斜簪映秋水,开镜比春妆。"

㉖相耻:丁本作"想耻"。

㉗良媒:《诗·卫风·氓》:"匪我愆期,子无良媒。"

㉘"琉璃"二句:阶上,王校本作"帘外"。闻行,王、罗校本作"闻声"。帘间,王校本作"楼间",罗校本作"帘前"。空见,戊本作"空看"。

㉙支离:甲本作"分离",罗校本作"旋解"。

㉚"女弟"句:女弟,妹妹。女兄,姐姐。《说文》:"姊,女兄也。妹,女弟也。"

㉛击托:疑当作"击柝"。《孟子·万章下》:"抱关击柝。"赵岐注:"监门之职也。柝,门关之木也。击,推之也。"

㉜回梯:王校本作"危梯"。

㉝全刀锯:避免刀锯之祸。

㉞蝉鬓:崔豹《古今注》卷下:"魏文帝宫人有绝所宠者,有莫琼树、薛夜来、田尚衣、段巧笑四人,日夕在侧。琼树乃制蝉鬓,缥缈如蝉翼,故曰蝉鬓。"

㉟六亲:《汉书·贾谊传》:"建久安之势,成长治之业,以承祖庙,以奉六亲,至孝也。"应劭曰:"六亲,父母、兄弟、妻子也。"

㊱"朝餐"句:谓以人肉为食。《庄子·盗跖》:"盗跖乃方休卒徒于太山

之阳,脍人肝而餔之。"

㊲岂成欢:王校本作"讵成欢"。

㊳"蓬头"句:《新唐书·黄巢传》:"贼众皆披发锦衣。"狵(máng)眉赤,借东汉赤眉军指黄巢起义军。狵,多毛犬。狵眉,甲本作"眉狵",罗校本作"眉犹"。

㊴"衣裳"二句:刘义庆《世说新语·言语》:"边文礼见袁奉高,失次序。奉高曰:'昔尧聘许由,面无怍色,先生何为颠倒衣裳?'文礼答曰:'明府初临,尧德未彰,是以贱民颠倒衣裳耳。'"《新唐书·黄巢传》载巢广明元年十二月克京,立大齐政权,大行封拜。"取趫伟五百人号'功臣',以林言为之使,比控鹤府。"言语,王、罗校本作"语言"。

㊵"柏台"二句:柏台,即御史台。掌弹劾百官。汉御史府列植柏树,故称。兰省诸郎,指秘书省郎官,掌图籍。杜佑《通典》卷二六:"龙朔二年,改秘书省为兰台,改监为太史,少监为侍郎。咸亨初复旧,天授初改秘书省为麟台,神龙初复旧。掌经籍图书,监国史,领著作、太史二局。"多士尽,丙本作"多是尽",罗校本作"多半是"。

㊶"还将"二句:言黄巢大齐朝官服饰不合礼仪。

㊷"翻持"二句:象笏,象牙朝笏。王溥《唐会要》卷三二:"武德四年八月十六日诏:'五品已上执象笏,已下执竹木笏。'旧制,三品已下,前挫后直;五品已上,前挫后屈。武德已来,一例上圆下方。……开元八年九月敕:诸笏,三品已上,前屈后直;五品已上,前屈后挫。并用象。九品已上,竹木,上挫下方。"三公,周朝指太师、太傅、太保,西汉指大司马、大司徒、大司空。后泛指朝廷最高官员。金鱼,金鱼袋,为唐代三品以上官员佩饰。《新唐书·车服志》:"高宗给五品以上随身鱼银袋,以防召命之诈,出内必合之。三品以上金鱼袋。垂拱中,都督、刺史始赐鱼。天授二年,改佩鱼皆为龟。其后三品以上龟袋饰以金,四品以银,五品以铜。中宗初罢龟袋,复给以鱼,郡王、嗣王亦佩金鱼袋。"两史,指宰相。杜佑《通典》卷二一:"隋初,改中书为内史,置监、令各一人。寻废监,置令二人。炀帝大业十二年又改内史为内书,后复为内史令。大唐武德初为内史令,三年改为中书令,亦置二人,龙朔二年,改为右相。"

㊸奏对：乙、戊本作"走对"，丙本作"奏事"。

㊹"一朝"二句：五鼓，指五更鼓，拂晓时分。颜之推《颜氏家训·书证》："汉魏以来，谓为甲夜、乙夜、丙夜、丁夜、戊夜；又云鼓，一鼓、二鼓、三鼓、四鼓、五鼓。"如窃语，丙本作"而窃语"，罗、王、翟校本作"如窃议"。

㊺"夜来"二句：皇城，《旧唐书·地理志》："皇城在西北隅，谓之西内。""昨日"句盖指中和元年三、四月间官军反攻长安之事。宋敏求《长安志》卷一七："赤水镇，在（渭南）县东一十五里。"同州治冯翊县，"沙苑，一名沙阜，在县南十二里。东西八十里，南北三十里。"

㊻若来：丁本作"若见"。来，王校："一作'发'。"

㊼生喜：王、翟校本作"失喜"，罗校本作"色喜"。

㊽"皆言"二句：此时，甲、乙、戊本作"此是"。妖徒，乙、丙本作"妖从"。

㊾逡巡：疾行貌。《史记·秦始皇本纪》："逡巡遁逃而不敢进。"

㊿官军：王、罗、翟校本作"军前"。

㉛"大彭"二句：陈寅恪《韦庄秦妇吟校笺》："夫俗语之用，原无定字，彭邦二音相近，故书为邦者，宜亦得书为彭。""盖奴呼主为郎，主呼奴为邦，或彭。故端己以此二者对列，极为工整自然。可知此二句诗意，只谓主人及奴仆，即举家上下全体忧泣而已，非有所实指也。"

㉜"沉沉"二句：沉沉，王、罗、翟校本作"泛泛"。衔璧，指投降。《左传·僖公六年》："冬，蔡穆侯将许僖公以见楚子于武城。许男面缚衔璧。"杜预注："缚手于后，唯见其面，以璧为贽，手缚故衔之。"

㉝"簸旗"二句：《资治通鉴》卷二五四：中和元年四月，唐将军程宗楚、唐弘夫率官军攻入长安。巢军退宿灞上，"詗知官军不整，且诸军不相继，引兵还袭之，自诸门分入，大战长安中。宗楚、弘夫死，军士重负不能走，是以甚败，死者什八九。"败绩，溃败。《书·汤誓》："夏师败绩，汤遂从之。"传："大崩曰败绩。"官军，庚本作"军前"。

㉞"四面"二句：《资治通鉴》卷二五四：僖宗中和二年夏四月，"王铎将两川、兴元之军屯灵感寺，泾原屯京西，易定、河中屯渭北，邠宁、凤翔屯兴平，保大、定难屯渭桥，忠武屯武功。官军四集。黄巢势已蹙，号令所行，不出同华。民避乱，皆入深山筑栅自保，农事俱废，长安城中斗米直三十缗。"

贼卖人于官军以为粮，官军或执山寨之民鬻之。人直数百缗，以肥瘠论价。”厄束，困迫。司马彪《赠山涛》：“今者绝世用，倥偬见迫束。”升粟，罗校本、周笺本作“斗粟”，非。

(55)“尚让”二句：尚让，山东濮州（治所在今山东鄄城县北）人。其兄尚君长从王仙芝起义，后诣阙请罪而被诛，王仙芝战亡。尚让为兄报仇，率王仙芝余部与黄巢合兵攻占长安。黄巢建立大齐政权，以尚让为太尉兼中书令。机，同“几”，桌案。刲（kuī），割。厨中，王校本作“营中”。

(56)“沟壑”句：《孟子·梁惠王上》：“孟子对曰：‘凶年饥岁，君之民，老弱转乎沟壑。’”

(57)“六军”二句：据《新唐书·兵志》：北衙禁军，肃宗时为左右羽林军、左右龙武军、左右神武军，总曰“北衙六军”，后增置左右神策军、左右神威军，总曰“左右十军”，元和间省神武、神威，故六军为左右羽林军、左右龙武军、左右神策军。七架营，陈寅恪《韦庄秦妇吟校笺》疑“架”为“萃”之形误。七萃，指天子禁卫军。饿殍（piǎo），饿死之人。

(58)“长安”二句：今何有，从罗、翟校本。废市荒街，此指京城。《旧唐书·地理志》：“有东、西两市。都内，南北十四街，东西十一街。”《史记·宋微子世家》：“其后箕子朝周，过故殷虚，感宫室毁坏，生禾黍，箕子伤之，欲哭则不可，欲泣为其近妇人，乃作《麦秀之诗》以歌咏之。”

(59)“采樵”二句：斫尽，罗校本作“砍尽”。诛残，乙、戊、己本作“株残”。杏园，即杏花园。杜光庭《录异记》卷三：巧工刘万余为黄巢所掳而志忠唐室，见京师积粮尚多，谋竭其粮，遂谏黄巢“自望仙门以北，周玄武、白虎诸门博筑城池，置楼橹却敌，为御捍之备”。巢从之，“岁余，功不辍而城不周，以至于出太仓谷以支夫食，然后剥榆皮而充御厨，城竟小就”。崔豹《古今注》卷上：“长安御沟谓之杨沟，谓植高杨于其上也。”

(60)“华轩”二句：绣毂，甲、乙、丙、戊本作“绣谷”，王、罗校本作“绣縠”。《旧唐书·僖宗纪》：广明元年十二月，黄巢入长安，“时宰相豆卢瑑、故相左仆射刘邺、太子少师裴谂、御史中丞赵蒙、刑部侍郎李溥、故相于琮皆从驾不及，匿于闾里，为贼所捕，皆遇害。将作监郑綦、库部郎中郑係义不臣贼，举家雉经而死。”甲第，指豪贵之门。

㉛"含元"二句:《资治通鉴》卷二五四:广明元年十二月十三日,"巢即皇帝位于含元殿,画皂缯为衮衣,击战鼓数百,以代金石之乐。登丹凤楼,下赦书,国号大齐,改元金统。"《资治通鉴》卷二五六:光启元年三月,僖宗还至京师,"荆棘满城,狐兔纵横,上凄然不乐。"花萼楼,故址在今陕西西安东。王溥《唐会要》卷三〇:"开元二年七月二十九日,以兴庆里旧邸为兴庆宫。……后于西南置楼,西面题曰花萼相辉之楼,南面题曰勤政务本之楼。"

㉜"内库"二句:《资治通鉴》卷二五四:广明元年十二月五日,黄巢军入京师,"居数日,各出大掠,焚市肆,杀人满街,巢不能禁。尤憎官吏,得者皆杀之。"内库,皇宫府库,贮藏财物书籍等。李商隐《行次西郊作一百韵》:"万国困杼轴,内库无金钱。"《新唐书·艺文志》:"贞观中,魏征、虞世南、颜师古继为秘书监,请购天下书,选五品以上子孙工书者为书手,缮写藏于内库,以宫人掌之。"天街,京城街道。韩愈《早赴街西行香赠卢李二中舍人》:"天街东西异,只命遂成游。"公卿骨,《唐才子传》卷一〇引作"却重回"。

㉝"路旁"二句:游奕军,指巢军之巡逻兵。寂无,翟校本作"绝无"。

㉞"树鏁"句:鏁,同"锁"。骊山,今陕西临潼东南。唐时建有骊宫,又名温泉宫、华清宫。

㉟"大道"二句:俱成,丙本作"且成",丁本作"但成"。《老子》:"师之所处,荆棘生焉。大军之后,必有凶年。"王弼注:"言师,凶害之物也。无有所济,必有所伤,贼害人民,残荒田亩,故曰'荆棘生焉'。"王融《永明九年策秀才文五首》其三:"肺石少不冤之人,棘林多夜哭之鬼。"墙匡,王校本作"长匡"。

㊱"明朝"句:晓至,丙本作"晓望"。三峰路,指华山一带。华山有莲花、玉女、松桧三峰。《华岳志》卷一:"华山上有三峰。"三峰,罗校本作"三山",非。

㊲金天神:指华岳神,一本原注云"华岳三郎"。唐玄宗于先天元年八月二日封为金天王。钱易《南部新书》辛集:"华岳金天王庙,明皇御制碑。广明中,其石忽鸣,隐隐然声闻数里,浃旬而后定。明年,巢寇犯阙,其庙亦为贼火焚爇,仍隳其门观。"

(68)"庙前"句：庙前，王校本作"庙中"。残枿(niè)，指树木斫后复生的枝条。枿，同蘖。张衡《东京赋》："山无槎枿。"薛综注："斜斫曰槎。斩而复生曰枿。"

㊉"一从"二句：狂寇，丁本作"往贼"。中国，此指京城。晦冥，乙、己本作"暗冥"。

㊊"案前"二句：神水，庙中所贮灵异之水，供拜祭者祷告祈愿。阴兵，神兵。陆机《辨亡论》："神兵东驱，奋寡犯众。"王铎《谒梓潼张恶子庙》："惟报关东诸将相，柱天功业赖阴兵。"

㊋"闲日"句：歆，享。奠飨，祭神的物品。飨恩，甲、乙、戊、己本作"飨思"。

㊌"我今"二句：愧恧(nǜ)，丁本作"愧恶"。恧，自愧。扬雄《方言》卷六："山之东西，自愧曰恧。"骆宾王《夏日游德州赠高四》序："章句繁芜，心神愧恧。"深避，甲、丙本作"深壁"，己本作"寻避"。

㊍牺牲：牛羊类祭品。《左传·庄公十年》："牺牲玉帛，弗敢加也，必以信。"

㊎魇(yǎn)鬼：周笺本作"魇鬼"。

㊏"何须"句：责望，责备，埋怨。东诸侯，指淮南节度使兼东面都统高骈。

㊐"前年"二句：杨震关，即潼关。杨震，字伯起，弘农华阴人。《后汉书》本传言其少好学，明经博览，时称"关西孔子"。胡曾《关西》："杨震幽魂下北邙，关西踪迹遂荒凉。"荆山，在今河南灵宝市阌乡南。

㊑"陕州"二句：陕州（治所在今河南陕县）主帅指王重盈。据《唐方镇年表》卷四，唐僖宗中和元年至光启三年间，王重盈任陕虢节度使。

㊒"蒲津"二句：蒲津，又名蒲坂津，黄河渡口之一，在今山西永济市。津上有关，名蒲津关，为山川要隘。此代指蒲州，即河中府。戢(jí)兵，止兵不用。《左传·宣公十二年》："夫武，禁暴，戢兵，保大，定功，安民，和众，丰财也。"《新唐书·郑畋传》：中和元年，畋为行军司马李昌言所袭，"登城好语曰：'吾方入城，公能戢兵爱人，为国灭贼乎？能，则守此矣。'遂委军去。"晏然，太平貌。戈声，王校本注："戈当作'鼓'。"

285

⑦夜插:罗校本、周笺本作"暮插"。

⑧新安:县名,今属河南。

⑧"问翁"二句:乡曲,乡村。《庄子·胠箧》:"治邑屋州闾乡曲者,曷尝不法圣人哉。"白居易《种桃杏》:"路远谁能念乡曲,年深兼欲忘京华。"霜露,乙、丁、戊本作"霜路"。

⑧"老翁"二句:暂起,己本作"惭起"。却坐,退坐。支颐,手托下颔。仰天,翟校本作"向天"。

⑧"乡园"二句:本贯,乙、丙、己本作"本管"。东畿县,即新安县。近甸,指东都近郊。《周礼·天官·大宰》:"以九赋敛财贿,⋯⋯三曰邦甸之赋。"贾公彦疏:"郊外曰甸,百里之外,二百里之内。"

⑧"岁种"二句:良田,王校本作"桑田"。二百廛(chán),古称一夫所居之田为一廛。《周礼·地官·遂人》:"上地,夫一廛,田百晦,莱五十晦,余夫亦如之。"三千,罗校本作"三十"。

⑧褐缌(shī):粗绸。白居易《村居苦寒》:"褐裘覆缌被,坐卧有余温。"《新唐书·食货志》:"丁随乡所出,岁输绢二匹,绫、缌二丈。"

⑧"千间仓"句:《诗·小雅·甫田》:"乃求千斯仓,乃求万斯箱。"

⑧"自从"二句:洛下,即洛阳。洛下所屯师旅,盖指武宁节度时溥所遣征西军。

⑧"匣中"二句:"匣中"句,写宝剑。袁康《越绝书》卷一一:纯钩之剑,"观其光,浑浑如水之溢于塘。"泰阿之剑,"观其鈲,巍巍翼翼,如流水之波。"白居易《李都尉古剑诗》:"湛然玉匣中,秋水澄不流。"郭震《古剑篇》:"精光黯黯青蛇色,文章片片绿龟鳞。"杜佑《通典》卷六六:"后周太常画三辰,旐画青龙,⋯⋯旗画白虎,旒画玄武,皆加云气。其旝物在军,亦画其事号。"

⑧垂年:王校:"垂,当作残。"罗校本作"垂垂"。

⑨"山中"句:《新唐书·黄巢传》:中和二年五月,郑畋等攻黄巢,"于时畿民栅山谷自保,不得耕,米斗钱三十千,屑树皮以食。有执栅民鬻贼以为粮,人获数十万钱。"《贾氏谈录》:"僖、昭之时,长安士族多避寇南山中。"千万家,丙本作"数万家"。

⑨"朝饥"句:朝饥,己本作"朝餐"。山上,戊、己、癸本作"山草"。

⑨此父:罗校本、周笺本作"此老"。

⑨"仍闻"二句:指徐州时溥与泗州于涛之战事及徐州军乱。汴路,王校:"一作'洛下'。"罗校本、周笺本作"汴洛",指汴河水路。彭门,即彭城,今江苏徐州。舟车,己本作"旋车"。相杀,王校本作"相煞"。

⑨"野色"二句:陈寅恪据丙本"野色"作"野宿",疑"野色"为"宿野"二字之讹倒,并云:"'河津'为汴河之津,'宿野'为宿州或宿迁即泗州之野。"癸本作"野赴"。

⑨金陵:指镇海军治所润州,今江苏镇江。

⑨"自从"二句:犯中原,丙本作"陷中国",翟校本作"陷中原"。"戎马"句,谓江南无战事。鄙,边邑、郊外。

⑨"诛锄"二句:诛锄,丙本作"诛除"。《新唐书·周宝传》:"黄巢据宣、歙,徙宝镇海军节度兼南面招讨使。巢闻,出采石,略扬州。僖宗入蜀,加检校司空。时群盗所在盘结,……宝练卒自守,发杭州兵戍县镇,判八都。"

⑨"城壕"句:鲍照《芜城赋》:"观棋局之固护,将万祀而一君。"李善注:"固护,言牢固也。"《汉书·蒯通传》:通说范阳令徐公:"必将婴城固守,皆为金城汤池,不可攻也。"颜师古注:"金以喻坚,汤喻沸热不可近。"学金汤,此从己本。

⑨"奈何"二句:滔滔,大水貌。此喻战乱。《晋书·王尼传》:"洛阳陷,(尼)避乱江夏,常叹曰:'沧海横流,处处不安也。'"《诗·小雅·大东》:"州道如砥,其直如矢。"奈何,王校本作"如何"。一境,翟校本作"一镜"。

⑩"避难"二句:徒为,己本作"都为"。却羡,乙、己本作"却贱",癸本作"却善"。

⑩"咏此"句:长歌献相公,丙本作"歌献相公意"。相公,指镇海军节度使周宝。

【辑评】

罗振玉《秦妇吟跋》:今读此篇,于盗寇之残暴,生民之水火,军人之畏葸肆虐,千载而下,犹惊心骇目。

王国维《敦煌发见唐朝之通俗诗及通俗小说》：诗为长庆体，叙述黄巢焚掠，借陷贼妇人口中述之。语极沉痛详尽，其词复明浅易解，故当时人人喜诵之，至制为障子。《北梦琐言》谓庄贵后讳此诗为己作，至撰家戒，不许垂《秦妇吟》障子，则其风行一时可知矣。

少年行①

五陵豪客多，买酒黄金盏。醉下酒家楼，美人双翠幰②。挥剑邯郸市③，走马梁王苑。乐事殊未央④，年华已云晚。

【题解】

此诗创作时地未详。诗写早年在长安一带的干谒、游乐，流露出盛世不逢、功名难期的失落感。这标志着盛唐诗人那种意气激昂的"少年精神"，蓬勃向上的生命意识，已经逐渐失落了。

【注释】

①少年行：即《结客少年场行》，乐府杂曲。郭茂倩《乐府诗集》卷六六引《广题》："按《结客少年场》，言少年时结任侠之客，为游乐之场，终而无成，故作此曲也。"

②翠幰(xiǎn)：彩色车幔。卢照邻《长安古意》："隐隐朱城临玉道，遥遥翠幰没金堤。"

③"挥剑"句：高适《邯郸少年行》："邯郸城南游侠子，自矜生长邯郸里。千场纵博家仍富，几度报仇身不死。"

④未央：未尽。屈原《离骚》："及年岁之未晏兮，时亦犹其未央。"王逸注："央，尽也。"

闰 月

明月照前除,烟花蕙兰湿。清风行处来,白露寒蝉急。美人情易伤,暗上红楼立①。欲言无处言,但向姮娥泣。

【题解】

此诗创作时地未详。唐代诗人往往从"背夫弃家"这个角度来认识嫦娥形象,所以,在描绘思妇失去家的温暖而闺中独栖时,会引入嫦娥形象。韦庄此篇闺怨诗即是如此。在这首诗中,失去家的温暖和关爱的思妇与背弃家的姮娥,在力求摆脱无家的孤凄和追求有家的温暖这一点上,达到了情感上的一致和形象上的整合。

【注释】

①红楼:指富家闺阁。白居易《秦中吟十首》其一《议婚》:"红楼富家女,金缕绣罗襦。"

闺 怨

戚戚彼何人①,明眸利于月。啼妆晓不干,素面凝香雪。良人去淄右,镜破金簪折。②空藏兰蕙心③,不忍琴中说。

【题解】

此诗创作时地未详。诗写闺怨,对乱离中独处的妇女表达出关切和同情。

【注释】

①戚戚:忧伤貌。《论语·述而》:"子曰:'君子坦荡荡,小人长戚戚。'"

②"良人"二句:淄右,淄水(即今山东淄河)之西。江淹《别赋》:"又若君淄右,妾家河阳。""镜破"句,喻夫妻离别。孟棨《本事诗·情感》:南朝陈后主之妹乐昌公主与其夫太子舍人徐德言,见世方乱,预知将要分离,遂将一镜破为两半,各持其半以作他日相会之凭信。

③兰蕙心:喻芳心雅性。曹植《七启》:"佩兰蕙兮为夜修,燕婉绝兮我心愁。"

平陵老将①

白羽金仆姑,腰悬双镞铲。②前年葱岭北,独战云中胡。③匹马塞垣老,一身如鸟孤。归来辞第宅,却占平陵居④。

【题解】

此诗疑作于咸通初年。诗作写出"平陵老将"一种剑气横秋的孤独感,是韦庄后期诗作中少见的壮歌。

【注释】

①平陵老将:汉文帝时云中郡守魏尚。《汉书·冯唐传》:"魏尚,槐里人也。"

②"白羽"二句:金仆姑,矢名。《左传·庄公十一年》:"乘丘之役,公以金仆姑射南宫长万。"镞铲,亦作鹿卢,剑名。《汉书·隽不疑传》颜师古注:"晋灼曰:古长剑首以玉作井鹿卢形,上刻木作山形,如莲花初生未敷时。今大剑木首,其状似此。"汉乐府《艳歌罗敷行》(《陌上桑》):"腰中鹿卢剑,可值千万余。"杜牧《重送》:"手捻金仆姑,腰悬玉镞铲。"

③"前年"二句:葱岭,汉代西域西部,今帕米尔高原和昆仑山脉西部诸山。《汉书·西域传》:"西则限以葱岭。"颜师古注:"《西汉旧事》云:其山高大,上悉生葱,故以名焉。"云中,郡名,战国时赵武灵王置,秦汉时治所在今内蒙古托克东北。《汉书·冯唐传》:魏尚守云中,"匈奴远避,不近云中之塞。房尝一入,尚帅车骑击之,所杀甚众。"尚后因小故而被削爵,复以冯唐

之谏而再拜云中守。王维《老将行》:"莫嫌旧日云中守,犹堪一战取功勋。"

④占:占卜以择居地。《说文》:"占,视兆问也。"段玉裁注:"《周礼·占人》注曰:占蓍龟之卦兆吉凶。"

乞彩笺歌①

浣花溪上如花客②,绿暗红藏人不识。留得溪头瑟瑟波,泼成纸上猩猩色。③手把金刀擘彩云,有时剪破秋天碧。不使红霓段段飞,一时驱上丹霞壁。蜀客才多染不供,卓文醉后开无力。孔雀衔来向日飞,翩翩压折黄金翼。我有歌诗一千首,磨砻山岳罗星斗④。开卷长疑雷电惊,挥毫只怕龙蛇走。班班布在时人口,满轴松花都未有。⑤人间无处买烟霞,须知得自神仙手。也知价重连城璧⑥,一纸万金犹不惜。薛涛昨夜梦中来⑦,殷勤劝向君边觅。

【题解】

此诗疑作于天复三年(903)。诗写浣花溪上有一位专制彩笺者,诗人借薛涛托梦为由,向他乞取彩笺。这是一段真实生活的记录。诗中对彩笺的渲染赞美,使诗歌兼有了咏物的性质。韦诗的翻新之处在于"孔雀衔来向日飞,翩翩压折黄金翼",将薛涛、孔雀及彩笺联系在一起,想象奇异,亦真亦幻。

【注释】

①诗题中"彩笺",指浣花笺。杜甫《将赴成都草堂途中有作先寄严郑公五首》其三:"竹寒沙碧浣花溪。"九家集注引《梁益记》:"溪水出淤江,居人多造彩笺,故号浣花。"

②浣花溪:亦名百花潭。今四川成都西郊,为锦江支流。祝穆《方舆胜览》卷五一:"浣花溪,在城西五里,一名百花潭。按吴中复《冀国夫人任氏

碑记》云:'夫人微时,以四月十九日见一僧坠污渠,为濯其衣,百花满潭,因名曰百花潭。'"

③"留得"二句:瑟瑟,碧绿貌。白居易《闲游即事》:"寒食青青草,春风瑟瑟波。"猩猩色,猩红色。

④磨砻(lóng):磨砺。《汉书·枚乘传》:"磨砻底厉,不见其损,有时而尽。"

⑤"班班"二句:轴,《全唐诗》作"袖",非。《后汉书·赵壹传》:赵与友人书曰:"余畏禁,不敢班班显言,窃为《穷鸟赋》一篇。"注:"班班,明貌。"松花,即松花纸。李石《续博物志》卷一〇:"元和中,元稹使蜀,营妓薛涛造十色花笺以寄,元稹于松花纸上寄诗赠薛涛。"

⑥连城璧:《史记·廉颇蔺相如列传》:"赵惠文王时,得楚和氏璧。秦昭王闻之,使人遗赵王书,愿以十五城请易璧。"

⑦薛涛:字洪度,成都乐妓,工诗,与元稹、白居易、王建、刘禹锡等人唱和。韦皋镇蜀时欲奏以校书郎而罢,世称薛校书。何光远《鉴诫录》卷一〇:"薛涛者,容姿既丽,才调尤佳,言谑之间,立有酬对。大凡营妓比无校书之称,韦公南康镇成都日,欲奏之而罢,至今呼之。"

上春词①

瞳曨赫日东方来②,禁城烟暖蒸青苔。金楼美人花屏开,晨妆未毕车声催③。幽兰报暖紫芽拆,夭花愁艳蝶飞回④。五陵年少惜花落,酒浓歌极翻如哀。四时轮环终又始,百年不见南山摧⑤。游人陌上骑生尘,颜子门前吹死灰。

【题解】

此诗创作时地未详。诗作在描写皇宫贵族游乐的同时,还把他们奢侈富贵的生活与穷困寂寞的儒士作了对比:艳阳暖烟,繁花歌欢,都特别地

"光顾"于宫城及"五陵年少",而"颜子"门前,却只有一片"死灰"。强烈的反差,冷峻的话语,表达出诗人内心的不平。

【注释】

①诗题中"上春",农历正月。徐坚等《初学记》卷三引梁元帝《纂要》:"正月,孟春,亦曰孟阳、孟陬、上春、初春……。"
②曈昽(lóng tóng):日初出渐明貌,韦縠《才调集》作"曈曨"。
③未毕:韦縠《才调集》作"未罢"。
④夭花:盛开的花。《诗·周南·桃夭》:"桃之夭夭,灼灼其华。"
⑤"百年"句:《诗·小雅·天保》:"如南山之寿,不骞不崩。"

捣练篇①

月华吐艳明烛烛②,青楼妇唱捣衣曲。白袷丝光织鱼目③,菱花绶带鸳鸯簇。临风缥缈叠秋雪,月下丁东捣寒玉④。楼兰欲寄在何乡⑤,凭人与系征鸿足。

【题解】

此诗创作时地未详。在古代,用生丝织成的绢质地较硬,裁制衣裳前需要捣软。这种看似平常的日常劳务,往往极易牵动情感,所以,渐渐成为古典诗词中表现思妇怀念征人的常用题材,或者类似主题中的经典意象。此诗题为"捣练",诗云"捣衣",则捣练、捣衣当为一事。练是练过的布帛,即熟绢。"青楼",犹朱门,非妓院。"叠秋雪",是说将绢帛先折叠好再捣之使平。

【注释】

①捣练篇:即《捣衣曲》,属唐新乐府,王建、刘禹锡有作。郭茂倩《乐府诗集》卷九:"盖言捣素裁衣,缄封寄远也。"
②烛烛:月明照貌。苏武《诗四首》其四:"烛烛晨明月,馥馥我兰芳。"

③"白袷(jiá)"句:袷,夹衣。任昉《述异记》卷上:"南海有明珠,即鲸鱼目瞳。鲸死而目皆无精,夜可以鉴,谓之夜光。"

④"月下"句:丁东,《全唐诗》作"丁冬"。寒玉,喻白练。

⑤楼兰:汉代西域三十六国之一,今新疆罗布泊西。

长安春

长安二月多香尘,六街车马声辚辚①。家家楼上如花人,千枝万枝红艳新。帘间笑语自相问,何人占得长安春。长安春色本无主,古来尽属红楼女。如今无奈杏园人,骏马轻车载将去。②

【题解】

此诗创作时地未详。诗以红楼女为衬,极写新科进士(杏园人)的春风得意。其先浓墨饱色,渲染红楼如花之女从来就占得长安春色,意已似尽;紧接着翻出骏马轻车的杏园人夺将春去,愈见新艳奇丽。其意趣,正与孟郊"春风得意马蹄疾,一日看遍长安花"(《登科后》)相似。

【注释】

①"六街"句:六街,《资治通鉴》卷二〇九:唐睿宗景云元年六月,"中书舍人韦元徼巡六街"。胡三省注:"长安城中左右六街,金吾街使主之,左右金吾将军掌昼夜巡警之法,以执御非违。"司空图《省试》:"闲系长安千匹马,今朝似减六街尘。"辚辚,车行声。杜甫《兵车行》:"车辚辚,马萧萧,行人弓箭各在腰。"

②"如今"二句:载,《全唐诗》作"拥"。王定保《唐摭言》卷三:"进士关宴,常寄其间。既彻馔,则移乐泛舟,率为常例。宴前数日,行市骈阗于江头。其日,公卿家倾城纵观于此,有若中东床之选者,十八九钿车珠鞍,栉比而至。"

赠峨嵋山弹琴李处士

峨嵋山下能琴客,似醉似狂人不识①。何须见我眼偏青②,未见我身头已白。茫茫四海本无家,一片愁云飐秋碧。壶中醉卧日月明③,世上长游天地窄。晋朝叔夜旧相知,蜀郡文君小来识。④后生常建彼何人,赠我篇章苦雕刻。⑤名卿名相尽知音,遇酒遇琴无间隔。如今世乱独翛然,天外鸿飞招不得。余今正泣杨朱泪,八月边城风刮地。霓旌绛斾忽相寻,为我尊前横绿绮。一弹猛雨随手来,再弹白雪连天起。⑥凄凄清清松上风,咽咽幽幽陇头水。⑦吟蜂绕树去不来,别鹤引雏飞又止⑧。锦麟不动惟侧头,白马仰听空竖耳。⑨广陵故事无人知⑩,古人不说今人疑。子期子野俱不见⑪,乌啼鬼哭空伤悲。坐中词客悄无语,帘外月华庭欲午⑫。为君吟作听琴歌,为君留名系仙谱。⑬

【题解】

此诗盖作于天复元年(901)秋初至成都时。诗作先写"李处士"四海无家、长游天地的生活,似醉似狂、壶中醉卧的狂放性格。后则以"猛雨""白雪"状其琴音之急促宽阔,以"清风""陇水"状其音之悲苦,以"吟蜂""别鹤""锦麟""白马"言其音之特别感人。其间,还夹着乱世之叹和知音不见之感。末以切合对方身份的"系仙谱"作结,也表明了作者的向往。

【注释】

①不识:韦縠《才调集》作"不测"。
②眼偏青:《晋书·阮籍传》:"籍又能为青白眼,见礼俗之士,以白眼对之。及嵇喜来吊,籍作白眼,喜不怿而退。喜弟康闻之,乃赍酒挟琴造焉。

籍大悦,乃见青眼。"

③"壶中"句:明,原注:"作'长'。"《后汉书·费长房传》:有卖药翁悬一壶于肆头,市罢则跳入壶中。费长房见而异之,奉酒脯往拜,与翁俱入壶中,"唯见玉堂严丽,旨酒甘肴盈衍其中,共饮毕而出。"

④"晋朝"二句:叔夜,即嵇康。《三国志·魏书·嵇康传》:"善属文论,弹琴咏诗,自足于怀抱之中。"文君,即卓文君。

⑤"后生"二句:韦縠《才调集》卷三录此诗,题注:"识者咸云有数百岁,有常建赠诗在。"殷璠《河岳英灵集》卷上:"建诗似初发通庄,却寻野径百里之外,方归大道。所以其旨远,其兴僻,佳句辄来,唯论意表。"

⑥"一弹"二句:欧阳询等《艺文类聚》卷四一引韩子曰:"师旷一奏之,有云从西北方来,再奏之,大风至,大雨随之。"

⑦"凄凄"二句:薛道衡《从驾幸晋阳》:"涧水寒鸣咽,松风远更清。"乐府古辞《陇头歌辞》:"陇头流水,鸣声幽咽。"

⑧"别鹤"句:欧阳询等《艺文类聚》卷四一引韩子曰:"师旷援琴一奏,有玄鹤来集,再奏而列,三奏而延颈鸣,舒翼而舞,音中宫商。"

⑨"锦鳞"二句:《荀子·劝学》:"昔者瓠巴鼓瑟而流鱼出听,伯牙鼓琴而六马仰秣。"

⑩"广陵"句:《晋书·嵇康传》:"康将刑东市,太学生三千人请以为师,弗许。康顾视日影,索琴弹之,曰:'昔袁孝尼尝从吾学《广陵散》,吾每靳固之。《广陵散》于今绝矣!'……初,康尝游于洛西,暮宿华阳亭,引琴而弹。夜分,忽有客诣之,称是古人。与康共谈音律,辞致清辩,因索琴弹之,而为《广陵散》,声调绝伦,遂以授康,仍誓不传人,亦不言其姓字。"

⑪"子期"句:子期,即钟子期。《列子·汤问》:"伯牙善鼓琴,钟子期善听。伯牙鼓琴,志在高山,钟子期曰:'善哉!峨峨兮若泰山。'志在流水,钟子期曰:'善哉!洋洋兮若江河。'伯牙所念,钟子期必得之。"子野,即师旷。《左传·襄公十四年》:"叔向曰:'子野之言君子哉!'"

⑫午:午夜,半夜。《玉篇·午部》:"午,交也。"《史记·律书》:"午者,阴阳交,故曰午。"

⑬"为君"二句:为君留名,韦縠《才调集》作"为我留名"。白居易《琵琶

引》:"莫辞更坐弹一曲,为君翻作琵琶行。"

【辑评】

清殷元勋注、清宋邦绥补《才调集补注》卷三:按此则广陵故事数语,殆有无穷亡国之感,莫可告诉者。杨朱之泣,非止为一身悲也。

南阳小将张彦硖口镇税人场射虎歌①

海内昔年狎太平,横目穰穰何峥嵘。②天生天杀岂天怒,忍使朝朝喂猛虎。关东驿路多丘荒,行人最忌税人场。张彦雄特制残暴,见之叱起如叱羊。鸣弦霹雳越幽阻,往往依林犹抵拒。草际旋看委锦茵,腰间不更抽白羽③。老饕已毙众雏恐④,童稚揶揄皆自勇。忠良效顺势亦然,一剑猜狂敢轻动⑤。有文有武方为国,不是英雄伏不得。试征张彦作将军,几个将军愿策勋。

【题解】

此诗创作时地未详。税人场,伤人害命之所。李昉等《太平广记》卷四三三引《北梦琐言》曰:

> 唐大顺、景福已后,蜀路剑、利之间,白卫岭、石筒溪虎暴尤甚,号税人场。商旅结伴而行,军人带甲列队而过,亦遭攫搏。时递铺卒有周雄者,膂力心胆,有异于常。日夜行役,不肯规避。仍持托权利剑,前后于税人场连毙数虎,行旅赖之。西川书记韦庄作长语以赏之,蜀帅补军职以壮之。

据知,此诗所咏即此事,唯所记人名有异。或韦庄另有歌周雄诗作而失传。实际上,透过诗义可以得知,此诗真正的目的并不在于谴责猛虎为害,而是以暗喻、讽刺的手法,将较猛虎更为凶暴残虐、起而作乱的藩镇、奸族,或是侵扰唐朝边境的夷狄,比喻为猛虎来加以责难。在此诗中,不难体会到痛感时艰的诗人苦于手无寸铁,在目睹社会乱象频生之际,借诗作讽颂以寄托强烈救世愿望,期盼勇猛英雄的出现,以消灭奸人夷狄,拯救斯民于苦难祸乱之中,期使国家社会能复归于安宁的切望。

此诗,《全唐诗》有注曰:"一作白居易诗。"其实,此诗题作白居易,首见于汪立名所编《白香山诗集》卷三九补遗,注云"出《文苑英华》",《全唐诗》因之。《文苑英华》卷三四四录此诗未署名,前接白居易《官牛》《驯犀》,汪立名盖以此而误。

【注释】

①诗题中"硖口镇",今河南陕县东南硖石镇。
②"海内"二句:狎太平,安享太平。穰(ráng)穰,丰盛。《史记·滑稽列传》:"瓯窭满篝,污邪满车,五谷蕃熟,穰穰满家。"
③白羽:指箭。《国语·吴语》:"万人以为方阵,皆白裳、白旗、素甲、白羽之矰,望之如荼。"韦昭注:"矰,矢名,以白羽为卫。"
④老饕:指虎。饕,即饕餮,传说中的恶兽名。
⑤猜狂:狂猛。《说文》:"猜,恨贼也。"

杂体联锦①

携手重携手,夹江金线柳。江上柳能长,行人恋尊酒。尊酒意何深,为郎歌玉簪。玉簪声断续,钿轴鸣双毂。双毂去何方,隔江春树绿。树绿酒旗高,泪痕沾绣袍。袍缝紫鹅湿,重持金错刀②。错刀何灿烂,使我肠千断。肠断欲何言,帘动真珠繁。真珠缀秋露,秋露沾金盘。金盘湛琼液,仙子无归迹。③无迹又无言,海烟空寂寂。寂寂古城道,马嘶芳岸草。岸草接长堤,长堤人解携。解携忽已久,缅邈空回首④。回首隔天河,恨唱莲塘歌⑤。莲塘在何许,日暮西山雨。

【题解】

此诗创作时地未详。诗作首叙女子在江畔为情人送别,既设宴,又赠歌。接写别后泪沾绣袍,肝肠寸断,浮想联翩,思念甚深。结末回忆长堤分手,经年草绿,人隔天河,徒生怨恨之心。全篇情景交融,联珠格的适当运用(每两联末后字词为下两联前头字词,有几句还连接不紧密),更增加了艺术感染力。

【注释】

① 诗题"杂体联锦",杂体诗中回文之一种。严羽《沧浪诗话·诗体》:"论杂体则有,……回文,起于窦滔之妻,织锦以寄其夫也。"《晋书·窦滔妻苏氏传》:"滔,苻坚时为秦州刺史,被徙流沙。苏氏思之,织锦为回文璇图诗以赠滔,宛转循环以读之,词甚凄惋。"

② 金错刀:张衡《四愁诗》:"美人赠我金错刀,何以报之英琼瑶。"贯休《上裴大夫》:"我有一端绮,花彩鸾凤群。佳人金错刀,何以裁此文。"

③ "真珠"四句:张衡《西京赋》:"立修茎之仙掌,承云表之清露,屑琼蕊以朝餐,必性命之可度。"李善注引《三辅故事》:"武帝作铜露盘承天露,和玉屑饮之,欲以求仙。"

④ 缅邈:遥远。谢灵运《归途赋》:"践寒暑以推换,眷桑梓以缅邈。"

⑤ 莲塘歌:疑指南朝乐府民歌《西洲曲》,中有云:"采莲南塘秋,莲花过人头。"

抚盈歌①

凤縠兮鸳绡,霞疏兮绮寮。② 玉庭兮春昼,金屋兮秋宵。愁瞳兮月皎,笑颊兮花娇。罗轻兮浓麝,室暖兮香椒③。銮舆去兮萧屑,七丝断兮沉寥。④ 主父卧兮漳水,君王幸兮云轺。⑤ 铅华膏窕兮秋姿,棠公肨虿兮靡依。⑥ 翠华长逝兮莫追,晏相望门兮空悲。⑦

【题解】

此诗盖为朱温弑昭宗而作,时在天祐元年(904)末。诗旨虽含"翠华长逝"之哀挽意绪,但通篇具体描写却充溢浓郁的香艳之气与脂粉之色。

【注释】

①诗题"抚盈歌",《左传·襄公二十五年》:齐大夫崔杼吊棠公(齐棠邑大夫),见其妻棠姜美而娶之。庄公与棠姜通,崔杼欲杀庄公。后庄公宴飨莒子,崔杼称疾,"公问崔子,遂从姜氏。姜入于室,与崔子自侧户出,公抚盈而歌。"庄公入而被杀。

②"凤縠(hú)"二句:縠,本系绉纱一类的丝织品。张衡《西京赋》:"何工巧之瑰玮,交绮豁以疏寮。"薛综注:"疏,刻穿之也。"李善注:"交结绮文,豁然穿以为寮也。……《仓颉篇》曰:寮,小窗也。古诗曰:交疏结绮窗。"

③"室暖"句:《汉书·车千秋传》诏:"曩者,江充先治甘泉宫人,转至未央椒房。"颜师古注:"椒房,殿名,皇后所居也。以椒和泥涂壁,取其温而芳也。"

④"銮舆"二句:萧屑,寂寥。温庭筠《鬐策歌》:"含商咀徵双幽咽,软縠疏罗共萧屑。"七丝,七弦琴。宋玉《九辩》:"泬(xuè)寥兮天高而气清。"王逸注:"泬寥,旷荡空虚也。"

⑤"主父"二句:主父,指崔杼。云轺(yáo),云车。

⑥"铅华"二句:窅(yǎo)窕,犹窈窕,美好貌。肸蚃(xī xiǎng),本指声音或气息弥漫,此喻棠公神灵。杜甫《朝献太清宫赋》:"若肸蚃而有凭,肃风飚而乍起。"

⑦"翠华"二句:翠华,指天子车驾,此指齐庄公。《左传·襄公二十五年》:崔杼弑齐庄公,"晏子立于门外。……门启而入,枕尸股而哭。"

岁晏同左生作①

岁暮乡关远②,天涯手重携。雪埋江树短,云压夜城低。宝瑟湘灵怨,清砧杜魄啼。不须临皎镜,年长易凄凄。

【题解】

此诗当作于避地江南时。诗作字里行间流露出浓浓的乡愁。前三联分写思乡之念、思乡之景和思乡之声,尾联"年长易凄凄"道出因思乡而凄凉悲伤的心情。当然,诗人的凄凉悲伤并不仅仅因为思乡,还有战乱频仍、不断迁徙的无奈,更有对自己久试不第、抱负不得伸展的多重感慨。

【注释】

①诗题中"岁晏",岁暮。屈原《九歌·山鬼》:"岁既晏兮孰华予。"左生,不详。

②乡关:故乡。崔颢《黄鹤楼》:"日暮乡关何处是,烟波江上使人愁。"

秋霁晚景

秋霁禁城晚,六街烟雨残。墙头山色健①,林外鸟声欢。翘日楼台丽,清风剑佩寒。②玉人襟袖薄,斜凭翠阑干。

【题解】

此诗创作时地未详。诗写禁城秋日雨后景象。

【注释】

①健:指人或事物处于旺盛状态。白居易《早夏游宴》:"虽慵兴犹在,虽老心犹健。"

②"翘日"二句:翘日,悬日。剑佩,宝剑和垂佩。鲍照《代蒿里行》:"虚容遗剑佩,美貌歇衣巾。"王通《中说·周公》:"衣裳襜如,剑佩锵如,皆所以防其躁也。"

灵　席①

一闭香闺后，罗衣尽施僧②。鼠偷筵上果，蛾扑帐前灯。土蚀钗无凤，尘生镜少菱。③有时还影响④，花叶曳香缯。

【题解】

李昉《文苑英华》卷三〇五将此诗及以下《旧居》《悼亡姬三首》辑入《悲悼五哭妓》类，合题《悼亡姬五首》。聂安福《韦庄集笺注》疑此五首与《悼杨氏妓琴弦》，均悼亡姬杨氏琴弦之作。

所谓"灵席"，是人死后为其所设的坐卧之处。韦庄笔下的亡姬灵席，是如此冷落、荒凉、破败。人生苍凉，世事无常，死生异路，存亡永隔，此情此景，怎不令人潸然泪下！

【注释】

①诗题"灵席"，灵，原注："一作'虚'。"李昉《文苑英华》作"虚"。

②施：布施，将财物施舍给别人。《庄子·外物》："儒以《诗》《礼》发冢，大儒胪传曰：'东方作矣，事之何若？'小儒曰：'未解裙襦，口中有珠。'《诗》固有之曰：'青青之麦，生于陵陂。生不布施，死何含珠为！'"

③"土蚀"二句：马缟《中华古今注》卷中："钗子，盖古笄之遗象也。……始皇又以金银作凤头，以玳瑁为脚，号曰凤钗。"古称背刻菱花的六角形铜镜为菱镜。《赵飞燕外传》：飞燕始加大号，婕妤奏上二十六物以贺，有"七出菱花镜一奁"。杨凌《明妃怨》："匣中纵有菱花镜，羞对单于照旧颜。"

④影响：身影声响。

旧　居

芳草又芳草,故人杨子家①。青云容易散,白日等闲斜②。皓质留残雪,香魂逐断霞。不知何处笛,一夜叫梅花。③

【题解】

诗作藉旧居景物,衬写出哀念情愁。由旧居想到青春早逝的亡姬,想到时光的飞速流逝,备极感伤。

【注释】

①杨子:即扬子,指扬子江。

②等闲:轻易,容易。白居易《琵琶行》:"今年欢笑复明年,秋月春风等闲度。"

③"不知"二句:梅花,即《梅花三弄》。朱权《神奇秘谱》所载《梅花三弄》,凡十段,每段各有小标题:一、溪山夜月,二、一弄叫月声入太霞,三、二弄穿月声入云中,四、青鸟啼魂,五、三弄横江隔江长叹声,六、玉箫声,七、凌风戛玉,八、铁笛声,九、风荡梅花,十、欲罢不能。原谱为箫策合奏。所谓一弄叫月、二弄穿月、三弄横江,是此曲的第一主题反复出现三次。第六段以后,音乐变奏,又出现第二主题。全曲以音乐形象描绘月夜梅花不畏严寒,迎风怒放,幽香远传的境界。未知此曲是何时由何人改编成琴曲。

边上逢薛秀才话旧

前年同醉武陵亭①,绝倒闲谭坐到明。也有绛唇歌白雪,更怜红袖夺金觥。秦云一散如春梦,楚市千烧作故城。②今日皤然对芳草③,不胜东望涕交横。

【题解】

此诗盖作于乾宁三年(896)春。薛秀才,不详。诗作从前年与薛秀才同处武陵长夜清谈、酒筵听歌之乐,写到今日重逢、念及战乱引起的时局变化之哀,以两人的哀乐变化反映时代巨变,寄慨遥深。念往所以伤今,篇中反衬手法的运用,更加深了感人的力量。"秦云""楚市"二句,有力地概括出时局急转直下的大变化,语言简练,对仗工稳。

【注释】

①武陵亭:不详,或即宋州(治所在今河南商丘南)武陵驿。

②"秦云"二句:秦云,盖喻指歌舞。岑参《感遇》:"昔来唯有秦王女,独自吹箫乘白云。"《列子·汤问》:秦青善歌,"声振林木,响遏行云。"楚市,指古代楚之郢都。

③皤(pó)然:发白貌。《南史·范缜传》:"年二十九,发白皤然,乃作《伤暮诗》《白发咏》以自嗟。"

和人春暮书事寄崔秀才

半掩朱门白日长,晚风轻堕落梅妆。不知芳草情何限,只怪游人思易伤。才见早春鹦出谷,已惊新夏燕巢梁。相逢只赖如渑酒,一曲狂歌入醉乡。

【题解】

此诗创作时地未详。所和之人、其原唱以及崔秀才,均不详。暮春书事,无非慨叹时光飞逝,年华老去,思之可伤。末二句寄意,谓惟有及时行乐,方得遣此忧怀。

此诗,曾被录为《永庆升平全传》第八十六回回首诗,是为唐诗的小说传播之一例。

【辑评】

元郝天挺注、明廖文炳解《唐诗鼓吹注解》卷一〇:首言朱扉半掩,白日初长,晚风又堕落梅之妆矣。此时芳草之情无限而游人之思易伤,盖以春光徂谢,不知其有感耳。若时序迁流,初见出谷之春莺,又逢巢梁之紫燕,人生若梦,为时几何! 固应相逢而饮美酒,狂歌而入醉乡也,徒损游思何为哉? 前六句皆暮春书事,未见寄意。

清朱三锡《东岩草堂评订唐诗鼓吹》卷一〇:前四句写和人暮春书事,后四句写寄崔秀才。看他起手写朱门白日、晚风落梅,亦即寻常写春事耳,读去自觉有昼长人静、春暮感怀之意。三"不知芳草",四"只怪游人",妙! 妙! 此必作诗之人春思伤人,聊以解嘲耳。五"才见早春",六"已惊新夏",自是描写"暮春"二字,读诗人看来亦只为形容"暮春"二字,不知"莺出谷""燕巢梁"已寓有求友知止之意。相逢索醉,不过为游思所困,寄语秀才及时行乐也。

清胡以梅《唐诗贯珠笺》卷四九:朱门,仕宦之居,因与白日相鲜而用之,言贵为仕宦,遇春日舒长之候,足动人春思矣。又值晚风吹动,梅落寿阳公主之额,不知芳草与人有何限之情,乃觉游人之思容易感伤。此谓己不能游,而怪人之游也。倏忽之间,时已临夏,惟有饮酒狂歌入于醉乡,方不伤怀耳。

使院黄葵花

薄妆新着淡黄衣,对捧金炉侍醮迟。①向月似矜倾国貌,倚风如唱步虚词②。乍开檀炷疑闻语,试与云和必解吹。③为报同人来看好④,不禁秋露即离披。

【题解】

此诗创作时地未详。诗作由黄葵花与女冠道袍类似的颜色,形成原始的联想,再由"向日似矜倾国貌""不禁秋露即离披"二句具有希承君恩以及兴发迟暮之慨的符号语码,引人作更深一层的联想——隐喻女冠深沉悲哀的生命。晚唐后期表现自然美的七律如韦庄此篇,在设色、取物、意象构织等方面,表现出与义山七律不尽相同的审美情趣。同样是绮丽幽约,但没有义山的朦胧情思和朦胧意境,而是出之以清词丽句,格调较为清新明朗。

【注释】

①"薄妆"二句:李时珍《本草纲目》卷一六:"(黄葵)六月开花,大如碗,鹅黄色。紫心六瓣而侧,且开午收暮落,人亦呼为侧金盏花。"侍醮(jiào),侍祭。《广雅·释天》:"醮,祭也。"

②步虚词:郭茂倩《乐府诗集》卷七八:"《乐府解题》曰:《步虚词》,道家曲也,备言众仙缥缈轻举之美。"

③"乍开"二句:寇宗奭《本草衍义》卷一九:"叶心下有紫檀色。"檀炷,本指燃着的檀香。杜光庭《飞龙唐裔仆射受正一箓词》:"兰灯夜烛于九冥,檀炷晨飞于三境。"云和,指琴瑟。《周礼·春官·大司乐》:"孤竹之管,云和之琴瑟。"

④"为报"句:同人,同事,或志同道合的人。陈子昂《偶遇巴西姜主簿序》:"逢太平之化,寄当年之欢,同人在焉,而我何叹?"来看,《全唐诗》作"看来"。

咸阳怀古

城边人倚夕阳楼,城上云凝万古愁。山色不知秦苑废,水声空傍汉宫流。①李斯不向仓中悟,徐福应无物外游。②莫怪楚吟偏断骨③,野烟踪迹似东周。

【题解】

此诗盖作于景福二年(893)下第后游咸阳时。诗作先写近楼、上楼,已是一派愁云惨雾情状。以下层层上溯,由秦汉而战国而春秋。依山带河的秦苑,如今只剩下一片废墟;再往前,灭于秦的楚,只留下了哀怨悱恻的辞章,令人心碎;至于在群雄四起的形势下王权陵替的东周,更是遗迹荡然。末句将思路又由古及今,拉回到现实,点明怀古的缘起和忧伤的根源。此诗工于发端,首联运用字块形义的同构句法,传达出诗人那流畅而低徊的心灵体验,颇具情景交融、流丽飞动之美;惜乎中间两联,句式雷同,遂乏跌宕之致。

【注释】

①"山色"二句:秦苑,指阿房宫。宫依骊山而筑,杜牧《阿房宫赋》:"骊山北构而西折,直走咸阳。"水声,指渭水。《三辅黄图》卷一:"始皇穷奢极欲,筑咸阳宫,因北陵营殿,端门四达,以则紫宫,象帝居。渭水贯都,以象天汉;横桥南渡,以法牵牛。"咸阳在汉都长安东,故谓傍汉宫。

②"李斯"二句:悟,原注:"一作'死'。"(案:李昉《文苑英华》亦作"死",误。史载李斯腰斩于咸阳在徐福入海求仙之后。)《史记·李斯列传》:斯少时因"厕中鼠""仓中鼠"悟得"人之贤不肖譬如鼠矣,在所自处耳!"乃从荀卿学帝王之术。学成后入秦,佐秦王政,"二十余年,竟并天下,尊主为皇帝,以斯为丞相。"又《秦始皇本纪》:始皇二十八年,南登琅邪,"齐人徐巿等上书,言海中有三神山,名曰蓬莱、方丈、瀛洲,仙人居之。请得斋戒,与童男女求之。于是遣徐巿发童男女数千人入海求仙人。"《正义》引《括地志》:"亶洲在东海中,秦始皇使徐福将童男女入海求仙人,止在此洲,共数万家,至今洲上人有至会稽市易者。吴人《外国图》云亶洲去琅邪万里。"案:梁玉绳《史记志疑》卷三四谓"巿"与"芾"同,音转为福。

③"莫怪"句:楚吟,此谓乡思。《左传·成公九年》:楚国乐师钟仪囚于晋国,操琴作楚声,范文子曰:"乐操土风,不忘旧也。"谢灵运《登池上楼》:"祁祁伤豳歌,萋萋感楚吟。"断骨,犹言断肠。徐彦伯《登长城赋》:"试危坐以侧听,孰不消魂而断骨哉。"

【辑评】

元郝天挺注、明廖文炳解《唐诗鼓吹注解》卷一〇:(廖文炳解)此诗专伤秦事也。言当夕阳之时,倚楼而望,见城上之云凝结万古之愁焉。此地为秦时旧都,秦苑萧萧,山色若不知其废;汉宫郁郁,水声空傍之而流。一姓如此,异代可知,所以为万古之愁也。若夫秦之致此,李斯逐客,不先悟于仓中;徐福求仙,徒遍游于海上。所以楚客之吟,悲堪断骨!而野烟茫昧,长望咸阳,亦似禾黍离离之日也。

清金圣叹《选批唐才子诗》卷八下：(评前四句)万古当时，历历皆是夕阳；夕阳少时，沉沉又是万古。此事至为显浅，且又明在眼前，然而无人不在其中，无人曾悟其事，此独忽然提着，如为真正苦吟断骨人也。三、四，"不知秦苑""还傍汉宫"，妙！妙！写山色水声，一似不解之甚者，然山色水声，则奈何欲其能解耶？可想其措意之无聊也。(评后四句)此即写咸阳二事，言贤者贵在自托，胡能尚不去耶？即题中"怀古"二字也。

清朱三锡《东岩草堂评订唐诗鼓吹》卷一〇：一曰城边人倚楼耳，中间插"夕阳"二字，读之便觉城上景色加倍衰飒，则此句中已尽有次句之意，而必更作"城上"一语者，只为欲提出"万古愁"三字以起下二句也。三"不知秦苑废"偏写山色，四"空傍汉宫流"偏写水声，妙！妙！言此理日在眼前却无一人悟着，殊属不解。五、六即秦二事言之，以见贤者贵在自托，胡为不急去耶？

清胡以梅《唐诗贯珠》卷四二：人谓已也，夕阳楼，外景，言夕阳之候而已倚楼，内意则夕阳言末季之时也。第二有"云凝"二字，句便松，且愁云亦现成，当时昭宗已被播迁，"万古愁"亦心事，非为古来也。三、四妙在第四有变换，写其实事而以"空"字点明之，连上句俱活。五、六虽言秦时事，谓李斯仕秦，赞成始皇暴虐，以致徐福有遗世之举。然其心事亦言如此乱世，在位者必蹈李斯之祸，而徐福之事为可慕而不可无也。且当是时，宰相崔胤党朱温，结兵构祸，以李斯比之，拟己以徐福，欲作物外之游，其意不一。结言有楚词之吟，消骨之痛者，盖如东周君徒建空名，终为强暴吞灭，即《哀郢》之余音耳。情致凄惋，而诗思仍精，才人处末世，真可痛欤！

清殷元勋注、清宋邦绥补《才调集补注》卷三：此诗借秦以喻唐，汉宫特陪说耳。腹联言李斯以荀卿学术祸秦，肆然破坏典型，焚书坑儒，故致徐福辈避祸而逃于物外耳，以比朱温清流白马之祸，名士几尽而已，不得不避祸而远依王建也。人之云亡，邦国殄瘁，眼看朝市宫室有黍离之痛矣，足以哀吟断骨而寄慨于咸阳之蔓草荒烟，如周既东迁，离离禾黍时也。

清吴汝纶《桐城先生评点唐诗鼓吹》卷一五：此伤唐亡。阎生案：五、六两句一意，言若非邪佞专权，则贤人不至远引。旧解非。

和同年韦学士华下途中见寄

绿杨城郭雨凄凄,过尽千轮与万蹄。送我独游三蜀路[①],羡君新上九霄梯。马惊门外山如活,花笑尊前客似泥[②]。正是清和好时节,不堪离恨剑门西。[③]

【题解】

此诗当作于乾宁四年(897)五月自华州奉诏随谏议大夫李洵宣谕两川。韦学士,不详,原唱亦恐已佚。此和赠之作,由人及己,写出思归之意。其中"马惊门外山如活,花笑尊前客似泥"二句,林庚先生赞为"直是表现的圣手"(《中国文学史》),盖即富于鲜明的画面美,具有初期曲子词的新鲜风格。

【注释】

①三蜀:左思《蜀都赋》:"三蜀之豪,时来时往。"刘渊林注:"三蜀,蜀郡、广汉、犍为也。本一蜀国,汉高祖分置广汉,汉武帝分置犍为。"

②客似泥:《后汉书·周泽传》:泽为太常卿,"常卧疾斋宫。其妻哀泽老病,窥问所苦。泽大怒,以妻干犯斋禁,遂收送诏狱谢罪。当世疑其诡激。时人为之语曰:'生世不谐,作太常妻,一岁三百六十日,三百五十九日斋。'"注:"《汉官仪》此下云'一日不斋醉如泥'。"

③"正是"二句:俗称农历四月为清和月。张衡《归田赋》:"于是仲春令月,时和气清。"谢灵运《游赤石进帆海》:"首夏犹清和,芳草亦未歇。"剑门,县名,治所在今四川剑南东北。

【辑评】

清杨逢春《唐诗绎》卷二三:首二华下途中,起;三写寄诗,四写学士;五、六写途中景况,出语新警;七、八和诗之情,结时地双清。

江皋赠别①

金管多情恨解携,一声歌罢客如泥。江亭系马绿杨短,野岸维舟春草齐。帝子梦魂烟水阔,谢公诗思碧云低。风前不用频挥手,我有家山白日西②。

【题解】
此诗创作时地未详。诗写江边送友,不能无所感慨。在这里,感慨而出之以极为寻常的"赠别"形式,其实也可以上升到一般层面来理解。尤其是以貌似潇洒开解之语收结全篇,最为销魂,亦至为无奈。盖帐饮无绪,忍顾归路,便纵有千种风情,而人生终究不能无别,不能无憾。

【注释】
①江皋:江边。屈原《九歌·湘夫人》:"朝驰余马兮江皋,夕济兮西澨。"
②白日:此喻指君主。宋玉《九辩》:"去白日之昭昭兮,袭长夜之悠悠。"张铣注:"白日喻君,言放逐去君。"

【辑评】
清金圣叹《选批唐才子诗》卷八下:(评前四句)此言因听金管,遂成烂醉。去者不发,送者亦停,看他反系马,反维舟,又为赠别之新例也。"系马"是送者,"维舟"是去者。(评后四句)后言不用相思,无劳吟咏,子去之后,我便欲去矣。

清赵臣瑗《山满楼笺注唐诗七言律》卷六:人生当解携之时,不能无恨,歌以遣之,酒以慰之,所必然矣。至于马欲去而反系,舟欲开而反维,写出将别而不忍遽别之况,最为情挚之笔也;五、六却又逆料别后相思,势不得不托之于梦,势不得不托之于诗,然而烟水阔则梦固无凭,碧云低则诗终隔绝,此写人生不能无别,而别之苦已凄然言外,最为情挚之笔也。七是索引放开,八是各寻归路,此非脱略,亦莫可如何云耳,真最为情挚之笔也。

奉和左司郎中春物暗度感而成章①

才喜新春已暮春，夕阳吟杀倚楼人。锦江风散霏霏雨，花市香飘漠漠尘。②今日尚追巫峡梦，少年应遇洛川神③。有时自患多情病，莫是生前宋玉身。④

【题解】

此诗当作于天复二年(901)应聘为西蜀书记之后。"左司郎中"原唱恐已佚。诗作虽为伤春，但通过锦江霏雨、花市飘香的描写，可见当时蜀中花市的盛况，也从一个侧面反映出蜀地的商业兴旺，经济活跃。

【注释】

①诗题中"左司郎中"，尚书省属官，掌左司(吏、户、礼三部十二司)事务。

②"锦江"二句：今四川成都南。常璩《华阳国志·蜀志》："锦江，织锦濯其中则鲜明，濯他江则不好，故命曰锦里。"赵抃《成都古今记》："正月，灯市。二月，花市。三月，蚕市。"

③洛川神：曹植《洛神赋》，李善题注引《汉书音义》："如淳曰：宓妃，宓羲氏之女，溺死洛水为神。"

④"有时"二句：宋玉《九辩》："憭慄兮若在远行，登山临水兮送将归""坎廪兮贫士失职而志不平，廓落兮羁旅而无友生""悼余生之不时兮，逢此世之俇攘"。

【辑评】

明黄周星《唐诗快》卷一二：真要吟杀，非虚语也。语语俱是情种。

清金圣叹《选批唐才子诗》卷八下：一，才新春，已暮春，此是写度；二，忽衬"夕阳"二字，此是写暗度也，言春光一总九十日来，可谓遥遥甚远，如何不觉不知，蓦地才新已暮。原来九十日，每日瞥眼有一夕阳，于是草草不过十数夕阳，早是菁华一齐顿竭也；三、四，画之，言初然是风，既而是雨，始飘犹香,到地遂为尘也。前解,写春物暗度;后解,写左司郎中。"今日"之为言老年也,言老年犹尚不禁花事,然则少时又不知何等唤奈何也。

奉和观察郎中春暮忆花言怀见寄四韵之什①

天畔峨嵋簇簇青,楚云何处隔重扃。落花带雪埋芳草,春雨和风湿画屏。对酒莫辞冲暮角,望乡谁解倚高亭。惟君信我多惆怅,只愿陶陶不愿醒②。

【题解】

此诗当作于天复二年(901)应聘为西蜀书记之后。"观察郎中"原唱恐已佚。诗末"惟君信我多惆怅,只愿陶陶不愿醒"二句,与诗人入蜀前的忧世之叹,真不可同日而语,可见此刻的心志和追求。像韦庄这样的一批文士,在避开中原战乱的流荡的同时,也消磨了英雄的悲凉之气,心态是矛盾的。

【注释】

①诗题中"观察郎中",不详,疑指郎中出为观察使。
②陶陶:酒醉貌。李咸用《晓望》:"好驾觥船去,陶陶入醉乡。"

伤灼灼①

尝闻灼灼丽于花,云髻盘时未破瓜②。桃脸曼长横绿水③,玉肌香腻透红纱。多情不住神仙界,薄命曾嫌富贵家。流落锦江无处问,断魂飞作碧天霞。

【题解】

此诗当作于天复二年(901)应聘为西蜀书记之后。韦縠《才调集》卷三有题注:"灼灼,蜀之丽人也。近闻贫且老,殂落于成都酒市中,因以四韵吊之。"据知当是为伤悼沦落成都酒市中的一位风尘女子而作。诗作描述灼灼少女时的美丽,以及因家贫而流落风尘,直到年老色衰,无人过问,贫死酒市中的悲惨命运。

【注释】

①诗题中"灼灼",张君房《丽情集》:"灼灼,锦城官中奴,御史裴质与之善。裴召还,灼灼每遣人以软红绢聚红泪为寄。"

②破瓜:十六岁。瓜字可分拆成二八字,故称。郭茂倩《乐府诗集》卷四五《碧玉歌》三首其一:"碧玉破瓜时,郎为情颠倒。"

③曼长:犹容长,谓外表好看。屈原《离骚》:"余以兰为可恃兮,羌无实而容长。"朱熹集注:"容长,谓徒有外好耳。"

【辑评】

明黄周星《唐诗快》卷三:"薄命曾嫌富贵家"七字真可泣鬼矣,因此一句并"多情"一句亦可泣鬼,又因此二句遂觉前后六句皆可泣鬼。

清赵臣瑗《山满楼笺注唐诗七言律》卷六:以灼灼命名,本言其丽如花也,诗却轻轻换一"于"字,便见得花犹不如,妙!妙!此一句是提纲,下三句皆承写"丽于花"三字,犹为皮相,至五曰"多情"、六曰"薄命",则写尽丽人行径矣,盖天下未有丽人而不多情者,亦未有丽人而不薄命者。乃其写多情也则曰"不住神仙界",写薄命也则曰"曾嫌富贵家",此又是异样多情、异样薄命,从来写丽人者都写不到,亦写不出。七陡用"流落锦江"接住上文,而又将"无处问"作一顿,跌出"断魂飞作碧天霞",与首句"丽于花"字面遥相掩映,写得灼灼身前身后一片灵奇,并非浊质凡胎所能效颦学步,真绝世妙笔也。……开口便用"尝闻"二字领起,见生平并无一面,极口赞叹,要非徇于所私。

清胡以梅《唐诗贯珠》卷三四:五、六曲尽薄命佳人情性,不朽名言。结更神化,挽到帅帅之艳。

汉　州①

北侬初到汉州城②,郭邑楼台触目惊。松桂影中旌旆色,芰荷风里管弦声。人心不似经离乱,时运还应却太平。十日醉眠金雁驿,临岐无限眼波横。③

【题解】

此诗当作于天复元年(901)夏。诗写汉州城热闹非凡,松桂成林,芰荷飘香,人心安定,时运太平,一派安宁祥和的景象。诗人流连忘返,十日醉眠,临岐无限。

【注释】

①诗题"汉州",治所在今四川广汉。

②北侬:北方人。侬,我。李白《横江词六首》其一:"人道横江好,侬道横江恶。"

③"十日"二句:金雁驿,聂安福《韦庄集笺注》疑在金雁桥(今四川广汉东北)。无限眼波,韦縠《才调集》作"无恨脸波"。

【辑评】

元郝天挺注、明廖文炳解《唐诗鼓吹注解》卷一〇:(廖文炳解)人在太平之时见离乱而惊心,及当离乱而见有太平之地,则转以为可讶,犹且触目惊已。此言初到汉州,惊心于楼台郭邑者,盖以举世纷扰,独此有管弦旌旆之乐,经离乱而不似离乱,未太平而还应太平,故不觉其惊疑无定耳。若其十日醉眼又临歧路,舍此少安之地,其又何之耶?所以伤时伤别,不自知其脸波之横也。

清朱三锡《东岩草堂评订唐诗鼓吹》卷一〇:此篇与前首同意,总是见太平而惊喜耳。案:前首,指《沔阳县阁》。

清吴汝纶《桐城先生评点唐诗鼓吹》卷一五:(评后四句)此伤心语。

长安清明

早是伤春梦雨天①,可堪芳草更芊芊。内官初赐清明火,上相闲分白打钱。②紫陌乱嘶红叱拨,绿杨高映画秋千。③游人记得承平事,暗喜风光似昔年。

【题解】

此诗盖作于景福或乾宁年间乱后返居长安时。诗写当此家国多难,战乱频仍,举世纷扰之际,长安清明时节依然歌舞升平,所以令人感时伤怀。一篇题旨,在"伤春"二字。中间四句,极写繁丽风光:贵客游春,仕女嬉戏,见奢华如故;内官赐火,上相分钱,则朝政可知。尾联只用"记得承平""暗喜似昔"略加点逗,而伤叹之意自见。

【注释】

①梦雨:李昉等《文苑英华》卷一五七作"暮雨"。

②"内官"二句:内官,指后宫嫔妃、六仪、美人、才人等。宋敏求《春明退朝录》卷中:"《周礼》'四时变国火',谓春取榆柳之火,夏取枣杏之火,季夏取桑柘之火,秋取柞楢之火,冬取槐檀之火。而唐时,惟清明取榆柳火以赐近臣戚里。"白打,蹴鞠戏名。两人对踢为白打,三人角踢为官场,胜者有采。汪云程《蹴鞠图谱》:"每人两踢名打二曳,开大踢为白打。"王建《宫词》一百首其八十一:"寒食内人常白打,库中先散与金钱。"

③"紫陌"二句:李石《续博物志》卷四:"天宝中,大宛进汗血马,一曰红叱拨,二曰紫叱拨,三曰青叱拨,四曰黄叱拨,五曰丁香叱拨,六曰桃花叱拨。"高映,李昉等《文苑英华》作"高影"。

【辑评】

元郝天挺注、明廖文炳解《唐诗鼓吹注解》卷一〇:(廖文炳解)首言清明为梦雨伤春之候,而青青芳草又极芊绵,此情何以堪也。余来长安之地,见昔年此日内官初赐清明之火,上相闲分白打之钱,固朝家锡予之常;而叱拨嘶于紫陌,秋千映于绿杨,乃士女游戏之乐。此皆旧日升平之事。今虽当乱离之会,而风光无异,游人犹当暗喜也,奈伤春梦雨、芊芊芳草何哉!首联切清明,中二联切长安。玩末联,上四条确是追忆升平事,不然,则此二句未得着落。"暗喜风光"者,见风光以似昔而可喜,其余则皆异昔而可伤也。此正反应首句意。

清朱三锡《东岩草堂评订唐诗鼓吹》卷一〇:题曰《长安清明》,眼见此日清明犹似昔年之清明,而此日长安已非昔日之长安。曰"早是"、曰"可堪",皆触景感怀口吻也。"内官""上相",皆追忆昔年升平之事;"叱拨""秋千",皆追忆昔年升平之景;独是升平虽异,而风光不改。曰"暗喜"者,乃游人暗喜耳。

清钱谦益、何焯《唐诗鼓吹评注》卷一〇:天下之人皆无家,而权奄谀相处堂燕乐如升平全盛之时,曰"暗喜"者,正反言其不堪也。

清胡以梅《唐诗贯珠笺》卷四九:伤春梦雨,是感触情绪之意,可堪更加以芳草芊芊之茂乎!中四句皆清明之故事,景物与升平时无异,其风光似同昔年,但奸臣乱国,其实并非升平之时,此所以伤春耳。诗盖处朱温之世,不敢明言,是作歇后语也。

清姚鼐《今体诗钞》卷六:伤乱而作此,故佳。若正序承平而为是语,则无味矣。

清余成教《石园诗话》卷二:《忆昔》《陪金陵府相中堂夜宴》《题姑苏凌处士庄》《过内黄县》《南昌晚眺》《投寄旧知》《咸阳怀古》《长安清明》《古离别》《立春日作》《寄江南逐客》《离筵诉酒》《台城》《燕来》《令狐亭》《虎迹》诸诗,感时怀旧,颇似老杜笔力。

清吴汝纶《桐城先生评点唐诗鼓吹》卷一五:乱后犹似太平,泄沓可叹!

悼亡姬三首

凤去鸾归不可寻,十洲仙路彩云深。若无少女花应老,为有姮娥月易沉。竹叶岂能销积恨,丁香空解结同心①。湘江水阔苍梧远,何处相思弄舜琴②。

默默无言恻恻悲③,闲吟独傍菊花篱。只今已作经年别,此后知为几岁期。开箧每寻遗念物,倚楼空缀悼亡诗。夜来孤枕空肠断,窗月斜辉梦觉时。

六七年来春又秋,也同欢笑也同愁。才闻及第心先喜,试说求婚泪便流④。几为妒来频敛黛⑤,每思闲事不梳头。如今悔恨将何益,肠断千休与万休。

【题解】

此组诗中第二、三首,《文苑英华》卷三〇五分别题作《独吟》《悔恨》。第一首,前两联写杨氏之亡,后两联写自己之悼。诗人将爱姬杨氏的死写得极富诗意,似乎不是死而是升仙了。但这终究不是事实,杨氏之死给诗人带来的打击是巨大的:花也老去,月也沉没,美已彻底消逝。借酒浇愁,哀愁更甚;欲步其踪,山长水阔,唯有琴声,徒表相思。第二首,则具体写出对杨氏的刻骨思念:平常的日子里,每每开箧找寻亡姬当年用过的遗物,对物怀人,即便是哀伤的悼亡诗,也无力排解。白日茕茕孑立,形影相吊;夜晚孤枕空床,寸寸肠断。独处之时对亡姬之痛的咀嚼,自然导出对过去幸福生活的回忆,而回忆中又不免带上深深的愧悔,于是第三篇随之而出。其中,"才闻"四句的细节回顾,写出悔恨之由,更将自己的情深义重,从对方对自己的情意之深重中充分显露出来,情真意切,感人至深。

【注释】

①"丁香"句:萧衍《有所思》:"腰中双绮带,梦为同心结。"李商隐《代赠二首》其一:"芭蕉不展丁香结,同向春风各自愁。"

②舜琴:《礼记·乐记》:"昔者舜作五弦之琴,以歌《南风》。"

③恻恻:悲痛。扬雄《太玄·礥》:"禽缴恻恻。"范望注:"鸟而失志,故高飞,飞而遇缴,欲去不得,故恻恻也。恻,痛也。"欧阳建《临终诗》:"下顾所怜女,恻恻心中酸。"

④求婚:《晋书·姚兴载记下》:"今来求婚,吾已许之。"

⑤敛黛:皱眉。李群玉《王内人琵琶引》:"三千宫嫔推第一,敛黛倾鬟艳兰室。"

【辑评】

清金圣叹《选批唐才子诗》卷八下:(评其一)前解写亡。"十洲"七字即"不可寻"三字,"若无"十四字即"凤杳鸾冥"四字。相其三、四,悟此姬不止是色,直是时时在病,忽忽多情人也,看"少女""嫦娥"字可知。"少女",风也。后解写悼。案:此本所录,"凤去鸾归""空解结同心""弄舜琴"分别作"凤杳鸾冥""从此折同心""续舜琴"。

下邽感旧①

昔为童稚不知愁,竹马闲乘绕县游。曾为看花偷出郭,也因逃学暂登楼。招他邑客来还醉,儳得先生去始休。②今日故人无处问,夕阳衰草尽荒丘。

【题解】

李昉等《太平广记》卷一七五云:"韦庄幼时,常在华州下邽县侨居,多与邻巷诸儿会戏。及广明乱后,再经旧里,追思往事,但有遗踪,因赋诗以记之。又途次李氏诸昆季,亦尝赋《感旧》诗。"据知,此诗当作于乾宁四年(897)华州驾前任左拾遗时。诗作带着遭遇乱离的伤感,回忆少年时期侨居下邽时的旧事,包括看花、逃学、招人饮酒、捉弄先生等,把"不知愁"的神态刻画得淋漓尽致。

【注释】

①诗题中"下邽(guī)",唐华州属县,治所在今陕西渭南北下邽镇。

②"招他"二句:邑客,居住在城镇里的人,或寄住的外地人。焦赣《易林·井之随》:"行人畏惧,邑客逃藏。"白居易《醉后狂言酬赠萧殷二协律》:"余杭邑客多羁贫,其间甚者萧与殷。"《礼记·曲礼》:"长者不及,毋儳

(chàn)言。"郑玄注:"儳,犹暂也,非类杂也。"孔颖达疏:"长者正论甲事,未及乙事,少者不得辄以乙事杂甲事,暂然杂错师长之说。"

【辑评】

清余成教《石园诗话》卷二:韦端己《下邽感旧》云:"招他邑客来还醉,儳得先生去始休。"《逢李氏兄弟感旧》云:"晓傍柳阴骑竹马,夜偎灯影弄先生。"写幼时与邻巷诸儿会戏塾中光景如画。味两诗,可以知其少时之狡狯无赖,不畏老成也。

途次逢李氏兄弟感旧[①]

御沟西面朱门宅,记得当时好弟兄。晓傍柳阴骑竹马,夜偎灯影弄先生。巡街趁蝶衣裳破[②],上屋探雏手脚轻。今日相逢俱老大,忧家忧国尽公卿。

【题解】

此诗创作时地未详。诗作饶有兴致地回忆童年时居住长安城中从师读书的一段往事,起因是在旅途中遇到了当年一起读书的小伙伴李氏兄弟。韦庄的童年虽然是在"力学"中度过,但同样充满了绮丽的童趣,给他留下了难以忘怀的记忆。

【注释】

①途次:途中止宿。
②"巡街"句:巡,沿。趁,追逐,追求。姚合《山居寄友人》:"诗情聊自遣,不是趁声名。"

龙　潭[①]

激石悬流雪满湾,九龙潜处野云闲。[②]欲行甘雨四天下,且隐澄潭一顷间。③浪引浮槎依北岸,波分晚日见东山④。垂髯倪遇穆王驾,阆苑周游应未还。⑤

【题解】

此诗创作时地未详。诗作描绘龙潭及其周围绮丽清新的自然风貌,想象丰富,刻画准确。

此诗出自《文苑英华》卷一六三。《全唐诗》卷七〇〇收作韦庄诗,注云:"一作僧应物诗。"《唐诗纪事》卷七四、《全唐诗》卷八二三收作僧应物诗。在《浣花集》诸版本中,本诗初见于康熙间席刻本补遗,兹从之作韦庄诗。

【注释】

①诗题"龙潭",疑指九龙潭,今河南登封东嵩山顶。

②"激石"二句:激石,原注:"一作'石激'。"九,原注:"一作'五'。"

③"欲行"二句:"欲行"句,原注:"一作'渐收雷电九峰下'。"隐,原注:"一作'饮'。"澄,原注:"一作'溪'。"顷,原注:"一作'水'。"

④"波分"句:晚,原注:"一作'晓'。"见,原注:"一作'浸'。"

⑤"垂髯"二句:原注:"一作'回瞻四面如新画,须信游人不欲还。'"穆王,即周穆王,亦称穆天子。曾乘八骏肆意远游,西至昆仑,会西王母于瑶池。《穆天子传》:阆苑,传说为昆仑顶仙人居所。周游,指到处游历。《史记·太史公自序》附司马贞《索隐述赞》:"太史良才,寔纂先德。周游历览,东西南北。"

饮散呈主人

梦觉笙歌散,空堂寂寞秋①。更闻城角弄②,烟雨不胜愁。

【题解】

此诗创作时地未详。诗写秋雨筵散,角声悲奏,不胜其愁。

【注释】

①寂寞秋：韦縠《才调集》作"寂寂愁"。

②城角弄：《才调集》作"城角暮"。杜牧《闻角》："城角为秋悲更远，护霜云破海天遥。"

即　事

乱世时偏促，阴天日易昏。无言搔白首，憔悴倚东门。①

【题解】

此诗创作时地未详。诗写忧心国事，所谓"疾乱"也。

【注释】

①"无言"二句：杜甫《春望》："白头搔更短，浑欲不胜簪。"《诗·陈风·东门之枌》《毛诗序》："东门之枌，疾乱也。"

勉儿子

养尔逢多难，常忧学已迟①。辟疆为上相，何必待从师。②

【题解】

此诗创作时地未详。诗写儿子幼年时遭值战乱，没有条件从师就读，故勉励其自学成材，以宰辅为志。诗中固然不乏对时世的感慨，但主要还是在为儿子的未来担忧和设计。

【注释】

①学已迟：谓十五岁尚未进学。《论语·为政》："吾十有五而志于学。"

②"辟疆"二句：《汉书·外戚传》：张辟疆，张良之子，十五岁为侍中。

汉惠帝崩,辟疆向丞相陈平献策,请官诸吕以悦吕太后,陈平从之。从师,跟从老师学习。韩愈《师说》:"惑而不从师,其为惑也,终不解矣。"

赠姬人

莫恨红裙破,休嫌白屋低①。请看京与洛,谁在旧香闺。

【题解】
此诗创作时地未详。诗作似是安慰陷入困顿的妓女。
【注释】
①白屋:指贫屋。《汉书·吾丘寿王传》:"三公有司或由穷巷,起白屋,裂地而封。"颜师古注:"白屋,以白茅覆屋也。"

春 愁

自有春愁正断魂,不堪芳草思王孙。落花寂寂黄昏雨,深院无人独倚门。

【题解】
此诗创作时地未详。诗作以寂花落雨、深院芳草写尽闺中人的孤独落寞。代言闺怨,深情委婉,秦观《鹧鸪天》下片可为郑笺:"无一语,对芳樽。安排肠断到黄昏。甫能炙得灯儿了,雨打梨花深闭门。"

摇 落

摇落愁天酒易醒①,凄凄长似别离情。黄昏倚柱不归去②,肠断绿荷风雨声。

【题解】

此诗创作时地未详。诗写落叶飘摇而下,恰似天涯游子远离乡国一般,由此勾起的乡愁,酒亦难消;黄昏渐近,连天风雨打在绿荷之上,飒然有声,不啻打在心头,使人肝肠欲断。

【注释】

①"摇落"句:愁天,韦縠《才调集》作"秋天"。
②倚柱:靠在柱子上。亦谓辞家求宦,不能侍亲于膝下。《战国策·齐策四》:齐人冯谖客于孟尝君,左右贱之,食以草具。冯谖倚柱弹其剑而歌曰:"长铗归来乎!食无鱼。"孟尝君命左右食之。有顷,冯谖复歌曰:"长铗归来乎!出无车。"孟尝君命左右为之驾。后有顷,冯谖又歌曰:"长铗归来乎!无以为家。"孟尝君乃使人给其老母食用,无使乏。于是冯谖不复歌。

令狐亭①

若非天上神仙宅,须是人间将相家。想得当时好风月,管弦吹杀后庭花。②

【题解】

此诗创作时地未详。诗作通过劫余遗留的权门一亭,嘲讽上层统治阶级的荒淫误国。诗人从眼前一亭联想到主人家当年的"好风月",不无讥讽地写道:"管弦吹杀后庭花。"意谓堂堂相府竟然疯狂地演奏这种乐曲,朝政焉能不腐败?

【注释】

①诗题"令狐亭",疑在猗氏县(治所在今临猗县西南)令狐城。乐史《太平寰宇记》卷四六:"令狐城,……在县西四十五里。"

②"想得"二句:风月,韦縠《才调集》作"烟月"。后庭花,即《玉树后庭花》。《陈书·皇后列传》:"后主每引宾客对贵妃等游宴,则使诸贵人及女学士与狎客共赋新诗,互相赠答,采其尤艳丽者以为曲词,被以新声,选宫女有容色者以千百数,令习而歌之,分部迭进,持以相乐,其曲有《玉树后庭花》《临春乐》等,大指所归,皆美张贵妃、孔贵嫔之容色也。"

江上别李秀才

前年相送灞陵春,今日天涯各避秦①。莫向尊前惜沉醉,与君俱是异乡人。

【题解】

此诗盖作于中和三年(883)春末往润州途中。李秀才,不详。诗写异乡送客的感伤之情。

【注释】

①避秦:避乱。陶渊明《桃花源记》:"自云先世避秦时乱,率妻子邑人来此绝境,不复出焉。"

【辑评】

宋赵蕃、韩淲选,谢枋得注《唐诗绝句》卷五:客中送客,最易伤怀。此诗后两句绝妙,唐人饯别诗,如"今日送君须尽醉""劝君更尽一杯酒",又不如"莫向尊前惜沉醉"一句有味。

明黄周星《唐诗快》卷一六:不深不浅,亦是离别当行之作。

明唐汝询《唐诗解》卷三〇:此亦伤乱之诗。相送灞陵,犹不忍别,今乃避乱天涯乎。异乡之人,一别长绝,安可惜醉也?

明周珽《唐诗选脉会通评林》:顾璘曰:真情语,故别。周珽曰:夫客中送客,最易伤怀;且别非为功名、为省觐,而各为避乱免祸,如之何可惜一沉醉!

姬人养蚕

昔年爱笑蚕家妇,今日辛勤自养蚕。仍道不愁罗与绮①,女郎初解织桑篮。

【题解】

此诗创作时地未详。诗作通过写姬人亲自养蚕的辛苦,表达眷恋之意。

【注释】

①仍:乃,于是。《南史·宋武帝纪》:"帝叱之,皆散,仍收药而反。"

长干塘别徐茂才①

乱离时节别离轻,别酒应须满满倾。才喜相逢又相送,有情争得似无情②。

【题解】

此诗盖作于中和、光启年间客润州时。诗写送别友人,感慨良多。末句"有情争得似无情"表达依依不舍的深情,正如晏殊《玉楼春》所谓"无情不似多情苦"。

【注释】

①诗题中"长干塘",聂安福《韦庄集笺注》疑即长干里,今江苏南京中华门外。徐茂才,不详。

②争得:怎得。白居易《浔阳春·春去》:"四十六时三月尽,送春争得不殷勤。"

白牡丹

闺中莫妒新妆妇,陌上须惭傅粉郎①。昨夜月明浑似水②,入门唯觉一庭香。

【题解】

此诗创作时地未详。诗作以清淡、朴素的语言,每句暗写一种特征,曲笔勾勒出白牡丹的芳香与美丽。前两句以新妆妇的嫉妒、傅粉郎的惭愧,写尽白牡丹的素妆、天然。后两句欲擒故纵,先说月明一片,眼不见花,再谓因花香而感觉到花的存在,写出白牡丹的芳香怡人、洁白晶莹。

【注释】

①傅粉郎:本指何晏,后借指美少年或情郎。《三国志·魏书·何晏传》裴松之注引《魏略》:"晏前为尚主,得赐爵为列侯,又其母在内,晏性自喜,动静粉不离手,行步顾影。"《世说新语·容止》:"何平叔美姿仪,面至白,魏明帝疑其傅粉。正夏月,与热汤饼。既啖,大汗出,以朱衣自拭,色转皎然。"

②浑:全然。杜甫《峡中即事》:"雷声忽送千峰雨,花气浑如百和香。"

多 情①

一生风月供惆怅,到处烟花恨别离。止竟多情何处好,少年长抱长年悲②。

【题解】

此诗创作时地未详。诗作自供作为"多情"之人的生活背景,故所作诗词不乏"风月""烟花"。

【注释】

①诗题,洪迈《万首唐人绝句》《全唐诗》作《古离别》。

②长年:《全唐诗》作"少年"。戴叔伦《寄中书李舍人纾》:"水流归思远,花发长年悲。"

悯耕者

何代何王不战争,尽从离乱见清平。如今暴骨多于土,犹点乡兵作戍兵①。

【题解】

此诗疑作于光启二年(886)。诗作在揭露官军抢拉民夫的同时,慨叹战乱无期,百姓永无出头之日。

【注释】

①"犹点"句:乡兵,古代地方上的防卫武装。《隋书·张奫传》:"高祖作相,授大都督,领乡兵。"戍兵,戍守边防的兵士。

壶关道中作①

处处兵戈路不通,却从山北去江东。②黄昏欲到壶关寨,匹马寒嘶野草中。

【题解】

此诗约作于光启二年(886)秋冬之际,时于陈仓迎驾未成归金陵过壶关。诗作为兵荒马乱中的旅途纪实。末句"匹马寒嘶野草中",以一派萧瑟孤凄景象衬托出旅人日暮途穷之感。

【注释】

①诗题中"壶关",县名,治所在今山西壶关县南。顾祖禹《读史方舆纪要》卷四一引王应麟语:"壶关山,府东南三十里,延袤百余里,东接相州,崖径险狭,形如壶口。"

②"处处"二句:《资治通鉴》卷二五六:光启二年六月,王重荣、李克用合兵讨朱玫,山南诸镇奉诏协力,历时数月,至十二月,朱玫为部将王行愈所杀,襄王李煴奔河中而为王重荣所杀。此外,汴州朱全忠与蔡州秦宗权亦不时交战。

题酒家

酒绿花红客爱诗,落花春岸酒家旗。寻思避世为逋客,不醉长醒也是痴。

【题解】

此诗创作时地未详。诗作呈露当日文士社会性退避的普遍心态。这种心态,如果对象化为诗歌,可以表现为:融合儒释道思想,追寻一种远离尘世的超脱境界,以求得自我心灵的安适;追寻山林田园的宁静,于大自然的优美风光中怡情悦性;在友情的温馨和爱情的陶醉中,获取灵魂的镇定、安适与享受。

残　花

江头沉醉泥斜晖①,却向花前恸哭归。惆怅一年春又去,碧云芳草两依依②。

【题解】

此诗创作时地未详。诗写江畔花前,斜阳铺水,对此美景,诗人却沉醉如泥,放声痛哭。原来是残花触动了流年暗换之痛,斜阳惹起了来日无多之悲。这份情感的底蕴,正郁积着年华虚度、功业难成、国事无望的沉重与痛苦。

【注释】

①泥斜晖:泥,沉湎。韩偓《有忆》:"愁肠泥酒人千里,泪眼倚楼天四垂。"
②依依:依恋不舍貌。《古诗为焦仲卿妻作》:"举手长劳劳,二情同依依。"

寄舍弟

每吟富贵他人合,不觉汍澜又湿衣①。万里日边乡树远②,何年何路得同归。

【题解】

此诗创作时地未详。诗作直接抒发自己漂泊生涯中流离困顿的哀伤,以及对弟弟的思念之情,情真意切,感人肺腑。

【注释】

①汍(wán)澜:泪流貌。《后汉书·冯衍传》:"泪汍澜而雨集兮,气滂浡而云披。"
②万里:原作"黄里",此据洪迈《唐人万首绝句》校改。

仆者杨金

半年辛苦葺荒居,不独单寒腹亦虚。①努力且为田舍客,他年为尔觅金鱼②。

【题解】

此诗当作于及第前避居婺州时。与以下《女仆阿柱》一样,都充分肯定他们的辛勤劳动,以及与主人患难与共的品格。也是诗人求仕未成,为了稳定家庭的安慰之语,感情相当亲切。

【注释】

①"半年"二句:葺(qì),修理房屋。《左传·昭公二十三年》:"必葺其墙屋。"单寒,衣服单薄,感觉寒冷。

②金鱼:唐制三品以上官员佩饰,此代指高官。元稹《自责》:"犀带金鱼束紫袍,不能将命报分毫。"

【辑评】

明黄周星《唐诗快》卷二:金鱼乃可为仆觅乎?端己又有《女仆阿汪》诗云:"他年待我门如市,报尔千金与万金。"总是才人贫贱时无聊愤激之语。

春陌二首

满街芳草卓香车①,仙子门前白日斜。肠断东风各回首,一枝春雪冻梅花。

嫩烟轻染柳丝黄,勾引花枝笑凭墙。马上王孙莫回首,好风偏逐羽林郎②。

【题解】

此二诗创作时地未详。艳情之作。如第一首中"仙子",当即作者《浣溪沙》(惆怅梦余山月斜)词中的"谢娘"。这种仙妓合流的审美主体形象建构模式,即将心怀哀怨柔情的"谢娘"的高洁超逸之美赋予神灵的仙气,与仙子相提并论,融为一体,一方面使歌妓仙化,具有一定的理想色彩;另一方面使仙女妓化,变得真实可亲。

【注释】

①卓:停立。温庭筠《思帝乡》:"花花,满枝红似霞。罗袖画帘肠断,卓香车。"

②羽林郎:汉唐时皇帝禁卫军。《汉书·百官公卿表》:羽林,"武帝太初元年初置,名曰建章营骑,后更名羽林骑。又取从军死事之子孙养羽林,官教以五兵,号曰羽林孤儿。"颜师古注:"羽林,亦宿卫之官,言其如羽之疾,如林之多也。一说羽所以为王者羽翼也。"唐代禁军亦设羽林军。

中　酒

南邻酒熟爱相招,蘸甲倾来绿满瓢。①一醉不知三日事,任他童稚作渔樵。

【题解】

此诗或作于天复二年(902)结茅于浣花溪杜甫旧居之后。诗写饮酒沉酣,纯乎农圃家风,渔樵乐事,与早年因怀才不遇而借酒消愁,自是不同。

【注释】

①"南邻"二句:杜甫居浣花草堂,作有《南邻》诗,又作《客至》诗云:"肯与邻翁相对饮,隔篱呼取尽余杯。"朱翌《猗觉寮杂记》卷上:"酒斟满,捧觞必蘸指甲。牧之云:为君蘸甲十分饮。梦得云:蘸甲须欢便到来。"(案:所引诗句,分别出自杜牧《后池泛舟送王十》、刘禹锡《和乐天以镜换酒》。)绿,即绿蚁,酒面上的酒渣,代指酒。杜甫《对雪》:"瓢弃樽无绿,炉存火似红。"

暴　雨

江村入夏多雷雨,晓作狂霖晚又晴①。波浪不知深几许,南湖今与北湖平。

【题解】
此诗创作时地未详。诗写夏季雷雨,妙在以雨后景象来表明雨势。
【注释】
①狂霖:暴雨。《左传·隐公九年》:"凡雨,以三日以往为霖。"

晏 起①

迩来中酒起常迟,卧看南山改旧诗。②开户日高春寂寂③,数声啼鸟上花枝。

【题解】
此诗盖作于鄠杜闲居时。首句点题。次句谓躺卧在床上,一会儿欣赏窗外青山美景,一会儿修改旧诗,悠闲无比。后两句由室内写到户外,以"春寂寂"衬托出"数声啼",鸟语花香,正是饮酒、作诗的大好时光。
【注释】
①晏起:晚起。《论语·子路》:"冉子退朝,子曰:'何晏也?'皇侃疏:"晏,晚也。"韩愈《崔十六少府摄伊阳以诗及书见投因酬三十韵》:"有时未朝餐,得米日已晏。"
②"迩来"二句:迩,原注:"一作'尔'。"迩来,近来。南山,盖指终南山,今陕西西安南。
③开:原注:"一作'闭'。"
【辑评】
宋赵蕃、韩淲选,谢枋得注《唐诗绝句》卷五:此诗写尽幽人隐士之乐。吟此诗,想见此风景,令人有超然高举、逍遥尘外之志。

幽居春思①

绿映红藏江上村,一声鸡犬似仙源②。闭门尽日无人到,翠羽春禽满树喧。

【题解】

此诗创作时地未详。诗写江村幽寂,林密山深,双扉昼闭,惟闻翠禽时喧。前两句描绘江村的总体风貌,绿树环绕,桃花盛开,鸡犬之声相闻,宛似陶渊明笔下的桃花源。后两句写自己的庭院,通过满树春禽的喧鸣,反衬出幽居的寂静,却也渲染出一派勃勃生机。

【注释】

①诗题中"思",原注:"一作'诗'。"
②"一声"句:仙源,洪迈《万首唐人绝句》作"山源"。此指陶渊明所描绘的理想境地桃花源。陶渊明《桃花源记》:"阡陌交通,鸡犬相闻。"王维《桃源行》:"春来遍是桃花水,不辨仙源何处寻。"

思归引①

越鸟南翔雁北飞,两乡云路各言归②。如何我是飘飘者,独向江头恋钓矶。

【题解】

此诗盖作于龙纪、大顺年间客居婺州时。诗写怀乡之情。先以禽鸟万里云程、各自归去的情景,来衬托思归之切。再说自己本应像"北雁"一样归飞,却用"如何"二字急转,落到"独向江头恋钓矶"作结。意谓思归不得,苦闷至极,唯有江头垂钓,方可消愁解闷。

【注释】

①思归引:琴曲名。《琴操》:卫有贤女,赵王聘之未至而王薨。太子曰:吾闻齐桓公得卫姬而霸,今卫女贤,欲留之。大夫曰:不可。若其贤必不我听,若我听必不贤也。太子留之,后果不听,拘于深宫,遂援琴而作此,自缢而死。石崇云:古有《思归引》,有弦而无歌,乃作乐词。但《思归》"河阳别业"与《琴操》异也。谢希逸《琴论》云:古有《离》《拘》操,不言卫女,未知孰是。

②云路:遥远的路程。张正见《从军行》:"雁塞秋声远,龙沙云路迷。"钱起《登复州南楼》:"故人云路隔,何处寄瑶华。"

与小女

见人初解语呕哑①,不肯归眠恋小车。一夜娇啼缘底事,为嫌衣少缕金花②。

【题解】

此诗创作时地未详。诗写小女的娇憨可爱,让诗人欢喜不已;而小女不解生计,哭闹着要花衣穿,又让做父亲的无可奈何。此小女,或即以下《忆小女银娘》一首中提到的银娘。

【注释】

①呕哑:小儿说话声。白居易《念金銮子二首》其一:"况念夭化时,呕哑初学语。"

②缕金:金丝。顾夐《酒泉子》:"罗带缕金,兰麝烟凝魂断。"华锺彦注:"缕金,犹金缕也。"也指以金丝为饰。陶谷《清异录》:"江南晚季,建阳进茶、油花子,大小形制各别,极可爱。宫嫔缕金于面,背以淡妆,以此花饼施于额上,时号'北苑妆'。"

虎　迹

白额频频夜到门①，水边踪迹渐成群。我今避世栖岩穴，岩穴如何又见君。

【题解】

此诗创作时地未详。诗作揭露官府及藩镇军阀对百姓的横征暴敛。诗人也把官吏和军阀比作猛虎，揭示百姓避难深山岩穴，仍然不断遭受其害的悲惨处境。与杜荀鹤《山中寡妇》中"任是深山更深处，也应无计避征徭"二句，可谓异曲同工。

【注释】

①白额：即白额虎。《世说新语·自新》：周处"年少时凶强侠气，为乡里所患。又义兴水中有蛟，山中有白额虎，并皆暴犯百姓，义兴人谓为三横"。后周处杀虎斩蛟，改悔自新，终为忠臣孝子。王维《老将行》："射杀山中白额虎，肯数邺下黄须儿。"

买酒不得

停樽待尔怪来迟，手挈空瓶氍毹归①。满面春愁消不得，更看溪鹭寂寥飞。

【题解】

此诗创作时地未详。诗作短短四句，三个动作，将一个落第举子的形象刻画得栩栩如生。在这里，"酒"这种象征感伤的意象，成为了诗人寻求宣泄渠道的最好对应物。

【注释】

①氁氀(mào sào)：郁闷。李肇《唐国史补》卷下："进士为时所尚久矣。……不捷而醉饱谓之打氁氀。"

得故人书

正向溪头自采苏，青云忽得故人书。①殷勤问我归来否，双阙而今画不如②。

【题解】

此诗创作时地未详。诗借得故人书信写出隐居的乐趣。

【注释】

①"正向"二句：苏，紫苏，叶紫红色，可入药。青云，此指隐居之所。《南史·萧钧传》："身处朱门，而情游江海；形入紫闼，而意在青云。"或谓"青云"句当解作忽得青云故人书，则"青云"乃高官显位之喻。

②双阙：本为宫门两侧楼观，此代指京城。曹植《五游咏》："阊阖启丹扉，双阙曜朱光。"

洪州送僧游福建

八月风波似鼓鼙，可堪波上各东西。①殷勤早作归来计，莫恋猿声住建溪②。

【题解】

此诗作于景福元年(892)八月。诗题中提到的这位僧人，疑即作者另一首《洪州送西明寺省上人游福建》中长安西明寺的省上人。二诗送别地点及省上人所游之地相同,只是,此诗末二句是叮嘱僧人莫要滞留福建,早日返回。

【注释】

①"八月"二句:鼓鼙,军鼓。《礼记·乐记》:"君子听鼓鼙之声,则思将帅之臣。"可堪,那堪,怎堪。

②建溪:即闽江上游,今福建南平东南。

闻回戈军①

上将鏖兵又欲旋②,翠华巡幸已三年。营中不用栽杨柳,愿戴儒冠为控弦。③

【题解】

此诗当作于中和三年(883)。诗作描述官军滞延不进,久久不能取胜,以抒写对国运时事的感慨与忧伤。

【注释】

①诗题,据《资治通鉴》卷二五五:唐僖宗中和三年初数月间,李克用等屡败黄巢军。"(四月)甲辰,克用等自光泰门入京师,黄巢力战不胜,焚宫室遁去。……杨复光遣使告捷,百官入贺。"《考异》引《耆旧传》:"中和三年,北路奏黄巢正月十日败走,收复长安城讫。三月,北路行营收城,将士并回戈。"

②"上将"句:鏖兵,激烈的战斗。庾信《哀江南赋》:"鏖兵金匮,校战玉堂。"欲旋,洪迈《万首唐人绝句》作"去旋"。

③"营中"二句:《史记·绛侯周勃世家》:汉文帝劳军,至周亚夫细柳军,"军士被甲,锐兵刃,彀弓弩,持满。天子先驱至,不得入。先驱曰:'天子且至。'军门都尉曰:'将军令曰:军中闻将军令,不闻天子之诏。'居无何,上至,又不得入。于是上乃使使持节诏将军:'吾欲入劳军。'亚夫乃传言开壁门。……既出军门,群臣皆惊。文帝曰:'嗟乎,此真将军矣!'"控弦,拉

弓,作战。《史记·匈奴列传》:"是时汉兵与项羽相距,中国罢于兵革,以故冒顿得自强,控弦之士三十余万。"

南邻公子

南邻公子夜归声,数炬银灯隔竹明。醉凭马鬃扶不起,更邀红袖出门迎①。

【题解】
此诗创作时地未详。诗作回忆江南冶游之乐。具体写贵家公子酗酒夜归,烂醉如泥的丑态和姬妾们对他的殷勤服侍,情态逼真如画。与作者《菩萨蛮》中"骑马倚斜桥,满楼红袖招"同一意境。

【注释】
①红袖:代指美女。王建《夜看扬州市》:"夜市千灯照碧云,高楼红袖客纷纷。"元稹《遭风》:"唤上驿亭还酩酊,两行红袖拂尊罍。"

忆小女银娘

睦州江上水门西①,荡桨扬帆各解携。今日天涯夜深坐,断肠偏忆阿银犁。②

【题解】
此诗盖作于大顺、景福年间游江西时。诗写对离别日久的女儿所流露出的痛断肝肠的思念之情。

【注释】
①睦州:治所在今浙江建德东。

②"今日"二句:深坐,久坐。李白《怨情》:"美人卷珠帘,深坐嚬蛾眉。"犁,犁牛之子的省语,喻劣父生出出色的儿女。《论语·雍也》:"犁牛之子骍且角。"谓杂色牛生出红毛而且两角周正的小牛。

女仆阿柱①

念尔辛勤岁已深②,乱离相失又相寻。他年待我门如市③,报尔千金与万金。

【题解】
此诗创作时地未详。

【注释】
①诗题中"阿柱",洪迈《万首唐人绝句》作"阿汪"。
②岁已深:年老。
③门如市:门庭若市,喻显贵。《史记·汲郑列传》:"下邽翟公有言,始翟公为廷尉,宾客阗门。"《战国策·齐策一》:"令初下,群臣进谏,门庭若市。"

河清县河亭①

由来多感莫凭高,尽日衷肠似有刀。人事任成陵与谷,大河东去自滔滔②。

【题解】
此诗创作时地未详。诗写登临远眺,感怀时世。首句的规劝,是采取了一种反向表达的手法,因"多感"而不忍"凭高",其内心本已郁积着万般沉重的愁苦。所以接以"竟日衷肠似有刀",更加直接地表露出诗人心如刀绞、肝肠寸断的痛楚。这不仅仅是对个人命运多舛的感伤,更多的是对于晚唐时代国运衰颓的无限忧患。后面两句,看似已经从先前的抑郁伤感中排解出来,站在自然永恒的高度,理解人事变幻的客观规律。其实也是一种似达而实郁的写法,即从黄河的滔滔东流一去不回中,越发痛感大唐江山的无可挽回。

【注释】
①诗题中"河清县",治所在今河南孟津。
②滔滔:大水奔流貌。《诗·齐风·载驱》:"汶水滔滔,行人儦儦。"

钟陵夜阑作①

钟陵风雪夜将深,坐对寒江独苦吟。流落天涯谁见问,少卿应识子卿心。②

【题解】
此诗盖作于大顺二年(891)冬。诗作将自己的避乱江南比拟为汉苏武的牧羊北海,表达对唐室的忠心。末句"少卿应识子卿心",应该是说给洪州官员听的,有求仕谋职的言外之意:李陵应该是最了解苏武的忠心的,那么,你们可了解我的一片忠心?又,"钟陵风雪夜将深,坐对寒江独苦吟"二句,可见唐末五代诗人因为长期漂泊在外,需要"苦吟"来排遣孤独。"苦吟"甚至已经成为了一种精神寄托,支撑起诗人的生命。

【注释】
①诗题中"钟陵",县名,治所在今江西南昌。夜阑,夜深,夜将尽。杜甫《羌村三首》其一:"夜阑更秉烛,相对如梦寐。"
②"流落"二句:谁见问,谁问。李朝威《柳毅传》:"贱妾不幸,今日见辱问于长者。"李陵与苏武,分别字少卿、子卿。《汉书·李广苏建传》:李陵与苏武曾同为侍中,交情素厚。苏武出使匈奴而被拘,次年,李陵与匈奴战而

败降。苏武被流放到北海牧羊,李陵奉命前往劝降。昭帝即位后数年,苏武得以归汉,李陵置酒饯行,洒泪诀别。

悼杨氏妓琴弦

魂归寥廓魄归烟①,只住人间十八年。昨日施僧裙带上,断肠犹系琵琶弦。

【题解】
此诗创作时地未详。诗作表达对杨氏妓早逝的深切哀悼之情。
此诗在《全唐诗》中重见于朱褒诗,唯"归烟""十八年"分别作"归泉""十五年"微异。洪迈《万首唐人绝句》注:"或作朱褒,非。"

【注释】
①寥廓:指天。《楚辞·远游》:"下峥嵘而无地兮,上寥廓而无天。"洪兴祖补注引颜师古曰:"寥廓,广远也。"

寄禅月大师①

新春新霁好晴和,间阔吾师鄙吝多②。不是为穷常见隔,只应嫌醉不相过③。云离谷口俱无著,日到天心各几何。万事不如棋一局,雨堂闲夜许来么。④

【题解】
此诗录自陈尚君《全唐诗续拾》卷五二(辑自贯休《禅月集》卷一九,题作《韦相公庄寄禅月大师》)。盖作于开平二年(908)春。诗作实话实说,通俗亲切。先向贯休解释,来蜀后为何老友相见偏少,是因为老来怕醉酒。

再说明自己位高,隐居无望。最后邀请贯休夜访。

贯休有和作《酬韦相公见寄》,亦是推心置腹之作,录以附读:

  盐梅金鼎美调和,诗寄空林问讯多。秦客弈棋抛已久,楞严禅髓更无过。万般如幻希先觉,一丈临山且奈何。(日到天心乃相公之日,老僧日去山乃一丈耳。)空讽平津好珠玉,不知更得及门么。

【注释】

①诗题中"禅月大师",即僧贯休。释赞宁《宋高僧传》卷三〇《梁成都府东禅院贯休传》:"释贯休,字德隐,俗姓姜,金华兰溪登高人也。……时王氏将图僭伪,邀四方贤士,得休甚喜,盛被礼遇,赐赍隆洽,署号禅月大师。……至梁乾化二年终于所居,春秋八十一。……韦庄尝赠诗曰:'岂是为穷常见隔,只应嫌醉不相过。'"

②"间阔"句:《世说新语·德行》:"周子居常云:'吾时月不见黄叔度,则鄙吝之心已复生矣。'"间阔,阔别。

③相过:互相往来。韩愈《长安交游者赠孟郊》:"亲朋相过时,亦各有以娱。"

④"万事"二句:孙光宪《北梦琐言》卷六载李远诗句:"人事三杯酒,流年一局棋。"

韦 曲①

满耳莺声满眼花,布衣藜杖是生涯。时人若要知名姓,韦曲西头第一家。

【题解】

此诗录自陈尚君《全唐诗续拾》卷五二(辑自骆天骧《类编长安志》卷九)。诗写韦曲胜境。

【注释】

①韦曲:在唐长安城南郊(今陕西长安县)。《类编长安志》卷九:"韦曲

在樊川,唐韦安石之别业,林泉花竹之胜境。"

句

不随妖艳开,独媚玄冥节①。

【题解】
此断句辑自叶廷珪《海录碎事》卷二二下"梅门"。
【注释】
①玄冥节:指冬季。玄冥,冬神。

谁知闲卧意,非病亦非眠。(《闲卧》)
手从雕扇落,头任漉巾偏①。(《闲卧》)

【题解】
此二断句辑自计有功《唐诗纪事》卷六八。贯休《和韦相见示闲卧》有"刻形求得相,事事未尝眠""静嫌山色远,病是酒杯偏"云云,凡二十韵。
【注释】
①漉巾:指漉酒巾。萧统《陶渊明传》:陶渊明嗜酒,"郡将尝候之,值其酿熟,取头上葛巾漉酒,漉毕,还复著之。"卢纶《无题》:"高歌犹爱思归引,醉语惟夸漉酒巾。"

韦庄词集

浣溪沙①

清晓妆成寒食天。柳球斜嫋间花钿②。卷帘直出画堂前③。　　指点牡丹初绽朵,日高犹自凭朱栏。④含嚬不语恨春残。

【题解】

此词纯是以景写情,写出了"美人迟暮"的相思怨别之情,委婉含蓄。这种"诗客曲子词",比起浅白的民间"曲子词",在表达上更为曲折而文雅。

【注释】

①浣溪沙:唐教坊曲名。张泌词有"露浓香泛小庭花"句,名《小庭花》。贺铸名《减字浣溪沙》。韩淲词有"芍药酴釄满院春"句,名《满院春》;有"东风拂栏露犹寒"句,名《东风寒》;有"一曲西风醉木犀"句,名《醉木犀》;有"霜后黄花菊自开"句(应作"霜后黄花尚自开"),名《霜菊黄》;有"广寒曾折最高枝"句,名《广寒枝》;有"春风初试薄罗衫"句(应作"春衫初试薄香罗"),名《试香罗》;有"清和风里绿荫初"句,名《清和风》;有"一番春事怨啼鹃"句,名《怨啼鹃》。

②"柳球"句:柳球,即柳圈。旧俗,清明节戴柳圈发饰以去毒避邪。段成式《酉阳杂俎》卷一:"三月三日,赐侍臣细柳圈,言带之免虿毒。"张炎《庆春宫》(波荡兰舫)序云:"都下寒食,游人甚盛,水边花外,多丽环集,各以柳圈祓禊而去,亦京洛旧事也。"间,夹杂。花钿,即花钗。《旧唐书·舆服志》:"内外命妇服花钗。(施两博鬓,宝钿饰也。)"

③画堂:本指宫殿中画饰之堂,后泛指装饰华丽的堂室。《汉书·成帝纪》:"孝成皇帝,元帝太子也。母曰王皇后,元帝在太子宫生甲观画堂。"应劭注:"画堂,画九子母也。"颜师古注:"画堂,但画饰耳,岂必九子母乎?霍光止画室中,是则宫殿中通有彩画之堂室。"

④"指点"二句:指点,以手指或其他物点示。李白《相逢行》:"金鞭遥

指点,玉勒近迟回。"犹自,《金奁集》作"独自"。

浣溪沙

欲上秋千四体慵。拟交人送又心忪①。画堂帘幕月明风。　　此夜有情谁不极,隔墙梨雪又玲珑。②玉容憔悴惹微红。

【题解】

此词写女子的残春伤感。先言欲荡秋千,自觉荡之无力;拟教人送,又恐送之太高,故心怦怦不定。再谓如此好天良夜,有情者谁不极其情耶?况梨花似雪,春又残矣。玉人感伤憔悴,故红潮上面也。值得注意的是,这里写的是一个在画堂前欲荡秋千却无力的女子,因为地点的变化,才会出现"隔墙梨雪又玲珑"的景象,也使得全篇所表现的,自然就有别于惯常闺帏之内独隔残灯的幽闭绮思。

【注释】

①忪(zhōng):惶恐。李贺《恼公》:"犀株防胆怯,银液镇心忪。"
②"此夜"二句:极,急迫。《淮南子·精神训》:"随其天资而安之,不极。"高诱注:"资,时也,一曰性也;极,急也。喻道人不急求生也。"梨雪,即梨花。玲珑,空明貌。

浣溪沙

惆怅梦余山月斜①。孤灯照壁背窗纱②。小楼高阁谢娘家。　　暗想玉容何所似,一枝春雪冻梅花③。满身香雾簇朝霞④。

【题解】

此词以想象之笔描写一位从未谋面的佳人的形象。上片交代背景,主要是以月光斜照中的"小楼高阁"以及透过窗纱的一缕灯光,渲染其居处的孤寒和高渺,设置了足以烘托人物的典型环境。下片以"暗想"逗起,以下两句,便是想象中的"玉容"。其妙处在于避实就虚,不作正面描绘,只以各种美好的形象组织比拟。上一句清迥,下一句豪艳,相反相成,写出香艳绝丽、光彩照人,而又冰清玉洁的梦中佳人的风韵。"小楼高阁"的可望而不可即,造就了这位理想美人的幻像。当然,其中也有可能寄托着词人的某种理想境界。

【注释】

①山月:明万历八年茅氏凌霞山房刊本(简称茅本)、明万历三十年玄览斋刊巾箱本(简称玄本)、明万历四十八年刊汤显祖评朱墨本(简称汤本)、明雪艳亭活字印本(简称雪本)《花间集》,胡鸣盛《韦庄词注》作"三月"。

②"孤灯"句:窗纱,宋淳熙鄂州刊公文册纸本(简称鄂本)、明毛氏汲古阁刊本(简称毛本)《花间集》、温庭筠《金荃集》作"红纱"。江总《和张记室源伤往》:"空帐临窗掩,孤灯向壁然。"

③梅花:王国维辑《唐五代二十一家词》本(简称王辑本)《浣花词》作"梨花"。

④香雾:杜甫《月夜》:"香雾云鬟湿,清辉玉臂寒。"

【辑评】

明汤显祖评《花间集》卷一:以"暗想"句问起,越见下二句形容快绝。

明沈际飞评正《草堂诗余别集》卷一:为花锡宠。又,美人洵花真身,花洵美人小影。

李冰若《栩庄漫记》:"梨花一枝春带雨""一枝春雪冻梅花",皆善于拟人,妙于形容,视滴粉搓酥以为美者,何啻仙凡。

唐圭璋《词学论丛·温韦词之比较》:端己写人,不似飞卿就人一一刻画,而只是为约略写出一美人丰姿绰约之状态,如《浣溪沙》云:"暗想玉容何所似,一枝春雪冻梅花。满身香雾簇朝霞。"

浣溪沙

绿树藏莺莺正啼①。柳丝斜拂白铜堤②。弄珠江上草萋萋③。　日暮饮归何处客④,绣鞍骢马一声嘶。满身兰麝醉如泥。

【题解】

此词上片看似纯写景,绿树藏鸦,柳丝拂堤,黄莺歌唱,芳草繁茂,色彩鲜明,充满生意。不过,从柳丝拂堤、芳草萋萋来看,似隐有别情。下片转入写人。"日暮饮归何处客"句笔势凌厉,"绣鞍骢马一声嘶"句先声夺人,接着才出现人物:"满身兰麝醉如泥"。妙笔点睛,联系上句来看,似乎是一位贵族青年;联系上片来看,词作应系冶游题材。

【注释】

①"绿树"句:王涯《闺人赠远五首》其四:"啼莺绿树深,语燕雕梁晚。"

②白铜堤:天津图书馆藏明吴讷辑《唐宋名贤百家词》钞本(简称吴本)《花间集》《金奁集》作"白铜鞮"。《隋书·音乐志》:"初(梁)武帝之在雍镇,有童谣云:'襄阳白铜蹄,反缚扬州儿。'识者言,白铜蹄谓马也。白,金色也。及义师之兴,实以铁骑,扬州之士,皆面缚,果如谣言。故即位之后,更造新声,帝自为之词三曲。"唐人多作"白铜鞮"或"白铜堤",以指襄阳行乐之地。孟郊《献襄阳于大夫》:"襄阳青山郭,汉江白铜堤。"

③"弄珠"句:张衡《南都赋》:"耕父扬光于清泠之渊,游女弄珠于汉皋之曲。"李善注引《韩诗外传》:"郑交甫将南适楚,遵彼汉皋台下,乃遇二女,佩两珠,大如荆鸡之卵。"张子容《春江花月夜二首》其二:"初逢花上月,言是弄珠时。"李白《岘山怀古》:"弄珠见游女,醉酒怀山公。"

④饮归:《金奁集》作"欲归"。

浣溪沙

夜夜相思更漏残。伤心明月凭栏干。想君思我锦衾寒。① 咫尺画堂深似海,忆来唯把旧书看。几时携手入长安②。

【题解】

此词为怀人之作。发端写夜夜相思,更残漏尽。"夜夜",时间久长,而相思无尽。"伤心"者,独自凭栏,人各一方,无以通音信。"想君思我锦衾寒",把相思之意,透过一层来写,不仅想君思君,而且揣度君心应似吾心。不言己思君锦衾寒,而言君思我锦衾寒,由己而推人,代人念己;不提及己念人之幽单,转念人思己之凄苦。这种从对方着笔的写法,倍见关切和怜惜,流露出殷殷的情意。下片承上,写人亦写己。在己,画堂不过咫尺;在对方,则侯门深似海,相见无因。咫尺堂与深似海的悬殊对比,诉尽相见遥遥无期的叹惋。"忆来唯把旧书看",也是两面写照:无金钗可擘、钿盒可分,只有旧书;而之所以只有旧书,是因为没有新的书信,其原因在"咫尺画堂深似海"。韦词似达实郁的风格由此可见。末句问人也问己:"几时携手入长安?"看似淡淡言之,然寻常心愿却绝无实现的可能,令原本美好的想望变得倍增凄楚。

此词虽未必是因王建夺宠姬所作,但其语与崔郊《赠去婢》"侯门一入深如海,从此萧郎是路人"的凄楚之感相近,所念所怀者,若非宠姬,亦必是与韦庄相爱相知甚深之人。

【注释】

①"伤心"二句:凭,雪本《花间集》作"依",《金奁集》作"傍"。白居易《寄湘灵》:"遥知别后西楼上,应凭栏干独自愁。"

②携手入长安:李白《赠崔侍御》:"长安复携手,再顾重千金。"

【辑评】

明汤显祖评《花间集》卷一:"想君""忆来"二句,皆意中意、言外言也。水中着盐,甘苦自知。

清陈廷焯《词则·大雅集》卷一:从对面设想,便深厚。

清况周颐《餐樱庑词话》:韦端己《浣溪沙》云:"咫尺画堂深似海,忆来惟把旧书看。"《谒金门》云:"新睡觉来无力,不忍把君书迹。"一意化两,皆佳妙。

刘毓盘《唐五代词钞小笺》:按此亦为姬作也,末致思归之意,与《菩萨蛮》"洛阳城里春光好"一阕同意。

俞陛云《唐五代两宋词选释》:端己相蜀后,爱妾生离,故乡难返,所作词本此两意为多。此词冀其"携手入长安",则两意兼有。端己哀感诸作,传播蜀宫,姬见之益恸,不食而卒。惜未见端己悼逝之篇也。

李冰若《花间集评注》卷二引郑文焯语:善为淡语,气古使然。又,《栩庄漫记》:"想君思我锦衾寒"句,由己推人,代人念己,语弥淡而情弥深矣。

俞平伯《唐宋词选释》:"想君思我锦衾寒",一句叠用两个动词,代对方想到自己,透过一层,曲而能达,句法亦新。"咫尺画堂深似海",仍是室迩人远、咫尺天涯意。下三句说出本事。人不必远,必阻隔而堂深;其所以阻隔却未说破。"携手入长安"者,盖旧约也,今惟有把书重看耳,几时得实现耶?宋周邦彦《浣溪沙》:"不为萧娘旧约寒,何因容易别长安。"殆即由此变化,而句意较明白,可作为解释读。

吴世昌《词林新话》卷二:若庄有姬为王建所夺一事果真,则此首必为忆姬之作,"咫尺画堂深似海",便是最好说明。且此句在其它任何情形之下,皆用不上。因姬被夺故悔恨欲返长安,其留蜀当为等候机会,犹望能与之团圆也。

唐圭璋《唐宋词简释》:此首怀人。上片,从对面着想,甚似老杜"今夜鄜州月"一首作法。下片,言己之忆人,一句一层。"咫尺"句,言人去不返;"忆来"句,言相忆之深;"几时"句,叹相见之难,亦"何时倚虚幌,双照泪痕干"之意。又,《词学论丛·唐宋两代蜀词》:其余之作,大抵景真情真,一往清俊。《浣溪沙》云云。从己之忆人,推到人之忆己,又从相忆之深,推到相见之难。文字全用赋体白描,不着粉泽,而沉哀入骨,宛转动人。南唐二主之尚赋体,当受韦氏之影响。

菩萨蛮①

红楼别夜堪惆怅②。香灯半卷流苏帐③。残月出门时。美人和泪辞④。　　琵琶金翠羽⑤。弦上黄莺语⑥。劝我早归家。绿窗人似花。

【题解】

《花间集》共收韦庄《菩萨蛮》五首,次第有序,叙述作者奉使入蜀、被迫留蜀、悲怀往事、缱绻故土之感。此为首章,以倒叙笔法,忆当年奉使之日离别家人时的情景。上片围绕别夜,写与心上人的离别。灯影绰绰,流苏轻拂,记忆中隐约朦胧、富有动感的画面,烘托了离人的怅惘低迷、心悲神伤,映衬出不忍离别、眷念难舍的满腹惆怅。再写拂晓时分,残月之下、晨风之中,美人泣泪相送,真令人百感凄侧。下片以眼前的宴会逆溯当日夜宴时的饯行,继写美人。美人取出金捍拨,轻拢慢捻,转弦取调,声如贯珠累累,流丽如莺语啭啾。离人从弦声中,听出了美人的殷殷劝慰。

此词在倒叙中又用插叙,蜀地夜宴,熟悉的琵琶声触动了词人的一番相思之情。眷怀故土,却不直言。以弦上黄莺语,来劝我早归家,想象奇特,情却深至。人至今尚未归家,遑言更早!念绿窗下的如花之人,辜负其情,诚何以堪!回忆令人凄恻,而眼前自问的归程,依然遥遥无期,伊郁之悲,萦绕不去。

【注释】

①菩萨蛮:唐教坊曲名。《宋史·乐志》:女弟子舞队名。《尊前集》注中吕宫。《宋史·乐志》亦中吕宫。朱权《太和正音谱》注正宫。苏鹗《杜阳杂编》云:大中初,女蛮国入贡,危髻金冠,缨络被体,号菩萨蛮队。当时倡优遂制《菩萨蛮》曲,文士亦往往声其词。孙光宪《北梦琐言》云:唐宣宗爱

唱《菩萨蛮》词，令狐绹命温庭筠新撰进之。王灼《碧鸡漫志》云：今《花间集》温词十四首是也。按，温庭筠词有"小山重叠金明灭"句，名《重叠金》。李煜词名《子夜歌》，一名《菩萨鬘》。韩淲词有"新声休写花间意"句，名《花间意》；又有"风前觅得梅花句"，名《梅花句》；有"山城望断花溪碧"句，名《花溪碧》；有"晚云烘日南枝北"句，名《晚云烘日》。

②红楼：富家闺阁。雪本《花间集》作"江楼"。

③半卷：雪本《花间集》作"半掩"。

④"美人"句：曹邺《姑苏台》："美人和泪去，半夜闻门开。"

⑤"琵琶"句：李昉等《太平御览》卷五八三引《明皇杂录》：天宝中，"有中官白秀贞自蜀使回，得琵琶以献。其槽以逻迤檀为之，温润如玉，光辉可鉴，有金缕红文蹙成双凤。贵妃每抱是琵琶奏于梨园，音韵凄清，飘如云外。"

⑥"弦上"句：王仁裕《荆南席上咏胡琴妓二首》其一："寒敲白玉声偏婉，暖逼黄莺语自娇。"

【辑评】

明汤显祖评《花间集》卷一：词本《菩萨蛮》，而语近《江南弄》《梦江南》等，亦作者之变风也。

明周珽《删补唐诗选脉笺释会通评林》卷六〇：《菩萨蛮》一词倡自青莲，嗣后温飞卿辈辄多佳句，然高艳涵养有情，觉端己此首大饶奇想。

清许昂霄《词综偶评》：语意自然，无刻画之痕。

清张惠言《词选》卷一：此词盖留蜀后寄意之作。一章言奉使之志本欲速归。

清谭献评《词辨》卷一：亦填词中《古诗十九首》，即以读《十九首》心眼读之。

清陈廷焯《云韶集》卷一：情词凄绝，柳耆卿之祖。婉约。又，《词则·大雅集》卷一：深情苦调，意婉词直，屈子《九章》之遗。词至端己，语渐疏，情意却深厚，虽不及飞卿之沉郁，亦古今绝构也。

清张德瀛《词征》卷一：词有与《风》诗意义相近者。自唐迄宋，前人巨制，多寓微旨。……韦端己"红楼别夜"，匪《风》怨也？

俞平伯《读词偶得》：韦氏此词凡五首，实一篇之五节耳。（评"红楼别夜堪惆怅"一首）此言离别之始也，……"美人"句从对面说出，若说我辞美人则径直矣。下片述其初心。"早归"二字一章主脑。"绿窗人似花"，早归固人情也，说得极其自然。"琵琶"二句取以加重色彩，金翠羽者，其饰也；黄莺语者，其声也。……此词殊妥贴，闲闲说出，正合开篇光景，其平淡处皆妙境也。王静安《人间词话》，扬后主而抑温韦，与周介存异趣。两家之说各有见地，只王氏所谓"画屏金鹧鸪，飞卿语也，其词品似之；弦上黄莺语，端己语也，其词品似之"，颇不足以使人心折。鹧鸪、黄莺，固足以尽温、韦哉？转不如周氏"严妆淡妆"之喻。犹为妙譬也。

唐圭璋《唐宋词简释》：此首追忆当年离别之词。起言别夜之情景，次言天明之分别。换头承上，写美人琵琶之妙。末两句，记美人别时言语。前事历历，思之惨痛，而欲归之心，亦愈迫切。韦词清秀绝伦，与温词之浓艳者不同，然各极其妙。

吴世昌《词林新话》卷二："残月"，天将晓也。"和泪辞"，犹未别也。不便口说，以音乐劝我早归，所谓"弦上黄莺语"也。上曰"红楼"，与下"绿窗"相对比。或谓"美人和泪辞"可有二解：一乃美人和泪与我相辞，垂泪者乃是美人，一乃我与美人和泪而辞，则垂泪者乃是行人。此解殊不懂文法，"美人和泪辞"，"美人"乃"和泪"之主语，岂可改为"行人"？

菩萨蛮

人人尽说江南好①。游人只合江南老。春水碧于天②。画船听雨眠。　　垆边人似月。皓腕凝双雪。③未老莫还乡。还乡须断肠④。

【题解】

此首又见冯延巳《阳春集》，歇拍云："此去几时还。绿窗离别难。"《尊前集》又作李白词，词云："游人尽道江南好。游人只合江南老。未老莫还乡。还乡空断肠。　　绣屏金屈曲。醉人花丛宿。春水碧于天。画船听雨眠。"显系误收，不可据信。

此词是韦庄《菩萨蛮》组词的第二首，以白描手法写出游子所见所思。不过，其中可能也寓有沦落失意的苦闷，所以，陈廷焯评为"似直而纡，似达而郁"（《白雨斋词话》卷一）。吴世昌对此词创作时地的判断，可备一说："此词正作于八八三年至江南周宝幕府后，此时关中吴及中原均有战事，江南平静，故云'人人尽说江南好，游人只合江南老'云云。其时长安尚为黄巢所占，故曰'还乡须断肠'也。"（《词林新话》卷二）

【注释】

①尽说：冯延巳《阳春集》《金荃集》作"说尽"。

②碧于天：《韦庄词注》、夏承焘、刘金城《韦庄词校注》作"碧如天"。

③"垆边"二句：皓腕，《阳春集》作"皎腕"。双雪，《阳春集》《金荃集》、黄昇《唐宋诸贤绝妙词选》卷一作"霜雪"。《史记·司马相如传》："相如与（卓文君）俱之临邛，尽卖其车骑，买一酒舍酤酒，而令文君当垆。"《西京杂记》卷二："文君姣好，眉色如望远山，脸际常若芙蓉，肌肤柔滑如脂。"

④"未老"二句：《阳春集》作"此去几时还。绿窗离别难"。须断肠，必断肠。

【辑评】

清许昂霄《词综偶评》：或云江南好处如斯而已耶？然此景此情，生长雍、冀者实未曾梦见也。

清张惠言《词选》卷一：此章述蜀人劝留之辞，即下章云"满楼红袖招"也。江南即指蜀，中原沸乱，故曰"还乡须断肠"。

清谭献评《词辨》卷一：强颜作愉快语，怕肠断，肠亦断矣。

清陈廷焯《云韶集》卷一：一幅春水画图。意中是乡思，笔下却说江南风景好，真是泪溢中肠，无人省得。结言风尘辛苦，不到暮年，不得回乡，预知他日还乡必断肠也，与第二语口气合。又，《词则·大雅集》卷一：讳蜀为江南，是其良心不泯处。端己人品未为高，然其情亦可哀矣。

俞平伯《读词偶得》：韦氏此词隐寓其生平。《词学季刊》一卷四号有夏承焘《韦端己年谱》，罗列行谊甚详，以为"人人尽说江南好"，"如今却忆江南乐"诸首,中和三年客江南后作,"洛阳城里春光好"一首,客洛阳作,与旧说异。皋文当时似疏于考证韦氏之生平,而夏君之说亦有可商处,如"洛阳城里春光好"下句为"洛阳才子他乡老",其非在洛阳作甚明,若曰"长安才子洛阳老",始是客洛时之口吻也。夏君又曰:"时端己已五十余岁,亦称年少,(《黄藤山下闻猿》)盖词章泛语不可为考据。"是则弘通之论也。惟似与前说违异,今亦不得详辨。据夏《谱》,端己客江南已逾中年,其入蜀已在暮年,而诗词中辄曰"年少",固不必拘泥,所谓"不以文害辞,不以辞害志"也。盖生活者,不过平凡之境,文章者,必须美妙之情也。以如彼美妙之文章,述如此平凡之生活,其间不得不有相当之距离者,势也。遇此等空白,欲以考证填之,事属甚难。此是一般的情形,又不独诗词然耳。如皋文说此词,谓"江南即指蜀",良亦未必,但固不妨移用。彼虽曾客洛阳,而词中洛阳则明明非洛阳而是长安,端己固京兆杜陵人也,《秦妇吟》秀才"固一长安才子也。洛阳既可代长安,则江南缘何不可代蜀耶?——虽不能证实。故仅就词中之字面,有时不足断定著作之先后也。又,此作清丽婉畅,真天生好言语,为人人所共见。就章法论,亦另有其胜场也。起首一句已扼题旨,下边的"江南好",都是从他人口中说出,而游人可以终老于此,自己却一言不发。"春水"两句,景之芊丽也;"垆边"两句,人之姝妙也。"垆边"更暗用卓文君事,所谓本地风光,"皓腕"一句,其描写殆本之《西京杂记》及《美人赋》。"绿窗人似花""垆边人似月",何处无佳丽乎,遥遥相对,真好看煞人也。如此说来,原情酌理,游人只合老于江南,千真万确矣。但自己却偏说"未老莫还乡",然则老则仍须还乡欤? 忽然把他人所说的一笔抹杀了。思乡之切透过一层,而作者之意犹若不足,更足之曰"还乡须断肠"。原来这个"莫还乡"是有条件的,其意若曰:因为"须断肠",所以未老则不会还乡;若没有此项情形,则何必待老而始还乡乎。岂非又把上文夸说江南之美尽情涂抹乎? 古人用笔,每有透过数层处,此类是也。

唐圭璋《唐宋词简释》:此首写江南之佳丽,但有思归之意。起两句,自为呼应。人人既尽说江南之好,劝我久住,我亦可以老于此间也。"只合"二字,无限凄怆,意谓天下丧乱,游人飘泊,虽有乡不得还,虽有家不得归,惟有羁滞江南,以待终老。"春水"两句,极写江南景色之丽。"垆边"两句,极写江南人物之美。皆从一己之经历,证明江南果然是好也。"未老"句陡转,谓江南纵好,我仍思还乡,但今日若还乡,目击离乱,只令人断肠,故惟有暂不还乡,以待时定。情意宛转,哀伤之至。

吴世昌《词林新话》卷二:此词正作于八八三年至江南周宝幕府后,此时关中及中原均有战事,江南平静,故云:"人人尽说江南好,游人只合江南老。"其时长安(即韦之家乡)尚为黄巢所占,故曰"还乡须断肠"也。《词选注》:"人人"一首,"述蜀人劝留之辞",又云"江南,即指蜀"。全是臆想。又,顾宪融《词论》评端己词一段了无新意,只抄袭周止庵、张皋文、陈廷焯诸家之说。全不知张、陈二说以为其《菩萨蛮》作于蜀中,根本错误。且韦奉使入蜀,非避乱入蜀,其避乱在江南。既不弄清史实,一味人云亦云,不知有何必要写此一段!

菩萨蛮

如今却忆江南乐①。当时年少春衫薄。骑马倚斜桥。满楼红袖招。　　翠屏金屈曲②。醉入花丛宿③。此度见花枝。白头誓不归。

【题解】

此词是韦庄《菩萨蛮》组词的第三首,通过追忆昔日羁旅江南乐事,反衬今日白头漂泊、境况堪嗟的悲哀。起句"江南乐"承前首"江南好"而来。前首概括言及江南丽景佳人之让人倾心,以客观描绘为主,此首纯是敷衍个人经历。"忆"字统摄全篇,年少薄衫、骑马倚桥、红袖相招、翠屏相映、醉入花丛等,都由其一一展现,可见词人当年放浪不羁生活之一斑。末二句折回现实,却也是假想之辞,意谓假如时光倒流,回复到以前的生活,则纵至白头也不思归去。语虽决绝,其情却至为可哀,盖其间或有对当初轻别江南的悔意,也寓有留蜀之苦之意。此种决绝凄楚的顿挫笔法,不愧为唐五代词中的朴拙之笔。

【注释】

①江南:汤本《花间集》作"西湖"。

②金屈曲:盖指一种可曲折伸缩的屏风。徐坚等《初学记》卷二引陆翙《邺中记》:"石季龙作金钿屈膝屏风,衣以白缣,画义士、仙人、禽兽。"陶宗仪《辍耕录》卷七:"今人家窗户设铰具,或铁或铜,名曰环纽,即古金铺之遗意,北方谓之屈戌。其称甚古,梁简文诗'织成屏风金屈戌'、李商隐诗'锁香金屈戌'、李贺诗'屈膝铜篱锁阿甄','屈膝'当是屈戌。"案:所引诗句,分见梁简文帝《乌栖曲》、李商隐《魏侯第东北楼堂郢叔言别聊用书所见成篇》、李贺《宫娃歌》。

③花丛:指青楼。

【辑评】

清张惠言《词选》卷一:上云"未老莫还乡",犹冀老而还乡也。其后朱温篡成,中原愈乱,遂决劝进之志,故曰:"如今却忆江南乐。"又曰:"白头誓不归。"则此词之作,其在相蜀时乎。

清谭献评《词辨》卷一:(评"如今却忆江南乐")半面语。(评"此度见花枝"二句)意不尽而语尽。"却忆""此度"四字,度人金针。

清陈廷焯《云韶集》卷一:风流自赏,决绝语正是凄楚语。

李冰若《栩庄漫记》:端己此二首自是佳词,其妙处如芙蓉出水,自然秀艳。按韦曾二度至江南,此或在中和时作,与入蜀后无关。张氏《词选》好为附会,其言不足据也。

俞平伯《读词偶得》:张氏之言似病拘泥穿凿,惟大旨不误。起句即承上文而来,当年之乐当年不自知,如今回忆,江南正有乐处也。上章"江南好",好是人家说的;此章"江南乐",乐是自己说的,故并不犯复。乐处何在?偏重于人的方面,更偏重人家对他的恩情——知遇之感。此章与下章皆从此点发挥,说出自己终老他乡之缘由,而早归之夙愿至此真不可酬矣。下片说出一种决心,有咬牙切齿、勉强挣扎之苦。……"此度"两句,一章之主意。谭献曰:"意不尽而语尽。"此评极精。把话说得斩钉截铁,似无余味,而意却深长,愈坚决则愈缠绵,愈忍心则愈温厚,合下文观,此旨极明晰。若当时只作此一章,结尾殆不会如此,善读者必审之也。

唐圭璋《唐宋词简释》：此首陈不归之意。语虽决绝，而意实伤痛。起言"江南乐"，承前首"江南好"。以下皆申言江南之乐。春衫纵马，红袖相招，花丛醉宿，翠屏相映，皆江南乐事也。而红袖之盛意殷勤，尤可恋可感。"此度"与"如今"相应。词言江南之乐，则家乡之苦可知。兵干满眼，乱无已时，故不如永住江南，即老亦不归也。

吴世昌《词林新话》卷二：庄至江南依周宝幕府已四十八岁，已非年少，则"当时年少"当指其年轻时曾游江南，此为第二次去。或庄在江南原有亲故，故黄巢时再去。末二句正说明此词在第二次赴江南途中作。《词选》注"则此词之作，其在相蜀时乎"云云，信口胡说。

菩萨蛮

劝君今夜须沉醉。尊前莫话明朝事。①珍重主人心②。酒深情亦深。　　须愁春漏短。莫诉金杯满③。遇酒且呵呵。人生能几何。④

【题解】

此词借他人之酒杯浇一己之块垒，两用"须""莫"二字，表现纵酒之乐；在故作旷达和浸透空虚之感的"呵呵"中，表露出强颜欢笑的沉痛心绪。颓放之行，折射出乱世的悲哀，适如李冰若《栩庄漫记》所论：五代十国，乱靡有定，割据一方之主，尚才振拔有为者，其学士大臣亦复流连光景，极意闺帏，故《花间集》中不少颓废自放之词。

【注释】

①"劝君"二句：今夜，《韦庄词注》作"日夜"。杜甫《绝句漫兴九首》其四："莫思身外无穷事，且尽生前有限杯。"

②珍重：珍爱。屈原《远游》王逸序："是以君子珍重其志，而玮其辞焉。"

③莫诉：莫辞之意，雪本《花间集》作"莫压"。曾昭岷等《全唐五代词》

疑是"厌"字之误。王衍《醉妆词》："那边走,者边走。莫厌金杯酒。"

④"遇酒"二句:能几何,王辑本《浣花词》作"得几何"。曹操《短歌行》："对酒当歌,人生几何。"

【辑评】

明汤显祖评《花间集》卷一:一起一结,直写旷达之思,与郭璞《仙游》、阮籍《咏怀》将无同调。

李冰若《栩庄漫记》:端己身经离乱,富于感伤,此词意实沉痛。谓近阮公《咏怀》,庶几近之,但非旷达语也。其源盖出于《唐风·蟋蟀》之什。

俞平伯《读词偶得》:上三章由早归而说到不早归,更说到誓不归,可谓一步逼紧一步,有水穷山尽之势。此章忽然宽泛,与上文似不称,故自来选家每删此使上下紧接,完成章法。平心论之,此等见解亦非全无是处,但削趾适履,终嫌颠倒,窃谓不必。况依结构言,此章亦有可存之价值乎。"醉"字即从上章"醉入花丛宿"来。此章醉后口气,故通脱而不凝炼,与前后异趣。端己在蜀功名显达,特眷怀故国,不能自已耳。此章写得恰好,自己之无聊与他人对己之恩遇,俱曲曲传神。"珍重"二句,以风流蕴藉之笔调,写沉郁潦倒之心情,宁非绝妙好词,岂有删却之必要哉。人之待我既如此其厚,即欲不强颜欢笑,亦不可得矣。上章未尽之意,俱于此章尽之,久留西川之故,至此大明。总之中原离乱,欲归则事势有所不能;西蜀遇我厚,欲归则情理有所不许;所以说到这里,方才真正到水穷山尽地位,转出结尾的本旨来。就章法言,又岂可删哉。"人生能几何"句,有将"年少""白头"……种种字样一笔钩却气象。

吴世昌《词林新语》卷二:此首似在席上为歌女代作劝酒词。唱者为歌女,"君"指客。歌女为主人劝客酒,故曰:"珍重主人心,酒深情亦深。"是劝客饮,故曰:"莫诉金杯满。"……按词客为歌女作词,小山言之至详,柳永亦为歌女作词。此风实起于晚唐,《花间》《尊前》,皆其例也。叶嘉莹评此章"遇酒且呵呵"中"呵呵"二字一段,所论极是。

菩萨蛮

洛阳城里春光好。洛阳才子他乡老①。柳暗魏王堤。此时心转迷。② 桃花春水渌③。水上鸳鸯浴。凝恨对残晖。忆君君不知。④

【题解】

此词抒发怀乡望阙之思,或作于寓居洛中时。起二句用语浅白,但一扬一抑,起伏有致。"柳暗魏王堤",笔法转低沉。天色渐晚,久久伫立在深绿转暗的树荫下思念故人,心境渐渐变得凄迷和怅惘。下片描写魏王池的怡人春景。春来花开,洛水渐涨,魏王池中春水满溢,绿波荡漾,水面上鸳鸯双双、游水嬉戏。凝望夕阳斜晖下的粼粼水面,忆君如流水,可谓沉郁而悲。全篇虽写洛阳春光,但柳色已暗、春晖渐残,只剩凄迷之景,尤其是以"水上鸳鸯浴"起残晖之恨,可作闺怨词读,亦未尝无忧心忡忡的家国之慨。

【注释】

①洛阳才子:此盖自比洛阳才子贾谊。案,曹丽芳《韦庄研究》认为,词中"洛阳才子"应指杜甫,而此词作于天复二年(902)在成都浣花溪畔寻得杜甫草堂旧址并结茅而居之后的某个春天。

②"柳暗"二句:"柳暗"句,雪本《花间集》作"垂柳拂长堤"。柳宗元《柳州二月榕叶落尽偶题》:"宦情羁思共凄凄,春半如秋意转迷。"

③"桃花"句:春水渌(lù),王辑本《浣花词》、吴本《花间集》《唐宋诸贤绝妙词选》卷一作"春水绿"。《礼记·月令》:"仲春之月,……始雨水,桃始华。"渌,清澈。

④"凝恨"二句:残晖,王辑本《浣花词》作"斜晖"。君不知,《金奁集》作"君不归"。

【辑评】

清张惠言《词选》卷一:此章致思唐之意。

清谭献评《词辨》:(评"洛阳才子他乡老"句)至此揭出。项庄舞剑,怨而不怒义。

清陈廷焯《白雨斋词话》卷一〇:韦端己《菩萨蛮》四章,辛稼轩《水调歌头》《鹧鸪天》等阕,间有朴实处,而伊郁即寓其中。浅率粗鄙者,不得藉口。

俞陛云《唐五代两宋词选释》:端己奉使入蜀,蜀王羁留之,重其才,举以为相,欲归不得,不胜恋阙之思。此《菩萨蛮》词四章,乃隐寓留蜀之感。首章言奉使之日,像友赠行,家人泣别,出门惘惘,预订归期。次章"江南好"指蜀中而言,皓腕相招,喻蜀王縻以好爵;还乡断肠,言中原板荡,阻其归路。"未老莫还乡"句犹冀老年归去。而三章言"白头誓不归"者,以朱温篡位,朝市都非,遂决意居蜀,应楼中红袖之招。见花枝而一醉,喻留相蜀王,但身不能归,而怀乡望阙之情,安能愸置?故四章致其乡国之思。洛地风景,为唐初以来都城胜处,魏堤柳色,回首依依。结句言"忆君君不知"者,言君门万重,不知羁臣恋主之忱也。

李冰若《栩庄漫记》:此首以词意按之,似是客洛阳时作,与前诸首无可联系处,亦无从推断为入蜀暮年之词也。

俞平伯《读词偶得》:张(惠言):"此章致思唐之意。"谭(献)于"洛阳才子"句旁批曰:"至此揭出。"按,二家之说均是。……其实端己此词,表面上看是故乡之思,骨子里说是故国之思。……更进一步说,不仅有故国之思也,且兼有兴亡治乱之感焉。故此词五章,重叠回环,大有"言之不足故长言之"之概。上边四章,一、二为一转折,三、四为一转折,全为此章而发。此章全用中锋,无一旁敲侧击之笔。夫洛阳城里之春光何尝不好,只是才子老于他乡耳。"柳暗"句承首句而来……此句想象之景,下接曰:"此时心转迷。""迷"字下得固妙,"转"字衬托亦非常得力。综观全作,首章之早归,二章之待老而归,既为事实所不许,三、四两章之泥醉寻欢,立誓老死异乡矣,而一念之来,转生迷惘,无奈之情一至于此。情致固厚,笔力又实在能够宛转洞达,称为名作,洵非偶然。下片是眼前光景,"春水"直呼应二章之"春水碧于天",用鸳鸯点缀,在无意间。江南好,洛阳未始不好,洛阳好而江南也未始不好,迷之谓也,不但心迷,眼亦迷矣。结尾两句,无限低徊,谭评"怨而不怒",已得诗人之旨。此等境界,妙在丰神,妙在口角,一涉言诠便不甚好。……又按:用"魏王堤",更有一种暗示。王粲《七哀》曰:"南登霸陵岸,回首望长安。"说者以为出于《三百篇》之"念彼周京"(《诗•下泉》);而杜牧之"乐游原上望昭陵",说者又以为出于粲。端己长安才子,设想洛阳偏提起贞观往事来,殆亦此意耳。尺寸以求固可不必,惟古人诗词往往包孕弘深,又托之故实,触类引申,读者宜自得之。

唐圭璋《唐宋词简释》:此首忆洛阳之词。身在江南,还乡固不能,即洛阳亦不得去,回忆洛阳之乐,不禁心迷矣。起两句,述人在他乡,回忆洛阳春光之好。"柳暗"句,设想此际洛阳魏王堤上之繁盛。"桃花"两句,又说到眼前景色,使人心恻。末句,对景怀人,朴厚沉郁。

归国遥[①]

春欲暮。满地落花红带雨[②]。惆怅玉笼鹦鹉[③]。单栖无伴侣[④]。　　南望去程何许。问花花不语。早晚得同归去。恨无双翠羽。

【题解】

此词抒写欲归不得的苦闷心情。上片触景伤怀,以"玉笼鹦鹉"拟写"单栖"之惆怅。下片情绪更形悲抑。南望归国路遥,无人可问而问花,无聊惆怅之情更进一层。结二句虽出语决绝,但现实并无可能,所以只留下"恨"无翠羽的满腔愤懑,亦即纵有双飞翼,也难于一同归去。

【注释】

① 归国遥:唐教坊曲名。元颜奎词名《归平谣》。
② 红带雨:李贺《将进酒》:"况是青春日将暮,桃花乱落如红雨。"
③ 玉笼鹦鹉:《洞冥记》卷二:"元封五年,勒毕国贡细鸟,以方尺之玉笼盛数百头,形如大蝇,状似鹦鹉,声闻数里之间,如黄鹄之音也。"
④ 单栖:单独栖息。梁简文帝《乌夜啼》:"羞言独眠枕下泪,托道单栖城上乌。"

【辑评】
明汤显祖评《花间集》卷一：还不是解语花，不问也得。

归国遥

金翡翠①。为我南飞传我意。罨画桥边春水②。几年花下醉。　　别后只知相愧。泪珠难远寄③。罗幕绣帏鸳被。旧欢如梦里④。

【题解】
此词抒写追念旧欢的深厚感情。上片是托南飞的青鸟，代陈旧日的欢情，引起美好的回忆。不说别后的相思，只说往日的欢乐，而相思之情溢于言表。下片倾吐一己难言之隐，相思之深。不着一"愁"字、"恨"字，而怨别相思之情，宛然在目。真是情不知所起，一往而深，在绮罗香泽之中，别具疏爽之致。

【注释】
①翡翠：鸟名。欧阳询等《艺文类聚》卷九二引《广志》："翡色赤，翠色绀，皆出交州兴古县。"
②罨(yǎn)画桥：疑在湖州罨画溪上。罨画，用各种色彩绘饰的器物。高似孙《纬略》卷七"罨画"条："《墨客挥犀》曰：'罨画，今之生色也。'余尝谓五采彰施于五服，此固生色之始也。秦韬玉诗：'花明驿路胭脂暖，山入江亭罨画开。'卢赞元诗：'花外小楼云罨画，杏波晴叶退微红。'李商隐爱义兴罨画溪者，亦以其如画也。"元稹《刘阮妻》二首其二："芙蓉脂肉绿云鬟，罨画楼台青黛山。"
③泪珠：《洞冥记》卷二：(吠勒国人)"乘象入海底取宝，宿于鲛人之舍，得泪珠，则鲛所泣之珠也，亦曰泣珠。"
④"旧欢"句：温庭筠《更漏子》："旧欢如梦中。"

【辑评】

清陈廷焯《云韶集》卷一:"别后只知相愧",真有此情。又,《词则·大雅集》卷一:此亦《菩萨蛮》之意。

吴梅《词学通论》:端己《菩萨蛮》四章,惓惓故国之思,最耐寻味,而此词"南飞传意""别后知愧",其意更为明显。陈亦峰论其词谓"似直而纡,似达而郁",洵然。虽一变飞卿面目,而绮罗香泽之中别具疏爽之致。世以温、韦并论,当亦难于轩轾也。《菩萨蛮》云:"未老莫还乡。还乡须断肠。"又云:"凝恨对斜晖。忆君君不知。"《应天长》云:"夜夜绿窗风雨。断肠君信否。"又云:"难相知,易相别。又是玉楼花似雪。"皆留蜀后思君之辞。时中原鼎沸,欲归未能,言愁始愁,其情大可哀矣。

李冰若《花间集评注·栩若漫记》:五代词有语极朴拙而情致极深者,如韦相"别后只知相愧,泪珠难远寄"是也。

吴世昌《词林新话》卷二:此二章皆为赴江南途中作。"玉笼鹦鹉"殆其江南旧欢。曰"南望去程"则在途中作甚明。末云"恨无双翠羽",即玉溪"身无彩凤双飞翼"之意。次章首二句托飞鸟以通词,"金翡翠"即传书邮。三、四句亦证明端己前已到过江南,并有"几年花下醉"。从"别后只知相愧"一句可知前次曾离江南。此词盖寄与江南"旧欢",由此可知庄第一次在江南有数年之久,后入京失意,约在八八三年之前数年。

归国遥

春欲晚。戏蝶游蜂花烂熳。日落谢家池馆①。柳丝金缕断②。　　睡觉绿鬟风乱③。画屏云雨散。闲倚博山长叹④。泪流沾皓腕。

【题解】

此词写凄苦离情。上片写景。戏蝶游蜂,春花烂熳,是以乐景写哀,反衬离别的难堪。"日落"句由景暗渡到情,"柳丝"句含蓄地道出离情。下片写情。相思之深,离情之苦,通过睡醒后的种种情态细致入微地表现出来。

【注释】

①谢家池馆:指秦楼楚馆。《世说新语·识鉴》:"谢公在东山蓄妓。"注引宋明帝《文章志》:"安纵心事外,疏略常节,每蓄女妓,携持游肆也。"

②"柳丝"句:戴叔伦《赋得长亭柳》:"雨搓金缕细,烟袅翠丝柔。"

③睡觉:睡醒。《说文》:"觉,悟也。"《汉书·董贤传》:"上欲起,贤未觉。"

④博山:香炉名。高承《事物纪原》卷八:"《黄帝内经》有博山炉,盖王母遗帝者。其名起于此尔,汉、晋以来盛用于此。"《西京杂记》卷一:"长安巧工丁谖者,……作九层博山香炉,镂为奇禽怪兽,穷诸灵异,皆自然生动。"

【辑评】

明汤显祖评《花间集》卷一:("睡觉"句)好光景。

李冰若《栩庄漫记》:"柳丝金缕断","断"字极劣。

应天长①

绿槐阴里黄莺语。深院无人春昼午。②画帘垂③,金凤舞。寂寞绣屏香一炷④。　　碧天云,无定处。⑤空役梦魂来去⑥。夜夜绿窗风雨⑦。断肠君信否。⑧

【题解】

此词又见冯延巳《阳春集》,别又入欧阳修《近体乐府》卷三,罗泌校云:"并载《阳春录》。"又云:"《花间集》作皇甫松词,《金奁集》作温飞卿词。"实此首《花间集》作韦庄词。《阳春集》《近体乐府》中阑入他人词作多有,未足为据。《金奁集》作韦庄词,《花间集》所录皇甫松词中无此阕,罗泌所云非是。当从《花间集》作韦庄词。

此词写思妇怀念行人。上片以冷热相间、动静交错的画面,烘托出思妇百无聊赖的寂寞情怀。绿槐成荫、黄莺试语是"热",深院无人、春昼日午是"冷"。画帘低垂,绣屏寂寞,是以客观景物之静,烘托思妇的心潮起伏。绣着金凤的帷幕飘舞,烧着兰香的炉烟缭绕,是以客观景物之动,反衬思妇的寂寞孤零。意在言外,便觉深厚。下片以云之无定,喻人之无定;以梦之难寻,表己之内心惆怅。"夜夜"承"昼午"而来,言思妇由昼至夜,都沉浸在相思、相忆的情思之中。"绿窗"与"画帘"相应,"风雨"与"风舞"相关,言夜来的风声雨声,更增添了离人的无限愁绪。所谓以愁苦之眼观物,则物皆着愁苦之色彩,是曲折而又更深层次的情感表达。

【注释】

①应天长:此调有令词、慢词。令词始于韦庄,又有顾敻、毛文锡两体,宋毛升词名《应天长令》;慢词始于柳永,《乐章集》注:林钟商调,又有周邦彦一体,名《应天长慢》。

②"绿槐"二句:春昼:《近体乐府》作"日正"。温庭筠《诉衷情》:"莺语。花舞。春昼午。"

③画帘:《阳春集》《近体乐府》作"绣帘"。

④绣屏香一炷:《阳春集》作"晓屏山一炷",《近体乐府》作"小屏香一炷",《唐宋诸贤绝妙词选》卷一作"绣屏香一缕"。

⑤"碧天"二句:《阳春集》作"碧云凝,人何处",《近体乐府》作"碧云凝合处"。

⑥空役:原作"空有",此据《近体乐府》卷三校改。《阳春集》作"空复"。

⑦夜夜:《近体乐府》作"昨夜"。

⑧"断肠"句:《近体乐府》作"问君知也否"。

【辑评】

清焦循《雕菰楼词话》:毛大可称词本无韵,是也。偶检唐宋人词,如……韦庄《应天长》用"语""午""否"。

清张德瀛《词征》卷三:否,一音方矩切,一音方久切。五代时韦端已《应天长》以"否"叶"语",冯正中《蝶恋花》以"否"叶"去",张泌《菩萨蛮》以"否"叶"暮"。宋词则从上韵者十之九,从下韵者仅十之一。

清陈廷焯《云韶集》卷一:端己《菩萨蛮》"凝恨对斜晖,忆君君不知"未尝不妙,然不及"断肠君信否"。又,《白雨斋词话》卷一:《应天长》云:"夜夜绿窗风雨,断肠君信否。"皆留蜀后思君之辞。又,《词则·大雅集》卷一:亦"忆君君不知"意。

唐圭璋《唐宋词简释》:此首,上片写昼景,下片写夜景。起两句,写帘外之静。次三句,写帘内之寂。深院莺语,绣屏香袅,其境幽绝。换头,述相思之切。着末,言风雨断肠,更觉深婉。

应天长

别来半岁音书绝。一寸离肠千万结。难相见,易相别。① 又是玉楼花似雪。　　暗相思,无处说。② 惆怅夜来烟月。想得此时情切。泪沾红袖黦③。

【题解】

此词咏春思。起笔交代时间、人物。一别半载,音信杳绝,更遑论归期。"一寸离肠"与"千万结"对比,极言其心如结,百转难遣。"难相见,易相别",以轻别离凸显相见之难。送别在秋,伤怀在春。"又是",言去年此时的玉楼之景,"花似雪"者,暮春落花似雪飞。伤悼落花,亦悼如花红颜,景相似,人已去,逗引出下片的"暗相思"来。换头呼应起句。因"音书绝",相思无处可诉,亦无人可知,由相思而惆怅,又在惆怅中相思。"惆怅"句,言凄单之恨。与"又是"句一样,都是化秾丽于疏淡,以物象来生发出怅惘无尽的情感体验,极具词体要眇之致。"想得"二句,直写此时,镜头推近作特写。想着不知归期的离别、似无尽头的相思,凝痴而悲,不觉珠泪涟涟,掩面而泣。"红袖黦",半年来相思情切,皆见于此三字中。全篇言情直豁而不浅露,信笔写来,却深情款款。

【注释】

①"难相见"二句:李商隐《无题》:"相见时难别亦难,东风无力百

花残。"

②"暗相思"二句:白居易《潜离别》:"不得语,暗相思。"

③齾(yuè):杨慎《升庵诗话》卷一四:"韦庄《应天长》词云:'想得此时情切。泪沾红袖齾。''齾'字义与'浥'同,而字则读如'浥'字入声始得其叶。"

【辑评】

明杨慎《词品》卷一:齾,黑而有文也,字一作"黦",于勿、于月二切。周处《风土记》:"梅雨沾衣服,皆败齾。"此字文人罕用,惟《花间集》韦庄、毛熙震词中见之。韦庄《应天长》词云:"别来半岁音书绝……"毛熙震《后庭花》词曰:"莺啼燕语芳菲节……"此二词皆工。

明卓人月《古今词统》卷六:(徐士俊评)以末一字而生一首之色。

清王士禛《花草蒙拾》:《花间》字法,最着意设色,异纹细艳,非后人纂组所及。如"泪沾红袖齾"……山谷所谓蓿锦者,其殆是耶?

清陈廷焯《云韶集》卷二四:押韵须如此,信笔直书,方无痕迹。

吴世昌《词林新话》卷二:端己《归国遥》《应天长》三首皆代作闺怨。《应天长》两首殆即代其姬作,想象此姬为王建夺去后之心境。案:所云三首词,首句分别是"春欲晚""绿槐荫里黄莺语""别来半岁音书绝"。

荷叶杯①

绝代佳人难得。倾国。②花下见无期。一双愁黛远山眉③。不忍更思惟④。　　闲掩翠屏金凤。残梦。罗幕画堂空。碧天无路信难通。惆怅旧房栊⑤。

【题解】

此词追念前欢,从初相识的惊艳绝尘之美写起,经过层层皴染,导出离别后的怅惘思念之苦。起首将"倾国"后置于"佳人难得",特别渲染出其艳惊四座的容貌。"一双愁黛远山眉",将离人痴痴瞩目、疼惜佳人愁眉难展、试图劝慰宽解的一幕,毕肖而出。"不忍更思惟",从对面着想,用笔质直而情意深沉:相思令人伤,故不忍;思君离别时愁眉紧蹙之态,令人怜,更不忍;想君思我定又是愁眉不展,但音尘两隔,无以劝解,昔日风华绝代的佳人,被思念和愁苦所折磨,不忍细思,为不忍之三。下片可解作梦境,也可解作实景。"惆怅旧房栊",可视作梦中所思所见,亦可解作故地探询音信,方知佳人已远去他乡,空见旧时房舍旧门窗,徒留惘然。由"旧房栊"句回至"闲掩"句,下片豁然可释。佳人闺房中屏风曲折轻掩,凤痕斑驳,恍惚间似又见到其人。"罗幕画堂空",昔日水堂画帘垂的暗相期处,已人去堂空,四顾茫然,仰天长叹,不知人在何方。想要一寄相思,惜碧天无路,音信难通,只有在旧房栊间彷徨,悒郁不已。全篇以情驭景,下开宋词写眼中人、心中事、意中人的经典路数。

【注释】

①荷叶杯:唐教坊曲名。此词有单调双调。单调者有温庭筠、顾夐二体,双调者只韦庄一体。俱见《花间集》。

②"绝代"二句:《汉书·孝武夫人传》:李延年歌曰:"北方有佳人,绝世而独立。一顾倾人城,再顾倾人国。宁不知倾城与倾国,佳人难再得。"

③"一双"句:吴融《玉女庙》:"愁黛不开山浅浅,离心长在草萋萋。"愁黛,即愁眉。黛,一种青黑色的画眉颜料。

④思惟:亦作"思维",思量。《汉书·张汤传》:"使专精神,忧念天下,思惟得失。"

⑤房栊:窗户。栊,窗櫺。《汉书·班婕妤传》:"婕妤退处东宫,作赋自伤悼。其辞曰……广室阴兮帷幄暗,房栊虚兮风泠泠……"颜师古注:"栊,疏槛也。"

【辑评】

清陈廷焯《词则·别调集》卷一:"不忍更思惟"五字,凄然欲绝。姬独何心,能勿肠断耶?

荷叶杯

记得那年花下①。深夜。初识谢娘时。水堂西面画帘垂。携手暗相期。　惆怅晓莺残月②。相别。从此隔音尘③。如今俱是异乡人。相见更无因。

【题解】

此首《词律》卷一作皇甫松词。然诸家选本未有作皇甫松词者,《花间》《尊前》皇甫松词中也未收录,《词律》显系误题。当从《花间集》作韦庄词。

此词以白描手法,通过对与谢娘相识、相约、相别、相忆过程的描写,表达对前欢的追念和欲见而不能的痛楚。上片写因相识而相约,情感总体上是愉悦的;下片写天明相别,自此便是长长的相忆,情感渐趋低沉。因为是顺着经历来写,故情感的发展也颇为自然。特别是上片将两人相识相约的时间和地点安排在画帘低垂的深夜、花下、水堂,为这一段感情的出现铺垫了浪漫而迷离的氛围。全篇结构严谨,由"那年"而"从此"至于"如今",时间段落非常清晰。大凡初识谢娘的时间、地点、环境、氛围等,均有比较明确的记载,可见作者印象之深以及感情投入之真。上一首《荷叶杯》与此篇词意相承,都能体现出韦词重叙事、偏实录的特色。

【注释】

①那年:《金奁集》作"他年"。

②"惆怅"句:温庭筠《更漏子》:"帘外晓莺残月。"

③音尘:王辑本《浣花词》作"香尘"。李白《忆秦娥》:"乐游原上清秋节,咸阳古道音尘绝。"

【辑评】

明汤显祖评《花间集》卷一:情景逼真,自与寻常艳语不同。

吴衡照《莲子居词语》卷一:韦相清空善转,殆与温尉异曲同工。所赋

《荷叶杯》,真能摅摽擗之忧,发跼蹐之爱。

清许昂霄《词综偶评》:二阕语淡而悲,不堪多读。

李冰若《花间集评注》卷二引郑文焯:钟仲伟云:"观古今胜语,多非补假,皆由直寻。"于韦词益谅其言。又,《栩庄漫记》:《浣花集》悼念亡姬之作甚多,《荷叶杯》《小重山》当属同类。杨湜宋人,纪宋事且多错忤,其言不足据为典要。即如此词第二首,纯为追念所欢之词,亦不似《章台柳》也。又,"惆怅晓莺残月,相别",足抵柳屯田"杨柳岸、晓风残月"一阕。

唐圭璋《词学论丛·唐宋两代蜀词》:此词伤今怀昔,亦是纯用白描,自"记得"以下直至"相别",皆回忆当年之事。当年之时间,当年之地点,当年之情景,皆叙得历历分明,如在昨日。"从此"三句,陡转相见无因之恨,沉着已极。又,《唐宋词简释》:此首伤今怀昔,"记得"以下,直至"相别",皆回忆当年初识时及相别时之情景。"从此"以下三句,言别后之思念,语浅情深。

吴世昌《词林新话》卷二:此两首为一组,皆想念情人之作,但次序颠倒。"记得那年花下",为第一首,忆旧之作。清真《少年游》即用此章法,惜后人多不知耳。"花下见无期",为第二首,对比上首。"一双"以下为想象伊人念我之状,即"想君思我锦衾寒"之意。

清平乐①

春愁南陌。故国音书隔。细雨霏霏梨花白②。燕拂画帘金额③。　　尽日相望王孙④。尘满衣上泪痕⑤。谁向桥边吹笛⑥。驻马西望销魂⑦。

【题解】

此首又见冯延巳《阳春集》,显系误收,当从《花间集》作韦庄词。

此词抒写游子思乡之情。上片由"春愁南陌"领起,既点明了春天的季节与郊野的地点,又为全篇定下了"愁"的感情基调。"故国音书隔",交代生"愁"的原因。接着"细雨"二句因情观景,外在春景自然映衬着词人凄苦的心迹。过片突现漂泊江湖的游子形象,充溢着颠沛流离的困顿和疲惫,应该说是作者人生体验的真实写照。结末二句以声传情,写游子春夜闻笛、驿站销魂,笔致灵婉,意境渺远。

夏承焘《韦端己年谱》认为,此词下片四句可与同年所作《辛丑年》诗中"西望翠华殊未返,泪痕空湿剑文斑"相印证。可备一说。

【注释】

①清平乐:《宋史·乐志》属大石调。柳永《乐章集》注越调。王灼《碧鸡漫志》云:欧阳炯称李白有应制《清平乐》四首,此其一也,在越调,又有黄钟宫、黄钟商两音。黄昇《中兴以来绝妙词选》名《清平乐令》。张辑词有"忆著故山萝月"句,名《忆萝月》。张翥词有"明朝来醉东风"句,名《醉东风》。

②"细雨"句:细雨,清康熙二十八年侯文灿辑刻《十名家词》本(简称侯本)、清金武祥辑《粟香室丛书》本(简称金本)《阳春集》作"红雨"。梨花,王辑本《浣花词》《阳春集》作"梨蕊"。

③金额:金饰的帘额或匾额。和凝《题真符县》:"虽有黄金额,其如赤子贫。"

④尽日相望:《阳春集》作"日斜空望"。

⑤"尘满"句:《阳春集》作"罗衣印满啼痕"。

⑥桥边吹笛:杜牧《寄扬州韩绰判官》:"二十四桥明月夜,玉人何处教吹笙。"

⑦驻马西望:《阳春集》作"不知楼上"。

【辑评】

李冰若《栩庄漫记》:下半阕笔极灵婉。

吴世昌《词林新话》卷二:此首亦在江南作,故云:"故国音书隔""驻马西望销魂"。"故国"指长安或成都。"尽日"句犹云"王孙尽日相望",为韵脚故倒装,下句"尘满"亦指"王孙"之衣,即自己。

清平乐

野花芳草。寂寞关山道。柳吐金丝莺语早。惆怅香闺暗老。　　罗带悔结同心①。独凭朱栏思深。梦觉半床斜月②,小窗风触鸣琴③。

【题解】

此词写思妇伤春怀人。起笔悬想行人羁旅情景:关山路遥,唯有野花芳草相伴,点示时令,烘托"寂寞"二字,两句自为呼应。而春景荡漾,深闺寂寂,反衬出伤春凄怀和惆怅情思。过片写朱栏独倚,念人情深,说"悔"而实含哀怨和眷念。结末二句言更残梦觉,唯见半床斜月,唯闻风动琴鸣,耳目所及,无不伤情。全篇词清意婉,虚实相生,设色隽美,声情绵邈。

【注释】

①"罗带"句:卢纶《古艳诗》:"自拈裙带结同心,暖处偏知香气深。"

②斜月:雪本《花间集》作"残月"。

③鸣琴:琴。陆机《拟东城一何高》:"闲夜抚鸣琴,惠音清且悲。"柳宗元《李西川荐琴石》:"远师驺忌鼓鸣琴,去和南风愠舜心。"

【辑评】

明汤显祖评《花间集》卷一:坡老咏琴,已脱风幡之案。"风触鸣琴",是风是琴,须更转一解。

清许昂霄《词综偶评》:前阕写远,后阕说近。又三四与飞卿"门外草萋萋"二语意正相仪。

清陈廷焯《云韶集》:起笔冷,清绝孤绝。

俞陛云《唐五代两宋词选释》:此录其次章也。其首章云"故国音书隔",又云"驻马西望销魂",知此章亦指唐之意。其言悔结同心,倚阑深思者,身仕霸朝,欲退不可,徒费深思,迨梦觉而风琴触绪,斜月在窗,写来悲楚欲绝。

李冰若《花间集评注》引《蒿庐词话》:前半说远,后半说近。又,《栩庄漫记》:昔爱玉溪生"三更三点万家眠,露结为霜月堕烟。斗鼠上堂蝙蝠出,玉琴时动绮窗弦"一诗,以为清婉超绝。韦相此词以"惆怅香闺暗老"为骨,亦盛年自惜之意,而以"梦觉半床斜月,小窗风触鸣琴"为点醒,其声情绵邈,设色隽美,抑又过之。

清平乐

何处游女。蜀国多云雨。云解有情花解语①。窣地绣罗金缕②。　妆成不整金钿。含羞待月秋千。住在绿槐阴里③,门临春水桥边④。

【题解】

此词写春天蜀地游女的情态。"云雨"二字是写实,也双关到游女的云情雨意。以下言其有情而美丽如解语之花,穿着拂地的绣罗金缕长裙。夜晚又金钿不整,随意装束,在秋千边含羞等待情人。最后写她的住处,绿槐掩映,春水临门,小桥横卧,又是一幅天然图画。

【注释】

①花解语:王仁裕《开元天宝遗事》卷下:"明皇秋八月,太液池有千叶白莲数枝盛开,帝与贵戚宴赏焉。左右皆叹羡。久之,帝指贵妃示于左右曰:'争如我解语花?'"

②窣(sū)地:拂地。毛文锡《恋情深》:"罗裙窣地缕黄金,奏清音。"

③绿槐:吴本《花间集》作"绿杨"。

④春水:《金奁集》作"流水"。

【辑评】

李冰若《栩庄漫记》:末二句写景如画。

清平乐

莺啼残月。绣阁香灯灭①。门外马嘶郎欲别。正是落花时节②。　　妆成不画蛾眉。含愁独倚金扉③。去路香尘莫扫,扫即郎去归迟。④

【题解】

此词写女子离别心上人时的依依深情以及别后的愁思冥想。上片写别离时的愁绪。离别偏偏发生在"落花时节",见落花而触动离情,情与时会,倍增其凄楚。下片写别离后的孤凄。"不画蛾眉"是别后的埋怨,因"郎"的离去而致无人可为之画眉,只能"独倚金扉"凝望路尘。在极度盼望和无奈的心理支配下,竟至产生扫尘会致归迟的心理。这种痴到不能再痴的情语,于理不合,而于情则已入木三分,真切感人。

【注释】

①香灯:燃香膏的照明灯。周嘉胄《香乘》卷一〇:"《援神契》曰:'古者祭祀有燔燎,至汉武帝祀太乙始用香灯。'"

②"正是"句:杜甫《江南逢李龟年》:"正是江南好风景,落花时节又逢君。"

③含愁:汤本《花间集》作"含羞"。

④"去路"二句:李白《长干行》:"门前迟行迹,一一生绿苔。苔深不能扫,落叶秋风早。"

【辑评】

明汤显祖评《花间集》卷一:情与时会,倍觉其惨。如此想头,几转《法华》。

明沈际飞评正《草堂诗余别集》卷一:杜少陵"正是江南好风景,落花时节又逢君",一逢一别,感共深。

清许昂霄《词综偶评》：三、四与飞卿"门外草萋萋"二语意正相似。

吴世昌《词林新话》卷二：端己《清平乐》（野花芳草）以下诸首皆蜀中作。"何处游女"咏成都妓女。"莺啼残月"亦为妇女代作闺怨之类，末联"去路香尘莫扫，扫即郎去归迟"是嘱咐使女之语，写当时风俗迷信，痴语愈见真情。

望远行①

欲别无言倚画屏。含恨暗伤情。谢家庭树锦鸡鸣②。残月落边城。　　人欲别，马频嘶。绿槐千里长堤。出门芳草路萋萋。云雨别来易东西。不忍别君后，却入旧香闺。

【题解】

此词描写女子与情郎离别的情景。上片写临别时的景物环境和情态心理。女子倚屏无语的黯然神伤，折射出内心的苦楚；鸡鸣、月落之景更令人心如刀绞，悲怨凄凉。过片描写别时场面，"马频嘶"，增添凄厉的伤别气氛，映衬出此时此刻纷乱急切的怨别之情。"绿槐千里长堤"，造成视觉的远境，情郎由此踏上漫漫征程，芳草萋萋形象地比喻离愁别恨的绵绵不尽。"云雨别来易东西"直抒胸臆，点明词旨，宣泄出欢情已逝、劳燕分飞的愁怨。结末二句复归寂寞，写女子送别之后默默地踱回香闺，简单的动作刻画，语淡而情深，内心的郁苦可想而知。

【注释】

①望远行：唐教坊曲名。令词始自韦庄，《中原音韵》注商调，《太和正音谱》亦注商调；慢词始自柳永，"绣帏睡起"词注中吕调，"长空降瑞"词注仙吕调。

②锦鸡：鸟名，又名金鸡。杜牧《朱坡》："迥野翘霜鹤，澄潭舞锦鸡。"

【辑评】

俞陛云《唐五代两宋词选释》：《古今词话》称韦庄为蜀王所羁，庄有爱姬,资质艳美,兼工词翰。蜀王闻之,托言教授宫人,强夺之去。庄追念悒怏,作《荷叶杯》诸词,情意凄怨。《荷叶杯》之第一首言含怨入宫,次首回忆初见之时。《小重山》词则明言"一闭昭阳",经年经岁,"红袂""黄昏"等句,设想其深宫之幽恨。《望远行》亦纪送别之时。四词中《荷叶杯》之前首及《小重山》,尤为凄恻。

谒金门①

春漏促。金烬暗挑残烛。②一夜帘前风撼竹。梦魂相断续。　　有个娇娆如玉③。夜夜绣屏孤宿④。闲抱琵琶寻旧曲。远山眉黛绿⑤。

【题解】

此词叙写女子春夜孤寂无聊之情。上片谓夜寐不安,通宵难眠,总是"梦魂相断续"。"一夜帘前风撼竹"句,既是不安之因,也烘托了纷乱的心绪。下片言其貌娇美,情凄寂。"夜夜绣屏孤宿"句,点明境遇。"闲抱琵琶寻旧曲"句,揭示此时无聊情状。"寻旧曲"三字,既充满了对往昔美满生活的回味,又映衬着眼前形影相吊的痛楚。结句从形容见心境,余蕴不尽。

【注释】

①谒金门:唐教坊曲名。元高拭词注商调。杨湜《古今词话》因韦庄词起句,名《空相忆》。张辑词有"无风花自落"句,名《花自落》;又有"楼外垂杨如此碧"句,名《垂杨碧》。李清照词有"杨花落"句,名《杨花落》。李石名《出塞》。韩淲词有"东风吹酒面"句,名《东风吹酒面》;又有"不怕醉,记取吟边滋味"句,名《不怕醉》;又有"人已醉,溪北溪南春意,击鼓吹箫花落未"句,名《醉花春》;又有"春尚早,春入湖山渐好"句,名《春早湖山》。

②"春漏促"二句:牛峤《更漏子》:"春夜阑,更漏促,金烬暗挑残烛。"金烬,指灯芯的余火,灯烛残烬之美称。徐彦伯《孤烛叹》:"玉盘红泪滴,金烬彩光圆。"

③娇娆:形容女子的柔美妩媚。韩偓《意绪》:"娇娆意态不胜羞,愿倚郎肩永相著。"此处指美人。
④"夜夜"句:李白《清平乐》:"鸳衾凤褥,夜夜常孤宿。"
⑤"远山"句:温庭筠《菩萨蛮》:"眉黛远山绿。"

【辑评】

明汤显祖评《花间集》卷一:情不知所起,一往而深。"闲抱琵琶寻旧曲",真是无聊之思。

明卓人月《古今词统》卷五:(徐士俊评)末两句与"弹到断肠时,春山眉黛低"相类,而《花间》《草堂》语致自异,心手不知。

谒金门

空相忆①。无计得传消息②。天上嫦娥人不识。寄书何处觅。　　新睡觉来无力③。不忍把伊书迹④。满院落花春寂寂⑤。断肠芳草碧。

【题解】

此首《词学筌蹄》卷五作秦湛词。明洪武二十五年遵正书堂刊本《增修笺注妙选群英草堂诗余》(简称洪武本《草堂诗余》)前集卷下录之,未题作者姓名。《词学筌蹄》以此首在《草堂诗余》中失作者姓名,而在秦处度(湛)《卜算子》词后,遂误题秦湛作。毛本《草堂诗余》据《花间集》题作韦庄词。当从《花间集》作韦庄词。

此词似为悼亡之作。起笔以简驭繁,点醒题旨,着一"空"字笼罩全篇。以下多层次地抒写其人去楼空、不堪回首的悲慨。"天上嫦娥"二句托意神话传说,表达出天人永隔的痛楚。下片写思极而睡,醒来不忍再读伊人旧日的书信。"把伊书迹"四字语淡而悲,蕴含无限郁塞之苦。结末二句以景结情,通过春暮落红满地的萧瑟,愈加深深地寄寓断肠寂寥之悲。

【注释】

①相忆:《唐宋诸贤绝妙词选》卷一作"想忆"。
②得传:洪武本《草堂诗余》前集卷下作"与传"。
③新睡:《草堂诗余》前集卷下作"春睡"。
④把伊:鄂本、毛本《花间集》作"把君",《金奁集》作"看君",《唐宋诸贤绝妙词选》卷一作"看伊"。书迹,墨迹。白居易《祭弟文》:"呜呼!词意书迹,无不宛然。"
⑤"满院"句:韩偓《浣溪沙》:"深院不关春寂寂,落花和雨夜迢迢。"

【辑评】

明沈际飞评正《草堂诗余正集》卷一:"天上"句,粗恶。"把伊书迹"四字颇秀。"落花寂寂",淡语之有景者。

江城子①

恩重娇多情易伤②。漏更长。解鸳鸯③。朱唇未动,先觉口脂香④。缓揭绣衾抽皓腕,移凤枕,枕潘郎。⑤

【题解】

此词描写男女情事。首句从感慨写起,直揭出青年男女的缱绻深情,也是为下面的描写从理性上先作一铺垫。以下,在具体细致地描绘男女欢爱情景时,词人善于通过细节、动作、炼字、遣词,将女子的美丽多情写得形象逼真,整体而言热烈而不失分寸,含蓄而又生动。

【注释】

①江城子:唐词单调,以韦庄词为主,余俱照韦词添字,至宋人始作双调。晁补之改名《江神子》。韩淲词有"腊后春前村意远"句,名《村意远》。
②恩重:《韦庄词注》作"思重"。
③鸳鸯:指绣有鸳鸯的佩带。江总《杂曲》:"合欢锦带鸳鸯鸟,同心绮袖连理枝。"

④口脂:唇膏,用以化妆,或滋润皮肤以防止寒冻燥裂。张鷟《游仙窟》:"艳色浮妆粉,含香乱口脂。"段成式《酉阳杂俎》卷一:"腊日赐北门学士口脂、腊脂。"杜甫《腊日》:"口脂面药承恩泽,翠管银罂下九霄。"

⑤"移凤枕"二句:凤枕,艳美的枕头,绣有凤凰图案。潘郎,王辑本《浣花词》作"檀郎"。代指情郎。

【辑评】

明汤显祖评《花间集》卷一:全篇摹画屏境,而永赏其流连狼藉,音简而旨远矣。

李冰若《花间集评注》引况周颐《历代词人考略》:"恩重娇多情易伤",此语非于情中极有阅历者不能道。

江城子

鬓鬟狼藉黛眉长。出兰房。别檀郎。①角声呜咽,星斗渐微茫②。露冷月残人未起,留不住,泪千行。

【题解】

此词当与前首结合起来理解。如果说,前一首是以欢会的愉悦,衬托出情深意长,隐伏着别离的忧伤,这一首则是以离别的悲切,映衬出难分难舍的深情,直抒别离的忧伤。首句以女子残妆狼藉的形象揭出离别的背景。"别檀郎"三字,点明旨意。"角声呜咽""星斗渐微茫""露冷月残",以种种景象渲染晓别的凄凉氛围。"人未起"三字,将离别之人轻轻一点。末二句,承前直写其一往深情。全篇以白描的手法,寻常的言语,写出了一片真情,活画出女子伤别的形象,情感炽热,形象鲜明。

【注释】

①"鬓鬟"三句:狼藉,散乱貌。杜甫《北征》:"移时施朱铅,狼藉画眉阔。"兰房,犹香闺。旧时妇女所居之室。吕延济注:"兰房,妻尝所居室也。"王绩《咏妓》:"妖姬饰靓妆,窈窕出兰房。"檀郎,潘岳,小字檀奴,故亦

称檀郎。《世说新语·容止》:"潘岳妙有姿容,好神情。"后世遂以檀郎为女子对郎君的美称。

②微茫:隐约貌。李白《梦游天姥吟留别》:"海客谈瀛洲,烟涛微茫信难求。"

【辑评】

李冰若《栩庄漫记》:韦相《江城子》二首,描写顽艳,情事如绘,其殆作于江南客游时乎?

河　传①

何处。烟雨。隋堤春暮。柳色葱茏。画桡金缕。②翠旗高飐香风③。水光融。　青娥殿脚春妆媚④。轻云里。绰约司花妓⑤。江都宫阙⑥,清淮月映迷楼⑦。古今愁。

【题解】

此词咏史怀古,笔调苍凉。全篇以"何处"领起,以隋堤暮春杨柳堆烟、画桡轻泛、香风四溢的繁盛景象,勾起对当年隋炀帝乘龙舟游幸江都盛况的生动想象,字里行间充满着豪奢华贵的气象。但"江都宫阙,清淮月映迷楼",由古到今,喧寂陡转。结以"古今愁",化实为虚,发思古之叹,亦寓伤时念乱之恨,遥接李白《忆秦娥》"西风残照,汉家陵阙"之余绪,历史的厚重感油然而生。

【注释】

①河传:宋王灼《碧鸡漫志》云:《河传》,唐曲,今存者二。其一属南吕宫,前段仄韵,后段平韵;其一属无射宫,即《怨王孙》曲;外又有越调、仙吕调两曲。按,《河传》之名,始于隋代,其词则创自温庭筠。《花间集》所载唐词,句读韵叶,颇极参差,然约计不过三体。有前后段两仄两平四换韵者,如温庭筠"湖上"词以下十五首是也,内韦庄词名《怨王孙》,宋人多宗之,欧

阳修词注越调,张先词有"海宇,称庆,与天同"句,更名《庆同天》,李清照词有"人静皎月初斜,浸梨花"句,更名《月照梨花》;有前段仄韵、后段仄韵、平韵者,如孙光宪"风飐"词以下五首是也,宋词无填此调者;有前后段皆仄韵者,如张泌"渺莽"词以下七首是也,宋词亦宗之,《乐章集》注仙吕调,徐昌图词有"秋光满目"句,更名《秋光满目》。历来旧谱,大都挨字类列,其体莫辨,阅者茫然。谱内划清三体,每体中细辨句读韵叶,各以类列,庶按谱时各有所宗,不致混淆矣。

②"柳色"二句:葱茏,草木青翠茂盛貌。郭璞《江赋》:"涯灌芊萰,潜荟葱茏。"李善注:"芊萰、葱茏,皆青盛貌。"画桡,汤本、毛本《花间集》、李一氓《花间集校》作"画桡"。

③飐(zhǎn):摇曳。柳宗元《登柳州城楼寄诸友》:"惊风乱飐芙蓉水,密雨斜侵薜荔墙。"

④青娥殿脚:《开河记》:隋炀帝御舟五百下江都,"于吴越间取民间女年十五、六者五百人,谓之殿脚女。……每船用彩缆十条,每条用殿脚女十人,嫩羊十口,令殿脚女与羊相间而行,牵之。"《大业拾遗记》:"帝御龙舟,每舟择妙丽长白女子千人,执雕板镂金楫,号为殿脚女。"

⑤"绰约"句:绰约,柔美貌。司花妓,指隋炀帝幸江都时的御车女。颜师古《隋遗录》:大业十一年,炀帝幸江都,自长安至汴郡,日进御车女。"长安贡御车女袁宝儿,年十五,腰支纤堕,骇冶多态,帝宠爱之特厚。时洛阳进合蒂迎辇花,……帝令宝儿持之,号曰司花女。"

⑥江都宫阙:隋炀帝江都行宫,故址在今江苏扬州。

⑦迷楼:隋炀帝在江都所建楼名。白居易《隋堤柳》:"紫髯郎将护锦缆,青娥御史直迷楼。"《迷楼记》:隋炀帝晚年沉迷声色,谓近侍曰:"今宫殿虽壮丽显敞,苦无曲房小室,幽轩短槛。若得此,则吾期老于其间也。"近侍高昌荐举浙人项升。升制图奏进,炀帝大悦,诏令按图造楼,经岁而成,"楼阁高下,轩窗掩映。幽窗曲室,玉阑朱楯,互相连属,回环四合,曲屋自通。千门万牖,上下金碧。……人误入者,虽终日不能出。帝幸之,大喜,顾左右曰:'使真仙游其中,亦当自述也,可目之曰迷楼。'"

【辑评】

明汤显祖评《花间集》卷一:"清淮月映"句,感慨一时,涕泪千古。

清陈廷焯《云韶集》卷一:苍凉。《浣花集》中此词最有骨。

李冰若《栩庄漫记》:全词以"何处"领起,中段词藻极为富丽,而以"古今愁"三字结之,化实为空,以盛映衰,笔极宕动空灵。

河　传

春晚。风暖。锦城花满。狂杀游人。玉鞭金勒①。寻胜驰骤轻尘。惜良晨。②　　翠娥争劝临邛酒③。纤纤手④。拂面垂丝柳⑤。归时烟里,钟鼓正是黄昏。暗销魂。

【题解】

此词摄取春暖花开时节,描绘成都花市盛况,表现青年男女踏青欢会。面对诱人的春色,游人如痴如醉,"狂杀"二字写尽纵情狂欢之乐。下片写翠蛾劝酒的多情旖旎,"纤纤手"三字显出女性的缠绵,令人目眩神迷。"归时烟里"三句,尤能融景入情,韵味悠长。

【注释】

①玉鞭:毛本《花间集》作"玉边"。

②"寻胜"二句:寻胜,李复言《续玄怪录·张逢》:"策杖寻胜,不觉极远。"驰骤,驰骋。《韩非子·外储说右下》:"造父御四马,驰骤周旋,而恣欲于马。"良晨,《金奁集》作"良辰"。

③临邛:秦置县名,治所在今四川邛崃。

④纤纤手:《古诗十九首·迢迢牵牛星》:"纤纤擢素手,札札弄机杼。"

⑤"拂面"句:温庭筠《题柳》:"杨柳千条拂面丝,绿烟金穗不胜吹。"

【辑评】

李冰若《花间集评注》卷三引况周颐《蕙风词话》:"归时烟里"三句,尤极融景入情之妙。

河　传

　　锦浦①。春女。绣衣金缕。雾薄云轻②。花深柳暗,时节正是清明。雨初晴。　　玉鞭魂断烟霞路。莺莺语。一望巫山雨。香尘隐映,遥见翠槛红楼③。黛眉愁。

【题解】

　　此词吟咏清明时节锦浦春日风情。上片描绘锦江水滨的明丽风光,以及游春女子绣衣艳丽、鬓发如云的绰约风姿。"花深柳暗""雨初晴",映衬出清新、繁丽的景致。下片触景生情。"玉鞭"三句,似是追忆一段令人伤心的风流往事。结末三句的望中感伤,一笔双写,寄寓旧欢难再的怅惘之情。

【注释】

　　①锦浦:锦水之滨。薛涛《乡思》:"何日片帆离锦浦,棹声齐唱发中流。"
　　②雾薄:鄂本《花间集》作"雾露"。
　　③遥见:王辑本《浣花词》、鄂本、吴本、毛本《花间集》作"遥望"。

天仙子①

　　怅望前回梦里期。看花不语苦寻思②。露桃宫里小腰肢③。眉眼细,鬓云垂。唯有多情宋玉知④。

【题解】

　　此词写男子对女子的思念之情。首句"怅望前回梦里期",由眼前的惆怅回想前回梦中相会相期的情景,融现在与过去为一体,时空交错,语短情长。以下"看花不语"数句,则具体描写怅望的情态及其内容,形象鲜明而生动。"唯有多情宋玉知",以宋玉自喻,以多情自许,抒情真率。

【注释】

①天仙子:唐教坊曲名。段安节《乐府杂录》:"《天仙子》本名《万年斯》,李德裕进,属龟兹部舞曲。因皇甫松词有'懊恼天仙应有以'句,取以为名。"毛先舒《词学全书》:"韦庄词:'刘郎此日别天仙'云云,遂采以名。"此词有单调双调两体。单调始于唐人,或押五仄韵,或押四仄韵,或押两仄韵、三平韵,或押五平韵。双调始于宋人,两段俱押五仄韵。又,词题中"嘉禾",旧郡名,宋代为秀州,治所在今浙江嘉兴。倅(cuì),副。此指通判。宋初于诸州府设置,地位略次于州府长官。有监察所在州府官员之权,号称"监州"。

②寻思:《韦庄词注》作"情思"。

③露桃宫里:鄂本《花间集》作"露桃花里",吴本《花间集》作"露盘宫里"。杜牧《题桃花夫人庙》:"细腰宫里露桃新,脉脉无言几度春。"

④多情宋玉:宋玉善赋男女情事,所作《高唐赋》《神女赋》及《登徒子好色赋》,萧统《文选》归属赋体"情"类。

天仙子

深夜归来长酩酊。扶入流苏犹未醒①。醺醺酒气麝兰和②。惊睡觉,笑呵呵。长道人生能几何③。

【题解】

此词貌似描写西蜀文人沉醉歌楼酒馆,痛享现世人生,实则反映出满怀愤懑而又故作达语的酒客的复杂心理状态。长醉不醒,只是为摆脱现实苦闷而作的挣扎;"长道人生能几何",则是面对"伤时伤事更伤心"的苦短人生所作出的结论。联系作者的身世,正是他悲叹身世、感怀不遇心境的真实写照。

【注释】

①流苏:即流苏帐,饰以彩色穗子的帷帐。

②醺醺:醉酒貌。岑参《送羽林长孙将军赴歙州》:"青门酒楼上,欲别醉醺醺。"

③"长道"句:王辑本《浣花词》作"长笑人生得几何"。

【辑评】

明汤显祖评《花间集》卷一:有此手法,不觉其酒气,虽烂醉如泥受用矣。

李冰若《栩庄漫记》:此词写醉公子憨态如掬,与"门外猧儿吠"一词可合看也。

天仙子

蟾彩霜华夜不分①。天外鸿声枕上闻。绣衾香冷懒重薰。人寂寂,叶纷纷。才睡依前梦见君②。

【题解】

此词写闺中秋思怀人。首句写景,点明季节与时间,也铺垫出凄清冷寂的境界。次句转入室内,写思妇独凭枕上,聆听天外嘹唳的鸿声。鸿声写实又双关,象喻着对远方音信的期待;也是以声传情,渲染凄苦的环境氛围。"绣衾香冷"句递进一层,弥觉情致缠绵,低回欲绝。"冷""懒"二字透露出伊人孤寂慵懒的情怀。结末三句醒而复睡,依旧梦之,寄寓"长毋相忘"之意,似幻如真,情意凄婉。

【注释】

①蟾彩:月色。孙光宪《浣溪沙》:"自入春来月夜稀,今宵蟾彩倍凝晖。"

②依前:雪本《花间集》作"依然"。

【辑评】

清陈廷焯《词则·别调集》卷一：端己词时露故君之思，读者当会意于言外。

俞陛云《唐五代两宋词选释》：月冷霜严，雁啼月落，写长夜见闻之凄寂。注重在结句醒而复睡，依旧梦之，可知其长毋相忘也。

丁寿田等《唐五代四大名家词》乙篇："依前"别作"依稀"，但不若作"依前"胜。盖着一"前"字，可知梦见非一次矣。

天仙子

梦觉云屏依旧空①。杜鹃声咽隔帘栊②。玉郎薄幸去无踪③。一日日，恨重重。泪界莲腮两线红④。

【题解】

此词抒写别恨离愁。起首二句描摹闺中环境，"空""咽"二字透露出凄清的氛围，隐寓思妇郁苦的心绪。"玉郎薄幸去无踪"是直抒女子怨愤，宣泄出无限悲情。"一日日，恨重重"，运用叠字，尽显其度日如年的惨况、深重难释的怅恨。"泪界莲腮两线红"，细摹女子令人怜爱的凄美面容，不仅"界"字用得尖新鲜活，而且刻画人物形象清艳如画。全篇运密入疏，寓浓于淡，透过细致的白描，烘托出深挚的相思之情。

【注释】

①云屏：王辑本《浣花词》作"银屏"。云母屏风。《西京杂记》卷一：赵飞燕为皇后，其女弟"上襚三十五条"中有"云母屏风"。

②杜鹃声咽：李白《忆秦娥》："箫声咽，秦娥梦断秦楼月。"

③"玉郎"句：玉郎，女子对丈夫或情人的昵称。薄幸，薄情。

④莲腮：萧绎《采莲曲》："莲花乱脸色，荷叶杂衣香。"薛道衡《昭君辞》："自知莲脸歇，羞看菱镜明。"

【辑评】

明汤显祖评《花间集》卷一：以上四首俱佳绝，卒章何率意乃尔，岂强弩之末，江淹才尽耶？

清李调元《雨村词话》卷一：词用"界"字始韦端己，《天仙子》词云："泪界莲腮两线红。"宋子京《蝶恋花》词效之云："泪落燕支，界破蜂黄浅。"遂成名句。

清况周颐《餐樱庑词话》：韦词运密入疏，寓浓于淡。如《天仙子》"蟾彩霜华""梦觉云屏"二首及《浣溪沙》《谒金门》《清平乐》诸词，非徒以丽句擅长也。

天仙子

金似衣裳玉似身。眼如秋水鬓如云。霞裙月帔一群群①。来洞口，望烟分②。刘阮不归春日曛③。

【题解】

此词以浓艳的笔墨描绘仙女的容貌与情态。起首二句受到李白《清平调》"云想衣裳花想容"的影响，运用四个比喻，刻画仙女美姿，"皆提空写人，潇洒出尘之态，与飞卿所写矜贵雍容之态，各不相同"（唐圭璋《词学论丛·温韦词之比较》）。以下数句谓其凭倚洞口，极目远眺，似乎内心充满着期待。最后才揭出谜底，透露出伊人对情郎的深切思念和企盼。"曛"字炼得极妙，创造出了幽邈迷惘的情韵。

【注释】

①霞裙月帔：《金奁集》作"霞裙月帐"。道仙服饰。孟郊《同李益崔放送王炼师还楼观兼为群公先营山居》："霞冠遗彩翠，月帔上空虚。"

②烟分：烟雾。杜牧《题刘秀才新竹》："数茎幽玉色，晓夕翠烟分。"

③"刘阮"句：不归，王辑本《浣花词》作"不来"。曛，昏暗。庾肩吾《和刘明府观湘东王书》："峰楼霞早发，林殿日先曛。"也指落日余晖。

【辑评】

明汤显祖评《花间集》卷一：无此结句，确乎当删。

清李调元《雨村词话》卷一：太白词有"云想衣裳花想容"，已成绝唱。韦庄效之，"金似衣裳玉似身"，尚堪入目。而向子諲"花想容仪柳想腰"之句，毫无生色，徒生厌憎。

李冰若《栩庄漫记》：此首正合题目，唐五代词，词意即用本题者多有之，似非强弩之末也。

丁寿田等《唐五代四大名家词》乙篇：此词盖借用刘阮事咏美人窝耳。"矇"字极佳，宋初"红杏枝头春意闹"之"闹"字，不能过也。

喜迁莺①

人汹汹，鼓冬冬。②襟袖五更风。大罗天上月朦胧③。骑马上虚空④。　　香满衣，云满路。鸾凤绕身飞舞。霓旌绛节一群群⑤。引见玉华君⑥。

【题解】

此词与下一首均写及第后狂喜的心情，可与前录韦庄诗作《放榜日作》参看。此首描写金榜题名时的满城热闹景象。

【注释】

①喜迁莺：此调有小令、长调两体。小令起于唐人，朱权《太和正音谱》注黄钟宫。因韦庄词有"鹤冲天"句，更名《鹤冲天》；和凝词有"飞上万年枝"句，名《万年枝》；冯延巳词有"拂面春风长好"句，名《春光好》；宋夏竦词名《喜迁莺令》；晏几首词名《燕归来》；李德载词有"残腊里、早梅芳"句，名《早梅芳》。长调起于宋人，《梅溪集》注：黄钟宫。《白石集》注：太簇宫，俗名中管高宫。江汉词一名《烘春桃李》。

②"人汹汹"二句：人汹汹，谓人流盛大，人声嘈杂。马缟《中华古今注》

卷上:"唐旧制,京城内金吾昏晓传呼,以戒行者。马周请置六街鼓,号之曰'冬冬鼓'。"

③大罗天上:道教所称最高天界,此喻朝廷。段成式《酉阳杂俎》卷二:道列三界诸天,三界外曰四人境,四人天外曰三清,三清上曰大罗。《云笈七签》卷二一:"《元始经》云:大罗之境,无复真宰,惟大梵之气包罗诸天。……故颂曰:三界之上,眇眇大罗。上无色根,云层峨峨。"

④"骑马"句:谓骑马入朝。白居易《醉后走笔酬刘五主簿长句之赠兼简张大贾二十四先辈昆季》:"步登龙尾上虚空,立去天颜无咫尺。"

⑤霓旌绛节:本指神仙仪仗。韩偓《六言三首》其三:"桃源洞口来否,绛节霓旌久留。"杜甫《哀江头》:"忆昔霓旌下南苑,苑中万物生颜色。"

⑥玉华君:道家天帝,此借指皇帝。玉华为道家语,或指鬓发,或指丹药。《云笈七签》卷一一:"云仪玉华侠耳门。"注:"云仪、玉华,鬓发之号。"段成式《酉阳杂俎》卷二:"鹿皮公吞玉华而流虫出尸。"又为仙女名。李康成《玉华仙子歌》:"紫阳仙子名玉华,珠盘承露饵丹砂。"

喜迁莺

街鼓动①,禁城开②。天上探人回③。凤衔金榜出云来④。平地一声雷。　莺已迁,龙已化。⑤一夜满城车马。家家楼上簇神仙。争看鹤冲天。⑥

【题解】

此词写跨马游街及受帝王接见的荣耀。薛昭蕴也有三首《喜迁莺》,他和韦庄是晚唐乃至整个唐代仅见的以词的形式写及第之乐的文人,所用词调名称本身,便寓有"出自幽谷,迁于乔木"的升迁喜庆意味。

【注释】

①街鼓:《旧唐书·马周传》:"先是,京城诸街,每至晨暮,遣人传呼以警众。周遂奏诸街置鼓,每击以警众,令罢传呼,时人便之,太宗益加

赏劳。"

②禁城:王辑本《浣花词》作"烟城"。

③天上探人:谓入朝打探放榜之事者。徐夤《放榜日》:"喧喧车马欲朝天,人探东堂榜已悬。"

④"凤衔"句:出云来,鄂本、吴本、毛本《花间集》作"出门来"。谓奉诏放榜。黄滔《放榜日》:"吾唐取士最堪夸,仙榜标名出曙霞。"

⑤"莺已迁"二句:喻及第。韦绚《刘宾客嘉话录》:"今谓进士登第为迁莺者久矣,盖自毛诗《伐木篇》,诗云:'伐木丁丁,鸟鸣嘤嘤。出自幽谷,迁于乔木。'又曰:'嘤其鸣矣,求其友声。'并无莺字。顷岁省试《早莺求友》诗,又《莺出谷》诗,别书固无证据,岂非误欤?"

⑥"家家"二句:谓京城贵家女争看新进士。家家,《金奁集》作"谢家"。徐夤《放榜日》:"十二街前楼阁上,卷帘谁不看神仙。"毛文锡《恋情深》:"玉殿春浓花烂熳,簇神仙伴。"鹤冲天,飞鹤直上云天。喻科举登第。

【辑评】

明汤显祖评《花间集》卷一:读《张道陵传》,每恨白日鬼话,便头痛欲睡。二词亦复类此。案,二词,指以上《喜迁莺》二首。

李冰若《栩庄漫记》:《艺林伐山》云:世传大罗天放榜于蕊珠宫。韦相此词所咏,虽涉神仙,究指及第而言,未得以鬼话目之。

思帝乡①

云髻坠②,凤钗垂。髻坠钗垂无力,枕函欹。翡翠屏深月落,漏依依。说尽人间天上,两心知。

【题解】

此词抒写女子悠悠相思情。通过对女子髻坠、钗垂、无力倚枕等情态动作,以及月落屏暗、漏长更深的环境的描写,使人联想其心绪不宁、彻夜未眠的苦况。如果说前六句只说现象,末二句则将其中缘由说破。以情作

393

结,极易让人想到白居易《长恨歌》中的"但教心似金钿坚,天上人间会相见。临别殷勤重寄词,词中有誓两心知",更好地突出了相思的主题。同样是歌声艳语,而这种直接展示女性情感世界的抒情方式,直露坦白,少于修饰,在当时还是有些特别。

【注释】

①思帝乡:唐教坊曲名。《钦定词谱》卷二以创调者温庭筠词为正格:"花花。满枝红似霞。罗袖画帘肠断,卓金车。回面共人闲语,战篦金凤斜。惟有阮郎春尽,不还家。"

②云鬟坠:鬟坠,雪本《花间集》作"髻堕"。云鬟,高鬟。《妆台记》:"周文王于鬟上加珠翠翘花,傅之铅粉,其鬟高,名曰凤鬟。又有云鬟,步步而摇,故曰步摇。"又云:"陈宫中梳随云鬟,即晕妆。"曹植《洛神赋》:"云鬟峨峨,修眉联娟。"

【辑评】

俞陛云《唐五代两宋词选释》:调寄《思帝乡》,当是思唐之作,而托为绮词。身既相蜀,焉能求谅于故君?结句言此心终不忘唐,犹李陵降胡,未能忘汉也。

思帝乡

春日游。杏花吹满头。陌上谁家年少,足风流①。妾拟将身嫁与②,一生休。纵被无情弃,不能羞③。

【题解】

此词"作决绝语而妙"(贺裳《皱水轩词筌》),而后述《女冠子》也喜用直截了当的语气,不妨将其视为韦庄词作的风格特点之一。词中"妾拟将身嫁与,一生休。纵被无情弃,不能羞"数句对女子心理个性生动形象的描写,也似乎能让读者真实地感受到,温庭筠类似作品中仕女图般的形象,跟"她"相比确实是有距离的。

【注释】

①足风流:十分俊美多情。毛文锡《甘州遍》:"春光好,公子爱闲游。足风流。"

②拟将:《金奁集》作"拟待将"。

③不能羞:不甚羞。

【辑评】

明卓人月《古今词统》卷三:(徐士俊评"妾拟将身嫁与,一生休"句):死心塌地。

清沈雄《古今词话·词品》下卷:词有写情景入神者,……亦有言情得妙者,韦庄云:"妾似将身嫁与,一生休。纵被无情弃,不能羞。"

清贺裳《皱水轩词筌》:小词以含蓄为佳,亦有作决绝语而妙者。如韦庄"谁家年少,足风流。妾拟将身嫁与,一生休。纵被无情弃,不能羞"之类是也。牛峤"须作一生拚。尽君今日欢",抑亦其次。柳耆卿"衣带渐宽终不悔,为伊消得人憔悴",亦即韦意,而气加婉矣。

李冰若《栩庄漫记》:爽隽如读北朝乐府"阿婆不嫁女,那得孙儿抱"诸作。

诉衷情①

烛烬香残帘未卷②,梦初惊。花欲谢③。深夜。月胧明④。何处按歌声⑤。轻轻。舞衣尘暗生⑥。负春情。

【题解】

此词写女子伤春之情。前五句,写她"梦初惊"后所见:烛尽香残,帘帷未卷,春花欲谢,夜月朦胧,一幅夜深清冷的画面,一种孤凄寂寞的气氛。未写情,而情已透出。后四句,写轻歌幽渺,舞衣尘生,强烈的对比,烘托出深深的怨情。其中"负春情"句,点明怨情所在,引出无限感叹,回绾全篇。

【注释】

①诉衷情:唐教坊曲名。毛文锡词,有"桃花流水漾纵横"句,又名《桃花水》。按:《花间集》此调有两体,单调者,或间入一仄韵,或间入两仄韵,韦庄、顾敻、温庭筠三词略同。双调者,全押平韵,毛文锡、魏承班三词略同。

②未卷:王辑本《浣花词》、汤本、毛本《花间集》作"半卷"。

③花欲谢:原作"花欲榭",此据明正德十六年陆元大刻本(简称陆本)《花间集》《花间集校》校改。

④胧明:微明,王辑本《浣花词》作"笼明"。元稹《嘉陵驿二首》其一:"仍对墙南满山树,野花撩乱月胧明。"

⑤按歌声:依节拍歌唱。白居易《后宫词》:"泪湿罗巾梦不成,夜深前殿按歌声。"

⑥舞衣:《金奁集》作"绣衣"。

【辑评】

李冰若《栩庄漫记》:音节极谐婉。

诉衷情

碧沼红芳烟雨静①,倚栏桡②。垂玉佩。交带③。袅纤腰。鸳梦隔星桥④。迢迢⑤。越罗香暗销。坠花翘⑥。

【题解】

此词抒写女子相思怨怅之情。前五句,描绘幽静春景中女子碧波泛舟,顾影自怜,情景交融,展示出其绰约的身姿、华美的气质。"鸳梦"二句转入抒情,表露女子离别相思之苦。结末二句再摹钗饰,以幽淡的香气、斜坠的花翘,隐喻其失落的心绪、郁苦的情思,以景结情,意在言外。

【注释】

①"碧沼"句:碧沼,碧水池。李商隐《偶成转韵七十二句赠四同舍》:

"青袍白简风流极,碧沼红莲倾倒开。"元稹《赋得雨后花》:"红芳怜静色,深与雨相宜。"

②栏桡:陆本《花间集》《花间集校》作"兰桡"。兰木船桨,代指兰舟。萧纲《采莲曲》:"桂楫兰桡浮碧水,江花玉面两相似。"

③交带:左右佩带。顾夐《应天长》:"垂交带,盘鹦鹉。袅袅翠翘移玉步。"

④星桥:鹊桥。张正见《秋河曙耿耿》:"天路横秋水,星桥转夜流。"

⑤迢迢:远貌。《古诗十九首》:"迢迢牵牛星,皎皎河汉女。"

⑥花翘:女子发饰。杨慎《词品》卷二:"此词在成都作也。蜀之妓女,至今有花翘之饰,名曰'翘儿花'云。"

【辑评】

清陈廷焯《词则·别调集》卷一:"鸳梦"五字,有仙气,亦有鬼气。

上行杯①

芳草灞陵春岸。柳烟深、满楼弦管。一曲离声肠寸断②。今日送君千万③。红缕玉盘金镂盏④。须劝。珍重意,莫辞满。

【题解】

此词描写离筵饯别场景。开篇点明送别的季节和地点,然后渲染离筵饯别时的气氛。"灞陵""柳烟"营造出典型的离别景象,迷茫凄切;"一曲离声"更令人寸断肝肠。下片描写饯别酒筵的丰盛和频频劝酒的深情,痛楚凄别之意,有类于王维《送元二使安西》的"劝君更尽一杯酒,西出阳关无故人"。

【注释】

①上行杯:唐教坊曲名。此词以平韵为主,间用仄韵于平韵之内。凡

两换仄韵,唐词中无他首可校。

②离声肠寸断:鄂本、毛本《花间集》作"离肠寸寸断"。

③千万:指千万里。汤本《花间集》作"十万",雪本《花间集》作"千里"。

④红缕玉盘:韩翃《宴杨驸马山池》:"鲙下玉盘红缕细,酒开金瓮绿醅浓。"红缕,原作"红镂",此据鄂本《花间集》校改。

【辑评】

清陈廷焯《云韶集》卷一:"劝君更进一杯酒,西出阳关无故人"同此凄艳。又,《词则·闲情集》卷一:殷勤悃款,令人情醉。

俞陛云《唐五代两宋词选释》:玩其词意,今日送君而忆及当日灞陵饯别,殆在蜀中送友归国,回思奉使之日,灞桥折柳,何等伤怀!君今无恙还乡,勿辞饮满,愈见己之穷年羁泊为可悲也。

上行杯

白马玉鞭金辔①。少年郎、离别容易。迢递去程千万里。惆怅异乡云水②。满酌一杯劝和泪。须愧。珍重意,莫辞醉。

【题解】

此首写马上送别。上片感发"年少呵轻远别"(王实甫《西厢记·长亭送别》)的怨叹,流露出依恋难舍的情意。过片二句描摹细切,抒情真挚,蕴含着深深的别恨离愁。结末追劝一杯,厚意深情尽在莫辞一醉中。

【注释】

①金辔:饰金的马缰绳。唐彦谦《咏马二首》其一:"骑过玉楼金辔响,一声嘶断落花风。"敦煌词《酒泉子》:"红耳薄寒,摇头弄耳摆金辔。"

②"惆怅"句:惆怅,《金奁集》作"怊怅"。异乡,王辑本《浣花词》作"万重"。

女冠子①

四月十七。正是去年今日。别君时。忍泪佯低面,含羞半敛眉。②　　不知魂已断,空有梦相随。除却天边月,没人知。

【题解】

此词与下一首意旨相连,可以合并起来读解。此词由追忆而入梦,由梦中而醒来,顺序叙写,而以"空有梦相随"句两相扭结。结二句措语婉妙,如王闿运所评:"不知得妙,梦随乃知耳。若先知,那得有梦?惟有月知,则常语矣。"(《湘绮楼词选》)

【注释】

①女冠子:唐教坊曲名。小令始于温庭筠,长调始于柳永。柳永《乐章集》"淡烟飘薄"词注仙吕调,"断烟残雨"词注大石调。元高栻词注黄钟宫。柳永词一名《女冠子慢》。

②"忍泪"二句:毛熙震《浣溪沙》:"佯不觑人空婉约,笑和娇语太猖狂。"庾信《伤往二首》其一:"见月长垂泪,花开定敛眉。"

【辑评】

明汤显祖评《花间集》卷一:直书情绪,怨而不怒,《骚》《雅》之遗也。但嫌与题义稍远,类今日传士家言。

明卓人月《古今词统》卷一:(徐士俊评)冲口而出,不假妆砌。

明沈际飞评正《草堂诗余别集》卷一:月知不知都妙。

清陈廷焯《云韶集》卷一:起得洒落,"忍泪"十字,真写得出。又,《词则·闲情集》卷一:一往情深,不着力而自胜。

女冠子

昨夜夜半。枕上分明梦见。语多时。依旧桃花面①,频低柳叶眉。　　半羞还半喜,欲去又依依。觉来知是梦,不胜悲。

【题解】
此词承上一首"梦相随"而来,因相思而不得相见,故托梦境以咏怀人之情。通篇记叙梦境,对梦中相见情景记述尤为真切,足见内心之兴奋和相思得以慰藉的喜悦,亦可从中窥见去年此日两情缱绻的情形。结末二句重笔翻腾,将梦境点明,遂使实处皆空,由大喜而堕入大悲。

【注释】
①桃花面:《妆台记》:"隋文宫中梳九真髻,红妆,谓之桃花面。"又云:"美人妆面,既敷粉,复以胭脂调匀掌中,施之两颊,浓者为酒晕妆,浅者为桃花妆。"陈子良《新城安乐宫》:"柳叶来眉上,桃花落脸红。"

【辑评】
李冰若《栩庄漫记》:韦相《女冠子》"四月十七"一首,描摹情景,使人怊怅。而"昨夜夜半"一首,稍为不及,此结句意尽故也。若士谓与题意稍远,实为胶柱之见。唐词不尽本题意,何足为病?

更漏子①

钟鼓寒,楼阁暝。月照古桐金井②。深院闭,小楼空。落花香露红③。　　柳烟重,春雾薄。灯背水窗高阁④。闲倚户,暗沾衣。待郎郎不归⑤。

【题解】

此词抒写思妇空闺怀人的孤寂情怀。几乎通篇以景托情:疏钟、淡月、落花、坠露、烟柳、春雾,旋律舒缓、低沉、断续、呜咽,着意营造出清寒冷落的环境氛围,以充分表现思妇辗转不寐、深夜怀人的情状。结末三句,方推出"倚户""沾衣""待郎郎不归"的思妇形象,凄怨动人,楚楚可怜。

【注释】

①更漏子:此调有两体,四十六字者始于温庭筠,唐宋词最多。《尊前集》注大石调,又属商调。一百四字者,止杜安世词"遥远途程"。

②古桐金井:李白《赠别舍人弟台卿之江南》:"梧桐落金井,一叶飞银床。"

③香露:花草上的露水。温庭筠《芙蓉》:"浓艳香露里,美人清镜中。"

④水窗:王辑本《浣花词》作"小窗"。临水之窗。白居易《秋房夜》:"水窗席冷未能卧,挑尽残灯秋夜长。"

⑤郎不归:《金奁集》作"归未归"。

【辑评】

清陈廷焯《云韶集》卷一:"落花"五字,凄绝秀绝。结笔楚楚可怜。

酒泉子①

月落星沉。楼上美人春睡。绿云倾,金枕腻,②画屏深。子规啼破相思梦。曙色东方才动③。柳烟轻,花露重。思难任④。

【题解】

此词抒写美人春夜相思愁情。上片写美人春夜独宿。"绿云倾"三句,透出心底的凄苦。下片写梦醒后的怨恼之情。"子规啼破相思梦",不仅说破心事,而且流露出哀怨。"曙色"三句,以破晓时分迷茫清冷的景象,将相思之情笼上凄凉的色彩。结句写心境尤为深沉。

【注释】

①酒泉子:唐教坊曲名。
②"绿云"二句:绿云,喻美人发饰。李白《邯郸东亭观妓》:"清筝何缭绕,度曲绿云垂。"杜牧《阿房宫赋》:"绿云扰扰,梳晓鬟也。"金枕腻,粉脸贴在描画金花的枕上,感到有些油腻。形容熟睡情态。
③曙色:《金奁集》作"晓色"。
④难任:犹难当,难以忍受。曹植《杂诗七首》其一:"方舟安可极,离思故难任。"余冠英注:"难任,难当。"李煜《虞美人》:"满鬓清霜残雪、思难任。"

【辑评】

明汤显祖评《花间集》卷二:不做美的子规,故当半夜啼血。

木兰花①

独上小楼春欲暮。愁望玉关芳草路②。消息断,不逢人,却敛细眉归绣户③。　　坐看落花空叹息。罗袂湿斑红泪滴④。千山万水不曾行,魂梦欲教何处觅。

【题解】

此词抒写思妇怀人之情。上片写登楼远望,终因失望而怏怏地回到自己的"绣户"。下片写回到绣户后的情思,终于以魂梦难觅而空余惆怅。结末二句别开新境,寄情于梦,不仅构思新颖,而且抒情真挚。

【注释】

①木兰花:即《木兰花令》,唐教坊曲名。朱权《太和正音谱》注高平调。又,玉楼春,《花间集》顾敻词起句有"月照玉楼春漏促"句,又有"柳映玉楼

春日晚"句；《尊前集》欧阳炯词起句有"春早玉楼烟雨夜"句，又有"日照玉楼花似锦，楼上醉和春色寝"句，取为调名。李煜词名《惜春容》。朱敦儒词名《西湖曲》。康与之词名《玉楼春令》。《高丽史·乐志》词名《归朝欢令》。《尊前集》注大石调，又双调；柳永《乐章集》注大石调，又林钟商，皆李煜词体也。《乐章集》又有仙吕调词，与各家平仄不同。《花间集》载《木兰花》《玉楼春》两调，其七字八句者为《玉楼春》体，《木兰花》则韦庄、毛熙震、魏承班词共三体，从无与《玉楼春》同者。《钦定词谱》卷一一谓：自《尊前集》误刻以后，宋词相沿，率多混填。

②"愁望"句：愁望，《唐宋诸贤绝妙词选》卷一作"望断"。玉关，即玉门关，今甘肃敦煌市西北。庾信《竹杖赋》："亲友离绝，妻孥流转；玉关寄书，章台留钏。"李白《子夜吴歌》："秋风吹不尽，总是玉关情。"

③细眉：雪本《花间集》作"愁眉"。

④"罗袂"句：罗袂，丝罗的衣袖。曹植《洛神赋》："抗罗袂以掩涕兮，泪流襟之浪浪。"

【辑评】

明汤显祖评《花间集》卷二：与"梦中不识路""打起黄莺儿"可并不朽。案：所引诗句，分别出自沈约《别范安成》、金昌绪《春怨》。

俞陛云《唐五代两宋词选释》：此词意欲归唐，与《菩萨蛮》第四首同。结句言水复山重，梦魂难觅，与沈休文诗"梦中不识路，何以慰相思"，皆情至之语。

李冰若《栩庄漫记》："千山""魂梦"二语，荡气回肠，声哀情苦。

小重山①

一闭昭阳春又春②。夜寒宫漏水③。梦君恩。卧思陈事暗消魂。罗衣湿④，红袂有啼痕⑤。　　歌吹隔重阍⑥。绕庭芳草绿，倚长门。万般惆怅向谁论。凝情立⑦，宫殿欲黄昏。

【题解】

这是一首宫怨词,借汉武帝时陈皇后被幽闭长门宫故事,抒写失宠宫人的郁郁之思。上片忆昔日的恩宠,下片咏幽居的孤凄。以妃嫔宫人失宠之恨,写盛极而衰之感。寓意遥深,词情悱恻,虽为代言体,亦抒己志。

杨湜《古今词话》云:"韦庄以才名寓蜀,王建割据,遂羁留之。庄有宠人,资质艳丽,兼善词翰。建闻之,托以教内人为词,强庄夺去。庄追念惘怏,作《小重山》及'空相忆'云云,情意凄怨,人相传播,盛行于时。姬后传闻之,遂不食而卒。"所提及之二词,为此首及《谒金门》(空相忆)。詹安泰《詹安泰词学论稿》论曰:"不可能宫殿属王建,而梦的对象却是韦庄。"则杨湜所云,殆不足信。

【注释】

①小重山:《宋史·乐志》:双调。李邴词,名《小冲山》。姜夔词,名《小重山令》。韩淲词,有"点染烟浓柳色新"句,名《柳色新》。

②昭阳:汉宫殿名。汉成帝时赵飞燕居之,贵倾后宫。班固《两都赋》:"昭阳特盛,隆乎孝成。"后世借指皇后宫殿。

③宫漏:《韦庄词注》《韦庄词校注》作"更漏"。

④罗衣湿:汤本《花间集》作"罗衣温"。

⑤"红袂"句:洪武本《草堂诗余》后集卷下作"流血旧啼痕"。

⑥"歌吹"句:歌吹,歌声及器乐。重阊,重重宫门。

⑦凝情:鄂本、毛本《花间集》《金奁集》作"颙情"。

【辑评】

明杨慎《词品》卷二:韦庄《小重山》前段,今本"罗衣湿"下遗"新搵旧啼痕"五字。

明汤显祖评《花间集》卷二:向作"新搵旧啼痕",语更超远。又云:"宫殿欲黄昏",何等凄绝!宫词中妙句也。

明茅暎《词的》卷三:雨露难沾,自是恩不胜怨。

明沈际飞评正《草堂诗余正集》卷二:章法同赵德仁"楼上风和玉漏迟",而宫闱稍异。又"红袂有啼痕"与"罗衣湿"句复,秦词"新啼痕间旧啼痕"亦始诸此。

明李廷机《草堂诗馀评林》卷三："夜寒宫漏永"，"卧思陈事暗销魂"之句，已见夜深矣。末云"宫殿欲黄昏"又见未晚，与前相反。

明董其昌《新锓订正评注便读草堂诗余》卷三：宫词有云："玉颜不及寒鸦色，犹带昭阳日影来。"所谓怨而不怒，最为得体者。

清陈廷焯《词则·别调集》卷一：凄警。

李冰若《栩庄漫记》：犹是唐人宫怨绝句，而杨湜乃附会穿凿，谓因建夺其宠而作。

夏承焘《韦端己年谱》"昭宗天复元年"条：(《古今词话》云云)案诗集补遗有《悼亡姬》一首，及《独吟》《悔恨》《虚席》《旧居》四首，注："俱悼亡姬作。"诗云："若无少女花应老，为有姮娥月易沉。""湘江水阔苍梧远，何处相思弄舜琴。"与前词"天上姮娥"，及《忆帝乡》"说尽人间天上，两心知"，《荷叶杯》"碧天无路信难通"诸句，语意相类。疑词亦悼亡姬作。杨湜所云，近于附会。以调名《忆帝乡》，词有"天上姮娥"，云王建夺去。以"不忍把伊书迹"，云"兼善词翰"。湜宋人，其词话记东坡词事，尚有误者，此尤无征难信。《新五代史》六三《前蜀世家》称"建虽起盗贼，而为人多智诈，善待士。"似不致有此。又《悔恨》一首悼亡姬云："才闻及第心先喜，试说求婚泪便流。"是悼亡在初及第时，亦非入蜀后事也。

怨王孙①

锦里②。蚕市③。满街珠翠。千万红妆。玉蝉金雀④，宝髻花簇鸣铛⑤。绣衣长。　日斜归去人难见。青楼远。队队行云散。不知今夜，何处深锁兰房。隔仙乡。

【题解】

此词写蚕市，表现成都奢华绮丽的市井风情。上片描写蚕市的热闹繁华。下片写散市。佳人归去，兰房深锁，仿如远隔仙乡。作为一种新兴诗体，类似的词作与晚唐诗歌对城市享乐保持着必要的警惕有所不同，从而与诗歌的表现功能形成了一定程度的互补,也从一个侧面透露出词对政治意识形态的疏离。

【注释】

①词调,王辑本《浣花词》作《河传》。

②锦里:常璩《华阳国志·蜀志》:"锦江,织锦濯其中则鲜明,濯他江则不好,故命曰锦里。"

③蚕市:高承《事物纪原》卷八引《仙传拾遗》:"蜀蚕丛氏王蜀,教人蚕桑,作金蚕数千,每岁首出之,以给民家。每给一,所养之蚕必繁孳,罢即归于王。王巡境内,所止之处,民成市。蜀人因其遗习,每年春有蚕市也。"《五国故事》卷上:"蜀中每春三月为蚕市,至时货易毕集,阛阓填委,蜀人称其繁盛。"

④玉蝉金雀:女子头饰。王建《宫词》一百首其六十二:"玉蝉金雀三层插,翠髻高丛绿鬓虚。"

⑤"宝髻"二句:王容《大堤女》:"宝髻耀鸣珰,香罗鸣玉佩。"李白《宫中行乐词》:"山花插宝髻,石竹绣罗衣。"鸣珰,耳坠。《北史·真腊传》:"足履革屣,耳悬金珰。"

定西番①

挑尽金灯红烬,人灼灼②,漏迟迟③。未眠时。斜倚银屏无语。闲愁上翠眉④。闷煞梧桐残雨。滴相思。

【题解】

此词纯用闺中人的神态动作,表现其独守空房、长夜难耐的百般愁苦之情。结末二句情与景会,"滴相思"构思奇巧,与温庭筠《更漏子》中"梧桐树,三更雨……空阶滴到明"一样奇妙。

【注释】

①定西番:唐教坊曲名。

②灼灼:姿色艳丽貌。陆机《拟青青河畔草》:"粲粲妖容姿,灼灼美颜色。"

③迟迟:形容时间缓慢流逝,谓觉夜长之意。白居易《长恨歌》:"迟迟钟鼓初长夜,耿耿星河欲曙天。"

④"闲愁"句:江总《宛转歌》:"翠眉结恨不复开,宝鬓迎秋度前乱。"崔豹《古今注》卷下:"(梁)冀妇改惊翠眉为愁眉。"

【辑评】

清况周颐《餐樱庑词话》:韦端己《定西番》云:"挑尽金灯红烬,人灼灼,漏迟迟。未眠时。"韦有《伤灼灼》诗,序云:"灼灼,蜀之丽人也。近闻贫且老,殂落于成都酒市中,因以四韵吊之。"……《定西番》所云"灼灼",疑指其人盛时。其又一阕云:"塞远久无音问,愁消镜里红。"是时玉容消息,即已不堪回首矣。

俞陛云《唐五代两宋词选释》:佳处亦在结句,情景兼到,与飞卿《更漏子》词"空阶滴到明"句相似。

定西番

芳草丛生缕结①,花艳艳,雨濛濛。晓庭中。塞远久无音问②,愁销镜里红。紫燕黄鹂犹生③,恨何穷④。

【题解】

此词写思妇怀人之情。主要通过春日景象的描绘来渲染感伤的气氛,构筑相思的环境,以触发和抒写思妇念远怀人之情。"愁销镜里红"一句,写出了相思憔悴、照影自怜的伤悲,情意真切。"紫燕黄鹂犹生"更能反衬出寂寞愁闷的情状。

【注释】

①缕结:原作"结缕",朱祖谋刻《彊村丛书》本(简称朱本)《尊前集》校云:"毛本作'缕结'。"此据王辑本《浣花词》校改。

②音问:音讯,消息。《汉书·匈奴传》:"(郅支单于)遣使上书求侍子。汉遣谷吉送之,郅支杀吉。汉不知吉音问,而匈奴降者言闻瓯脱皆杀之。"刘长卿《石梁湖有寄》:"烟波日已远,音问日已绝。"

③"紫燕"句:犹生,原校云:"按'生'字,疑'在'误。"罗愿《尔雅翼》卷一五:燕有两种,越燕小而多声,颔下紫,巢于门楣上,谓之紫燕,亦谓之汉燕。

④恨何穷:王辑本《浣花词》作"恨无穷"。

清平乐

琐窗春暮①。满地梨花雨。君不归来情又去。红泪散沾金缕。② 梦魂飞断烟波。伤心不奈春何。空把金针独坐,鸳鸯愁绣双裛。③

【题解】

此词写女子伤春怀人。"梦魂飞断烟波"句,在魂牵梦绕的情思与烟波浩渺的境界中穿插"飞断"二字,既表现了情感追寻的执著,也抒写了情爱阻隔的悲痛,颇为沉郁凄恻。结末二句,刻画人物情态,语浅淡而情悲切。

【注释】

①琐窗:刻有连环文饰的窗户。《后汉书·梁冀传》:"冀乃大起第舍……窗牖皆有绮疏青琐,图以云气仙灵。"李贤注:"绮疏,谓镂为绮文。青琐,谓刻为琐文,而以青饰之也。"

②"君不"二句:情又去,《韦庄词注》《韦庄词校注》作"晴又去"。李白《离别难》:"不觉别时红泪尽,归来无泪可沾巾。"

③"空把"二句:罗隐《七夕》:"香帐簇成排窈窕,金针穿罢拜婵娟。"敦煌词《倾杯乐》:"时招金针,拟貌舞凤飞鸾。"双裛,即一对。裛,指刺绣时所画的花界格子。崔令钦《教坊记》:"《圣寿乐》舞,衣襟皆各绣一大裛,皆随其衣本色。"

清平乐

绿杨春雨。金线飘千缕。花拆香枝黄鹂语①。玉勒雕鞍何处。　碧窗望断燕鸿。翠帘睡眼溟濛②。宝瑟谁家弹罢,含悲斜倚屏风。

【题解】
此词写思妇寂寞相思之情。上片景语,从女子视听落笔。春天到来,自能引起闺中思妇的愁思,故而歇拍写其思念远人,不知人在何处,触及主题。下片通过"望断""斜倚"的动作,写思妇的不堪。结句谓斜倚屏风而含悲,兀兀春愁,写来真是缠绵无极。

【注释】
①花拆香枝:谓花在枝头绽开。毛熙震《河满子》:"笑靥嫩疑花拆,愁眉翠敛山横。"
②溟濛:王辑本《浣花词》作"濛濛"。模糊不清貌。沈约《八咏诗·披褐守山东》:"上瞻既隐轸,下睇亦溟濛。"

谒金门

春雨足。染就一溪新绿。①柳外飞来双羽玉②。弄晴相对浴。　楼外翠帘高轴③。倚遍栏干几曲。云淡水平烟树簇。寸心千里目。④

【题解】
此首《花间集》未载,始见于明洪武本《草堂诗余前集》卷下,置韦庄同调"空相忆"词后,然无作者姓名。《类编草堂诗余》卷一录作韦词,《草堂诗余》正集卷一、《古今诗余醉》卷四、《全唐诗》卷八九二、《历代诗余》卷一一、《蓼园词选》因之。刘毓盘、王国维辑本《浣花词》《韦庄词注》《韦庄词校注》亦录作韦词。然不可无疑。《全宋词》收作宋无名氏词,而断《类编草堂诗余》收作韦庄词为误。姑录作韦词以存疑。此首《词学筌蹄》卷五别又作宋陈瓘词,不足据。

此词写闺中念远。上片写春天雨后景象,景中含情。起首三句,共同组成一幅生机勃勃的春景图。羽玉成双,水中弄晴,既撩拨女子春思,衬出其孤单寂寞,也为下片的人物出场及抒情做了铺垫。下片转入抒情,由景及人,由近及远,驰情于千里之外。"楼外翠帘高轴"二句,化用南朝民歌《西洲曲》中"鸿飞满西洲,望郎上青楼。楼高看不见,尽日阑干头。阑干十二曲,垂手明如玉"的意境。结末二句从远眺之景落笔,这眼中之景自然牵系着心中之情。"寸心千里目",虽为闺人之愁,但寸心皆系千里之外,深愁难以言表,意境之开阔,令人赞叹。

【注释】

①"春雨"二句:白居易《立春日酬钱员外曲江同行见赠》:"柳色早黄浅,水纹新绿微。"

②双羽玉:羽玉:王辑本《浣花词》作"属玉"。罗愿《尔雅翼》卷一七:"水鸟,似鸭而大,长颈赤目,紫绀色,似鵁鶄,汉以名观。"杜甫《鸥》:"却思翻玉羽,随意点春苗。"

③高轴:犹高卷。毛熙震《菩萨蛮》:"绣帘高轴临塘看,雨翻荷芰真珠散。"

④"倚遍"三句:沈约《饯谢文学》:"以我径寸心,从君千里外。"宋无名氏《鱼游春水》:"几曲阑干遍倚。……云山万重,寸心千里。"案:《类编草堂诗余》卷二误以此首为阮逸女作。《词综补遗》卷二又误以为袁裪作。或以为唐人作,见《唐词纪》卷一一。

【辑评】

明沈际飞评正《草堂诗余正集》卷一:"染就"句,丽。说得双羽有情。《鱼游春水》词"云山万重,寸心千里"亦自妙。此以上文布景,犾一"目"字,意思完全,韵脚警策。

明周珽《删补唐诗选脉笺释会通评林》卷六〇:卷帘倚阑,睹溪鸟双飞对浴,因起闺人之想,心目之间,何能自堪!写情委婉。

清黄苏《蓼园词选》:按端己以才名入蜀,后王建割据,遂被羁留为蜀散骑常侍,判中书门下事。曰"弄晴对浴",其自喻仕蜀乎?曰"寸心千里",又可以悲其志矣。

俞陛云《唐五代两宋词选释》:此录其首章也。观其次首有"天上嫦娥人不识"及"不忍把君书迹"句,则此首亦怀人之作。写春晴景物,倚阑凝望,而相忆之情自见。

图书在版编目（CIP）数据

韦庄诗词全集：汇校汇注汇评 / 谢永芳校注.
—武汉：崇文书局，2018.9
（中国古典诗词校注评丛书）
ISBN 978-7-5403-5139-7

Ⅰ. ①韦…
Ⅱ. ①谢…
Ⅲ. ①唐诗－诗集②词（文学）－作品集－中国－唐代
Ⅳ. ①I222

中国版本图书馆CIP数据核字（2018）第208176号

韦庄诗词全集　汇校汇注汇评

选题策划	王重阳
责任编辑	王重阳
责任印刷	李佳超
出版发行	长江出版传媒　崇文书局
地　　址	武汉市雄楚大街268号C座11层
电　　话	（027）87293001　邮政编码　430070
印　　刷	湖北恒泰印务有限公司
开　　本	880mm×1230mm　1/32
印　　张	13.75
字　　数	320千
版　　次	2018年9月第1版
印　　次	2018年9月第1次印刷
定　　价	48.00元

（如发现印装质量问题，影响阅读，请与承印厂调换）

　　本作品之出版权（含电子版权）、发行权、改编权、翻译权等著作权以及本作品装帧设计的著作权均受我国著作权法及有关国际版权公约保护。任何非经我社许可的仿制、改编、转载、印刷、销售、传播之行为，我社将追究其法律责任。